« tchac ! » et d'un autre « tchac ! » et d'un couinement de douleur.

Effie tendit les mains à l'aveuglette et toucha la grande forme sombre devant elle. C'était flasque, lourd et très humide, et cela empestait le sang figé, les sucs gastriques acides, et quelque chose de pire. Elle dit « beurk ! » à voix haute et fit un pas en arrière, saisie de dégoût. Mais ce fut seulement lorsqu'un courant d'air souleva momentanément la bâche tendue sur le plancher de la bibliothèque, et laissa entrer une pâle lumière, qu'elle comprit ce que c'était.

Morton Walker, empalé sur son tuyau de chauffage, mort, dévoré et prêt pour l'enterrement. Une carcasse luisante dans des tons écarlates et gris. Pourtant, il avait été déjà enterré. Il ne pouvait être ici. Son corps reposait dans le cimetière de Cold Spring, attendant une pierre tombale.

Mais qu'est-ce que Pepper avait dit ? *Le temps s'est détraqué, ici, ce soir.*

Jack Belias frappa sur les piliers avec sa canne, provoquant des échos.

— Gina ! appela-t-il. Je sais que tu es ici ! Tu m'appartiens ! Je veux que tu sortes de ta cachette et que tu te donnes à moi, comme tu as promis de le faire. Je t'ai gagnée, Gina ! Montre-toi, tout de suite !

Effie se couvrit le visage avec les mains et dit une prière pour l'âme de Morton Walker. Un rat bondit vers sa cheville et déchira sa chaussette. Elle lui donna un coup de pied, le projetant contre le mur et lui brisant la nuque. Puis, sans plus d'hésitation, elle s'approcha du corps de Morton et entreprit de l'escalader, prenant appui sur ses genoux et son bassin, et s'agrippant à sa clavicule.

L'escalade était glissante, grasse et totalement répugnante. Elle n'arrêtait pas de saisir des poumons spongieux et de la graisse par poignées entières. Les os se détachèrent des bras de Morton lorsqu'elle voulut prendre appui dessus, et sa tête ensanglantée aux touffes de cheveux blanchâtres s'inclina en arrière avec une résignation totale.

Un pied posé sur la clavicule de Morton et l'autre perché sur son visage caoutchouteux qui s'affaissait, Effie parvint à tendre le bras et à attraper la corde qui maintenait la bâche. Elle était couverte de sang et de mucosités, mais elle s'en moquait. Jack Belias ne l'aurait pas, quoi qu'il fasse. Elle pensa aux photographies que Jack Belias avait prises de Gina pendant qu'il la maltraitait, et elle était bien décidée à faire tout ce qui était en son pouvoir pour qu'il ne pose plus jamais les mains sur une femme.

Tout en haut du corps empalé de Morton Walker, elle se balança, telle une trapéziste. La cage thoracique de Morton cédait sous le poids d'Effie. Bien que la cave fût plus fraîche que le reste de la maison, il était dans un état de décomposition avancée, et des lambeaux de chair se détachaient continuellement, de gros morceaux liquéfiés. Durant un moment, elle crut qu'elle allait rejoindre Morton, empalée sur ce tuyau, elle aussi. Puis elle parvint à s'agripper au rebord du plancher à demi effondré.

— Oh, mon Dieu ! pria-t-elle. Plus jamais ça. Je vous en supplie. Pas les rats. Plus jamais ça !

Elle se hissa hors du trou et s'affaissa sur le parquet de la bibliothèque. Elle haletait, elle avait mal partout, et elle était épuisée. Ses yeux étaient presque fermés, et le côté gauche de sa mâchoire était très enflé. Ses cheveux étaient poissés de sang ; ils ressemblaient plus à un nid de rats qu'un vrai nid de rats.

Elle ne pouvait s'empêcher de penser à ces photographies, et à ce que Jack Belias avait fait à Gina Broughton. Il l'avait torturée, violée, tatouée, mutilée, et frappée de cécité. Et, en plus de tout cela, Jack Belias avait fait à Douglas Broughton la plus grande des insultes : il l'avait mise enceinte.

Effie se remit debout péniblement. A cet instant, il lui sembla sentir une odeur de brûlé. Elle regarda vers la porte de la bibliothèque, et elle aperçut de fins rubans de fumée grisâtre sortir de sous les battants.

Elle alla jusqu'à la porte et écouta. Elle entendait un fort crépitement dans la salle de bal. Elle appuya sa paume sur les panneaux de bois. Ils n'étaient pas encore chauds ; l'incendie venait peut-être de se déclarer. Elle savait qu'elle ne devait pas ouvrir la porte, mais... et si Pepper était toujours dans la salle de bal ? Et si elle était blessée, ou évanouie ?

Elle hésita un moment encore, puis elle risqua le coup. Se protégeant le visage de la main, elle entrouvrit les battants de quelques centimètres.

Elle les referma immédiatement. La salle de bal était un brasier aveuglant et ressemblait aux peintures médiévales de l'enfer : des langues de feu léchaient les murs jusqu'à une hauteur de six ou sept mètres, et une énorme colonne de fumée noire s'élevait en tourbillonnant vers le lanternon ovale.

Elle n'avait aperçu Pepper nulle part. Même si elle avait été là, il aurait été trop tard pour qu'Effie puisse se porter à son secours.

Elle traversa la bibliothèque en toute hâte et sortit dans le couloir. Elle fit halte et écouta. Le vent était tombé, à présent que l'orage était passé, et à part le crépitement et le grondement des flammes, encore assourdis par les battants en chêne massif, Walhalla était parfaitement silencieuse, à tel point que c'en était presque déconcertant.

— Pepper ! appela Effie, aussi fort qu'elle le put.

Elle lança un regard vers la porte de la cuisine, terrifiée à l'idée que Jack Belias allait en surgir d'un instant à l'autre.

— Pepper ! Où êtes-vous ? cria-t-elle. Norman ! Brewster ! Il y a quelqu'un ? Répondez-moi !

Elle commença à gravir l'escalier. A ce moment, elle entendit une femme sangloter. Des sanglots étouffés, douloureux et angoissés. Cette fois, elle savait qui c'était.

Elle monta en hâte jusqu'au palier. Elle vit la créature-plâtre gisant par terre, en morceaux. Elle s'arrêta un instant pour écouter à nouveau. La femme continuait de sangloter. *J'arrive, Gina,* pensa-t-elle. *Et cette fois, je vais te délivrer.*

Elle entendit une porte claquer au rez-de-chaussée, quelque part dans la cuisine. Elle savait également qui c'était. Jack Belias, sortant de la cave, plus furieux que jamais. Elle commençait à gravir le second escalier au moment où elle entendit la porte battante grincer et Jack Belias traverser le vestibule. Elle reconnut le bruit de ses escarpins couinant sur les marches, et le bout ferré de sa canne qui cliquetait contre les balustres.

Haletante, elle atteignit le coude de l'escalier, juste au-dessous du vitrail. Mais Jack Belias était trop rapide et trop en colère. Il monta les marches quatre à quatre, tel un automate, et la saisit par la manche.

— Lâchez-moi ! hurla Effie. Norman ! Norman ! Au secours !

Jack Belias abattit sa canne, mais Effie se laissa tomber sur le demi-palier et roula sur elle-même. Il la manqua. Elle sentit le mouvement impétueux de la canne, à moins de deux centimètres de son visage.

— Relève-toi pour recevoir ta punition ! vociféra-t-il. Debout, garce !

Il abattit à nouveau sa canne, mais Effie parvint à se remettre debout, et il assena un coup sur la rampe qui lui meurtrit la main.

— Tu ne perds rien pour attendre, garce !

Il brandit sa canne et heurta par mégarde le vitrail derrière lui. Tout un panneau de lis se brisa et dégringola sur les marches. Jack Belias se retourna et leva les yeux. Le vitrail se craquela et commença à glisser.

— Non ! cria-t-il.

Mais le plomb entre les carreaux de verre était fatigué et effrité, et le cadre était à moitié pourri. Tout le vitrail s'affaissa brusquement sur lui, une averse de verre coloré volant en éclats. Le fracas fut épouvantable, comme si des grêlons tombaient, comme si des cloches carillonnaient. Jack Belias se protégea la tête avec ses bras, puis, lorsque le dernier carreau fut tombé sur les marches, il abaissa ses bras et regarda Effie avec l'expression la plus démoniaque qu'elle eût jamais vue sur le visage de quelqu'un. Il était tellement fou de rage qu'il ne semblait presque plus humain. Des éclats de verre gisaient à ses pieds : un lis, un château et la moitié d'un visage de religieuse, avec un œil fermé.

— Je jure devant Dieu que je te briserai, lui dit-il. Je le jure devant le Tout-Puissant !

Pendant un moment, ils s'affrontèrent du regard, en silence. Puis Effie entendit à nouveau les sanglots. Ils étaient moins forts et moins angoissés qu'auparavant, mais tout aussi pitoyables.

Sans dire un mot, elle se tourna et gravit l'escalier en toute hâte.

— Non ! lui cria Jack Belias.

Mais elle était résolue à ne se laisser arrêter par personne. Elle savait ce qu'elle devait faire, et elle savait que c'était sa dernière chance de le faire.

Elle arriva devant la chambre à la moquette bleue, tourna la poignée et ouvrit la porte. Brewster gisait sur le côté près du lit, baignant dans une mare de sang foncé. Le tisonnier était par terre, près de son corps.

Gina, pensa Effie. *Oh, mon Dieu ! Elle est aveugle. Elle a certainement cru que Brewster était...*

Elle entendit les sanglots à nouveau. Ils provenaient d'une autre chambre à coucher, plus loin dans le couloir. Effie sortit en trombe de la chambre au moment où Jack Belias arrivait sur le palier, et ils faillirent se heurter violemment. Il voulut l'attraper par le bras mais elle le gifla, puis elle s'arrêta brusquement et lui fit un croc-en-jambe. Il tomba lourdement sur le sol, mais il parvint à se retourner et à lui assener un coup oblique sur la jambe avec sa canne.

Ils luttèrent avec acharnement. Jack Belias la frappa sur l'épaule. Elle cria et lui donna un coup de poing dans la poitrine.

Alors qu'ils se battaient, la porte de l'une des chambres s'ouvrit, et une forme en sortit d'un pas mal assuré, enveloppée dans un drap blanc éclaboussé de sang. Elle fit une embardée puis s'éloigna dans le couloir en boitillant. Elle tâtonnait frénétiquement le long des murs pour trouver son chemin, et elle sanglotait, des sanglots stridents, désespérés.

Effie se dégagea de la prise de Jack Belias et se mit à courir.

— Reviens ici, sale pute ! cria-t-il en se lançant à sa poursuite.

Devant eux, la forme blanche faillit trébucher sur les planches qui recouvraient l'endroit d'où Morton Walker avait fait une chute mortelle. Effie courut après elle.

La forme était Gina Broughton, et elle, Effie, était également Gina Broughton, de la même façon que Craig avait été possédé par Jack Belias et que Pepper avait été envahie par le corps et l'âme de Gaby Deslys.

Effie comprenait, à présent. Des vies coïncidentes, des événements simultanés. Elle était Gina au moment où Jack Belias l'avait gagnée au baccara, mais devant elle il y avait Gina après qu'il l'eut torturée. Les événements se chevauchaient. Les vies également. Mais la même Némésis les poursuivait toutes les deux.

— Gina ! cria Effie. Gina, continuez d'avancer ! Il est ici !

La forme hésita un instant. Dans la pénombre au fond du couloir, elle ressemblait à la flamme blanche et vacillante d'une bougie.

— Ne vous arrêtez pas ! hurla Effie. Ne vous arrêtez surtout pas !

Derrière elle, elle entendait la canne de Jack Belias taper contre les murs, et les halètements rauques et avides de sa respiration. Maintenant, il était trop essoufflé pour lui crier des injures, mais elle savait qu'il ne s'arrêterait pas avant de les avoir obligées toutes les deux à reconnaître qu'elles n'étaient que de la boue.

La forme blanche arriva devant une fenêtre qui faisait toute la hauteur du mur et qui donnait sur la façade de Walhalla. Effie vit qu'elle se démenait avec le loqueteau, puis ouvrait brusquement la fenêtre.

— Pas par là ! cria Effie d'une voix enrouée.

Mais il était trop tard. La forme était sortie sur le parapet. Effie courut jusqu'à la fenêtre ouverte et regarda audehors. La nuit était chaude et un vent léger apportait une forte odeur de fumée et d'orage récent. Elle sentait le vent, elle voyait les étoiles.

La forme blanche se tenait immobile sur le parapet, six ou sept mètres plus loin. Sa tête était rejetée en arrière, ses bras tendus devant elle. Ses pieds se trouvaient tout au bord du parapet. Dix mètres plus bas, les grilles attendaient, avec leurs pointes acérées.

Ses cheveux bruns ondoyaient et virevoltaient ; le vent plaquait le drap sur son ventre de femme enceinte. Elle semblait exaltée ; elle était belle et terrifiante.

— Non ! lui cria Effie. Vous n'êtes pas obligée de faire ça ! Vous n'avez jamais été obligée de faire ça !

A ce moment, Jack Belias atteignit la fenêtre et abattit sa canne sur Effie, la frappant à l'épaule.

— Où est-elle ? tempêta-t-il. Où est-elle ?

Il se pencha par la fenêtre et l'aperçut sur le parapet, prête à se jeter dans le vide.

— Non ! hurla-t-il. Non... pas ça... tu ne peux pas recommencer ça !

Effie l'attrapa par la manche et essaya de le pousser en arrière. Il la gifla du dos de la main, l'envoyant valdinguer contre le mur. Puis il lui donna un coup de pied à la hanche. Elle leva les bras pour se protéger.

A cet instant, cependant, il chancela et sembla perdre l'équilibre. Un « whoouumph ! » étouffé retentit plus loin dans le couloir, et tous deux se retournèrent. De la fumée sortait du plancher provisoire, une fumée parsemée d'étincelles orange. Le feu avait dû gagner la bibliothèque, à présent, et les trous dans les planchers et les plafonds par où Morton Walker était tombé faisaient fonction de cheminée.

Jack Belias, horrifié, regarda la fumée durant un long moment. Les étincelles jaillissaient, toujours plus nombreuses, comme une chandelle romaine, puis ils aperçurent des flammèches. Toute la maison commença à gronder et à siffler, tandis que le feu aspirait l'air implacablement par toutes les ouvertures qu'il pouvait trouver : fenêtres, portes, trous de serrure, conduits d'aération. Cela donnait l'impression qu'une locomotive gigantesque arrivait sur vous à toute allure.

Jack Belias se tourna vivement vers Effie.

— Tu as fait ça ! Tu as fait ça, sale pute !

Mais son visage avait quelque chose d'étrange. Il ressemblait beaucoup moins à celui de Jack Belias et beaucoup plus à celui de Craig. Belias paraissait désorienté. Il levait continuellement sa canne comme s'il allait frapper Effie, puis il se ravisait.

Des flammes commencèrent à s'élever du trou dans le couloir et à lécher le plafond. Deux chambranles de porte étaient déjà embrasés, et le feu commençait à se propager le long des plinthes.

Jack Belias s'écarta d'Effie. Il ne bougeait les jambes

qu'avec une extrême difficulté, comme si ses genoux s'étaient brusquement rouillés.

— Tu as fait ça, sale pute. J'aurais dû m'en douter.

Il se tourna frénétiquement vers la fenêtre. Gina était toujours sur le parapet, les bras tendus devant elle.

Une forte explosion ébranla la maison, suivie d'un cliquetis interminable de verre volant en éclats. Une autre explosion, et encore une autre.

— Pute ! vociféra Jack Belias. Sale pute, je vais te tuer pour ça !

— Oh, tu peux me tuer, répliqua Effie. Tu peux me faire tout ce que tu voudras. Mais tu ne me briseras pas, jamais ! Regarde... je suis sur ce parapet, aveugle et torturée ; pourtant, tu ne m'as pas brisée !

Jack Belias frappa plusieurs fois sur le mur avec sa canne.

— Je te briserai !

Il s'élança vers le parapet et trébucha sur le rebord de la fenêtre. Effie voulut le retenir par le bras, mais il la frappa à nouveau et faillit perdre l'équilibre.

Elle scruta son visage et il ne détourna pas les yeux.

— Craig, dit-elle. Ne fais pas ça.

Il fronça les sourcils. Il ressemblait de plus en plus à Craig. Le feu avait atteint la bibliothèque dont le plancher était en train de brûler. L'horloge était dévorée par les flammes : le système qui avait permis à Jack Belias de se déplacer d'une année à une autre.

— Craig, le supplia Effie pour la seconde fois. Craig... reviens. C'est terminé.

Jack Belias réfléchit durant quelques secondes, puis il lui adressa un hochement de tête presque imperceptible.

— Garce, murmura-t-il d'une voix mal assurée.

Puis il lui tourna le dos et commença à avancer tout doucement sur les pierres de couronnement, tel un funambule sur sa corde raide.

Il était arrivé à moins de deux mètres de Gina lorsque celle-ci se tourna vers lui. Malgré ses yeux aveugles, malgré ses meurtrissures, elle était d'une beauté stupéfiante. Elle ôta le drap de son corps et le tint en l'air. Il virevolta au gré du vent. Elle était très pâle, enceinte et entièrement nue. Son corps luisait dans la lumière des étoiles comme une statue.

— *Non !* s'écria Jack Belias, et il bondit pour saisir le drap.

Ses chaussures glissèrent sur les pierres de couronnement, et il perdit l'équilibre. Il oscilla en avant, puis en arrière. Brusquement, il cria « Effie ! », et tomba dans le vide, disparaissant vers la nuit. Il y eut un instant de silence terrifiant. Puis Effie entendit un craquement sourd, et l'effroyable vibration d'une grille en fer, lorsqu'un objet lourd vient de tomber sur ses pointes acérées.

Effie regarda Gina, atterrée. Gina se tenait immobile sur le parapet, nue, ses mains jointes sous son ventre énorme.

Puis son image s'estompa. Son visage commença à fondre comme de la barbe à papa ; son corps devint transparent. En quelques secondes, elle ne fut plus qu'une vague silhouette dans les nuages du soir. Effie se retrouva toute seule devant la fenêtre ouverte, et ses yeux se remplirent de larmes.

Au loin, dans l'allée qui descendait entre les arbres aux formes tourmentées, elle aperçut le scintillement de lumières bleu et rouge. Une ambulance et deux voitures de police, suivies de près par une voiture de pompiers. Des pneus crissèrent sur le gravier, des portières claquèrent. Elle vit Pepper sortir rapidement de la maison ; elle entendit des appels radio, puis quelqu'un s'exclamer :

— Merde, vous avez vu ça ? Il y a un type, là-bas, empalé sur les grilles. Il a dû sauter d'une fenêtre.

Effie vit Pepper se retourner, puis lever les yeux vers la fenêtre où elle se tenait. Et quelque chose passa entre elles que seules deux femmes pouvaient comprendre.

Walhalla brûla durant toute la nuit. A un moment, il y eut dix-huit voitures de pompiers sur les lieux, venues des comtés de Putnam, Rockland et Westchester. Walhalla brûla comme le palais de la mythologie germanique qui lui avait donné son nom, le palais des morts. Les flammes montèrent à plus de soixante-dix mètres dans le ciel et furent visibles à plus de trente kilomètres à la ronde.

A l'aube, la maison n'était plus qu'une carcasse calcinée. Un seul de ses murs était encore debout. Le vent emporta ses cendres vers l'est, d'où viennent les démons.

Jeudi 22 juillet, 7 h 16

Elle était à la morgue du comté de Putnam. Elle regardait le corps de Craig et ne savait pas quoi dire. Elle pensa qu'elle aurait dû l'embrasser et lui dire adieu, mais elle avait le sentiment de l'avoir déjà fait, il y avait longtemps de cela. Une certaine dureté subsistait sur son visage, qui lui rappelait Jack Belias. Peut-être lui avait-il toujours ressemblé un peu, d'une certaine façon.

— Terminé ? lui demanda le préposé à la morgue, et elle acquiesça de la tête.

Le lieutenant Hook et le sergent Winstanley l'attendaient devant le bâtiment. Ils semblaient harassés.

— Madame Bellman ? Nous voulions juste vous dire que nous étions désolés.

— Je vous remercie, dit-elle, s'éloignant déjà.

— A propos, lança le lieutenant Hook. Nous avons vérifié les empreintes de votre mari. J'ai pensé que vous aimeriez savoir que nous l'avons disculpé. Ce n'est pas lui qui a tué ces gens.

Effie ne dit rien. Elle ne se retourna même pas. Elle savait déjà que Craig était innocent.

Vendredi 30 juillet, 10 h 28

C'était une matinée chaude au ciel couvert. Toute vêtue de noir, elle était assise dans le bureau de Walter Van Buren. Il était en retard de quelques minutes, et il entra précipitamment, un gobelet de café à la main.

— Je suis vraiment désolé de vous avoir fait attendre... J'avais une vente à conclure à West Point.

— Ce n'est pas grave, monsieur Van Buren. J'ai tout mon temps.

Walter Van Buren s'assit, renversa un peu de son café et essaya de l'éponger avec une feuille de son bloc-notes.

— J'ai été vraiment navré en apprenant ce qui s'était passé... Votre mari, je veux dire. Tragique.

— Vous croyez ?

Walter Van Buren la regarda en fronçant les sourcils.

— Mais bien sûr ! Tragique.

— Vous savez ce qui s'est passé, n'est-ce pas ?

— Euh, oui. Votre mari a glissé. Il est tombé sur des grilles.

— Les mêmes grilles sur lesquelles Gina Broughton était tombée, en 1937.

— Pardon ?

— Voyons, monsieur Van Buren, dit Effie, vous savez ce qui s'est passé à Walhalla, depuis le tout début. Toutes ces tragédies, tous ces suicides. Tous ces prétendus phénomènes de hantise. Vous saviez pourquoi Walhalla avait été bâtie de cette façon, et vous saviez ce qui allait se passer si un couple comme le nôtre se présentait un jour pour l'acheter.

— Je ne suis pas certain de comprendre de quoi vous voulez parler.

— Oh, bien sûr que si ! Mon amie Pepper Moriarty et moi-même avons effectué des recherches sur l'histoire de Walhalla. Journaux, registres du comté, ce genre de choses. Et Mr. Harry Rondo nous a été d'un grand secours, également. Vous le connaissez ? Il a l'intention d'écrire un livre sur Jack Belias. Un projet de longue date, sans cesse différé.

Walter Van Buren disposa ses stylos et ses crayons dans un nouvel ordre, puis il regarda fixement son buvard.

— Nous ne faisions pas une enquête sur vous, absolument pas ! Nous voulions seulement découvrir ce qui s'était passé après cette nuit à Walhalla, la nuit de la mort de Gina Broughton. Nous voulions découvrir ce qu'était devenu son enfant, s'il avait vécu ou non.

— Oh, oui ? fit Walter Van Buren d'un ton glacial.

— Nous avons examiné les registres du comté. L'enfant a survécu. Les Berryman, qui tenaient l'auberge des Chênes Rouges, à proximité de Walhalla, l'ont pris en nourrice. Mais ils ont eu des problèmes avec lui, d'après les registres. L'enfant était très agité, il ne dormait pas et pleurait tout le temps. Finalement, il a été confié à un autre couple, à Albany.

« De toute évidence, Albany était suffisamment loin pour que l'enfant ne subisse plus l'influence de Walhalla. Il a grandi tout à fait normalement et a fait de brillantes études.

« Ensuite sa carrière n'a peut-être pas été des plus remarquables. Mais tout le monde ne peut pas voir grand, n'est-ce pas, monsieur Van Buren ?

Walter Van Buren demeura silencieux. Il contemplait son café qui fumait.

— Quel but poursuiviez-vous, monsieur Van Buren ? Vous vouliez vous venger de Jack Belias, parce qu'il avait tué votre mère ? Ou bien lui reprochiez-vous de vous avoir abandonné, et d'avoir disparu, même si vous saviez qu'il était toujours là-bas ? Vous avez senti que Craig tomberait amoureux de Walhalla, n'est-ce pas ? Vous l'avez appâté, et ensuite vous l'avez ferré !

Walter Van Buren prit une profonde inspiration.

— Je suis désolé pour votre mari, dit-il. Et je suis heureux que la police l'ait finalement disculpé. Il est suffisamment triste de perdre un être cher, sans, en plus, découvrir qu'il avait fait du tort à quelqu'un.

— Oui, monsieur Van Buren, dit Effie.

Il leva vers elle son visage blême.

— Je suppose que vous avez l'intention de vendre la propriété ? lui demanda-t-il. Puis-je vous y aider ?

— Bien sûr, répondit Effie. Nous étions presque parents, tout compte fait, non ?

Walter Van Buren hocha la tête.

— C'est étrange, n'est-ce pas, cette histoire de temps et de souvenirs ? Vous pensez que Walhalla continuera d'exister, maintenant qu'elle a brûlé de fond en comble ?

Effie se leva et tendit la main d'un geste assuré.

— Même si c'est le cas, monsieur Van Buren, je ne retournerai jamais là-bas.

Elle sortit de l'agence. Pepper l'attendait dans la rue ; elle portait un caftan noir.

— Tout est réglé ? demanda Pepper.

Effie acquiesça d'un signe de tête, et elles commencèrent à remonter la grand-rue.

Pepper s'arrêta brusquement. Elle avait les larmes aux yeux.

— Vous savez quoi ? dit-elle. Nous ressemblons à deux veuves.

Epilogue

Sept mois plus tard, Pepper envoya à Effie une annonce découpée dans le *Poughkeepsie Messenger*.

LA FRATERNITÉ DE BALAM

Cette fraternité nouvellement formée organisera des réunions de prières tous les mardis et tous les jeudis à 19 h 30. Venez rejoindre un petit cercle d'amis qui croient à la tolérance, au pardon et à l'intégrité de l'Univers. Nous avons récemment acheté la Maison Benton aux Amis de la vallée de l'Hudson, et toutes les réunions auront lieu dans cette demeure historique et sanctifiée.

Au-dessous, Pepper avait griffonné au stylo-bille rouge : *Ils sont revenus !*

Cet ouvrage a été achevé d'imprimer
sur Roto-Page
par l'Imprimerie Floch
à Mayenne
pour le compte de France Loisirs
en décembre 1997

Cet ouvrage est imprimé
sur du papier sans bois et sans acide.

N° d'édition : 29336. N° d'impression : 42627
Dépôt légal : novembre 1997

Imprimé en France

WALHALLA

Graham Masterton

WALHALLA

FRANCE LOISIRS
123, boulevard de Grenelle, Paris

Titre original : *The House that Jack built*
Traduit par François Truchaud

Une édition du Club France Loisirs, Paris,
réalisée avec l'autorisation des Presses de la Cité

ISBN : 2-7441-1176-7

Mais tout commencement n'est qu'une continuation
Et le livre du destin est toujours ouvert au milieu.

Poème polonais

Les prêtres mayas avaient un calendrier de cérémonies qui régissait treize fêtes de vingt jours chacune. Le calendrier de cérémonies couvrait toute l'année en tournant comme une roue, et par conséquent les fêtes avaient lieu à des jours différents chaque année mais toujours dans le même ordre. Les prêtres pouvaient calculer dans le futur ou dans le passé exactement ce que le peuple ferait, entendrait ou verrait à n'importe quelle date donnée. Ils disposaient de cartes truquées.

William Burroughs

Si le temps était un étang, nous pourrions nous agenouiller au bord et contempler nos reflets, et puis apercevoir au-delà ce qui se trouve encore plus profondément. Au lieu de regarder en arrière dans le temps, nous pourrions le regarder au fond de l'eau — comme on écarte les couches d'un palimpseste — et, par moments, différents traits du passé — images, sons, voix et rêves — remonteraient à la surface : ils remonteraient et se stabiliseraient, et l'étang les contiendrait tous, de telle sorte que rien ne serait perdu et que rien ne disparaîtrait jamais.

Lucie Duff Gordon

Mardi 16 mars, 20 h 7

— Vous ne pouvez pas essayer par Broadway ? demanda Craig.

Les essuie-glaces du taxi luttaient vainement contre la pluie battante, et, devant eux, la Huitième Avenue était une débauche de feux arrière aux lueurs rouges éblouissantes.

— Broadway, c'est la même chose, mon ami, répondit le chauffeur placidement.

Il avait un visage étroit et un teint basané. Il portait un étrange chapeau tissé qui ressemblait à un cache-pot renversé. Sa plaque indiquait qu'il s'appelait Zaghlul Fuad.

— Tout le quartier des théâtres est bloqué. (Il émit un reniflement sec et ajouta :) Il pleut.

— Vraiment ? Je ne m'en étais pas aperçu !

Craig consulta sa montre, bien qu'il l'eût déjà fait moins d'une minute auparavant. Il aurait dû être chez Pétrossian à dix-neuf heures trente au plus tard, pour le dîner offert par Mr. Ipi Hakayawa. Mr. Hakayawa était leur client le plus riche et le plus prestigieux, et il avait invité Craig et son associé Steven à une soirée somptueuse, non seulement pour les remercier de l'énorme travail juridique qu'ils avaient effectué dans l'affaire *Hakayawa contre Nash Electronics*, le procès pour contrefaçon le plus coûteux de toute l'histoire de la justice, mais aussi pour leur exposer l'étape suivante de la lutte qu'il avait engagée contre le protectionnisme américain : *Hakayawa contre le ministère du Commerce.*

Craig était suffisamment au fait du protocole nippon pour savoir que Mr. Hakayawa ne ferait aucun commentaire sur son retard, mais qu'il le considérerait néanmoins comme une extrême impolitesse. Quand on verse à un homme des honoraires de 1,3 million de dollars, on est en droit d'exiger qu'il soit ponctuel.

Le flot de voitures avança de quelques mètres, puis les stops s'allumèrent de nouveau. La pluie tambourinait violemment sur le toit du taxi. Craig essuya la vitre embuée d'un revers de la main et jeta un coup d'œil au-dehors. Merde. Ils n'étaient qu'à la 46e Rue... encore onze blocs à parcourir !

— Tournez à droite dans la 48e, lança-t-il d'un ton sec.

— Je vous l'ai dit, mon ami, Broadway, c'est la même chose.

— Faites-le quand même ! Et si ça ne marche pas, essayez la Sixième.

— La Sixième, c'est pareil ; Madison aussi.

— Ecoutez, je n'ai pas besoin qu'un enfoiré d'Egyptien m'indique le chemin à prendre dans ma propre ville, d'accord ?

Il y eut un silence. Le taxi devant eux redémarra lentement, mais Zaghlul Fuad se retourna sur son siège et regarda fixement Craig. Il avait de grands yeux noirs et limpides. Il était d'une beauté surprenante.

Le taxi derrière eux klaxonna. Craig rougit, haussa les épaules et dit :

— Bon, je suis désolé. Je suis en retard, c'est tout. J'ai eu une dure journée. Je vous fais toutes mes excuses, ça vous va ? Je n'avais pas l'intention de me mettre en colère.

Zaghlul Fuad continua de le fixer, sans la moindre expression sur son visage. Puis il arrêta le compteur et dit :

— Vous avez eu une dure journée, hein ? D'accord. Mais vous ignorez sûrement ce qui m'est arrivé aujourd'hui : aujourd'hui, mon père est mort.

— Ecoutez, j'ai dit que j'étais désolé. Et je suis également désolé pour votre père. Maintenant, est-ce que nous pouvons...

Craig lui désigna la voiture devant eux qui avait progressé de quatre ou cinq mètres. Quant au taxi qui les suivait, il les harcelait de coups de klaxon.

— Mon père était un enfoiré d'Egyptien, comme moi, déclara Zaghlul Fuad. (Il avait prononcé ces mots avec une extrême délicatesse. Il avait une voix douce, presque féminine.) Il a fait de son mieux. J'essaie de l'imiter. Il n'était pas toujours parfait. Moi non plus. Il arrive, par exemple, que je ne réussisse pas à emmener mes clients là où ils désirent aller. C'est le cas ce soir. Sortez de mon taxi.

— Mais qu'est-ce que vous racontez ? Vous êtes fou !

— J'ai dit « sortez de mon taxi ».

— Il pleut, bordel de merde !

— Vraiment ? Je ne m'en étais pas aperçu !

Craig éprouva un sentiment aigu de frustration, de panique et de fureur quasi irrépressible. Au tribunal du Commerce international, il avait tenu tête à d'innombrables avocats aguerris qui avaient deux fois plus d'expérience que lui. Des hommes habiles, coriaces, aux cheveux argentés, à la voix forte et éloquente. Mais comment venir à bout d'un chauffeur de taxi demeuré dont il venait d'insulter la race, et qui n'avait rien à perdre excepté quelques dollars pour la course ?

— Bon, d'accord, dit-il. Inutile de nous énerver. Quel que soit le prix de la course, je vous paierai le double.

Il prit son portefeuille en croco et en tira un billet de cent dollars.

— Regardez... je vous donnerai cent dollars. Mais conduisez-moi là-bas. J'ai un rendez-vous urgent, avec un client très important. Je suis déjà en retard, et c'est un désastre. Si, en plus, j'arrive trempé, ce sera la fin de tout. Il ne me restera plus qu'à...

Il passa le doigt sur sa pomme d'Adam.

Zaghlul demeura impassible.

— En Egypte, nous avons un proverbe : un homme qui prononce des paroles blessantes finit toujours par se trancher la gorge.

— Oh, vraiment ? Eh bien, à New York, nous avons un autre proverbe : un chauffeur de taxi est obligé d'emmener son client à la destination de son choix, sinon la Commission lui retire sa licence.

Tel un lézard, Zaghlul ferma et rouvrit ses yeux aux lourdes paupières, comme s'il voulait se souvenir du visage de Craig pour toujours.

— Perdre ma licence est un prix insignifiant à payer pour me débarrasser d'un homme qui n'a aucun respect pour ses semblables. Descendez de mon taxi.

— C'est quoi, ces conneries ? Vous êtes fou, hein ? On vient de vous laisser sortir de Bellevue[1] ?

— Veuillez descendre.

Autour d'eux, le concert de klaxons était assourdissant. On entendait également des cris furieux. « Bouge ton cul, abruti ! » « Avance, bordel de merde ! » Craig pensa : *Les flics ne sont jamais là quand on a besoin d'eux !*

Il prit une profonde inspiration. Il avait déjà perdu de précieuses minutes à discuter. Il ne lui restait plus qu'une chose à faire : descendre du taxi et continuer à pied. Il remit son portefeuille dans sa poche, puis, d'une main tremblante, il nota le numéro de la plaque de Zaghlul Fuad. Il était tellement énervé qu'il pouvait à peine tenir son stylo.

Il ouvrit la portière et la pluie s'engouffra dans le taxi. Il pointa son index vers le chauffeur et dit :

— Vous êtes fini. Fini, vous entendez ? Je vais tout mettre en œuvre pour qu'on vous retire votre licence, croyez-moi ! Enculé d'Egyptien !

— *Salaam, effendi,* fit Zaghlul Fuad, sans la moindre trace d'ironie.

Craig traversa la rue, se glissant entre les voitures qui klaxonnaient et luisaient sous la pluie. Il serrait les revers de sa veste Alan Flusser contre son cou, mais cela ne servait absolument à rien. Il pleuvait à torrents, les caniveaux étaient pleins à déborder. Il fut trempé avant même d'atteindre le trottoir. Pour couronner le tout, il marcha dans un nid-de-poule et sa chaussure fut remplie d'eau glacée.

1. Hôpital psychiatrique de New York. *(N.d.T.)*

Il ramassa un parapluie cassé, le secoua et tenta de le redresser, mais le parapluie était mou, anguleux et récalcitrant, semblable à un ptérodactyle mort. Il jura et le lança au loin. Il avait laissé son imperméable et son parapluie aux bureaux de Fisher & Bellman, au soixante-seizième étage de World Trade Center 2. Pire, il avait également laissé là-bas son téléphone portable, comptant récupérer le tout après le déjeuner. Mais le « déjeuner » s'était terminé à sept heures moins cinq, lorsque Khryssa l'avait réveillé par un baiser et lui avait dit : « Il est temps que tu partes, non ? »

Le premier coup de tonnerre avait fait vibrer les vitres de l'appartement de Khryssa, et l'ours en peluche bleu qu'il lui avait offert était tombé de son étagère...

Il ne lui restait plus qu'à aller au petit trot jusque chez Pétrossian en espérant que Steven avait su divertir Ipi Hakayawa, et que le maître d'hôtel lui trouverait des vêtements secs. Il lui fallait aussi inventer une histoire à peu près crédible pour expliquer son retard. Il ne pouvait quand même pas dire à Ipi Hakayawa qu'il avait passé tout l'après-midi au lit avec sa maîtresse âgée de dix-neuf ans !... Et s'il racontait que son père était mort ?...

Il se mit à trottiner lourdement vers Broadway. Ses épais cheveux châtains étaient plaqués sur son crâne comme un bonnet de bain. Craig était un homme de haute taille qui respirait la santé, tout le contraire de son père (qui était mort, sept ans plus tôt, d'un cancer du poumon). Il avait un visage carré, tonique, à mi-chemin entre le fermier prospère et le politicien suffisant. Rien dans son aspect n'évoquait une enfance perturbée par l'asthme dans un appartement minable de Lispenard Street. Il avait, semblait-il, tout oublié du garçon pâle et solitaire, perpétuellement affublé d'un blouson en laine vert tricoté par sa mère, et dont les camarades d'école se moquaient sans pitié.

Tandis qu'il remontait péniblement la 48e Rue, trempé, essoufflé, il avait, malgré tout, toujours l'air d'un homme riche, et ce fut probablement pour cette raison que la jeune fille aux cheveux frisés surgit brusquement du seuil de *K-Plus Drugs* et le saisit par le bras.

— Au secours !

— Hé ! protesta-t-il.

Il tenta de se dégager, mais elle cria à nouveau :

— Au secours ! Aidez-moi !

Il s'arrêta, et ses chaussures couinèrent. Elle s'agrippait à sa manche comme si elle avait été en train de se noyer, ce qui, d'ailleurs, était pratiquement le cas. Elle avait un visage rond, bouffi et blanc ; du sang et de l'eau de pluie lui coulaient sur le front et dégouttaient de son nez. Elle portait un blouson de cuir trempé et une minijupe noire, et elle boitillait sur des chaussures aux talons cassés. Elle ne devait pas avoir plus de quinze ou seize ans.

— Aidez-moi ! cria-t-elle plusieurs fois d'une voix ténue et rauque. Ils ont emmené mon amie ! Ils ont emmené mon amie ! Aidez-moi !

— Bon, je vais appeler un flic, lui dit Craig. Ne bougez pas. Vous avez compris ? Restez ici.

— Vous devez m'aider, ils vont la violer ! Je vous en prie ! Vous devez m'aider !

Craig l'empoigna par les épaules.

— Allons, calmez-vous. Qui va violer votre amie ? Où ?

La jeune fille se retourna et montra du doigt *K-Plus Drugs*. Craig vit alors que la pharmacie était fermée et désaffectée. Des autocollants COMMERCE A CEDER sillonnaient la vitrine noire de crasse, côtoyant des publicités pour Pepto-Bismol, Maalox et Vaseline Soins Intensifs. La porte était entrebâillée, mais la boutique était plongée dans une obscurité totale.

Craig lâcha la jeune fille et regarda sans enthousiasme l'entrée de la pharmacie. La pluie crépitait bruyamment autour de lui, comme des applaudissements. Des coups de klaxon retentissaient, des sirènes gémissaient. La jeune fille le regarda, le visage ensanglanté. Ses yeux étaient aussi noirs que des raisins. Elle frissonna et murmura :

— Je vous en prie, aidez-moi, ils vont la violer !

Craig essuya la pluie sur son visage, du dos de la main.

— Combien sont-ils ?

— Deux, c'est tout. Je vous en supplie, aidez-moi !

Il regarda vers la Huitième Avenue. Puis il tourna les yeux de l'autre côté, vers Broadway. La rue était encombrée d'automobiles aux vitres hermétiquement fermées. Il se dirigea vers le taxi le plus proche et frappa à la vitre du chauffeur, mais celui-ci secoua la tête vigoureusement. Il marcha dans une flaque d'eau et s'approcha de la voiture suivante, une Buick bleue conduite par un homme d'affaires au crâne dégarni, qui portait une chemise à manches courtes. Il tapota la vitre, mais l'homme d'affaires verrouilla toutes ses portières et ne tourna même pas la tête vers lui.

Il frappa une nouvelle fois à la vitre de la Buick.

— On est en train de violer une jeune fille dans cette pharmacie ! Vous m'entendez ? On est en train de violer une jeune fille dans cette pharmacie ! Prévenez les flics, c'est tout ce que je vous demande !

L'homme d'affaires eut un hochement de tête presque imperceptible et redémarra, parcourant quelques mètres.

Craig se redressa, trempé et désespéré. La jeune fille lui saisit le bras à nouveau et cria :

— Je vous en prie ! Je vous en prie !

— Ecoutez, s'époumona-t-il pour se faire entendre malgré les bruits mêlés de la circulation et de la pluie, est-ce que l'un d'eux est armé ? Ils ont des pistolets, un couteau, quelque chose de ce genre ?

La jeune fille secoua la tête. Son visage était un masque de sang dilué par la pluie.

— Ils ne sont que deux. Je vous en prie !

Craig pensa : Et puis merde, de toute façon je suis en retard, alors autant que ça serve à quelque chose ! Je vais m'occuper de ces deux types, ça ne devrait pas poser de problème... A moins qu'ils soient plus en forme que moi ?... Non, ça m'étonnerait beaucoup qu'ils fassent un jogging de dix kilomètres tous les matins, et qu'ils aillent en salle de musculation trois fois par semaine ! Et puis, de toute façon, je suis suffisamment de mauvais poil pour allonger n'importe qui.

Il rebroussa chemin vers la porte entrebâillée de la pharmacie. Il sentit une odeur d'humidité, de moisi et d'urine. Il poussa le battant et chercha à percer l'obscurité.

— Qui est là ? lança-t-il. Si vous m'entendez, vous feriez mieux de sortir, et en vitesse !

Il n'y eut pas de réponse. Seulement le bruit de la pluie

qui dégoulinait le long des murs. Les yeux de Craig s'habituèrent peu à peu à l'obscurité, et il discerna une rangée de présentoirs.

— Comment s'appelle votre amie ? demanda-t-il à la jeune fille.

— Susan, répondit-elle en battant des paupières, un peu comme si elle était étonnée qu'il la croie.

— Bon, d'accord. (Il glissa la main dans la poche de son pantalon humide et prit une pièce de monnaie.) Appelez les flics et demandez une ambulance. Moi, je vais chercher votre amie.

La jeune fille commença à s'éloigner vers la Huitième Avenue, tout en s'essuyant le visage avec un mouchoir. Craig resta là à l'observer un moment, mais il ne regarda pas assez longtemps pour voir qu'elle tournait la tête et souriait.

Il pénétra dans la pharmacie. Des éclats de verre et des détritus crissèrent sous ses chaussures.

— Susan ? appela-t-il. Susan... si vous m'entendez, Susan, répondez-moi, ou faites du bruit. N'importe quoi, tapez des talons !

Il atteignit la rangée de présentoirs, fit halte et écouta. Tout d'abord, il n'entendit absolument rien, puis il perçut un tapotement infime. *Tap, tap, tap,* comme si quelqu'un dansait avec légèreté sur un plancher nu. Son complet dégouttait et produisait sur le plancher un doux *plip... plop... plip* irrégulier. Il commença à se dire qu'il n'y avait personne ici, et que la jeune fille au visage couvert de sang lui avait joué un mauvais tour. A New York, tout était possible, avec tous ces cinglés qui se baladaient dans les rues.

— Susan ? appela-t-il.

Une minute s'écoula sans qu'il obtienne de réponse. Craig était sur le point de s'en aller lorsqu'il entendit un miaulement étouffé. On aurait dit un chat... Non, cela ressemblait plutôt à une jeune fille avec un bâillon sur la bouche.

Il avança à tâtons dans l'obscurité vers le fond de la boutique.

— Susan ? C'est vous ? Si vous m'entendez, tapez par terre avec vos talons ! Allez-y, tapez !

Il avança encore et se prit le pied droit dans un monceau de tablettes métalliques et de présentoirs. Il dégagea son pied, mais ensuite il marcha sur plusieurs panneaux de verre qui se brisèrent sous ses chaussures en produisant un fort craquement.

Ce fut pour cette raison qu'il ne les entendit pas lorsqu'ils se jetèrent sur lui et le frappèrent à l'estomac.

Il avait déjà reçu des coups... en boxant, au squash, en faisant des haltères... mais jamais comme ça. Il fut projeté en arrière sur les tablettes métalliques et les éclats de verre comme s'il avait été renversé par une voiture roulant à grande vitesse. Sa tête heurta le mur en produisant un horrible bruit sourd, et il se mordit la lèvre inférieure. Il avait le souffle coupé, à tel point qu'il ne pouvait même plus respirer. Lorsqu'il s'appuya sur le plancher pour essayer de se relever, des morceaux de verre tranchants comme des rasoirs lui tailladèrent la main gauche.

Mais quelqu'un le saisit par les revers de sa veste et le remit debout brutalement. Quelqu'un de fort et de sombre ; quelqu'un qui sentait la pluie, les cigarettes et l'alcool. Il sentit également une autre personne qui se tenait tout près de lui. Bien trop près pour que ce soit amical.

— Qu'est-ce que tu fais ici, mon pote ? dit celui qui se tenait tout près de lui. On t'a invité à entrer ?

Craig haleta et toussa. Il avait l'impression que son estomac était en feu. Il n'aurait jamais pensé qu'un coup de poing pouvait faire aussi mal.

— Je cherche Susan, parvint-il à murmurer.

— Y a pas de Susan ici, mon pote. Y a pas de gonzesse du tout. Juste lui et moi.

— Bon, d'accord. Je me suis trompé. Excusez-moi.

— Hé, on est ravis que tu t'excuses. Mais s'excuser, ça suffit pas. S'excuser, ça nourrit pas son homme. Ça fait du bien à personne, sauf au connard qui le dit.

Craig se sentait très mal. Il se mit à trembler, des frissons glacés, comme si quelqu'un vidait sur lui des seaux d'eau froide. Il avait des nausées mais il ne parvenait pas à vomir. C'était comme si son estomac avait disparu. Pourquoi avait-il aussi froid ?

— Que voulez-vous ? leur demanda-t-il d'une voix pâteuse.

— Ton fric, mon pote. Tes cartes de crédit. Tes bijoux. Tout ce que tu as.

Il inspira profondément, voulut dire quelque chose, puis vomit de la bile, du sang et de la brioche au poulet à moitié mâchée.

— T'es un vrai dégueulasse, mon pote ! T'as gerbé !

— Prenez tout ce que vous voulez, leur dit-il.

— Ça va, ça va. Mais tourne la tête quand tu gerbes, d'accord ?

— Prenez tout, prenez tout.

Il cracha des morceaux de viande, et un filament de salive au goût aigre pendit de son menton.

— T'es sacrément dégueu, mec, tu le sais ? J'ai vu des chiens qui étaient plus propres que toi.

Il attendit, parcouru de frissons, les yeux baissés, les épaules voûtées, tandis que le jeune type glissait la main dans la poche de sa veste et s'emparait de son portefeuille. Des doigts agiles et crasseux fouillèrent toutes ses poches, prenant ses stylos, sa calculatrice, sa petite monnaie.

— Tu vas être foutrement content d'avoir fait ça, mon pote. C'est pas tout le monde qui a la chance de faire une donation aux Aktuz.

Craig leva les yeux. Dans l'obscurité de la pharmacie désaffectée, il ne distinguait presque rien, seulement le reflet ténu des lumières de la rue sur une pommette noire et une épaule noire, et des yeux qui luisaient comme des mouches à viande.

Il tourna la tête pour regarder le garçon qui se tenait à côté de lui. Durant une fraction de seconde, celui-ci se déplaça vers la lumière, et Craig entrevit un adolescent de haute taille au teint cadavérique, aux yeux enfoncés et à la bouche ouverte sur des dents mal plantées. Ce qui le frappa le plus, ce fut les cheveux du garçon, fixés avec du gel autour de sa tête comme une couronne noire luisante, et l'épaisse redingote noire qu'il portait. Il ressemblait à un figurant dans un film sur Mozart, à cette différence près qu'il ne tenait pas dans sa main une canne à pommeau d'argent ou un violon. Il tenait un marteau.

Seigneur, pensa Craig, *pas étonnant que ce putain de coup à l'estomac m'ait fait aussi mal !*

— La montre et la bague, mon pote, lui dit le garçon.

A contrecœur, Craig ôta sa Rolex et son alliance. Il faillit vomir une seconde fois, mais il parvint à tout ravaler. Il ne voulait pas déplaire à ses agresseurs ; ça suffisait comme ça.

Le garçon à la redingote vint tout près de lui.

— Bon, on se casse. Je sais ce qui se passe dans ta tête. Tu te dis : « Merde, ils m'ont entubé, mais attendez un peu, je vais suivre ces types et voir où ils vont, et ensuite je préviendrai les poulets. » Alors, je t'annonce une grande nouvelle : tu ne nous suivras pas.

— Je n'aurais même pas essayé, fit Craig d'une voix étranglée.

— Que tu dis !

— Pourquoi vous suivrais-je, merde ? Je suis trempé jusqu'aux os, je suis malade. Tout ce que je veux faire, c'est rentrer chez moi.

— Que tu dis !

— Bon sang, vous m'avez pris tout mon argent. Que voulez-vous de plus ?

— Je veux une garantie, mon pote.

Avant que Craig ait le temps de lui demander quel genre de garantie il voulait, l'autre garçon le saisit par-derrière et le maintint avec force. Craig essaya de se débattre pour se dégager, mais le garçon à la redingote le gifla, un aller et retour, pas trop durement mais suffisamment pour que ses oreilles bourdonnent et que ses joues deviennent rouge feu.

Puis ils le plaquèrent contre le comptoir de l'ancienne pharmacie.

— Qu'est-ce que vous faites ? Mais qu'est-ce que vous faites ? Bon Dieu, lâchez-moi !

Mais tandis que le premier garçon maintenait Craig appuyé contre le comptoir en acajou poussiéreux, le garçon à la redingote tendit la main et déboucla la ceinture de Craig.

— Lâchez-moi ! Ne me touchez pas ! Qu'est-ce que vous faites ?

Il sentit qu'on défaisait ses boutons, qu'on ouvrait sa braguette. Puis une main noire aux doigts effilés se glissa dans son caleçon.

— Ne me touchez pas ! Ne me touchez pas ! Ne me touchez pas !

Mais le garçon à la redingote saisit brutalement les parties génitales de Craig, les sortit de son caleçon, et les posa sur le comptoir. Sous l'effet de la peur, le pénis de Craig se ratatina et son scrotum se tendit tellement que le garçon pouvait tout juste tenir ses testicules.

— Ecoutez, je vous donnerai tout ce que vous voudrez ! s'écria Craig. J'ai une Porsche, dernier modèle, vous pouvez l'avoir si vous voulez. Elle est rouge. Vous n'avez jamais conduit une voiture comme ça !... J'ai encore beaucoup d'argent, je suis riche, très riche. Je peux m'arranger pour vous donner dix mille dollars à chacun. Vingt mille, si vous voulez.

Le garçon à la redingote renifla d'un air pensif.

— C'est pas croyable comme un type peut être généreux quand tu tiens dans ta pogne ses bijoux de famille !

Craig transpirait et tremblait. Il était totalement révolté par la façon dont le garçon malaxait lentement son pénis et ses testicules entre ses longs doigts secs. Il le caressait et le tirait presque distraitement, mais cela donnait à ses gestes une intimité terrifiante, comme s'il était une femme jouant avec son amant.

Finalement, l'autre garçon déclara :

— Je fais une offre de vingt dollars pour la couille droite.

— Vingt dollars ? Quelqu'un a dit vingt dollars pour la couille droite ?

— Lâchez-moi ! rugit Craig, et il essaya de se dégager.

Mais le garçon à la redingote le gifla à nouveau, beaucoup plus fort cette fois, puis il abattit son marteau sur le dessus du comptoir, à quelques centimètres seulement des parties génitales de Craig. Craig sentit l'impact se propager sur le comptoir et lui meurtrir les cuisses.

— Pas de surenchère ? demanda le garçon en simulant l'étonnement. Vingt dollars, mais c'est *rien* pour une couille adulte qui fonctionne parfaitement !

— Trente, dit Craig.

C'était la plus horrible des tortures, parce qu'il ne savait pas s'ils voulaient qu'il gagne ou qu'il perde... ni ce qui se passerait dans l'un ou l'autre cas. S'il gagnait, il était terrifié à l'idée qu'ils soient capables de trancher son testicule pour le lui donner. S'il perdait... Dieu seul savait ce qu'ils feraient. Il commença à penser à l'affaire Bobbitt, dans laquelle une Laurene Bobbitt vindicative avait coupé le pénis de son mari et l'avait jeté par la vitre de sa voiture. Il ne devait pas oublier de regarder où ils jetteraient ses parties génitales, si jamais ils le castraient, afin de les récupérer au plus vite, et il devait également penser à des endroits où il pourrait trouver de la glace, afin de les conserver en bon état pendant qu'il appellerait une ambulance.

Il lui semblait avoir vu un bar de l'autre côté de la rue. Dans un bar, il y a toujours de la glace. Puis il pensa : *Mais qu'est-ce qui me prend ? C'est un cauchemar !*

— Trente-cinq, proposa l'autre garçon.

— Cent, surenchérit Craig d'une voix beaucoup plus aiguë qu'il n'en avait eu l'intention.

— Cent vingt-cinq.

— Deux cents.

— Cinq cents.

— Un million.

Un silence. Puis :

— Un million ? Voyons, mec, aucune couille ne vaut un million !

— La mienne, si. En tout cas pour moi.

Le garçon à la redingote se pencha vers Craig et dit :

— Tu parles sérieusement ?

— Bien sûr. Vous me laissez partir et vous aurez un million de dollars, en liquide, pas d'embrouilles.

— Dis donc, tu nous fais marcher !

— Pas du tout. Un million, en liquide, en petites coupures usagées, pas de billets marqués ni de numéros qui se suivent. Je vous les remettrai où vous voudrez, quand vous voudrez.

— Je crois que tu parles sérieusement, mon pote. Je crois vraiment que tu parles sérieusement.

— Mais bien sûr, voyons ! Dites-moi simplement où vous voulez l'argent, et quand. Ou bien je peux vous donner mon numéro de téléphone, et nous arrangerons cela plus tard.

— Un million, murmura le garçon en se passant la langue sur les lèvres. Qu'en penses-tu, mon frère ? Tu penses que tu peux faire une offre supérieure à un million ?

— Pas question, mec. Je laisse tomber.

— Bon, très bien. Pour un million de dollars, cette superbe couille qui appartient à une paire splendide... une fois... deux fois...

Craig leva les yeux. Il éprouvait un immense soulagement. Pour la première fois depuis que les deux garçons l'avaient agressé, il entendait distinctement le bruit de la circulation et de l'orage au-dehors. Sur le plafond, il voyait les rides sombres de l'eau de pluie qui coulait le long de la vitrine de la pharmacie, et les silhouettes scintillantes des passants.

Puis le garçon à la redingote leva son marteau comme un commissaire-priseur, hésita un instant, et l'abattit de toutes ses forces sur le testicule droit de Craig. La chair fut écrasée, aplatie comme de la crépine de veau, et la tête du marteau fit un trou semi-circulaire dans la peau de sa bourse.

Craig fut trop choqué pour crier. Le garçon qui le tenait s'écarta brusquement en levant les mains. Craig pivota sur lui-même et s'affaissa sur les genoux, parcouru de soubresauts comme un bœuf électrocuté.

Il n'avait encore jamais ressenti une douleur aussi atroce. Il avait l'impression que quelqu'un braquait un chalumeau oxyacétylénique entre ses jambes. Il voyait seulement des flots écarlates aveuglants, et il n'entendait rien d'autre que le sang qui bouillonnait dans ses oreilles.

Il n'entendit même pas le garçon à la redingote lorsque celui-ci se pencha et lui dit à l'oreille :

— Tu dois me prendre pour un foutu connard, mon pote. Je te laissais partir et tu étais néanmoins d'accord pour me donner un million de dollars... un million de dollars... pour quelque chose qui était bien au chaud dans ton calcif ? C'est toi le connard, mon pote, pas moi !

L'autre garçon gloussa et poussa des cris réjouis. Puis tous deux se dirigèrent vers l'entrée de la pharmacie et s'éloignèrent sous la pluie. Ils ne se pressaient pas. C'était inutile. Ils savaient que Craig ne les suivrait pas, et qu'ils avaient largement le temps avant qu'il n'appelle la police.

Au coin de la Huitième Avenue, la jeune fille aux cheveux frisés et au visage blanc et bouffi sortit d'un renfoncement de porte encombré d'ordures et prit le bras du garçon à la redingote, puis tous les trois continuèrent leur chemin sans se soucier de l'orage, comme s'il ne pouvait pas les atteindre, comme si rien ne pouvait les atteindre.

Jeudi 17 juin, 15 h 11

— La voiture est dehors, annonça Effie.

Craig continua de regarder par la fenêtre. En contrebas, la 86ᵉ Rue Est baignait dans la lumière du soleil. Il observait deux jeunes enfants qui essayaient de traverser la rue. Une sœur aînée autoritaire et un petit garçon, exactement comme sa sœur Rosie et lui, autrefois, mais la ressemblance s'arrêtait là car ces enfants appartenaient manifestement à une famille riche et allaient à l'école de Sutton Place. Chaque fois que la rue était dégagée, la sœur aînée insistait pour qu'ils attendent sur le trottoir. Lorsqu'une automobile approchait, elle se risquait sur la chaussée, et ensuite ils étaient obligés de regagner précipitamment le trottoir.

Craig se demanda s'ils parviendraient à traverser ou s'ils seraient toujours là dans vingt ans, tandis que leur mère vieillirait et que leur dîner ne serait plus qu'un vague souvenir.

Effie s'approcha de lui et posa une main sur son épaule. Très doucement, parce qu'il avait encore des réactions de panique quand on le touchait brusquement. La nuit, il continuait de s'agiter en rêvant de ce marteau. Il se réveillait en sursaut, s'asseyait sur son lit, en sueur, suffoquant, et se répétait toujours la même phrase avec un accent désespéré :

« *Ecoutez, je n'ai pas besoin qu'un enfoiré d'Egyptien m'indique le chemin à prendre dans ma propre ville, d'accord ?* »

Si seulement je n'avais pas dit ça ! J'aurais mieux fait de me trancher la langue.

— Allons, Craig, il est temps de partir, dit Effie. Je voudrais arriver à Cold Spring avant huit heures.

Il se tourna, prit maladroitement son poignet et hocha la tête.

— Oui, bien sûr. Je regardais ces enfants, c'est tout.

Effie faillit lâcher : *Tu peux avoir des enfants comme n'importe quel homme.* Mais elle avait appris à ne pas aborder le sujet de la virilité. Cela provoquait inévitablement de violents accès de colère, et des disputes interminables, puis des répliques terrifiantes de profond remords, ce qui, d'une certaine façon, était pire que les disputes. Cela faisait trois mois que Craig avait été agressé, et elle en avait assez de ses larmes.

Il avait toujours été extrêmement énergique et sûr de lui. Parfois trop sûr de lui. Mais ses excès d'orgueil étaient infiniment préférables à son effondrement actuel. Elle avait l'impression de traîner un vieillard impotent.

Shura Janowska, la meilleure amie d'Effie, atteinte d'un cancer, avait été amputée du sein droit. Pourtant, Shura était toujours gaie et continuait à vivre comme les autres. Pourquoi Craig semblait-il penser qu'il n'était plus un homme ?

Craig prit sa canne et, en boitillant, il suivit Effie vers la porte. Jones, le portier, les attendait dans le couloir. Craig parcourut du regard l'appartement silencieux. Le soleil de l'après-midi l'inondait d'une lumière dorée. Son immense réussite dans le droit international avait permis à Craig de le décorer de meubles d'époque, de miroirs aux cadres dorés et de somptueux rideaux, crème et jaune. Au-dessus de la cheminée, il y avait un tableau abstrait de Max Weber... Ces bleus qui vibraient et ces écarlates qui chantaient valaient plus de sept cent cinquante mille dollars. Le vaste appartement, comportant quatre chambres à coucher, donnait l'impression d'avoir été décoré pour un reportage dans *Architectural Digest*, mais Craig ne prenait plus aucun plaisir à y vivre.

Sur l'un des canapés, un coussin brodé portait cette inscription, cousue à la main : « J'AI COMBATTU LA LOI ET LA LOI A PERDU ».

La porte se referma derrière eux.

— Combien de temps serez-vous absents, madame Bellman ? demanda Jones.

Jones, sanglé dans son uniforme, était un Noir affable, très affable. Bien qu'il portât leurs valises, il se déplaçait avec une aisance surnaturelle.

Effie tourna la tête pour vérifier que Craig les suivait.

— Oh, nous aviserons sur place. Nous irons voir ma sœur à Albany, et ensuite nous resterons peut-être quelques jours à Glens Falls.

— Vous avez l'intention de pêcher, monsieur Bellman ? demanda Jones. On dit que les truites du lac Oscawana sont les plus grosses du pays.

— Pêcher ? fit Craig. Non. Enfin, je ne sais pas... c'est possible. Cela dépendra de la durée de notre séjour. Aller au fin fond de l'État de New York sans aucune nécessité, j'appelle ça perdre son temps.

Effie le prit par le bras et sourit, mais son sourire était un peu forcé.

— Ce n'est pas du temps perdu puisque nous l'employons à tenter de te remettre les idées en place.

Craig dégagea vivement son bras.

— Je vois. Maintenant, c'est ma tête qui ne va pas. Y a-t-il encore une autre partie de mon anatomie que tu veux « remettre en place » ?

Jones eut l'air gêné et demeura silencieux, ses mains gantées jointes devant lui, tandis qu'ils prenaient l'ascenseur et descendaient vers le hall. Effie et lui se regardèrent dans les parois vitrées de l'ascenseur, mais ni l'un ni l'autre ne laissa rien paraître. Jones était un portier parfait. Il ne lui appartenait pas de porter un jugement sur les résidants de l'immeuble Sutton, même si l'un d'eux se montrait particulièrement irascible.

En voyant son reflet, Effie trouva qu'elle avait mauvaise mine. De petite taille, les cheveux d'un brun roux, elle avait un visage ovale que l'un de ses anciens amants avait toujours comparé aux portraits du Bernin : légèrement médiéval, un nez mince et droit, des lèvres très pleines, comme des arcs d'ange, et des yeux de la couleur d'un Stradivarius.

Elle portait un tailleur de toile bleu pervenche, un peu trop élégant pour la campagne. Elle avait opté pour ce tailleur parce qu'elle se sentait calme et pondérée quand elle le mettait, et aujourd'hui elle devait absolument faire appel à ces deux qualités. Et puis elle se sentait bien dans cette tenue. Elle trouvait qu'elle avait de trop gros seins pour sa taille, et la coupe de ce tailleur lui donnait l'impression d'être plus svelte. Elle savait très précisément à quand remontaient les sentiments qu'elle nourrissait à propos de sa silhouette. C'était le jour où Craig lui avait dit : *Tu sais quoi ? Tu me rappelles Elizabeth Taylor*. Effie n'avait jamais osé lui dire qu'elle détestait Elizabeth Taylor, ou du moins son physique.

La maîtrise de soi, voilà ce dont elle avait besoin. Le calme et la maîtrise de soi.

Seuls les cernes violacés sous ses yeux trahissaient le stress que lui avait causé l'accident de Craig.

Il insistait pour appeler cela un « accident », et non une agression, et Effie comprenait pourquoi. C'était bien trop perturbant pour lui de penser que chaque jour, chaque heure de sa vie, son destin avait travaillé à le conduire petit à petit vers l'entrée obscure de *K-Plus Drugs*. Comment avait-il pu naître et grandir, entouré de tout cet amour et de cette tendresse, dans le seul but d'entrer dans cette pharmacie et de se trouver en face de ce garçon terrifiant au marteau et à la redingote noire ? Ses parents ne l'avaient pas envoyé à la faculté de droit pour ça, n'est-ce pas ? Assurément, il n'avait pas travaillé avec acharnement, lutté, surmonté tous les obstacles jusqu'au sommet de sa profession, pour que sa virilité soit pulvérisée par une petite ordure dans un bâtiment désaffecté !

Il refusait de croire que tout cela était écrit. Dieu ne pouvait pas être aussi pervers. Pourquoi Dieu lui aurait-il accordé une telle réussite, uniquement pour lui montrer à quel point il était vulnérable ? C'était pour cette raison qu'il appelait cela un accident. Les accidents ne sont rien de plus que de la malchance... Les bonnes cartes ne sortent pas, les dés sont contre vous. Le destin, lui, est totalement différent. C'est quelque chose de terrifiant qui vous attend au coin de la rue sans que vous vous en doutiez jamais.

Tandis qu'il mettait leurs bagages dans le coffre de la BMW écarlate d'Effie, Jones dit :

— Soyez prudente sur la route, madame Bellman. Vous savez ce que ma grand-mère faisait, chaque fois qu'elle partait en voyage ? (Il se donna une tape sur l'épaule droite.) C'est pour chasser le diable. Comme ça, il ne vient pas avec vous et ne vous chuchote pas à l'oreille des choses mauvaises.

— Des choses mauvaises ? fit Craig en haussant un sourcil.

— On ne sait jamais, monsieur Bellman. Le diable a plus d'un tour dans son sac, et son haleine ressemble à la fumée qui sort d'une cheminée. Elle vous étouffe avant que vous ne vous en rendiez compte.

— Merci pour le renseignement, lui dit Craig.

Il monta dans la voiture et claqua la portière.

— Et merci pour le pourboire, murmura Jones, tandis qu'ils s'éloignaient.

Ils se dirigèrent vers le nord, empruntant la Henry Hudson Parkway. Ils avaient mis un CD, *Madame Butterfly*. Effie avait grandi dans une maison remplie d'opéras, et durant les sept années de leur mariage elle avait appris à Craig à apprécier Verdi et Puccini, mais il refusait toujours d'écouter du Wagner. *Des tonneaux de saindoux affublés de Wonderbras en fer-blanc qui chantent à tue-tête*, c'était sa définition de la *Tétralogie*.

— Je n'ai absolument pas besoin de ça, déclara Craig comme ils franchissaient la rivière de Harlem et pénétraient dans le Bronx.

Devant eux, un énorme camion noir de suie avançait lentement. Ses portières arrière étaient ornées d'un Joker au large sourire. Société « Les Jours Heureux ». Mais il n'y avait aucune indication de ce que cette société pouvait bien vendre.

— Tu as besoin de prendre des vacances, chéri, c'est tout, dit Effie. Tu as subi une épreuve pénible, tu dois t'accorder un peu de temps pour récupérer, pour réfléchir à tout ça.

— Réfléchir à tout ça ? Je n'ai pas cessé d'y réfléchir depuis que c'est arrivé. Tous les jours, toutes les heures. Et merde, Effie, je suis quasiment incapable de penser à autre chose.

— Craig, c'est terminé. Cela ne sert à rien de te torturer. Tu as été incroyablement courageux.

— Incroyablement stupide, oui ! Pourquoi n'ai-je pas envoyé promener cette fille ?

— Parce que tu es comme ça : tu te soucies des gens.

— Je ne suis pas entré dans cette pharmacie parce que je me souciais des gens. J'y suis entré parce que j'en avais plein le dos de la pluie, des satanés chauffeurs de taxi qui ne savent pas où ils vont, et aussi de Hakayawa qui me regarde comme un empoté d'Occidental même pas capable d'arriver à l'heure pour un putain de dîner.

Ils longèrent un mur en béton grisâtre, puis ils retrouvèrent la lumière du soleil. Mimi chantait *Un bel vedremo.*

— Tu sais ce que le docteur Samstag t'a dit, reprit Effie. Tu dois te penser différemment. Il faut que tu révises complètement ta perception de toi-même. Ce qui s'est passé dans cette pharmacie, cela t'a fait douter de ta virilité, de tes capacités, de tout. Ils auraient pu te tuer. Ils auraient pu te faire n'importe quoi, et tu n'aurais pas pu les en empêcher.

— Tu crois que je ne le sais pas ? répliqua Craig d'un ton sec. Bordel de merde, tu crois que je ne le sais pas ?

— Si, dit-elle en s'efforçant de garder son calme. Je crois que tu le sais. Tu devrais aussi savoir que quelques jours de vacances vont te faire le plus grand bien. Tu peux peut-être abandonner un peu de cette colère, et admettre qu'il y a des choses dans la vie qui t'échappent totalement, des choses contre lesquelles tu ne peux rien, même si tu es un avocat de premier ordre.

Craig ne dit rien et regarda par la vitre les entrepôts lugubres et les travaux de réhabilitation à moitié abandonnés du Bronx. Dans la lumière orange du soleil d'été, cela ressemblait à un paysage du Maroc. Une Mercury havane délabrée roulait à leur hauteur. A l'intérieur, il y avait une famille de Noirs, le père, la mère, une fille grassouillette et deux jeunes enfants qui ne tenaient pas en place. Craig fut frappé par leur bonheur évident, par leur façon de sourire et de rire. Si cette vieille bagnole avait été sa voiture, il aurait été tenté de fixer un tuyau au pot d'échappement pour se suicider. Mon Dieu, être satisfait ! Etre satisfait juste une fois... de sa carrière, de sa femme, de ses amis, de sa vie ou de n'importe quoi...

Machinalement, il se donna une tape sur l'épaule droite.

Vendredi 18 juin, 7 h 54

Effie ouvrit les yeux et regarda le plafond où le soleil dansait comme une rangée de girls sur la scène d'un music-hall. A côté d'elle, Craig était emmitouflé dans la couette d'où ne dépassaient que ses cheveux. Sa respiration était rauque et agressive. A part cela, Effie n'entendait rien d'autre que des cygnes qui criaient au-dehors, et le *tap-tap-tap* des rideaux contre le loqueteau de la fenêtre.

Elle se demanda comment elle avait pu renoncer, petit à petit, à tout ce qu'elle aimait. Pas d'enfants, alors qu'elle avait toujours voulu en avoir. Pas le temps de peindre, alors que c'était sa passion. Pas le temps de faire quoi que ce soit, excepté travailler toute la journée aux galeries Verulian, sur la Troisième Avenue, puis rentrer en toute hâte à l'appartement et se changer pour le dîner afin de pouvoir se pavaner au bras de Craig tandis que celui-ci régalait ses clients. C'était toujours la même chose. *Lutèce* le mardi, *Le Bernardin* le mercredi, *La Côte basque* le jeudi et *La Réserve* le vendredi.

Soir après soir, souhaiter la bienvenue et sourire aux épouses d'hommes d'affaires japonais et coréens. Soir après soir, engager des conversations superficielles et vides de sens. Effie savait que c'était son rôle, et elle ne pouvait pas prétendre qu'elle se moquait de l'opulence qu'ils avaient acquise en contrepartie de toutes ces contraintes. Mais elle n'avait pas épousé Craig pour cette raison. Elle l'avait épousé parce qu'il était grand, tendre, gentil, et qu'il la faisait rire.

Elle songea aux premiers temps de leur mariage, à leur appartement de Lafayette Street. Elle se rappelait les moindres détails : le pot à pickles contenant des bleuets, au-dessus de l'évier, les éponges usées, et Marmaduke, le chat, qui dormait, les pattes repliées sous lui. Elle eut envie de pleurer, mais elle se retint, parce qu'elle était Effie, et que sa mère lui avait dit un jour : *Les Effie ne pleurent pas.*

— Bonjour, je suis la femme de Craig Bellman, comment allez-vous ? dit-elle en japonais.

— Je vais très bien, merci, se répondit-elle à elle-même.

Elle s'assit dans le lit. La chambre était silencieuse et richement décorée dans des tons rouges et jaunes, les couleurs de l'été. Il y avait un fauteuil à bascule près de la cheminée, et une énorme armoire en chêne. Un tableau représentant une bergère à l'air attardé était accroché au mur opposé.

Craig continuait de respirer bruyamment, comme s'il était aux prises avec un rêve compliqué. Elle déposa un baiser sur son épaule et sortit du lit. Nue, elle alla jusqu'à la fenêtre et contempla Main Street, avec ses maisons du début du siècle récemment repeintes et ses érables soigneusement plantés. Dans le lointain, au pied de la colline, elle apercevait le fleuve qui scintillait, et un véliplanchiste matinal qui évoluait sur l'eau.

Elle laissa retomber le rideau de tulle, se retourna et se vit dans le miroir, de l'autre côté de la chambre : un dos pâle à la courbe gracieuse, une cascade de cheveux bruns. La moquette était douce sous ses pieds nus. Elle se sentait toujours tellement sereine et belle lorsqu'elle revenait à Cold Spring, tellement chez elle. Elle pensait que les gens avaient des affinités avec certains endroits, même s'ils n'y étaient pas nés. Craig, elle en était sûre, était un citadin. Il avait besoin d'oxyde de carbone et de l'atmosphère aseptisée des restaurants de classe internationale.

Elle savait qu'il allait bientôt manifester le désir de rentrer, mais elle tâcherait d'obtenir un petit délai, le temps qu'il retrouve sa confiance en lui, et plus particulièrement en ses capacités sexuelles. Elle avait besoin qu'il lui fasse l'amour, juste une fois, pour lui prouver qu'il n'avait pas été émasculé. Elle avait besoin de sentir le testicule qui lui restait, et de le rassurer, de lui dire qu'il était tout ce qu'elle désirait.

Il gardait toujours sa serviette de bain nouée autour des reins lorsqu'il sortait de la cabine de douche. Il ne lui permettait toujours pas de le regarder ni de le toucher.

Elle alla jusqu'au miroir et s'examina soigneusement. Elle s'efforça de ne pas cligner les yeux. On apprenait aux actrices de cinéma à ne pas cligner les yeux. Ses seins étaient pâles et striés de veines semblables au réseau de racines des arbres. Cinq petits grains de beauté formaient une constellation sur son épaule gauche. Je suis une personne réelle, pensa-t-elle, observant sa poitrine qui se soulevait et s'abaissait tandis qu'elle respirait.

Elle entendit Craig bouger et grogner, comme un chien lorsqu'il flaire un animal qu'il n'a pas vraiment envie d'attraper. Il ouvrit les yeux, l'aperçut et battit des paupières.

Elle s'approcha et s'assit au bord du lit, puis elle l'embrassa sur le front et lui ébouriffa les cheveux.

— C'est une journée splendide, lui dit-elle. Et elle nous appartient entièrement.

— Quelle heure est-il ?... Huit heures moins deux ? Bon sang ! Ecoute, et si tu prenais une douche ? Il faut que j'appelle Steven. Il plaide au tribunal ce matin. Il représente l'Huile Filipino.

— Craig, tu n'as pas à appeler Steven. Il est parfaitement capable de s'en sortir tout seul.

Craig se redressa vivement.

— L'Huile Filipino est une affaire très compliquée. C'est mon affaire.

— Bien sûr, chéri. Mais Steven la connaît aussi bien que toi ! Si tu lui faisais confiance, pour une fois !

Elle lui tapota le bout du nez en souriant. Elle savait qu'elle était jolie et très attirante. Si seulement Craig parvenait à oublier *K-Plus Drugs* et ce satané marteau qui les avait séparés d'un seul coup !

— Craig, dit-elle en le regardant dans les yeux. Craig, je t'aime.

Il détourna aussitôt les yeux.

— Je t'aime, et je voudrais que tu essaies d'oublier ce qui s'est passé. Craig, je te demande de penser à moi.

Il ne disait rien. Elle lui prit la main et la caressa très doucement.

— Tu dois tourner la page, mon chéri. Personne n'aurait pu faire mieux. Cela n'a pas fait de toi un lâche, ni un imbécile. Cela ne t'a même pas enlevé ta virilité. Tu as entendu ce que le docteur Samstag a dit ? Rien n'a changé, absolument rien. Et surtout pas mon amour pour toi.

Elle promena lentement le bout de son index sur le poignet de Craig, puis sur son bras, jusqu'à son épaule. Il ne la regardait pas ; ses yeux étaient fixés, sans raison apparente, sur la prise de courant, à côté de la commode. Il avait l'air infiniment triste, comme s'il avait connu la plus grande déception de sa vie. Elle fit glisser son index de l'épaule de Craig et toucha son téton gauche, lequel durcit légèrement. Elle tira sur les quelques poils noirs autour de son téton, puis le bout de son index continua de descendre le long de son flanc, suivit le contour de chaque muscle, jusqu'à ce qu'il atteigne la hanche nue de Craig.

A ce moment, il la regarda.

— Non, Effie. Ça ne marchera pas.

Sans répondre, elle glissa sa main sous la couette et saisit son pénis charnu et mou. Elle effleura son unique testicule et se dit que rien n'avait changé. Elle était hors d'haleine, elle voulait le sentir, le serrer, lui prouver qu'il l'excitait toujours, qu'il était toujours un homme.

— Nom de Dieu ! s'exclama-t-il en se dégageant vivement. Il faut te faire un dessin ou quoi ?

Effie tendit la main à nouveau, mais il la repoussa brutalement. Elle se redressa. Elle se sentait gênée, frustrée, et également en colère.

— Craig... tu devras bien essayer, un jour ou l'autre.

— Je sais, je sais... vous n'arrêtez pas de me le répéter, toi et le docteur Samstag !

— Je t'aime, Craig. Tu ne peux pas me repousser indéfiniment.

Il ne dit rien, mais elle ne l'avait encore jamais vu la regarder avec un tel ressentiment. Sa rancœur était si forte qu'elle en sentait presque le goût, comme si sa bouche était remplie de pièces de monnaie arrosées de quelques gouttes de citron.

Il sortit du lit en lui tournant le dos et prit le peignoir qui était posé sur le dossier de la chaise. Elle le regarda mettre son peignoir et le serrer autour de sa taille, mais elle ne chercha pas à se vêtir.

— J'ai besoin d'un peu plus de temps, c'est tout, lui dit Craig.

— Le docteur Samstag dit que plus tu attendras, plus ce sera difficile.

— Le docteur Samstag n'a pas été frappé sur les couilles avec un putain de marteau !

— Craig... tu dois te ressaisir. Fais un effort. Tu ne peux pas t'apitoyer sur ton sort indéfiniment. Tu es toujours un homme. Je continue de t'aimer, comme je t'ai toujours aimé. Mais je ne peux rien pour toi si tu refuses mon aide.

Il réfléchit à ce qu'elle venait de dire, mais ne répondit pas. Au lieu de cela, il demanda :

— Que veux-tu faire aujourd'hui ?

— Je ne sais pas. Ce que tu voudras. Nous pourrions peut-être aller à la Restauration Boscobel et regarder le mobilier.

— Alors tu ferais mieux de t'habiller.

Elle se leva et se planta devant lui. Elle avait envie de dire quelque chose de méchant, mais elle savait que cela ne ferait qu'envenimer les choses. Ce qui était pire que la frustration, c'était d'ignorer s'il l'aimait encore. Elle ne pouvait pas vivre sans amour et sans complicité, et elle commençait à se dire qu'elle allait devoir chercher cela ailleurs.

Elle se sentait capable de le secouer, d'enfoncer ses ongles dans ses épaules et de le griffer jusqu'à ce qu'il saigne. Mais elle se contenta d'ouvrir le tiroir de la commode et de regarder fixement ses vêtements comme si elle les voyait pour la première fois.

Vendredi 18 juin, 11 h 47

Ils passèrent une matinée paisible à se promener dans le parc de la Restauration Boscobel, un manoir de l'époque fédérale entouré de pommeraies et de roseraies, avec, au-delà, des vues scintillantes des monts Hudson.

— Nous aurions dû emporter un pique-nique, dit Craig de manière tout à fait inattendue, en s'abritant les yeux du soleil de la mi-journée.

Effie le prit par le bras, et cette fois il n'essaya pas de se dégager.

— Un pique-nique ? Après ce petit déjeuner gargantuesque ? Tu as repris des crêpes trois fois, non ?

— J'ai besoin de prendre des forces si je veux redevenir un homme.

— Tu es un homme ; il n'y a aucun doute à ce sujet.

Ils flânèrent encore un moment, puis regagnèrent leur voiture d'un pas tranquille.

— Autrefois, il y avait une auberge pas très loin d'ici, juste après Bear Mountain Bridge. Tu veux qu'on essaie de la trouver ? proposa Effie.

Ils suivaient la route en lacets ombragée par les arbres qui bruissaient.

— Mon père nous emmenait déjeuner dans cette auberge quasiment tous les dimanches, expliqua Effie. L'auberge des Chênes Rouges. Il commandait toujours un

Bloody Mary et me laissait sucer la tige de céleri. Ma mère disait qu'il allait faire de moi une alcoolique, mais il répliquait qu'il essayait de faire de moi une végétarienne.

Ils franchirent trois virages en S, puis Effie s'exclama :

— Stop ! Stop ! Je crois que c'est ici, sur la gauche !

Craig fit une marche arrière dans le tournant, et la BMW émit un gémissement. Un petit chemin latéral en pente disparaissait entre les chênes, tellement abrupt et envahi par les herbes folles qu'ils l'auraient probablement raté si Effie n'avait pas su ce qu'elle cherchait. Un poteau indicateur en bois comportait deux noms tout juste lisibles : Chênes Rouges et, au-dessous, Walhalla.

— Walhalla ? demanda Craig, comme il tournait à gauche. Qu'est-ce que c'est, Walhalla ?

— La maison de quelqu'un, mais j'ignore qui. J'ai cherché ce nom dans mon encyclopédie, quand j'étais petite. Cela vient de l'une de ces légendes germaniques, tu sais, comme Odin et tout le bataclan. C'était le palais des guerriers les plus valeureux tués au combat. Mon père disait toujours que c'était une mise en garde : il ne devrait plus jamais déjeuner à l'auberge des Chênes Rouges, sinon il finirait par aller les rejoindre !

— Ma foi, il était sacrément imposant, non ?

— Imposant ? Tu n'as pas besoin d'être poli à son sujet, sous prétexte qu'il est mort. Il était carrément gros, voilà la vérité.

Ils suivirent le chemin en pente et furent immédiatement plongés dans un monde feutré et frais de branches basses et de broussailles. De temps à autre, ils entrevoyaient des clairières ensoleillées à travers le sous-bois, mais, le plus souvent, la route était sombre, humide, et dégageait une forte odeur de feuilles en décomposition.

— Tu es sûre qu'il fallait tourner là ? demanda Craig.

Des ronces bruissaient et cinglaient les flancs de la BMW.

— C'est forcément le bon chemin. Le poteau indiquait Chênes Rouges, non ? Et Walhalla.

— Exact. Le palais des guerriers tués au combat.

Le chemin commença à monter vers le faîte de la colline ; il devenait de plus en plus raide à chaque coude. L'asphalte s'était craquelé sur les bas-côtés et était sillonné de ruisselets d'eau de source. D'un côté, ils voyaient seulement la cime des arbres. De l'autre, l'intérieur de la terre, avec des racines noueuses, et des couches de feuilles moisies et de champignons blafards à l'odeur âcre.

— J'ai l'impression que personne n'a emprunté cette route depuis des années, déclara Craig. Nous devrions peut-être faire demi-tour et chercher une autre auberge.

— Nous ne pouvons pas tourner ici, dit Effie. Autant continuer jusqu'à l'auberge.

Ils négocièrent d'innombrables virages en épingle à cheveux, puis les arbres commencèrent finalement à s'éclaircir et la route fut tachetée de lumière. Une pancarte fanée sur le bas-côté indiquait *Auberge des Chênes Rouges, 200 mètres. Cheminées dans les Chambres et TV.*

L'auberge était bien plus petite que dans le souvenir d'Effie, et elle n'était pas simplement fermée : elle tombait en ruine. Elle était située dans une clairière à gauche de la route et se trouvait ombragée par des chênes gigantesques. C'était une bâtisse en bois avec une véranda qui s'affaissait et un toit squelettique. La plupart des fenêtres étaient brisées, et les gouttières étaient obstruées par des bardeaux que les intempéries avaient décolorés.

Craig gara la voiture sur le parking et mit le frein à main.

— J'ai l'impression que notre déjeuner est à l'eau, dit-il. Où allons-nous maintenant ?

Effie descendit de la voiture et se dirigea vers l'entrée de l'auberge. Dix-neuf ans auparavant, alors qu'elle montait ces marches avec son père, elle n'aurait jamais pensé qu'elle reviendrait un jour ici pour trouver l'auberge dans cet état. Elle s'approcha de la porte et jeta un coup d'œil à l'intérieur. Jadis, cette porte comportait des panneaux ornés de vitraux. En attendant ses parents qui s'attardaient toujours au moment de payer l'addition, elle imaginait que chaque carreau de verre coloré lui offrait une vue secrète sur un monde qui n'était pas visible normalement : un monde rouge, un monde vert et un monde jaune pâle.

Un jour, à travers le verre rouge, elle avait vu un homme coiffé d'un chapeau mou traverser le parking. Quand elle avait regardé à travers le verre clair, l'homme avait disparu.

Elle entendit la portière de la voiture claquer tandis que Craig la rejoignait. La porte était fermée avec des chaînes et des cadenas, mais elle distinguait nettement la grande salle, avec sa vue sur le ruisseau qui s'écoulait des rochers, à l'arrière du bâtiment. A présent, le ruisseau était obstrué par des herbes et il n'y avait plus de tables dans la salle. Il restait juste une chaise renversée qui gisait sur le sol.

— Les souvenirs, hein ? fit Craig en levant les yeux vers le toit délabré.

Elle acquiesça d'un signe de tête.

— Papa m'a amenée ici, le jour de mes dix-huit ans.

De manière inattendue, Craig posa sa main sur l'épaule d'Effie et la serra. Effie se tourna vers lui mais il regardait de l'autre côté.

— J'aime bien cet endroit, dit-il, comme si cette constatation l'avait étonné lui-même.

— Cela me fait plaisir. J'ai toujours aimé cet endroit. L'auberge était tenue par deux êtres charmants, Mr. et Mrs. Berryman. Ils adoraient cuisiner et ils voulaient que les gens soient satisfaits et heureux. Mrs. Berryman me permettait de venir dans la cuisine et de faire des figurines avec la pâte à tarte.

Ils redescendirent les marches. Dans le lointain, ils apercevaient les cimes bleuâtres des monts Hudson, et le contour plus sombre, ourlé de nuages, de Storm King Mountain, la Montagne du Roi des Orages. Ils étaient seuls au monde, devant cette auberge abandonnée et délabrée, comme les explorateurs d'une civilisation disparue depuis longtemps. Des engoulevents s'appelaient tristement d'une colline à l'autre.

— Tu es déjà allée jusqu'à Walhalla ? demanda Craig.

Elle secoua la tête.

— Nous venions ici pour déjeuner, et ensuite on rentrait à la maison. Papa me promettait chaque fois que nous ferions une promenade dans les bois, mais, finalement, nous devions y renoncer car il avait toujours trop mangé.

— J'aimerais bien voir à quoi ressemble Walhalla.

— C'est juste la maison de quelqu'un.

— J'aimerais quand même la voir.

— Entendu, dit Effie.

Peu lui importait ce qu'ils faisaient, aussi longtemps que Craig se montrerait tendre et gentil. Elle ne l'avait pas vu aussi détendu depuis la veille de son « accident », et elle commençait à penser que ces vacances forcées étaient en train de produire l'effet escompté.

Ce matin, il portait un costume de toile beige, avec une chemise bleu ciel, l'ultime concession d'un citadin à la campagne. Mais à présent il retirait sa veste, retroussait ses manches et déboutonnait sa chemise.

— Je n'aurais pas dû mettre ces foutus mocassins, dit-il. Quand nous serons rentrés à Cold Spring, j'essaierai de trouver des rangers.

— Des rangers ? Toi ?

Il arbora un large sourire et lui donna une tape dans le dos.

— Je suis en vacances, c'est permis !

Après l'auberge des Chênes Rouges, la pente était si forte que Craig fut obligé de rétrograder. Mais, après une montée pénible de quelques minutes, la route commença à s'aplanir et à décrire une courbe pour suivre le contour du faîte de la colline, passant entre des talus recouverts d'herbe desséchée roussâtre et de fleurs sauvages anémiques qui dodelinaient doucement.

Du fait de l'altitude, le vent se mit à siffler et à s'engouffrer par les vitres baissées de la BMW. Alors qu'ils arrivaient au sommet de la colline, ils aperçurent une barrière dense de chênes séculaires, telle une armée d'ogres qui leur serait apparue brusquement. La plupart de ces arbres étaient tellement exposés aux éléments qu'ils étaient rabougris et difformes, et plusieurs d'entre eux avaient été déchiquetés par la foudre. Pourtant, ils formaient une barrière naturelle d'un côté de la colline à l'autre, et Effie ne pouvait qu'imaginer ce qui se trouvait au-delà. Dans son enfance, elle avait trouvé cela très romanesque d'appeler la maison Walhalla, mais maintenant qu'elle se trouvait tout près de cette demeure, cela lui paraissait inquiétant et même pervers.

La légende disait que, chaque matin, les guerriers de Walhalla quittaient le palais par quarante portes différentes pour aller combattre des ogres et des spectres. Chaque soir, ils rentraient au palais pour festoyer, jouer aux dés et chanter leurs chants immémoriaux.

La maison aurait aussi bien pu s'appeler Purgatoire, ou Mictlampa, le territoire des morts pour les Mexicains, là où dansent les squelettes. La femme de ménage de ses parents, Juanita, lui avait parlé de Mictlampa, lorsqu'elle était petite, et le souvenir de ces histoires la faisait frissonner encore aujourd'hui.

— C'est tellement lugubre, dit-elle.

Mais Craig avait une expression étrange, tandis qu'il conduisait la voiture ; on aurait dit qu'il reconnaissait ce paysage peu à peu.

— C'est formidable. J'adore ce coin !

La chaussée était détériorée, l'asphalte craquelé, la route envahie par des broussailles et des mauvaises herbes, mais Craig continuait de rouler à la même vitesse tandis qu'ils contournaient les arbres, bien qu'il fût persuadé que ce chemin aboutissait à un cul-de-sac. Passé le dernier bosquet de chênes, cependant, ils virent de hautes grilles en fer forgé qui s'affaissaient entre deux grands piliers en pierre. Craig roula jusqu'aux grilles et coupa le moteur.

— Ce doit être ça, dit-il. Walhalla.

Le fer forgé était complètement rouillé par endroits, et les piliers étaient mouchetés et mangés de lichen. Néanmoins, les grilles étaient sinistres et très impressionnantes, ce qui était certainement l'effet recherché par le maître des lieux :

Au-delà, semblaient dire ces grilles, *vous violez une propriété qui m'appartient*.

Craig descendit de la voiture et regarda autour de lui. Le vent de l'été agitait l'herbe autour de ses chevilles. Effie descendit à son tour.

— Drôle d'endroit pour avoir une maison, dit-elle. Tu imagines, en hiver, le travail pour monter jusqu'ici ?

Craig alla jusqu'à la grille et la secoua. Le battant de

gauche avait rouillé et s'était détaché de ses gonds, et la traverse du bas était enfouie dans le sol caillouteux, mais il était sans doute possible de faire pivoter le battant de droite. Au-delà de la grille, la route décrivait une courbe vers la droite et descendait l'autre versant de la colline. On ne voyait absolument rien, à part des arbres.

— J'ai l'impression que... commença Craig brusquement.

Puis il se tut et regarda à nouveau autour de lui.

— Tu as l'impression que quoi ? lui demanda Effie.

— Je ne sais pas. C'est très bizarre. C'est comme si j'avais été destiné toute ma vie à venir ici.

Elle songea à son « accident » et à son farouche refus de croire que le destin l'avait guidé vers l'entrée obscure de *K-Plus Drugs*. Et voilà qu'ici il était tout prêt à adopter cette même théorie de la prédestination !

— Tu te sens détendu, c'est tout, lui dit-elle. Et tu éprouves une impression de déjà-vu.

— Non, non, fit-il en secouant la tête. Ce n'est pas ça du tout. Je n'ai pas le sentiment d'être déjà venu ici. C'est difficile à expliquer. J'ai plutôt la sensation que j'étais destiné à venir ici.

Effie essaya de secouer la grille à son tour, mais celle-ci ne vibra même pas.

— Tu étais peut-être destiné à venir ici, mais tu n'es certainement pas destiné à entrer !

Craig fit les cent pas quelques instants.

— On pourrait essayer d'ouvrir cette grille avec le câble de remorque.

— Craig, tu ne parles pas sérieusement ? C'est une propriété privée. On pourrait nous poursuivre en justice. En plus, je n'ai pas envie que tu abîmes ma voiture. Et si tu bousilles le moteur ? Et si l'un des battants tombe sur l'arrière de la voiture ?

— Ça va, ça va. C'était juste une idée comme ça.

Effie l'observa un moment. Il semblait étrangement agité. Il devait être également ravi parce qu'il se frottait les mains continuellement, comme il le faisait toujours lorsqu'il était surexcité ou inspiré.

— Qu'y a-t-il, Craig ? (Elle lui saisit le bras ; le visage de Craig était radieux.) Allons, dis-moi ce que c'est !

Il la prit par les épaules, puis la serra contre lui. Il la serra très fort, pour la première fois depuis qu'il avait quitté l'appartement ce matin du 16 mars. Effie fut tellement étonnée et émue que sa gorge se noua et que ses yeux se remplirent de larmes. Cela faisait si longtemps qu'il ne lui avait pas témoigné de la tendresse. Elle était abasourdie.

— J'étais destiné à venir ici, répéta-t-il. J'ignore comment et pourquoi. Mais c'est comme si j'entendais une musique.

— Une musique ? s'exclama Effie, complètement désorientée.

Il cessa de l'étreindre, mais continua de lui tenir les mains.

— Je ne peux pas expliquer cela. J'en suis parfaitement incapable. Mais tu connais cette sensation, lorsque tu passes devant la maison de quelqu'un, par un après-midi d'été ? Toutes les fenêtres sont ouvertes, et tu entends de la musique. Une musique de danse, tu vois ce que je veux dire, quelque chose de léger ? Une musique de danse... un tango, un fox-trot, quelque chose de ce genre. Et tu te demandes quels souvenirs cette musique évoque pour la personne qui est en train de l'écouter. Est-ce que ce sont des souvenirs heureux ou bien des souvenirs tristes ? Cette personne a peut-être dansé sur cette musique avec quelqu'un qui est mort. Elle n'a peut-être jamais eu quelqu'un avec qui danser.

— Craig... dit Effie, mi-ravie, mi-inquiète.

Il l'avait comblée de joie par ce soudain élan de tendresse, mais il l'avait également effrayée. Elle ne l'avait jamais entendu parler ainsi, même au tout début de leur mariage.

— Ne t'en fais pas, dit-il. Tout va bien. Tout va très bien.

Au bout d'un moment, ils remontèrent dans la voiture et Craig mit le contact. Il se tourna sur son siège pour faire une marche arrière. Effie jeta un dernier regard aux grilles rouillées. Elles lui rappelaient les dessins d'Edward

Gorey ; c'était le genre de grilles gothiques qu'on voit dans les films d'horreur.

— Nous devrions pouvoir découvrir à qui appartient cette propriété, dit Craig. Un agent immobilier de Cold Spring nous le dira certainement.

— Pourquoi veux-tu le savoir ?

— J'ai envie d'y entrer, voilà pourquoi.

— Je suis sûre qu'elle est en ruine, exactement comme l'auberge des Chênes Rouges.

— Je voudrais la voir. C'est interdit ?

— Non, non, bien sûr que non.

Elle ne voulait surtout pas le mettre en colère. Si la visite d'une vieille maison abandonnée suffisait à le tirer de son apathie, alors en avant pour la visite !

Ils étaient presque arrivés à l'endroit où Craig pourrait effectuer un demi-tour lorsque Effie vit quelque chose bouger, à une certaine distance au-delà des grilles, là où les chênes étaient le plus sombres. Ce n'était probablement rien du tout, juste un reflet lumineux à travers les feuilles. Pourtant, elle eut la certitude que c'était une silhouette, une silhouette élancée et pâle, vêtue de blanc ou de crème, qui les regardait partir.

Elle n'aurait su dire pourquoi, mais l'apparition de cette silhouette l'effraya de manière excessive. Elle ouvrit la bouche pour dire quelque chose à Craig. Au même moment, la silhouette s'en alla, ou disparut, ou se volatilisa. Elle songea brusquement à l'homme au chapeau mou qu'elle avait vu à travers le vitrail de l'auberge des Chênes Rouges.

Un monde rouge, un monde vert et un monde jaune pâle. Peut-être y avait-il un autre monde, également ? Un monde où l'on entendait continuellement de la musique de danse par les fenêtres que chacun laissait ouvertes... Elle se tourna vers Craig. Ils se regardèrent et elle se demanda si elle avait vraiment compris ce qu'il voulait dire.

Samedi 19 juin, 3 h 23

Elle ouvrit les yeux. Quelqu'un se tenait au pied du lit et l'observait. Une forme vague, massive, dont les yeux brillaient dans l'obscurité. Elle fut saisie d'une telle frayeur qu'elle en eut la respiration coupée. Elle essaya de chuchoter « Craig » et tendit la main vers lui, mais aucun son ne sortit de sa bouche et sa main n'agrippa que le drap.

— Chérie ? dit la forme soudainement. Tu es réveillée ?

Elle poussa un soupir de soulagement qui était presque un cri.

— Craig, tu m'as fait une de ces peurs ! J'ai failli avoir une crise cardiaque !

Il contourna le lit et s'assit à côté d'elle. Il portait son pantalon de pyjama en coton blanc, mais c'était tout. Il prit doucement ses poignets et l'embrassa sur le front.

— Excuse-moi. Je n'arrivais pas à dormir.

— J'ai cru que tu étais un fantôme !

— Un fantôme pesant plus de quatre-vingt-dix kilos ?

Il l'embrassa à nouveau.

— Tu veux un Nytol ? lui demanda-t-elle.

Il secoua la tête.

— Je n'ai pas envie de dormir.

— Qu'est-ce que tu veux faire, alors ? Une partie de Scrabble ?

— Je sais que cela peut sembler ridicule, mais je crois que j'ai envie de retourner à Walhalla.

— Oh, pas de problème. Mais tu voulais d'abord parler à un agent immobilier, non ?

— Ça me paraît difficile, à trois heures et demie du matin !

Effie se redressa en s'appuyant sur un coude. Le drap glissa et découvrit ses seins.

— Tu veux retourner là-bas maintenant ?

— Je ne sais pas. J'en ressens le besoin, c'est tout. C'est la première fois que j'éprouve une telle sensation. J'ai le sentiment que, si je vais là-bas, je trouverai la réponse à tous mes problèmes.

— Oh, Craig, c'est impossible. Nous ne pouvons pas faire ça. Je veux bien venir avec toi demain matin, quand il fera jour. Mais pas maintenant !

Il se redressa. Durant un moment, elle eut peur de l'avoir perdu à nouveau et craignit de le voir se mettre en colère. Mais il hocha la tête, à deux reprises, puis il dit :

— Tu as raison. Nous parlerons d'abord à un agent immobilier.

Il se recoucha. Elle pensa, durant une fraction de seconde, qu'il allait peut-être lui faire l'amour, mais il lui tourna le dos, comme à son habitude, et, lorsque la pendule du rez-de-chaussée sonna quatre heures, il était profondément endormi.

Samedi 19 juin, 10 h 19

— Mr. Van Buren peut vous recevoir maintenant, annonça la secrétaire.

C'était une blonde incendiaire aux lèvres de la couleur d'une voiture de pompiers et aux énormes lunettes rondes. Elle les précéda dans le couloir en tortillant des hanches ; sa robe verte se balançait d'un côté et de l'autre.

Walter Van Buren était un vieux monsieur à l'air débonnaire qui portait une veste beige en coton gaufré, un pantalon marron et une cravate qui proclamait qu'il faisait partie des Amis de l'Orchestre philharmonique de la vallée de l'Hudson. Il avait un visage mou, terne, avec des bajoues, et les yeux les plus clairs qu'Effie eût jamais vus, de la couleur d'un thé léger.

Sur les murs du bureau recouverts de toile de jute beige étaient accrochés des photographies de ses enfants et petits-enfants, ainsi que des diplômes encadrés de l'Association des agents immobiliers de la vallée de l'Hudson et des Elks[1] de Cold Spring. De sa fenêtre, on apercevait un parking où une grosse Buick vieille de dix ans cuisait au soleil, et un terrain de jeu où une mère solitaire était assise et lisait, tandis que son enfant faisait des tours de manège.

— J'ai cru comprendre que vous vous intéressiez à Walhalla, dit Walter Van Buren.

D'un geste de la main, il les invita à s'asseoir. Ce qu'ils firent.

---

1. Association de bienfaisance très connue aux Etats-Unis. *(N.d.T.)*

— Walhalla n'a pas été habitée depuis 1956, reprit-il. Certains travaux de restauration ont été effectués, mais si la maison est toujours debout, c'est uniquement parce qu'elle ne s'est pas écroulée et parce que personne n'est allé là-bas pour lui donner le coup de grâce.

— Néanmoins, j'aimerais la visiter, fit Craig, les mains posées calmement sur ses genoux.

Walter Van Buren haussa les épaules.

— Vous pouvez toujours la visiter. Mais si vous cherchez une belle propriété dans la vallée de l'Hudson, je peux vous montrer un grand nombre de maisons qui vous plairont davantage et qui ont beaucoup plus de valeur. L'une d'elles a été mise en vente pas plus tard que la semaine dernière... ici, regardez... Oscawana, c'est une maison superbe, sept chambres à coucher, quatre salles de bains et deux cabinets de toilette, sans parler d'une piscine, d'un court de squash et d'une vue sur le lac Oscawana. Tenez, jetez donc un coup d'œil.

Il leur présenta un dépliant publicitaire que Craig ne regarda même pas.

Walter Van Buren se renversa dans son fauteuil, cligna les yeux et dit :

— Walhalla... je dois être franc avec vous... Il s'agit plutôt de ce que j'appellerai un investissement de longue durée. Autrefois, cette maison était assez extraordinaire. Mais il faudrait des centaines de milliers de dollars ne serait-ce que pour la rendre habitable. Peut-être des millions. Donald Trump était intéressé à un moment, mais lorsque ses experts l'ont vue... ma foi !...

— Je croyais que les agents immobiliers étaient censés faire l'article pour inciter les clients à acheter, dit Craig. Apparemment, vous faites tout le contraire, vous essayez même de les décourager.

— Oh non, vous m'avez mal compris, dit Walter Van Buren en levant la main. Walhalla possède l'un des plus beaux sites de la vallée de l'Hudson. Un panorama incomparable. Calme, solitude. C'est une maison magnifique.

— Mais elle est en très mauvais état ? demanda Effie.

— Vous affirmer le contraire serait un mensonge, madame Bellman.

— Jusqu'à quel point est-elle délabrée ? reprit Craig.

Walter Van Buren prit une chemise en papier bulle verte et fatiguée dans sa corbeille de courrier en attente et l'ouvrit. Il leur tendit un plan de la propriété et une photographie prise d'avion, floue et en noir et blanc. La maison était de style néogothique, avec de grandes cheminées et des fenêtres aux vitres plombées, et elle était immense.

— Mon Dieu ! s'exclama Effie avant d'éclater de rire.

— C'est une maison qu'il faut aimer passionnément, dit Walter Van Buren, sinon c'est inutile.

Craig prit la photographie et la contempla un bon moment.

— Elle est incroyable. Elle est tout à fait incroyable.

— Elle appartient à un autre temps, expliqua Walter Van Buren en l'observant attentivement. C'est l'époque de Rockefeller, de Roosevelt, de Vanderbilt. Cette demeure ne peut convenir qu'à un homme important.

— Savez-vous quels sont les travaux indispensables à effectuer, en gros ? demanda Craig.

— Comme je l'ai déjà dit, monsieur Bellman, je ne vous mentirai pas. La toiture est à refaire, la plupart des fenêtres doivent être remplacées, il faudra probablement remettre à neuf l'installation électrique, ainsi que la plomberie.

— Mais elle pourrait être restaurée ?

— Par quelqu'un qui l'aime passionnément, oui.

— Craig, intervint Effie. J'espère que tu ne penses pas sérieusement à l'acheter ! Nous n'avons que faire d'une maison comme celle-là !

— Oh, allons, chérie, j'aimerais la visiter, c'est tout, lui dit Craig. Qui en est le propriétaire, à présent ?

— Hum, que dit-on ici ? fit Walter Van Buren. Un fidéicommis administré par Fulloni et Jahn, à Albany. A moins qu'ils ne l'aient vendue ou confiée à quelqu'un d'autre sans nous en informer. Nous n'avons eu aucune demande concernant Walhalla depuis plus d'un an.

— Je devrais peut-être contacter ces... Fulloni et Jahn.

— Vous pouvez, bien sûr, si vous y tenez vraiment. Je peux vous donner leur numéro de téléphone. Mais en ce moment, j'essaie de faire preuve d'un peu de réalisme, monsieur Bellman. Walhalla pourrait grever très sérieusement votre budget, et ce n'est pas ce que je souhaite parce que vous ne me le pardonneriez jamais. Chaque fois que vous me rencontreriez dans la rue ou que vous passeriez devant mon agence, vous vous diriez : *Voilà l'homme qui m'a ruiné en me vendant cette maudite maison.*

Il émit un petit rire sec qui ressemblait plutôt à un aboiement.

— Monsieur Van Buren, dit Craig, je pense que vous ne comprenez pas. Je n'ai jamais visité Walhalla ; je ne l'ai même pas vue de l'extérieur. Mais lorsque nous sommes arrivés là-haut et que nous nous sommes arrêtés devant ces grilles... ah, je ne sais pas. J'ai eu l'impression que j'étais là pour une raison bien précise, que j'étais destiné à être là-bas.

Walter Van Buren lança un regard soucieux à Effie et s'éclaircit la gorge.

— Et... hum, qu'en pensez-vous, madame Bellman ?

— Je pense... commença Effie. (Craig releva la tête.) Je pense que... (Il appuya son regard sur elle.) Je pense que, oui, bien sûr, nous pourrions au moins jeter un coup d'œil à la maison. Si cela ne vous dérange pas.

Walter Van Buren referma d'un geste sec la chemise en papier bulle. Puis il dit :

— Entendu... si c'est ce que vous voulez, je vous ferai visiter. Comme vous l'avez dit fort justement, monsieur Bellman, je suis ici pour vendre des maisons, pas pour dissuader les clients d'en acheter.

Il se leva et alla s'accroupir devant un petit coffre-fort dont il entreprit de manipuler la serrure à combinaison.

— Quand aimeriez-vous aller là-bas ?

— Aujourd'hui, répondit Craig. Pourquoi pas maintenant ?

— Craig... n'oublie pas que nous avons réservé une table au Vintage pour une heure et demie, dit Effie.

Mais Craig la fit taire d'un geste de la main et déclara :

— Pas de problème. Nous aurons largement le temps.

Walter Van Buren leur montra une enveloppe marron contenant des clés.

— Et voilà ! Mais si vous voulez visiter la maison aujourd'hui, vous devrez le faire sans moi. Je dois recevoir six ou sept acheteurs potentiels. Nous avons une très belle propriété juste à la sortie de Rhinebeck... peut-être aimeriez-vous la voir également ? Une maison superbe. Cinq chambres à coucher, trois salles de bains en marbre de Carrare, et une vue... à part le Paradis, il n'y a rien de mieux !

— Vous avez des arguments très convaincants, monsieur Van Buren, mais tout ce que nous voulons voir, c'est Walhalla.

Walter Van Buren le fixa d'un air grave.

— Permettez-moi de vous dire une chose, monsieur Bellman, et je suis tout à fait sérieux. Lorsque vous verrez Walhalla, ou bien vous désirerez ardemment en être le propriétaire, ou bien vous lui tournerez le dos et vous l'oublierez. Je ne connais personne qui soit capable de la gérer, et je ne parle pas simplement d'argent. Walhalla brise tous ceux qui tombent amoureux d'elle ; elle détruit leur esprit, petit à petit.

— Je ne suis pas le genre d'homme qu'on peut briser, répliqua Craig.

Mais Effie remarqua que sa voix était remplie de pluie, de marteaux et de garçons moqueurs aux chevelures en forme de champignon et aux redingotes noires qui tourbillonnaient.

— Ma foi, je l'espère pour vous, soupira Walter Van Buren. Walhalla a été construite en 1929, par Jack Belias, le milliardaire du textile. Et lorsqu'il est mort en 1937 ou 1938, elle est restée inoccupée jusqu'à la Seconde Guerre mondiale. A cette époque, l'armée l'a louée car elle avait besoin de logements supplémentaires pour l'école militaire de West Point. L'ennui, c'est que cinq élèves officiers se sont suicidés alors qu'ils séjournaient là-bas. Autant vous le dire avant que quelqu'un d'autre ne le fasse... on a commencé à raconter que Walhalla était hantée.

— Hantée ? s'exclama Effie. Hantée par quoi ?

— Je ne sais pas, et, très franchement, je n'y crois pas. Mais vous savez comment sont les gens. Cela fait trente-huit ans que je vends des maisons d'un bout à l'autre de la vallée de l'Hudson, et je n'ai encore jamais vu de maison hantée. A mon avis, ces garçons ont été terrifiés à l'idée de partir à la guerre, c'est tout. Qui pourrait s'en étonner ?

— Et ensuite, qu'est devenue la maison ? demanda Effie.

— Autant que je m'en souvienne, elle n'a pas été habitée pendant un certain temps. Puis elle a été louée par une femme, une certaine Turlington, qui voulait en faire un centre équestre pour les fils et les filles de familles aisées de New York. Au début, elle a plutôt bien réussi, mais un jour elle est sortie avec un groupe de jeunes cavaliers au cours d'un violent orage. L'un de ses élèves les plus riches a été frappé par la foudre et a été tué. Cet accident l'a ruinée... financièrement, parce qu'elle a été poursuivie en justice pour des dommages-intérêts se montant à des millions de dollars, et psychologiquement, parce que le garçon était mort sous ses yeux.

— Oh, mon Dieu, fit Effie. Vous parlez d'une guigne !

Walter Van Buren haussa les épaules.

— Tout dépend si vous croyez à la guigne ou non. Je pense que les maisons imposantes et coûteuses attirent les gens qui aiment prendre des risques... des gens plus grands que nature, si vous voyez ce que je veux dire. Le genre de personnes qui vivent leur vie au bord de l'abîme. Dans ces conditions, évidemment, on court toujours le danger de perdre l'équilibre et de tomber dans le vide.

— Qui était le dernier propriétaire ? demanda Effie.

Walter Van Buren parcourut son dossier.

— Techniquement, avant que Fulloni et Jahn s'en occupent, Walhalla appartenait aux Hôtels Fishkill. Ils avaient l'intention d'en faire un complexe de loisirs, avec un terrain de golf et tout le toutim. Fishkill a dépensé plus de sept cent cinquante mille dollars pour restaurer l'ancienne salle de bal et certaines chambres à coucher, mais ensuite ils ont fait faillite, et depuis plus personne ne s'y est intéressé vraiment. La plupart des gens qui viennent passer le week-end dans la vallée de l'Hudson veulent des endroits très simples, genre « chambre et petit déjeuner », comme la pension Pig Hill et le Beekman Arms. Ils ne recherchent pas des complexes de loisir, ni des hôtels ultrachic qui coûtent les yeux de la tête !

— Là, vous avez raison, dit Effie. Nous sommes descendus à la pension Pig Hill. Nous sommes venus ici pour passer quelques jours de vacances en toute tranquillité. A propos, est-ce que vous vous souvenez des Berryman, qui tenaient l'auberge des Chênes Rouges ? Je me demandais ce qu'ils...

Mais elle fut interrompue par Craig, qui avait pris l'enveloppe marron et l'avait déchirée. Les clés de Walhalla tombèrent bruyamment sur le bureau de Walter Van Buren.

— Regardez-moi ça. Les clés du palais des guerriers tués au combat ! annonça-t-il.

Comme Walter Van Buren lui lançait un regard perplexe, Craig ajouta :

— Walhalla, c'est ce que cela signifie. En tout cas, c'est ce que ma femme m'a dit. Le palais des guerriers les plus valeureux tués au combat, dans la mythologie germanique.

— Plutôt le palais du plâtre mort au combat, répliqua Walter Van Buren d'un ton sec.

Effie prit les clés l'une après l'autre et les examina. Sans qu'elle sût pourquoi, elles lui déplaisaient. L'une d'elles était couverte de vert-de-gris et d'une grosseur exceptionnelle, comme la clé d'un monastère. La deuxième était petite et rouillée, et ressemblait à la serrure d'un minuscule placard. La troisième était huilée et presque neuve.

— Cette clé ouvre le cadenas de la grille, expliqua Walter Van Buren. La grosse clé ouvre la porte d'entrée.

— Et la petite ?

— Je l'ignore. Je ne l'ai jamais su. Je vous demanderai seulement de tout refermer soigneusement en partant.

— Oh, bien sûr, dit Effie.

Mais Craig déclara, avec un sourire malicieux :

— Et si nous décidons d'acheter la maison ?

Walter Van Buren émit l'un de ses rires secs comme un aboiement.

— Si vous achetez la maison, monsieur Bellman, rappelez-vous une chose : vous serez le seul responsable de cette décision. Je n'essaierai pas de vous influencer. Alors, ne venez pas ensuite vous en prendre à moi.

Samedi 19 juin, 12 h 3

Alors qu'ils atteignaient Bear Mountain Bridge, le vent se leva. Il y avait une impression de hâte partout. Les nuages passaient rapidement au-dessus du profil sombre des monts Hudson, telle une meute de chiens gris pâle. Des tourbillons de sable s'élevaient du bas-côté de la route et virevoltaient sur la chaussée. Sous le pont, le fleuve était presque noir, et le courant impétueux.

— On dirait que le temps est à l'orage, déclara Craig. J'espère qu'il tiendra ses promesses. J'adore les orages.

— Merci beaucoup ! Nous prenons des vacances pour la première fois depuis trois ans et tu veux qu'il y ait un orage ?

— Cela rafraîchira l'atmosphère. Et puis, je suis d'humeur à ça.

— De quel genre d'humeur s'agit-il ? demanda Effie. Apocalyptique ?

— Je suis surexcité, bon sang ! Il y a une loi qui l'interdit ?

— Excuse-moi. Mais je ne t'ai encore jamais vu te conduire de cette façon.

— Tu ne m'as jamais vu surexcité ?

— Bien sûr que si. Je t'ai vu dans cet état quand une affaire se présentait bien, ou à propos d'une nouvelle voiture. Mais je n'aurais jamais pensé que tu te mettrais en transe à propos d'une maison qui tombe en ruine et dont même Donald Trump n'a pas voulu.

— Donald Trump peut faire des erreurs de jugement, comme tout le monde.

Effie poussa un soupir et secoua la tête d'un air exaspéré. Au nord-ouest, le ciel s'assombrissait rapidement, et ils virent les premiers scintillements d'éclairs. Elle n'avait plus du tout envie de visiter Walhalla. Si Craig était dans un tel état avant même d'avoir vu la maison, comment serait-il après ? Elle était ravie de le voir aussi enthousiaste, mais en même temps elle espérait de toutes ses forces que la maison serait trop délabrée pour que Craig songe sérieusement à la restaurer.

Elle pensa à cette gravure sur acier, dans son encyclopédie, représentant les guerriers qui s'en retournaient à Walhalla au coucher du soleil, des hommes barbus à la chevelure hirsute et aux yeux éteints, aux armures bosselées et transpercées par des lances.

Craig s'inquiéta de son silence. Il la regarda une fois, deux fois, puis il posa sa main sur la sienne.

— On jette un coup d'œil, c'est tout, lui dit-il d'un ton rassurant. J'ai un cabinet d'avocats à diriger. Je ne dispose pas du temps nécessaire pour m'occuper d'une maison pareille.

— Ni de l'argent.

— Effie, quand on veut vraiment quelque chose, on s'arrange pour l'obtenir.

— Oh, voyons, Craig, sois raisonnable ! Tu as entendu ce que Walter Van Buren a dit ? Il y a treize chambres à coucher, neuf salles de bains, quatre salles de réception dont une salle de bal. Un endroit comme celui-là nous coûterait des millions, et nous n'avons pas une telle fortune à dépenser.

— Ce n'est que de l'argent, répliqua Craig sans même la regarder.

Il connaissait le chemin, maintenant, et il ne rata pas la petite route sombre, semblable à une caverne, qui conduisait à l'auberge des Chênes Rouges et à Walhalla. Ils filèrent sous les branches en surplomb ; les broussailles bruissèrent, claquèrent et cinglèrent leur voiture. Effie sentait dans l'air cette étrange impatience qui précède un violent orage. Mais il n'y avait pas que l'orage qui était impatient. Craig conduisait comme s'il avait hâte d'arriver à Walhalla, comme si les clés qui se trouvaient dans sa poche commençaient à lui brûler la peau.

Effie essaya de détourner son attention et demanda :

— Cet homme, Jack Belias, celui qui a construit Walhalla, tu avais déjà entendu parler de lui ?

Ils sortaient des bois, maintenant, et ils abordèrent dans un crissement de pneus le premier virage en épingle à cheveux.

— Jack Belias ? Bien sûr. Il était très connu dans les années trente... ou tristement célèbre, cela dépend de ta façon de voir les choses. Nous avons étudié certaines de ses transactions commerciales à la fac de droit. Il pouvait tordre la loi au point de la faire ressembler à un bretzel. Il a bâti toute sa fortune grâce à un tissu infroissable dont j'ai oublié le nom. C'était avant l'invention du nylon. Il a investi quelque chose comme dix millions de dollars dans l'Empire State Building lorsque Jacob Raskob s'est retrouvé à court d'argent. C'est grâce à lui que l'immeuble a été terminé aussi vite. Belias avait parié cinquante mille dollars avec Raskob que celui-ci ne pourrait pas le construire en trois cent quatre-vingt-dix-neuf jours.

— Mais il en a fallu quatre cents, non ?

— Exact. Et c'est une autre raison de la richesse fabuleuse de Jack Belias. Il jouait énormément, toujours pour de l'argent, et habituellement il gagnait.

— Je me demande quel genre d'homme a eu l'idée de construire une maison tout là-haut.

— Un homme qui recherchait le calme, je suppose.

— Il y a une différence entre le calme et un isolement total.

— Tu as quelque chose contre un isolement total ? Peut-être voulait-il du temps pour réfléchir, pour découvrir qui il était, sans que d'autres personnes essaient continuellement de le lui dire.

Effie lui lança un regard stupéfait. Il avait dit cela avec une étrange véhémence, comme s'*il* était cet homme qui avait besoin de calme, comme s'il prenait tout cela à son compte ; l'édification de Walhalla, son délabrement, et les tragédies qui s'y étaient déroulées. Sa hâte de voir la maison était presque visible, comme le fendillement d'une vitre avant qu'elle ne vole en éclats. Il n'avait jamais conduit aussi vite, ni d'une façon aussi brusque. Effie était ballottée d'un côté et de l'autre tandis qu'il négociait les virages à toute allure, cahotait dans les nids-de-poule et faisait des embardées sur des bandes de terre meuble.

— Craig, je t'en prie, nous avons tout le temps ! D'accord, je sais que je me suis plainte, mais notre table est réservée pour une heure et demie.

Craig ne répondit pas et aborda le virage suivant en faisant crisser ses pneus. Durant une fraction de seconde, l'estomac d'Effie ne pesa plus rien, la voiture dérapa, et elle fut certaine qu'il avait failli en perdre le contrôle.

— Craig, bon Dieu, ralentis ! C'est ma voiture et je n'ai pas envie de mourir dedans !

Ils franchirent une mare peu profonde en soulevant des gerbes d'eau.

— Qu'y a-t-il ? fit Craig en éclatant de rire. Tu n'as pas confiance en moi ?

— Bien sûr que j'ai confiance en toi, mais...

Ils passèrent à toute vitesse devant la pancarte indiquant l'auberge des Chênes Rouges. Au moment où Craig freinait pour aborder le virage, Effie aperçut quelqu'un assis sur la véranda. Un homme, le bras levé et la bouche ouverte, comme s'il essayait de les appeler.

Effie agrippa immédiatement le genou de Craig et s'écria :

— Arrête-toi, Craig !... Arrête-toi ! Quelqu'un nous fait des signes de la main !

Craig se rabattit vers le parking et coupa le moteur.

— Et merde, qu'est-ce que ça signifie ? demanda-t-il vivement.

— Il nous fait des signes de la main, regarde !

— Et alors ? Ce n'est qu'un gosse !

Effie ouvrit sa portière.

— Nous allons savoir ce qu'il veut.

— Il a fait des signes de la main ? Bon Dieu, les gens font ça à tout bout de champ. Les gens font des signes de la main à des trains. Cela ne signifie pas qu'ils veulent que les trains s'arrêtent !

Effie se tourna vers lui avec colère.

— Si tu tiens vraiment à le savoir, peu m'importe pourquoi il nous faisait des signes. Mais je voulais que tu ralentisses. Tu n'as jamais conduit comme ça auparavant.

Craig gonfla ses joues d'un air résigné.

— Bon, d'accord. Excuse-moi. Mais à quoi bon avoir une voiture rapide si on ne peut pas rouler vite ?

— Ça ne sert à rien non plus si on se retrouve au cimetière !

— Et merde !

Ils se disputaient toujours lorsqu'ils descendirent de la voiture. Tous deux claquèrent leur portière bien plus vigoureusement qu'il n'eût été nécessaire et se dirigèrent vers l'auberge des Chênes Rouges en se tenant soigneusement à distance l'un de l'autre.

Comme ils approchaient, ils furent observés avec une agitation manifeste par un adolescent efflanqué portant lunettes et aux cheveux châtains très longs, assis sous la véranda de l'auberge, ses pieds chaussés de grosses bottes posés sur la rambarde. Le jeune homme portait une chemise de travail à carreaux jaunes et noirs, et un blouson sans manches en tweed épais, des vêtements faits pour travailler en plein air. Pourtant, son visage était d'une insigne pâleur. Il avait de grands yeux marron qui étaient grossis par les verres de ses lunettes, et un nez proéminent et pointu.

Une Dodge Charger de 1969 recouverte de poussière, qui lui appartenait vraisemblablement, était garée de l'autre côté de l'auberge. Elle était noire en grande partie, mais le capot était blanc grisâtre et la portière côté conducteur vert métallisé.

— Bonjour ! lança Craig avec une amabilité forcée, tandis qu'ils montaient les marches jusqu'à la véranda.

Le jeune homme les observa sans rien dire, sans ôter ses bottes de la rambarde. Il avait redressé l'une des tables volantes de l'auberge, et Effie fut immédiatement fascinée par le pique-nique qu'il avait soigneusement disposé dessus : deux ou trois tranches de pain de seigle, une orange, un petit pot à moitié vide de confiture d'airelles, un pot en carton de fromage blanc de Philadelphie, quatre crackers, une tomate et un pickle.

— Vous nous avez fait des signes de la main, dit Effie d'un ton enjoué.

Le jeune homme battit lentement des paupières en la regardant, puis il battit des paupières tout aussi lentement en regardant Craig.

— Vous vouliez quelque chose ? demanda Effie. Ou bien avez-vous fait des signes... juste comme ça ?

— Oh, excusez-moi. Je voulais quelque chose, oui. Vous êtes bien Mr. et Mrs. Bellman ? J'essayais d'attirer votre attention.

Il avait une voix étonnamment grave au regard de son aspect juvénile, et un très net accent du Massachusetts. Effie aurait dit qu'il était originaire de la côte nord de Boston, Salem ou Marblehead.

Craig prit son ton « je m'adresse à un débile ».

— Vous essayiez d'attirer notre attention ?

— C'est exact.

— Eh bien, c'est fait. Vous avez attiré notre attention. Nous sommes là, tout attentifs. Et maintenant ?

— Est-ce que vous habitez dans le coin ? lui demanda Effie. Si je vous pose cette question, c'est parce que je venais souvent aux Chênes Rouges quand j'étais petite, enfin mes parents m'y emmenaient, et vous savez peut-être ce que sont devenus les propriétaires.

— Oh, fit le jeune homme, les propriétaires...

— Effie, ma chérie, intervint Craig, je pense que nous devrions plutôt essayer de savoir ce que ce jeune homme avait à nous dire.

Mais Effie s'obstina.

— Mr. et Mrs. Berryman, est-ce que vous vous souvenez d'eux ? C'était une femme plutôt boulotte avec des cheveux blancs, et lui était grand et très maigre, et il portait des lunettes. J'ai essayé de me renseigner en ville, mais personne n'a de souvenirs précis.

— Cela ne m'étonne pas, déclara le jeune homme. Les gens oublient facilement les choses, ici, pour peu qu'ils n'aient pas particulièrement envie de s'en souvenir.

— Et vous, savez-vous ce qu'ils sont devenus ? lui demanda Effie avec douceur.

— Mais c'est pas vrai ! s'exclama Craig. Nous passons par là, il nous fait des signes de la main, et nous ne cherchons même pas à savoir pourquoi. Non, tout à coup, c'est le quart d'heure du troisième âge et nous parlons des propriétaires d'une auberge disparus depuis longtemps !

— Je ne connais pas toute l'histoire, fit le jeune homme.

Il y eut un long silence tendu. Des éclairs crépitèrent dans le lointain, produisant un bruit qui ressemblait à un tissu que l'on déchire, puis les collines retentirent d'un grondement de tonnerre assourdi.

— Qu'est-ce que c'était ? dit Craig.

Le jeune homme battit des paupières et regarda autour de lui.

— Le tonnerre, je pense.

— Je sais que c'était le tonnerre. Mais je voulais dire, qu'est-ce qui est arrivé aux Berryman ?

— Oh, eux !... Hum, cela remonte à six ou sept ans. Leur affaire périclitait, et finalement ils ont fait faillite. Ensuite Mrs. Berryman est morte au cours d'un incendie. J'ignore ce qu'est devenu Mr. Berryman. Peu de temps après l'incendie, il est parti et personne n'a plus jamais eu de ses nouvelles. Certains disent qu'il est allé dans le Minnesota, mais je n'en sais rien.

— Je suis vraiment désolée d'apprendre ça, dit Effie. Ils respiraient tellement le bonheur.

Le jeune homme ôta ses pieds de la rambarde.

— Ma mère dit toujours que le bonheur est limité. C'est l'essence même du bonheur. S'il durait trop longtemps, nous en viendrions à le détester. Comme si nous avions des steaks de premier choix à chaque repas, disons, ou des orgasmes qui durent toute une semaine.

— Votre mère a une âme de philosophe, on dirait, sourit Craig.

— Ma mère ? Jamais de la vie ! Elle aurait bien besoin d'une greffe du cerveau.

Effie éclata de rire.

— Ce n'est pas très gentil de dire ça.

— Elle est la première à le reconnaître. Si jamais vous

lui parlez, vous aurez l'impression de vous adresser à une Martienne qui a débarqué sur Terre il y a moins d'une heure ! D'ailleurs, si vous séjournez à Cold Spring, vous l'avez probablement déjà rencontrée. Elle tient la boutique de produits diététiques, la Lune Affamée, sur Main Street. Produits alimentaires naturels, boules de cristal, bric-à-brac occulte. Vous savez comment elle est arrivée ici ? Mes grands-parents l'ont emmenée à Woodstock en 1969 et ils sont repartis sans elle. Ils l'ont oubliée, tout simplement. Vous imaginez un peu ? Oublier votre gosse, comme on oublie un parapluie !

— La femme qui tient la Lune Affamée est votre mère ? s'exclama Effie.

— Bien sûr. Tout à fait. Vous l'avez rencontrée ?... Dites, ça ne vous dérange pas que je déjeune ?

— Non, non. Allez-y. Mais votre mère a l'air si jeune !

Le jeune homme étala avec application du fromage blanc de Philadelphie sur une tranche de pain de seigle.

— Elle a l'air jeune parce qu'elle est jeune. Elle n'avait que douze ans lorsque mes grands-parents l'ont laissée à Woodstock. Mais je pense qu'elle était sacrément coriace, parce que, ensuite, elle a vécu avec cette bande de hippies dans ce bus pendant trois ou quatre ans. En fait, mes grands-parents sont revenus la chercher au bout de deux mois, mais c'est elle qui n'a pas voulu repartir avec eux.

— Quel âge avait-elle quand elle s'est retrouvée enceinte ?

— Seize ans. Mais je pense que, malgré tout, elle a eu de la chance. Les Berryman lui ont donné du travail ici, aux Chênes Rouges. Serveuse, logée et nourrie. Elle a mis de côté tout l'argent qu'elle gagnait, et ensuite elle a ouvert la Lune Affamée. Et voilà. C'est toute l'histoire de mes origines douteuses.

— Votre mère s'appelle Pepper quelque chose, non ? demanda Effie. Je lui ai parlé une ou deux fois.

— C'est exact, Pepper Moriarty. Je m'appelle Norman. En fait, sur mon acte de naissance on a écrit No Man [1] parce que ma mère voulait me donner le prénom de mon père,

1. « Pas d'Homme ». *(N.d.T.)*

mais elle ne savait pas qui c'était. Parfois, elle dit que je suis né par parthénogenèse. Une nuit, elle était allongée dans ce champ, sa robe retroussée autour de sa taille, et cette étoile filante a fondu du ciel et l'a pénétrée, disons. D'après elle, elle a vu une énorme lueur blanche, et ça y était : elle m'avait dans le tiroir.

Il fronça les sourcils sous ses cheveux qui pendouillaient, et étala de la confiture d'airelles sur l'un de ses crackers.

— J'ai l'esprit large, et tout ça, mais franchement, je trouve que ce n'est pas très vraisemblable.

— En tout cas, c'est une très jolie histoire, sourit Effie. Ce sont les produits diététiques de votre mère que vous mangez ?

Norman contempla son cracker tartiné de confiture.

— En fait, ce sont les miens. C'est un régime alimentaire très équilibré, et ça se voit, au sens propre du terme : le noir est l'opposé du blanc, alors je mange du pain noir avec du fromage blanc étalé dessus. Le bleu est l'opposé du jaune, alors je mange des crackers jaunes avec de la confiture d'airelles. Le rouge est l'opposé du vert, et ainsi de suite. Je suis allé dans une école des beaux-arts, ajouta-t-il avec un regret manifeste. Mais j'aurais mieux fait de suivre des cours de diététique.

Craig fit tinter avec impatience les clés de Walhalla dans sa poche.

— Cela a été très agréable de parler avec vous, Norman, mais nous devons partir. Nous sommes un peu pressés par le temps.

— Vous n'avez encore jamais vu Walhalla ? demanda Norman.

Craig fut visiblement irrité. Ses yeux s'étrécissaient et prenaient une nuance brun-roux quand il était irrité.

— Comment savez-vous que nous allons à Walhalla ?

— Vous ne pouvez aller nulle part ailleurs. Après les Chênes Rouges, Walhalla est tout ce qui reste sur cette montagne, à part le panorama. De plus, j'étais censé vous attendre ici. C'est pour cette raison que je vous ai fait des signes de la main. Mr. Van Buren m'a téléphoné, vous comprenez, et il m'a demandé de vous accompagner. Pour vous servir de conseiller technique, disons, et de guide. Je ne pensais pas que vous feriez aussi vite. Je suis allé à la pension Pig Hill et on m'a dit que vous deviez revenir en début d'après-midi, alors je me suis dit que vous iriez déjeuner d'abord.

— Craig était très impatient de voir Walhalla, expliqua Effie.

Impatient ? Seigneur, il faisait tinter ces clés comme un gardien de Sing Sing qui a la tremblote.

— Et si vous terminiez votre... euh... repas ? suggéra Craig. Vous pourrez nous rejoindre là-bas.

— Oh, ça n'irait pas, répondit Norman. Mr. Van Buren a dit que je devais être avec vous tout le temps, parce que certaines parties de la maison sont très dangereuses. De plus, il a dit que vous aimeriez sans doute savoir ce que cela coûterait pour tout remettre en état, et c'est là que j'interviens. Retaper des maisons, c'est l'un de mes boulots. D'accord, je n'ai jamais restauré une maison aussi grande que Walhalla, mais je suis très fort, question planchers et plafonds. Je sais faire des enduits de ciment. Je sais poser des carrelages. J'ai installé trois escaliers en colimaçon, deux en bois, un en fonte. Et toute une cuisine en chêne.

— Nous voulons juste visiter, expliqua Effie. Nous n'avons pas besoin d'un entrepreneur en bâtiment.

Norman enfourna le restant de son cracker et emballa le reste dans du papier journal.

— Oui, je sais. Mais Mr. Van Buren a dit que cela ne ferait de tort à personne.

— Bon, d'accord, convint Craig, ça ne fera de tort à personne. On y va ?

Il retourna à grands pas vers la BMW. A ce moment, un coup de tonnerre à crever le tympan explosa juste au-dessus de leurs têtes. Il y eut un instant de silence, puis de grosses gouttes de pluie commencèrent à tomber. Norman prit Effie par le coude et dit :

— Nous ferions mieux de nous dépêcher. Ce bon vieux firmament est sur le point d'ouvrir les hostilités !

Craig monta dans la voiture. Norman s'apprêtait à ouvrir la portière côté passager pour permettre à Effie de monter, lorsqu'elle le retint par le bras et lui demanda :

— Qu'est-ce que Mr. Van Buren vous a dit, Norman ? Vous savez, nous visitons la maison, c'est tout.

Norman haussa les épaules.

— Mr. Van Buren a dit que quelqu'un qui a envie de voir une maison comme Walhalla a habituellement envie de l'acheter. Vous savez comment ça se passe avec les maisons. C'est comme la cocaïne. Ou bien vous n'y pensez même pas, ou bien vous seriez prêt à tuer pour en avoir.

— Et qu'en pensez-vous ?

— Je ne sais pas ce qui peut faire votre bonheur.

— Regardez-nous. Vous pensez que Walhalla peut faire notre bonheur ?

Norman écarta ses cheveux de son front, puis haussa les épaules.

— Pendant quelque temps, je suppose. Mais ensuite, vous partirez. C'est exactement ce que dit ma mère. Le bonheur doit prendre fin tôt ou tard, sinon ce n'est pas le bonheur.

Samedi 19 juin, 12 h 36

Norman les suivait sur le chemin ; il roulait à moins d'un mètre de leur pare-chocs arrière. Son pot d'échappement était percé, et son moteur faisait un tel boucan que c'était tout juste si Craig et Effie s'entendaient penser, encore moins parler.

— Tu as l'air contrarié, cria Effie.

— J'aurais préféré que nous soyons seuls tous les deux pour visiter la maison, c'est tout.

— Pourtant, Norman est charmant. Un brin excentrique, je te l'accorde.

— Un brin excentrique ? Un type qui pense qu'un régime alimentaire bien équilibré consiste à manger des aliments en fonction des couleurs complémentaires ?

Effie éclata de rire. Elle était ravie et soulagée de constater que Craig semblait se détendre. Peut-être était-ce ce dont il avait besoin... une diversion, penser à autre chose, oublier les hommes d'affaires japonais, les procès antitrust et les agressions cauchemardesques avec des marteaux.

— Tu sais quoi ? dit Craig. J'avais oublié que cette région était aussi belle. Surtout par temps d'orage. Regarde ces éclairs dans la vallée. C'est superbe !

— Mais tu n'aimerais pas vivre ici, n'est-ce pas ? Tu es un citadin. Tu as toujours dit que la foudre tombant sur l'Empire State Building était un spectacle superbe !

— Ah, tu sais, on en dit des choses quand on se sent bien quelque part !...

Effie haussa les épaules. D'une certaine façon, elle était irritée que Walter Van Buren ait demandé à Norman de les accompagner, parce que Norman allait suggérer à Craig toutes sortes d'idées sur les travaux de restauration à entreprendre et sur leur coût. Walter Van Buren donnait peut-être l'impression d'être mou, terne et débonnaire, mais, de toute évidence, il ne vendait pas des maisons d'un million de dollars depuis trente-huit ans sans avoir appris énormément de choses sur la psychologie de la vente. Il savait certainement que telle propriété allait séduire tel client ; il connaissait aussi la manière de le faire craquer sans jamais avoir l'air de l'influencer... mais si ce petit jeu avait le pouvoir de distraire Craig, elle voulait bien y jouer avec lui encore un peu. De toute façon, ils ne pourraient jamais acheter Walhalla, ils n'en avaient pas les moyens, et elle ne pensait pas un seul instant que Craig eût l'intention de faire une offre.

Elle ne comprenait pas pourquoi Walhalla l'intéressait à ce point. Il ne le comprenait pas lui-même, pas encore. Il n'avait jamais imaginé qu'il aurait un jour envie de vivre sur les hauteurs de la vallée de l'Hudson, et il avait fortement déconseillé à bon nombre de ses clients de s'endetter de façon excessive pour acheter. Trop de gens avaient perdu leur maison à la fin des années quatre-vingts. Son meilleur ami, Josh Marias, avait perdu une splendide propriété en bord de mer, à East Hampton, ainsi que sa femme tout aussi splendide.

Peut-être était-ce le cadre sauvage et isolé qui le séduisait, et le nom, Walhalla, le palais des guerriers tués au combat. Mais il y avait autre chose... quelque chose qui était aussi fort que la faim, la soif ou le désir sexuel. C'était le sentiment que vous deviez être un homme extraordinaire pour vivre ici. Le roi de la montagne. Riche, arrivé et débordant d'estime de soi. Vous n'étiez pas obligé d'aller à la rencontre du monde. C'était le monde qui venait vers vous.

En y réfléchissant, Craig se dit que la présence de Norman n'était pas inutile : le jeune homme allait pouvoir démontrer à Effie que Walhalla n'était pas simplement un rêve mais une réalité tout à fait accessible. Norman pourrait le lui dire en dollars et en *cents*.

Il s'agissait, dans un premier temps, d'établir un budget serré qu'Effie puisse accepter. Il serait toujours possible, par la suite, d'ajouter certains de ces aménagements luxueux que méritent les riches demeures de la vallée de l'Hudson : des robinets en or, des sols de marbre, une bibliothèque embaumant le chêne et le cuir des livres reliés. Des guirlandes, des tentures et des tapis aussi discrets que le péché. Une salle de billard...

La pluie cingla leur pare-brise plus fort et plus rapidement au moment où leur apparut l'alignement des chênes aux formes tourmentées. Craig s'arrêta devant la grille dans un crissement de pneus. Il ouvrit sa portière, luttant contre un vent qui soufflait par rafales à plus de soixante-dix kilomètres à l'heure, et cria à Effie :

— Espérons que c'est la bonne clé !

Il s'approcha de la grille et souleva le lourd cadenas rouillé. Le grondement du vent était sourd et menaçant. La pluie lui éclaboussait les joues et mouchetait sa chemise. Des éclairs dansèrent à l'horizon tandis qu'il introduisait la clé dans la serrure du cadenas, et il pensa : *Apocalyptique ! Oui, je vais être apocalyptique. J'ouvre les grilles qui donnent sur une vie entièrement nouvelle !* Le tonnerre rugit au-dessus de sa tête au moment où Norman accourait sous la pluie pour l'aider.

— Ça va être duraille ! cria Norman. Ce cadenas n'a pas été ouvert depuis des années !

— J'y arriverai, lui dit Craig. J'ai fait des exercices du poignet, au kung-fu !

— Oh, génial ! Mais si le kung-fu ne marche pas, j'ai deux bidons d'huile dans ma voiture.

— J'y arriverai, d'accord ?

— Oui, bien sûr. Mais dépêchez-vous, hein !

Son pantalon claquait dans le vent et il était clair que Norman faisait de gros efforts pour garder son calme.

— Ce n'est pas une idée lumineuse, vous savez, de se trouver au sommet d'une montagne au cours d'un violent orage, ni de tenir des grilles en fer... Hum, en fait, ce pourrait être une idée très lumineuse !

Le cadenas était dur et rouillé, mais il finit par céder. Les pênes se libérèrent l'un après l'autre. Ensuite, Craig fut à même de dégager le moraillon couvert de rouille.

— Hé, bravo ! fit Norman. Prends-en de la graine, Sylvester Stallone !

Ensemble, Craig et Norman parvinrent à ouvrir le battant de droite, petit à petit et dans un fort grincement, puis ils le fixèrent à un vieux crochet au métal rongé, enfoui dans l'herbe.

— Je suppose que vous connaissez très bien Walhalla ! cria Craig pour se faire entendre malgré le rugissement du vent.

Norman ôta ses lunettes aux verres embués et tachetés de pluie. Ses cheveux virevoltaient autour de son visage.

— Bien sûr. Mes copains et moi, on venait jouer ici quand on était gosses. On courait partout : les salons, la salle de bal, la cuisine, les escaliers... On inventait toutes sortes de jeux. La Guerre des Etoiles, Indiana Jones, les châteaux hantés. Mais on ne montait jamais aux étages supérieurs à cause des fantômes.

— Des fantômes ! Vous et Walter Van Buren, vous êtes aussi barjos l'un que l'autre !

— Qui sait ? cria Norman. Je ne crois plus aux fantômes. Mais j'y croyais, à cette époque, quand j'avais huit ans. Pas vous ?

— Bon, allons-y, lui dit Craig.

— C'est vous le chef, chef.

— Exact. Je suis le chef. Et arrêtez ces conneries sur les fantômes, vous voulez bien ? Vous allez faire peur à ma femme.

— C'est vous le chef, chef.

Ils franchirent les grilles de Walhalla et se dirigèrent vers l'allée bordée de chênes. Le jour était déjà sombre, mais les arbres cachaient tellement la lumière que Craig fut obligé d'allumer ses phares pour voir où il allait. Derrière lui, Norman fit de même, et Craig dut incliner son rétroviseur pour ne pas être ébloui.

— Mince alors, notre jeune ami est une grosse tête ! dit-il à Effie d'un ton sarcastique en plissant les yeux.

— Tu t'attendais à quoi ? C'est un gosse. Donne-lui une chance.

— Quoi ? Il doit avoir vingt-deux, vingt-trois ans, facile !

— Néanmoins, c'est un gosse.

— Quelle sorte de gosse dirige sa propre affaire de restauration de maisons ?

— Un gosse entreprenant, dirais-je. Et je le trouve très sympathique, avec son régime alimentaire et tout le reste.

— Ouais, tu as peut-être raison, fit Craig. (Il prit sa main et l'embrassa, de manière inattendue.) Je t'aime, tu le sais ? Je me demande comment tu as fait pour me supporter, mais je t'aime. Et, oui, moi aussi je trouve Norman très sympathique. Il aurait besoin d'aller chez le coiffeur, mais il me plaît.

Tandis que la BMW cahotait entre les chênes, Craig leva délibérément le pied. Maintenant qu'il était là, il voulait savourer sa première vision de Walhalla, il voulait se tenter lui-même. Il savait que c'était ridicule, bien sûr. Mais Walhalla l'attirait de plus en plus. Exactement à la manière d'un aimant.

En même temps, il éprouvait les premières pointes d'un vif regret tout à fait inexplicable. *J'aurais dû venir ici depuis longtemps déjà ! Je l'aurais probablement fait instinctivement si ma vie avait été différente. Je suis chez moi ici. Pourquoi n'ai-je pas découvert cet endroit plus tôt ?*

— Dis-moi un peu, demanda-t-il à Effie, tu n'as jamais eu cette sensation que ton destin t'attendait, juste au coin de la rue ?

Elle le regarda. Son beau visage à la mâchoire énergique, ses cheveux épais à la Kennedy. Il souriait comme elle ne l'avait pas vu sourire depuis des mois, bien longtemps avant son « accident », et elle eut brusquement le sentiment qu'elle avait réussi à le libérer. Il ressemblait de nouveau au Craig Bellman d'autrefois, à cet étudiant en droit plein d'humour qui s'était assis à côté d'elle dans ce bar sur Jane Street et lui avait demandé si elle aimait Mallarmé.

— Mallarmé ? Qu'est-ce que c'est ? Un cocktail ?

— C'est un poète français. Il a écrit « O miroir ! Que de

fois et pendant des heures, désolée des songes et cherchant mes souvenirs, je m'apparus en toi comme une ombre lointaine ! ».

Elle l'avait regardé avec stupeur.

— Et ? lui avait-elle demandé.

— Et... je ne sais pas. J'ai pensé que vous étiez le genre de fille capable de trouver ce poème tout à fait impressionnant.

Peut-être lui avait-il trop rappelé son père. Il avait toujours adoré se charger de tout. La seule différence entre Craig et son père, c'était que son père était devenu plus doux et plus compréhensif à chaque nouvelle responsabilité, un patriarche bienveillant et affectueux, tandis que Craig était devenu plus dur et plus intransigeant.

Maintenant qu'ils étaient ici, à Walhalla, elle commençait à le reconnaître. C'était inattendu et, franchement, c'était merveilleux. Cela lui procurait cette sensation de chaleur et de désarroi qu'elle avait éprouvée ce soir-là, lors de leur première rencontre. Qui est cet homme ? Comment peut-il parler de la sorte ?

— « Que de fois et pendant des heures, désolée des songes et cherchant mes souvenirs, je m'apparus en toi comme une ombre lointaine ! », récita-t-elle.

— Quoi ? s'exclama-t-il.

— Tu ne te rappelles pas ? Mallarmé.

Durant une fraction de seconde, il eut l'air fâché. Puis il sembla comprendre de quoi elle parlait, et il sourit.

— Une ombre lointaine, répéta-t-elle, et elle appuya sa tête contre l'épaule de Craig.

Des éclairs claquaient, et le monde entier devint d'un blanc électrique. Le tonnerre grondait si fort qu'Effie eut l'impression que le ciel s'effondrait littéralement sur elle, et elle se couvrit la tête avec ses mains.

— Tout va bien, ma chérie, lui dit Craig en posant la main sur sa nuque pour la rassurer. Allons, tu n'as pas à avoir peur.

Ils bringuebalaient sur l'allée inégale et caillouteuse. De chaque côté de l'allée, le vent cinglait et agitait les chênes qui ressemblaient à des chevaux pris de panique. Puis ils arrivèrent brusquement sur une crête dégagée, et aperçurent en contrebas une immense prairie aux herbes hautes balayées par la pluie. Une prairie qui avait été jadis un terrain de croquet, ou un court de tennis, ou plusieurs courts de tennis. Une terrasse en pierre dominait la prairie, semblable à un rempart médiéval peu élevé, noire de mousse, avec une fontaine en ruine et des urnes renversées.

Au-delà de la terrasse, il y avait la maison elle-même, Walhalla. A présent, il pleuvait à verse, et Craig fut obligé de régler les essuie-glaces sur la vitesse maximale. Malgré cela, ils furent tous deux à même de voir que la maison était stupéfiante.

— Bon sang, tu as vu ça ! fit Craig en arrêtant la voiture un moment.

La maison était énorme, à deux étages, tout en briques rouge sombre, avec des fenêtres aux dormants en pierre. A l'origine, elle avait été bâtie en forme de croix, une croix gigantesque, comme une cathédrale, mais des ajouts ultérieurs, des dépendances et des écuries lui avaient donné une forme de L. L'architecture était résolument gothique, le style en vogue après la Première Guerre mondiale, surtout parmi les spéculateurs parvenus et les profiteurs de guerre. C'était une maison qui avait été construite pour donner à son propriétaire dignité, rang social, et lui rappeler constamment l'étendue de la fortune que sa famille lui avait léguée.

Le ciel derrière la maison était aussi noir qu'un étang empoisonné, mais les toits de Walhalla luisaient, et ses fenêtres brillaient, ce qui donnait l'impression qu'elle était habitée. Ses cheminées étaient si hautes qu'elles disparaissaient dans les nuages qui auraient pu se confondre avec de la fumée. Ce fut seulement lorsque des éclairs scintillèrent que Craig et Effie purent voir que les fenêtres étaient sombres et les vitres brisées, et que le toit s'était effondré par endroits, exposant les chevrons à la pluie.

Tandis qu'ils approchaient, l'étendue du délabrement de Walhalla devint de plus en plus évidente.

— Mon Dieu, Craig, c'est un désastre, dit Effie.

Immédiatement, elle regretta d'avoir dit cela. Mais, tout de suite après, elle fut contente de l'avoir fait. Elle ne pouvait pas continuer de marcher sur des œufs indéfiniment. Elle voulait que Craig se remette de son « accident », mais une partie de ce rétablissement consistait à revenir à la normale, à dire librement ce qu'elle pensait. Ces derniers temps, Craig avait été tellement irascible qu'elle avait pris l'habitude de se mordre la langue, et elle voulait que cela cesse.

Mais Craig dit :

— Tu as raison. Tu as vu dans quel état est le toit !

Il continua de rouler lentement sous la pluie. L'allée sinueuse décrivait une courbe autour des pelouses, du côté droit. Effie ne voyait pas grand-chose, excepté l'eau de pluie qui zébrait le pare-brise, des ombres indistinctes et le reflet éblouissant des phares de Norman dans le rétroviseur. Puis l'allée suivit une faible pente et aboutit à un vaste rond-point pavé devant l'entrée principale de Walhalla. Au centre de ce cercle se dressait la statue sinistre d'une femme nue sans tête, au dos incrusté de lichen, tel un manteau porteur de germes. Dans une main, elle tenait une dague à la lame brisée. De l'autre, elle levait quelque chose qui ressemblait à un sac rempli de chiots morts, mais la couche de mousse détrempée qui recouvrait la statue était trop épaisse pour qu'Effie puisse voir exactement ce que c'était.

Norman se gara derrière eux, descendit de sa voiture et courut sous la pluie. Il frappa à la vitre de la BMW.

— Vous avez un parapluie ? cria-t-il tandis que le tonnerre grondait.

— Nous en avons deux, le rassura Effie.

— Parfait, parce que vous en aurez besoin. Il y a deux ou trois endroits où le toit s'est effondré.

Effie prit la main de Craig.

— Craig, vraiment... tu penses que ça en vaut la peine ? Autrefois, c'était certainement une très belle maison, mais regarde-la maintenant. Nous n'aurions même pas les moyens de faire poser une nouvelle toiture.

— Effie, tu as dit toi-même que nous voulions juste jeter un coup d'œil, d'accord ?

Elle ne sut pas quoi répondre. Il avait ce regard chaleureux d'autrefois. Il l'embrassa sur le front, puis sur la joue, tout près de son nez, puis sur les lèvres.

— On peut toujours jeter un coup d'œil, non ?

Elle lui rendit son baiser. Ce matin, il avait dû se raser de très près, parce que sa joue était plus douce que d'habitude, comme du cuir parfaitement poli.

Les cheveux de Norman commençaient à dégoutter de pluie.

— Alors, que décidez-vous ? leur demanda-t-il en fronçant le nez. Vous venez ou quoi ? Personnellement, cela m'est égal d'attendre ici jusqu'à la fin de mes jours et d'attraper une pneumonie, mais je me fais du souci pour vous. On peut être pris d'une crampe quand on reste dans une voiture trop longtemps !

— Allons-y, dit Craig en ouvrant sa portière.

Effie pensa, avec un sourire résigné : *Je ne suis pas capable de l'arrêter, pas pour le moment. Aujourd'hui, il est surexcité. Demain, ou après-demain, il aura pris conscience de l'état de délabrement dans lequel se trouve la maison, et calculé le coût des travaux indispensables. Seigneur, cela coûterait deux ou trois millions de dollars uniquement pour protéger à nouveau Walhalla contre les intempéries, et pour la rendre à moitié habitable, et trois ou quatre autres millions pour la meubler, la décorer et lui donner un aspect décent !*

Craig fit le tour de la voiture, sortit les parapluies du coffre et les ouvrit. Mais ils ne suffirent pas à abriter Effie qui poussa des cris tout en traversant rapidement l'esplanade, au bras de Craig. « Seigneur, cette pluie est glacée ! » Ils gravirent les marches du perron en demi-lune et arrivèrent devant la porte à deux battants de Walhalla. Elle était dégradée par le temps, terne, et la peinture avait quasiment disparu. Au centre de chaque battant était fixée une poignée massive au métal rongé. Sur le côté droit de la porte, il y avait une sonnette à poignée, ornée d'une tête de loup en bronze qui montrait les dents.

— Vous croyez qu'il faut sonner, afin de prévenir les fantômes de notre arrivée ? plaisanta Craig.

Apparemment, Norman ne trouva pas cela très drôle.

— Cette sonnette est censée représenter Coyote, le démon indien. Si vous la faites tinter et que vous n'êtes pas le bienvenu, ou si vous vous présentez ici dans de mauvaises intentions, Coyote vous arrache la main d'un coup de dents !

— D'où tenez-vous ces foutaises ? lui demanda Craig.

Il sortit de sa poche la clé que Walter Van Buren lui avait donnée et l'introduisit dans la serrure.

— Excusez-moi, mais ce ne sont pas des foutaises. C'est ma mère qui m'a raconté ça. Elle est très calée dans ce domaine. Elle dit que c'est parce que la porte est orientée à l'est.

— Votre mère est venue ici ? demanda Effie, tandis que Craig se battait avec la serrure.

— Oh, bien sûr ! On venait souvent pique-niquer. On faisait semblant d'être riches. L'endroit est très agréable en été.

Craig réussit finalement à tourner la clé dans la serrure. Il poussa les battants et la porte s'ouvrit dans un silence complet.

— Bon, entrons, dit-il. Allons nous rendre compte du désastre. Si désastre il y a !

Ils franchirent la porte et s'avancèrent dans un immense vestibule aux lambris de chêne et au sol recouvert de dalles de marbre. De part et d'autre du vestibule, deux larges escaliers menaient à un palier formant balcon. Sur les pilastres de chaque escalier il y avait une statuette en bronze de femme nue ; toutes deux brandissaient une torche. Les flammes en verre étaient brisées, et l'une des femmes nues n'avait plus de tête, comme la statue du dehors.

Effie leva les yeux. Il y avait de hautes fenêtres aux vitres plombées de chaque côté, d'où elle apercevait les éclairs qui continuaient de scintiller. Des dizaines et des dizaines de carreaux avaient été brisés, et les dalles de marbre étaient jonchées de détritus et d'éclats de verre.

Il régnait une odeur étrange et forte dans la maison. Ce n'était pas une odeur de pourriture sèche dégagée par le bois ou l'humidité, comme on aurait pu s'y attendre, mais une odeur âcre de liniment... camphre, menthol et anis. Cela rappela à Effie l'hôpital où son père était mort. Elle songea aussi à sa mère, immobile au fond d'un long couloir brillamment éclairé, son visage dévasté par la douleur, comme un pot de confitures brisé.

Norman avait apporté une torche électrique. Le faisceau lumineux s'élança vers le palier, puis redescendit et éclaira les dalles de marbre.

— Ce vestibule est plutôt sain. Les dalles sont en bon état, elles ont juste besoin d'être nettoyées. Il y a un marbrier à Albany, l'entreprise Schuhmacher, ils pourraient vous faire ça pour moins de quatre mille.

— Quatre mille dollars ? s'exclama Effie. Uniquement pour nettoyer des dalles ?

— C'est un marbre superbe, importé de Belgique. Un marbre brèche. Ce qui veut dire un genre de motif brisé. On n'en pose plus, de nos jours. Ce n'est pas du marbre artificiel, c'est du vrai, tout ce qu'il y a de plus authentique ! Cela en vaudrait la peine, juste pour voir comment il était à l'origine.

— Quatre mille dollars, c'est raisonnable pour des dalles comme celles-là, dit Craig, le dos tourné.

Sa voix résonna tellement qu'on avait l'impression qu'il se cachait sous l'escalier de droite et parlait de là-bas, tandis que son frère jumeau parlait depuis le balcon.

Le faisceau de la torche bondit vers les fenêtres.

— Les dalles, ça va, mais les fenêtres vous coûteront un paquet de fric. Elles sont entièrement faites à la main, les carreaux sont en verre au plomb. Certaines fenêtres sont surdimensionnées, comme celles-ci. D'autres sont sous-dimensionnées.

Craig se retourna. Durant une seconde, ses yeux prirent à nouveau cette nuance brun-roux. Puis il demanda :

— Qu'est-ce que cela signifie au juste ?

— Oh... ça veut dire que certaines de ces fenêtres sont plus grandes qu'elles ne devraient l'être normalement, et que d'autres sont plus petites. C'est un truc d'architecte pour donner une impression de variété. Quoi qu'il en soit, aucune de ces fenêtres ne correspond à un format standard, alors attendez-vous à deux ou trois mille dollars de vitrage, et cela si nous trouvons quelqu'un qui ne demande pas trop cher et qui travaillera en partie pour la gloire.

Craig hocha la tête et ne dit rien. Néanmoins, Effie eut l'impression que ce hochement de tête résonnait, lui aussi, un peu comme si la maison avait compris que quelqu'un ici la trouvait sensationnelle. Lors de cocktails, elle avait vu des femmes qui imitaient inconsciemment les signes de tête affirmatifs de Craig, *oh, oui, Craig, oui, Craig, oui.* C'était à ce moment qu'elle prenait Craig par le bras avec ostentation, afin que les choses soient parfaitement claires : ils formaient un couple heureux.

Le faisceau de la torche s'élança vers le palier et éclaira des armoiries sculptées dans du bois d'acajou.

— Vous voyez ça ? dit Norman. Ces armoiries ont été posées par le type qui a fait construire Walhalla, Jack Belias. Il y a une bobine dans un quartier... elle représente son entreprise de textile. Puis des dés dans le quartier opposé, parce que c'était un joueur invétéré. Ensuite un dragon, parce que le nom de Belias était censé avoir un rapport avec des dragons, il me semble. Et enfin un crâne.

— Que signifie le crâne ? demanda Effie.

— Je l'ignore. La vie et la mort, peut-être. Jack Belias était connu pour prendre des risques insensés. Je suppose qu'il était tellement riche qu'il se moquait pratiquement de tout. Il pilotait des avions, des voitures de course, des canots automobiles, ce genre de truc. Il avait toujours un pistolet sur son buffet, d'après ce que l'on raconte, avec une balle dans le barillet, et, tous les matins, avant le petit déjeuner, il faisait tourner le barillet, se mettait le canon dans la bouche et appuyait sur la détente.

— Cette devise, au-dessous... vous savez ce que cela veut dire ? demanda Craig.

— *Non omnis moriar* ? Allez savoir !

Mais Effie intervint :

— Cela veut dire quelque chose comme « Nous ne mourrons pas tous »... Non, non, attendez, c'est à la première personne du singulier. Cela veut dire : « Je ne mourrai pas complètement. »

— Hé, c'est plutôt lugubre pour une maison hantée ! s'exclama Norman.

Il braqua la torche électrique sous son menton, et son visage ressembla à un masque mortuaire rougeoyant, sans corps.

— Je croyais vous avoir dit de ne pas parler de fantômes, lui rappela Craig d'un ton brusque. Ma femme n'aime pas ça.

— Oh, ça ne me dérange pas, dit Effie. Je n'ai rien contre une bonne histoire de fantômes. Mais ne me demandez pas de passer la nuit ici, c'est tout.

— Alors, vous croyez aux fantômes ? demanda Norman.

— Je ne pense pas.

— Ma foi, c'est une bonne chose que quelqu'un y croie, sinon ils n'existeraient pas.

Le tonnerre gronda de nouveau, mais il était clair que l'orage s'éloignait vers le sud-est.

— Allons jeter un coup d'œil à la salle de bal, proposa Norman. Fishkill avait fait un boulot sensationnel. C'est dommage qu'ils aient fait faillite.

Ils passèrent sous les fenêtres brisées par où entrait la pluie, et suivirent le couloir lambrissé qui conduisait à la partie sud de la maison. Leurs chaussures crissaient sur du sable et des éclats de verre. Effie apercevait par les fenêtres « surdimensionnées » et « sous-dimensionnées » la terrasse au-dehors et la pluie qui saupoudrait régulièrement les pelouses. La plus grande partie de la terrasse était recouverte d'une mousse noire à demi liquéfiée, et des chardons incroyablement hauts poussaient entre les dalles. Elle avait l'impression de s'avancer dans le château de la Belle au bois dormant, laissé à l'abandon depuis cent ans. Elle pouvait presque croire que des gens dormaient dans les chambres à coucher de l'étage. Elle était incapable d'expliquer pourquoi, mais cette maison ne donnait pas l'impression d'avoir été abandonnée. Elle s'était endormie. Tandis que le toit s'effondrait et que les freux faisaient leurs nids dans les conduits de cheminée, tandis que l'eau de pluie s'infiltrait par les plafonds et que les carreaux des fenêtres se craquelaient dans la chaleur de l'été, la maison avait fermé les yeux et s'était assoupie.

Elle tendit le bras et saisit la main de Craig qui serra la sienne avec force.

— Tu nous vois habiter ici ? lui demanda-t-il. Ce serait la classe ! Nous serions obligés de nous habiller pour dîner chaque soir !

— Nous serions même obligés de nous habiller pour aller dans la salle de bains !

Il rit et l'embrassa.

— J'avais oublié à quel point tu étais drôle.

Elle lui rendit son baiser, et ce qui commença par un petit bisou sur les lèvres se changea en une étreinte soudaine et passionnée qui se prolongea jusqu'à ce que Norman se retourne et les éclaire avec sa torche.

— Oh, désolé ! Je n'avais pas l'intention de déranger !

— Tout va bien, lui dit Effie. Les maisons de cette importance me font toujours cet effet.

Mais Craig garda la main d'Effie dans les siennes et la serra, comme un lys entre les pages d'une bible. Ses yeux brillaient.

— *Alors m'éveillerai-je à la ferveur première, droit et seul, sous un flot antique de lumière, lys ! et l'un de vous tous par l'ingénuité.*

— Mallarmé, murmura Effie.

— Tu t'es souvenue.

— Je n'ai jamais oublié.

Ils suivirent Norman dans le couloir et arrivèrent devant une grande porte en chêne à deux battants, avec un linteau voûté de style gothique.

— Ma mère affirme que la salle de bal est hantée, sans le moindre doute. En fait, c'est l'un des endroits les plus hantés de la maison, à l'exception d'une chambre à l'étage dont ma mère ne s'approcherait pour rien au monde.

— Je pensais que vous étiez censé nous inciter à acheter cette maison, dit Effie en serrant plus fort la main de Craig. Au lieu de cela, vous nous faites une peur bleue.

Norman secoua ses longs cheveux mouillés.

— Oh, ne vous inquiétez pas pour moi ! Cela m'est parfaitement égal que vous l'achetiez ou non. Le seul intérêt pour moi serait que vous me donniez du boulot. Je suis là pour la visite guidée, ce pour quoi Mr. Van Buren me filera dix dollars, et des billets pour assister à des matches de base-ball, que je vous céderais d'ailleurs volontiers. C'est tout. En fait, c'est pas croyable le nombre de gens qui sont ravis d'apprendre qu'une maison est hantée. Ils sont même prêts à payer un supplément pour ça !

Il ouvrit la porte et ajouta :

— De plus, ne faites pas trop attention à ce que ma mère raconte. Elle est convaincue que pratiquement toutes les maisons dans la vallée de l'Hudson sont possédées par des esprits. Même le supermarché de Cold Spring. Elle prétend que, la nuit, les caddies se déplacent tout seuls dans les allées !

— C'est encore plus terrifiant qu'une salle de bal hantée.

Mais lorsque Norman ouvrit la porte de cette fameuse salle de bal, ils découvrirent une pièce silencieuse et poussiéreuse qui évoquait des contes de fées, des rêves, et des images à moitié oubliées de films en noir et blanc.

La salle faisait plus de deux cents mètres carrés de surface, et un balcon supporté par des colonnes en faisait tout le tour. Son plafond s'élevait jusqu'au toit de la maison ; il était percé d'un élégant lanternon ovale. Les carreaux du lanternon étaient intacts, mais ils étaient recouverts d'une épaisse couche de feuilles et obscurcis par du lichen d'un vert livide. Une longue chaîne pendait du centre du lanternon. Il était probable que jadis un énorme lustre eût été accroché à cette chaîne, mais à présent elle se terminait par un gros crochet et quatre fils électriques entourés de chatterton.

Effie s'avança dans le faisceau de la torche qui éclairait le sol en diagonale. Elle était en extase. La salle de bal était poussiéreuse, mais elle avait été restaurée de façon impeccable : feuilles d'acanthe dorées sur les colonnes de stuc clair et superbes appliques de bronze en forme de mains de femme tenant des torches en verre flamboyantes. Les chambranles des fenêtres et les boiseries avaient été grattés et polis, mais le vernis avait un aspect terne à présent, en raison de l'humidité et du manque d'entretien. Le parquet avait été entièrement refait. Il luisait, malgré la couche de poussière accumulée depuis deux ans.

— Vous avez vu ce parquet ? dit Norman en faisant pivoter sa torche de gauche à droite. De l'érable du Canada... le meilleur parquet de danse que l'on puisse trouver. C'est un véritable plaisir de marcher dessus !

Craig ne cessait de se tourner de tous côtés ; il levait les yeux vers les colonnes, le balcon et le plafond décoré.

— C'est stupéfiant, non ? murmura-t-il. On imagine presque la musique. On voit presque des gens en train de danser.

— Cette pièce a juste besoin d'un coup de balai, fit remarquer Norman.

Il examina une petite surface rugueuse sur l'un des murs et la toucha du bout du doigt.

— Une tache d'humidité, l'eau qui s'infiltre dans le mur, mais on peut y remédier sans problème.

Craig prit Effie dans ses bras et ils firent trois ou quatre pas de valse. Au-dehors, le ciel commençait à se dégager ; le soleil réapparut timidement, éclairant les fenêtres de la salle de bal et dessinant des motifs sur le parquet. Craig annonça :

— Mr. et Mrs. Craig T. Bellman sollicitent le plaisir de votre présence à un grand bal d'été. Tenue : stupéfiante, s'il vous plaît. Souper à vingt-deux heures, petit déjeuner à quatre heures, carrosses à six heures.

— Tu es fou, dit Effie en éclatant de rire.

— Fou ? Moi ? J'achèterai la maison lundi et je ferai imprimer les invitations pour le samedi suivant !

— Je vais vous montrer la cuisine, dit Norman en éteignant sa torche électrique. Elle, au moins, n'est pas hantée.

Deux pièces communiquaient avec la salle de bal : un salon immense avec des portes-fenêtres donnant sur le parc, et une pièce en très mauvais état qui avait peut-être été une bibliothèque. Le plafond était effondré en partie, et le plâtre humide formait des protubérances, comme des ulcérations dues à la lèpre. Des bâches grisâtres et humides recouvraient entièrement le plancher. Il avait certainement été abîmé par l'eau, et le bois s'était gauchi, parce qu'il résonna sous leurs pas tandis qu'ils traversaient la pièce, comme s'ils portaient des sabots.

Ils arrivèrent devant un autre escalier imposant. Effie le

gravit jusqu'à mi-hauteur afin de jeter un coup d'œil. Il amenait à un vaste palier haut de plafond, avec de grandes fenêtres tout autour. A l'origine, il avait certainement été bien aéré et lumineux, mais, à présent, la plupart des fenêtres étaient assombries par la poussière, et l'eau avait suinté sur un côté du palier, créant une forme voûtée, faite de champignons et de plâtre rongé. Cette forme semblait même avoir un œil qui pleurait... L'œil lançait un regard furieux à Effie de dessous un front bombé et moussu d'homme-éléphant.

— L'eau a gravement pénétré tout ce côté de la maison, fit remarquer Norman. La plupart des chambres à coucher orientées au nord ont besoin d'un nouveau plafond et d'un nouveau plancher.

— Combien ? demanda Effie en prenant le bras de Craig.

— 1,75, à peu de choses près. Cela si vous voulez lui redonner l'aspect qu'elle avait quand elle a été construite.

— 1,75. Vous voulez dire un million sept cent cinquante mille dollars ?

— Oui, environ.

— Je crois que je n'ai pas besoin de voir la cuisine.

— Si, si, venez, elle est vraiment intéressante. Toutes les installations datent des années trente ; elles sont dans un état remarquable. Un évier Elkay, un réfrigérateur Westinghouse.

— Norman, l'interrompit Effie, je ne doute pas que la cuisine soit très intéressante, mais s'il faut un million sept cent cinquante mille dollars uniquement pour qu'il ne pleuve plus dans la maison, alors nous sommes obligés de vous dire merci beaucoup, mais non merci !

— Allons, chérie, fit Craig d'un ton plein de tendresse, on peut toujours regarder, non ?

— Moi, je n'ai pas envie de regarder ! Si nous sommes assez riches pour acheter une maison comme celle-là, nous sommes également assez riches pour avoir des domestiques. Tu crois que ce Jack Belias a visité la cuisine, ne serait-ce qu'une fois ?

— Une véritable pièce de musée, insista Norman. Une cuisine 1929, d'origine !

— Vous voulez dire une cuisine d'époque dont la rénovation coûtera plus d'un million et demi de dollars ?

Norman mâchonna une mèche de ses cheveux.

— Je suppose que c'est une façon de présenter les choses. Mais je connais un type à Newburgh qui installe de magnifiques cuisines d'importation pour des prix incroyablement bas. Vous aimez le Neff ? Il peut faire du Neff pour pratiquement rien.

Il prit Craig par le coude et l'entraîna dans le couloir vers la cuisine. Effie pensa : « D'accord, c'est certainement une pièce de musée, cela devrait m'intéresser, allons-y ! » Elle était sur le point de les suivre lorsqu'il lui sembla entendre quelque chose.

Elle fit halte et écouta, levant les yeux vers le palier où se trouvait la créature-mousse détrempée. Norman parlait à Craig et lui expliquait que les éviers Elkay modèle 1929 étaient en cuivre, nickel, métal à coussinets, ou en monel, et que...

Ils franchirent la porte de la cuisine grinçante, et elle se referma derrière eux. Effie demeura immobile et tendit l'oreille.

Le vent gémissait en s'engouffrant par les fenêtres brisées, et le tonnerre continuait de gronder dans le lointain. Mais elle était certaine d'entendre une femme qui sanglotait.

Elle hésita, puis elle fit deux ou trois pas vers l'escalier, et écouta de nouveau.

Cela ne faisait aucun doute. C'étaient les pleurs angoissés d'une femme qui était tout à fait désespérée, qui souffrait. Cela venait de très loin, de l'une des chambres à l'étage, mais on ne pouvait pas se tromper.

Elle se tourna et appela :

— Craig !

Il n'y eut pas de réponse. Elle alla jusqu'à la porte de la cuisine et poussa le battant. La cuisine était déserte, mais la porte menant à la cave était entrebâillée. Norman avait sans doute emmené Craig en bas pour lui montrer la chaudière de Walhalla.

— Craig ! appela-t-elle à nouveau.

Toujours pas de réponse. Elle attendit un moment, puis

elle retourna dans le vestibule. Elle écouta. Elle entendait toujours ces affreux sanglots de douleur.

Elle commença à gravir l'escalier.

Samedi 19 juin, 13 h 11

Elle se tenait à la rampe, parce que certaines des marches étaient complètement pourries là où l'eau avait ruisselé sur le mur. Au moment où elle parvenait aux trois quarts de l'escalier, l'une des marches s'inclina vers le bas de deux ou trois centimètres, et Effie entendit des clous sortir du vieux bois gonflé d'eau. Elle hésita un instant, retenant son souffle, et se demanda si elle devait continuer.

Puis elle entendit à nouveau ces sanglots angoissés qui semblaient maintenant beaucoup plus proches. Quelle que soit cette femme, elle ne pouvait pas la laisser ainsi. Elle paraissait tellement souffrir.

Effie arriva en haut de l'escalier. Le palier était recouvert d'une moquette mince et tirebouchonnée. Autrefois, elle avait été jaune, et à fleurs, mais à présent elle était tachée par l'eau et fanée, de la couleur d'une peau racornie. De l'autre côté du palier, le personnage gris verdâtre de plâtre lépreux l'observait de son œil chassieux. Elle soutint son regard, le mettant au défi de bouger, et, bien sûr, il ne bougea pas. Mais il émanait de lui quelque chose d'horriblement animé, comme s'il songeait, en proie à un profond ressentiment, à son visage hideux, tel l'homme-éléphant.

Deux couloirs partaient de ce palier : l'un sur sa gauche, conduisant aux chambres situées au-dessus de la cuisine, l'autre sur sa droite. Mais, tout près d'elle, un autre escalier menait au second étage de Walhalla.

Elle hésita et écouta. Apparemment, les sanglots

venaient de là-haut, de quelque part sous le toit à moitié effondré.

Elle entendit une porte claquer au rez-de-chaussée. Elle se retourna et appela « Craig ? », espérant qu'il avait terminé sa visite de la cave. Mais ce n'était que la porte de la bibliothèque, battant à cause du courant d'air qui s'engouffrait par les fenêtres brisées.

Maintenant, les sanglots étaient presque devenus un miaulement — une litanie sans fin et pitoyable de mots incompréhensibles. Effie avait beau retenir son souffle afin de mieux entendre, elle ne discernait pas les mots entrecoupés de sanglots. Elle s'approcha du bas de l'escalier et posa sa main sur le pilastre de la rampe. A mi-hauteur du second escalier, elle aperçut un vitrail aux ambres très pâles, aux jaunes et aux roses flétris. Il représentait une femme en habit de religieuse, les yeux fermés, au milieu d'un champ de lis. Derrière elle, au second plan, il y avait un homme vêtu de noir, le dos tourné. Encore plus loin, à l'horizon, se dressait un château surmonté de banderoles noires.

C'était le vitrail le plus étrange qu'Effie ait jamais vu, et, malgré son désir de trouver le plus vite possible la femme qui sanglotait, elle fit halte sur la première marche afin de l'examiner, se tenant à la rampe d'une main. Au bas du vitrail, une bannière déployée était ornée des mots *Gut ist der Schlaf, der Tod ist besser*. Elle ne comprenait pas l'allemand, mais elle se dit que « *Schlaf* » signifiait probablement sommeil, puisque la religieuse semblait dormir. Mais pourquoi était-elle debout, au milieu d'un champ ? Et qui était l'homme qui lui tournait le dos ? Cela rappelait à Effie une carte du tarot, ésotérique et pseudo-médiévale, magique plutôt qu'historique.

Durant un moment, tandis qu'elle contemplait le vitrail, Effie eut l'impression que les sanglots avaient cessé. Puis elle entendit la femme crier, un cri grêle et strident, et pleurer de nouveau et supplier comme si quelqu'un lui faisait du mal, indifférent à ses prières.

Rapidement et silencieusement, elle monta jusqu'en haut de l'escalier. Comme elle passait devant le vitrail, celui-ci projeta sur sa joue le motif des yeux fermés de la religieuse, puis les banderoles noires voletèrent un instant sur son front.

Une fois sur le palier, elle se trouva à la croisée de trois couloirs : le premier, devant elle, était sombre, couvert de moutons de poussière, et conduisait vers le côté nord de la maison ; le deuxième amenait à l'aile ouest, où se trouvaient apparemment les logements jadis affectés aux domestiques, parce qu'il y avait une quantité de petites portes de chambres à coucher ; et le troisième s'éloignait vers l'est, vers le devant de la maison.

Ce dernier couloir était en partie dans l'ombre et en partie ensoleillé, parce que le toit s'était effondré en plusieurs endroits et l'avait obstrué de chevrons, de fragments de plâtre et de monceaux de tuiles. Elle apercevait les chênes aux formes tourmentées qui gardaient l'entrée de Walhalla, et, au-delà, les montagnes, surmontées de gros nuages noirs. Des éclairs scintillaient au-dessus de la cime des arbres.

En grande partie à ciel ouvert, le couloir continuait de ruisseler après l'orage, et du papier goudronné humide battait au gré du vent, tels les derniers et faibles soubresauts d'une corneille blessée. Il y avait également une odeur très forte : une odeur qui ne plaisait pas du tout à Effie. Ce n'était pas simplement l'humidité et le délabrement, c'était aussi l'odeur de la mort, et, lorsqu'elle commença à escalader le premier tas de tuiles brisées, elle découvrit ce que c'était. Son pied passa à travers des débris d'argile et des lattes pourries et s'enfonça dans un monde souterrain envahi de plumes, de paille et d'isolant déchiqueté. La puanteur de cette matière était épouvantable, mais ce fut seulement quand Effie fut à même de dégager son pied qu'elle comprit ce que c'était. Un nid d'écureuils, aussi moelleux et fibreux qu'un matelas, rempli de corps de jeunes écureuils : certains étaient à l'état de squelettes, ou en partie momifiés, d'autres étaient des abominations liquéfiées, composées de poils, de griffes et d'une humeur visqueuse gris jaunâtre.

Effie sentit son estomac se contracter, et elle eut des haut-le-cœur. Elle ôta son pied, puis elle glissa et s'avança dans le couloir à cloche-pied. Son cœur palpitait comme si un énorme papillon était pris au piège dans l'un de ses ventricules et essayait frénétiquement de s'échapper.

Elle se tint immobile un instant pour se calmer, la main pressée sur son front. Seigneur ! Un jour, elle avait entendu un jardinier dire à son père de ne jamais laisser les écureuils faire leur nid dans les avant-toits de la maison, mais jusqu'à maintenant elle n'avait pas compris pourquoi.

Elle prit six ou sept profondes inspirations pour se calmer. Le couloir était silencieux. Apparemment, les sanglots avaient cessé. Effie enjamba un autre monceau de tuiles brisées, s'appuyant au mur d'une main. Puis elle fit halte et écouta. Elle entendait, au loin, le bruit de la circulation.

Durant un moment, elle se demanda si elle n'avait pas imaginé les sanglots. C'était peut-être le gémissement du vent soufflant à travers le toit, tout simplement. Allons, qu'est-ce que cette femme ferait ici, et pourquoi pleurerait-elle d'une façon aussi désespérée ?

Elle s'armait de courage pour faire demi-tour et escalader de nouveau les tuiles brisées et le nid d'écureuils lorsqu'elle entendit les sanglots, une fois de plus, et cette fois cela semblait bien plus proche.

— Ohé ? lança-t-elle. Ohé ? Est-ce que vous m'entendez ? Où êtes-vous ? Dans quelle chambre êtes-vous ? Je viens à votre secours !

Il n'y eut pas de réponse, mais les sanglots continuaient. Effie fit quelques pas de plus dans le couloir et ouvrit la première porte devant laquelle elle arriva. Le bois avait gonflé à cause de l'humidité, et elle fut obligée de forcer le battant d'un coup d'épaule. La porte vibra sur ses gonds, puis se coinça. Elle aperçut une chambre à coucher vide, sans aucun meuble. Une moquette bleu clair présentait toujours les creux laissés par les roulettes d'un lit et les marques rectangulaires d'une table de nuit et d'une commode. La moquette était souillée d'une grande tache brunâtre près de l'endroit où le lit avait dû se trouver : la tache avait la forme d'une tête de bouc, avec des cornes asymétriques.

Il y avait une petite cheminée au pare-feu rouillé. Son foyer était rempli de cendres humides et de lambeaux d'étoffe à l'aspect déplaisant. Certains étaient roussis.

Par la fenêtre aux vitres poussiéreuses et maculées de gras, Effie voyait le toit en pente de la maison, une grappe de pots de cheminée en terre cuite, et la limite des arbres au loin.

Elle trouvait l'atmosphère de cette chambre très désagréable. Ce n'était pas à cause du froid, ni de l'humidité, bien que la chambre fût parcourue de courants d'air et que la pluie eût pénétré derrière le papier peint, lequel s'était décollé, fané, et était moucheté de taches marron. Ce qui oppressait la jeune femme, c'était une impression de proximité terrifiante, d'intimité non sollicitée et non désirée, comme si quelqu'un de tout à fait déplaisant la suivait partout et restait si près d'elle qu'elle sentait presque son souffle sur sa nuque.

Elle se dirigea vers la porte d'un pas raide, en s'efforçant de réprimer sa frayeur. Elle n'avait jamais cru que des maisons pouvaient être hantées, mais l'atmosphère qui régnait dans cette chambre nue était des plus troublantes. C'était encore pire que d'être suivie, c'était comme si on la touchait, comme si elle était contrainte de subir des caresses obscènes de la part de quelqu'un qui lui était odieux.

Elle ouvrit et referma la bouche, incapable de parler.

Puis elle sursauta de peur, parce qu'elle entendit de nouveau les sanglots ; ils semblaient plus éperdus que jamais. Elle était certaine de distinguer une supplique pitoyable : *Ne faites pas ça... je vous en prie, non... ne faites pas ça, s'il vous plaît !* Mais il aurait pu s'agir du vent, déformant les pleurs en des mots, ou même de sa seule imagination.

Le pire, cependant, c'était que les sanglots semblaient venir d'ici, de cette chambre à coucher, alors qu'il n'y avait personne.

Elle entendit un bruit dans l'escalier.

— Craig ! parvint-elle à appeler. Craig, est-ce que tu m'entends ? Je suis là, au deuxième étage !

Il n'y eut pas de réponse. Elle hésita, les poings serrés. Son cœur battait de manière frénétique. Elle ne s'était encore jamais sentie aussi ridicule, ni aussi terrifiée, non plus... Et par quoi ? Par quelque chose ou quelqu'un qui n'était même pas là ! Les fantômes, ça n'existait pas. Elle n'y croyait absolument pas. Les gens mouraient, et, lorsqu'ils étaient morts, ils disparaissaient pour toujours. Elle continuait d'entendre les sanglots, mais ils étaient plus assourdis maintenant, et quand elle écouta plus attentivement elle comprit que ce pouvait être le vent, que c'était forcément le vent. Il avait fraîchi à la suite de l'orage, et il gémissait probablement en s'engouffrant dans le conduit de cheminée obstrué.

Néanmoins, elle se sentait toujours oppressée. La chambre à la moquette bleu clair et aux vitres graisseuses la troublait comme aucun lieu ne l'avait jamais fait jusqu'ici. Elle faisait penser à une chambre de malade, dont l'occupant ne sortirait jamais vivant, une chambre où il n'y avait rien à faire, sinon regarder les longues journées s'écouler, les ombres sur les conduits de cheminée, la pluie, le brouillard, le soleil hivernal. C'était une chambre remplie d'une souffrance insupportable et d'un désespoir absolu.

Effie commença à rebrousser chemin pour aller chercher Craig et l'amener ici. Il saurait lui prouver de façon indéniable qu'elle avait rêvé tout ça. Mais, au bout de deux ou trois pas, elle fit halte. *Non, ne le fais pas venir ici, surtout pas !*

Elle fronça les sourcils. Pourquoi avait-elle pensé ça ? Qu'y avait-il de mal à le faire venir ici ?

Non, ne fais pas ça !

Elle se tourna et fixa la porte entrebâillée de la chambre à coucher. Elle apercevait seulement la cheminée et les marques sur la moquette, à l'ancien emplacement de la commode.

Est-ce moi qui pense cela, ou bien est-ce quelqu'un d'autre ?

Ne le fais pas venir ici !

Pourquoi ? Parce qu'il ne me croirait pas ? Parce qu'il se moquerait de moi ?

Parce que tu le regretterais.

Effie s'éloigna lentement dans le couloir. Elle avait envie de se retourner, juste pour s'assurer que personne ne la suivait, mais elle n'arrêtait pas de se dire : *Il n'y a personne dans cette chambre, seulement le vent.*

Elle escalada les tuiles et les chevrons brisés.

Elle était presque arrivée à l'escalier lorsqu'un homme

en costume foncé surgit du couloir qui s'éloignait sur la droite d'Effie, traversa le palier et commença à dévaler les marches.

— Excusez-moi ! cria Effie, et elle courut vers l'escalier.

L'homme s'arrêta. Le vitrail donnait à son visage un teint olivâtre qui le faisait ressembler à celui d'un Italien ou d'un Grec. Ses cheveux gominés étaient coiffés en arrière, dégageant son front. Ses yeux étaient très bruns, enfoncés, et étrangement flous. En fait, Effie avait beaucoup de mal à voir son visage nettement, ce qui lui donnait l'impression d'être myope.

— Excusez-moi, monsieur, mais est-ce que vous pourriez m'aider ? demanda-t-elle. Il m'a semblé entendre un bruit, comme si une femme pleurait dans l'une des chambres, et...

L'homme la regarda fixement un moment encore, puis continua de descendre l'escalier à la même allure. Elle l'entendit traverser le palier du premier, et poursuivre vers le rez-de-chaussée.

Effie était abasourdie. Il ne l'avait donc pas entendue ? En tout cas, il l'avait vue. Pourquoi n'avait-il rien dit ?

Elle descendit lentement l'escalier. Elle entendit alors Craig et Norman qui venaient du rez-de-chaussée et parlaient du chauffage.

— Effie ! s'exclama Craig. Nous nous demandions où tu étais passée !

— Il faut faire très attention dans une maison comme celle-là, l'avertit Norman en secouant la tête. Certaines solives des planchers sont pourries, particulièrement aux endroits où la pluie a pénétré. Vous pourriez passer à travers et tomber directement du grenier jusqu'à la cave. Il y a eu des termites, aussi. Certaines poutres donnent l'impression d'être en chêne massif, mais on pourrait faire un trou dedans avec son doigt !

— Qui était cet homme ? dit Effie.

— Quel homme, ma chérie ?

— Celui qui vient de descendre l'escalier.

Craig eut l'air déconcerté.

— Nous n'avons vu personne descendre l'escalier, n'est-ce pas, Norman ?

— Vous l'avez forcément vu ! Vous l'avez forcément croisé dans l'escalier ! Un homme au costume foncé et aux cheveux gominés.

Craig secoua la tête.

— Nous n'avons vu personne, je t'assure !

— C'était peut-être un reflet lumineux, déclara Norman. Ces vitraux, vous savez, ils projettent toutes sortes d'ombres bizarres.

— Cet homme n'était pas un reflet lumineux. Il était aussi matériel que vous !

— Il a peut-être filé par l'un de ces couloirs.

— Non, il ne l'a pas fait. J'en suis sûre. Je l'ai entendu descendre vers le rez-de-chaussée. J'ai entendu le bruit de ses pas !

— Alors il a dû passer à travers nous.

— Qu'est-ce que je vous avais dit ? fit Norman en arborant un large sourire. Cette maison est hantée.

Craig passa son bras autour de la taille d'Effie et la serra.

— Allons... c'était probablement un vagabond qui a squatté les lieux. Tu te souviens de l'hôtel Regency sur Lexington Avenue ? Quand on l'a démoli, on a trouvé des poivrots et des clochards dans pratiquement toutes les chambres. Il y avait plus de gens dans ce vieil hôtel lorsqu'il était fermé que lorsqu'il était ouvert !

— Craig, ce n'était pas un clochard ! protesta Effie. Il portait un costume très élégant, ses cheveux étaient coiffés, et... il ne ressemblait pas du tout à un clochard ! De toute façon, clochard ou non, où est-il parti ?

— Ne vous inquiétez pas, intervint Norman. Si quelqu'un squatte cette maison, notre charmant chef de la police le fera déguerpir en vitesse.

— Tu n'aurais pas dû aller en haut, lui dit Craig.

Effie était sur le point de parler à Craig des sanglots qu'elle avait entendus lorsqu'elle sentit un flot de résistance la traverser. Ce n'était pas aussi violent qu'une décharge électrique, mais cela lui donna une sensation de froid qui lui parcourut les épaules et une étrange nausée, comme si elle venait de descendre d'un manège de chevaux de bois.

Ne le fais pas venir ici. Tu le regretterais.

— Tu as visité les chambres à coucher ? demanda Craig.

— La plus grande partie du toit s'est effondrée, répondit Effie. Ces chambres ne présentent aucun intérêt.

— Je vois le tableau !

— Il y a des monceaux de tuiles partout, des gravats. Inutile d'aller là-haut, je t'assure.

— Mais, Effie... si nous achetons cette maison...

— Comment ça, *si nous achetons cette maison* ? Il est hors de question que nous achetions cette maison ! Cela nous ruinerait !

— Je pourrais vendre mes parts du cabinet.

Effie le regarda avec stupeur.

— Je n'en crois pas mes oreilles ! Tu as travaillé comme un forcené pour monter ce cabinet. Et maintenant, tu vendrais tes parts pour une baraque pourrie qui tombe en ruine ?

— Je pense que Mr. Van Buren préférerait « une maison de caractère, avec de très grandes possibilités d'embellissement », intervint Norman.

— C'est une baraque pourrie qui tombe en ruine, point final ! Et si tu songes seulement à l'acheter, je... je...

Craig souriait. Son sourire était incroyablement chaleureux. Il la prit dans ses bras, séance tenante, dans l'escalier, et l'embrassa sur le front, sur les cheveux, puis il lui dit, très doucement, afin que Norman ne l'entende pas :

— Et si cette maison me rendait heureux ? Si elle me rendait très, très heureux ?

Effie le regarda. Il y avait quelque chose dans ses yeux qu'elle ne comprenait absolument pas. C'était presque une expression de triomphe. Un regard inspiré, exalté. Elle n'avait pas senti une pareille force chez Craig depuis son « accident », et elle ne lui connaissait pas une telle chaleur.

— Juste un coup d'œil rapide à ces chambres, dit-il.

Cette fois, elle ne lui résista pas.

Il resta un long moment devant le vitrail.

— Ça me plaît, déclara-t-il. Ça me plaît vraiment.

— Vous savez ce que cela signifie... « *Gut ist der Schlaf, der Tod ist besser* » ? lui demanda Norman.

— Doux est le sommeil ?

— Exact. « Doux est le sommeil, plus douce encore est la mort ». Goethe, ou Heine. L'un des deux.

— Ce vitrail, c'est un genre d'allégorie ? demanda Effie.

— Allez savoir ! Ne dormez pas debout. Ne regardez pas de l'autre côté quand on fait votre portrait... Ça pourrait être n'importe quoi !

Ils gravirent le dernier escalier conduisant aux chambres à coucher. Effie se sentait prise de nausées encore plus fortes, et sa nervosité était telle qu'elle éprouvait des picotements dans les paumes. Et si les sanglots se reproduisaient ? Logiquement, elle avait intérêt à ce que Craig les entende. Cela le dissuaderait peut-être d'acheter Walhalla, en tout cas cela le refroidirait. Et pourtant, elle se sentait prête à tout pour éviter qu'il les entende. Elle ne trouvait aucune explication logique à cette réaction paradoxale. Malgré ce qu'elle avait vu et entendu, elle ne pouvait encore se résoudre à croire aux fantômes. Mais elle croyait aux atmosphères, et aussi à la malchance. Si elle renversait du sel, elle en jetait toujours une pincée par-dessus son épaule gauche. Elle ne passait jamais sous une échelle, et elle ne regardait jamais la nouvelle lune dans une glace.

Sa mère disait souvent que la maison de Briarcliff Manor où elle vivait avec la tante d'Effie, Rhoda, était « un endroit heureux », comme s'il y avait également des « endroits malheureux ».

— Le toit est très endommagé ici, fit remarquer Norman tandis qu'ils s'avançaient dans le couloir. Mais, vous savez, on peut y remédier, en y mettant le prix.

Craig escalada maladroitement les tuiles, les chevrons et le nid d'écureuils. Il regarda par une fenêtre vers les collines lointaines, et lorsqu'il se tourna vers eux il avait l'air découragé.

— C'est pire que ce à quoi je m'attendais !

— Mais 1,75 devrait couvrir les frais, répliqua Norman. Enfin, à peu de choses près.

— Est-ce que cela en vaut la peine ? C'est toute la question, dit Effie.

Craig se tenait à proximité de la porte entrouverte de la

chambre d'où étaient venus les sanglots... Elle ressentit un flot de panique inexplicable. *Ne le laisse pas entrer, tu le regretterais. Ne le laisse pas entrer.*

Norman lança à Effie un regard désapprobateur. Derrière ses cheveux et ses lunettes, il était difficile de savoir exactement ce qu'il essayait d'exprimer. Peut-être faisait-il cette mine renfrognée parce qu'il désirait obtenir ce boulot et redonner à Walhalla sa splendeur d'antan, avec tout le profit qu'il pourrait en retirer. Mais ce n'était pas sûr. Peut-être n'était-il pas aussi mercantile, après tout ? Peut-être percevait-il qu'il y avait une mauvaise atmosphère ici, des souvenirs tristes et douloureux, des influences bizarres ?...

Craig regarda vers le fond du couloir. Il s'apprêtait à rebrousser chemin lorsqu'il demanda :

— Et cette chambre, ici ? Elle est caractéristique ?

— C'est l'une des chambres d'amis, oui, répondit Norman. (Il semblait nerveux, comme s'il eût préféré se trouver n'importe où ailleurs, mais surtout pas ici.) Jetez un coup d'œil, si vous voulez. C'est l'une des chambres qui...

— Oui ?

— Enfin, c'est l'une des chambres à coucher.

Craig avança la main vers la poignée de la porte. Il poussa le battant et entra dans la pièce. Il alla jusqu'à la fenêtre et regarda au-dehors. Puis il fit demi-tour et foula la moquette. Il s'arrêta juste au milieu de la tache qui ressemblait à une tête de bouc.

— Alors ? demanda Effie.

Il lui tournait le dos. Néanmoins, elle se rendait compte qu'il réfléchissait, et même qu'il écoutait. Etait-ce la maison qu'il écoutait, ou bien le tréfonds de son cœur ? Peut-être les deux.

Il baissa la tête. Il serrait les poings et il tremblait.

— Craig ? dit Effie. Est-ce que ça va ?

Il se retourna. Ses yeux étaient grands ouverts et son visage était radieux.

— Ça y est ! lui dit-il d'une voix rendue stridente par un excès de joie. C'est tout à fait ça !

— Tu veux l'acheter, c'est ça ? murmura Effie avec un sentiment de désespoir.

Il hocha la tête plusieurs fois.

— Il faut que nous l'achetions. Tout est ici, absolument tout. Je suis incapable d'expliquer cela. C'est comme si toute ma vie se mettait enfin en place !

Il sortit de la pièce et prit Effie par les bras.

— Cette maison ressemble à une carte. Tu vois ce que je veux dire ?

— Une carte ? Non, désolée.

— Norman, vous comprenez, n'est-ce pas ? J'ai le sentiment que la maison a été construite comme une maquette de ma propre vie. Le vestibule, la salle de bal, la bibliothèque... Walhalla, c'est *moi*.

— Ma foi, monsieur Bellman, je ne sais pas quoi dire, avoua Norman.

— Dites que vous allez la restaurer, c'est tout.

Norman coula un regard vers Effie, et à nouveau elle eut l'impression très nette qu'il s'efforçait de lui dire quelque chose, mais elle ne comprenait pas ce que c'était. Puis il répondit, sans la quitter des yeux :

— Bien sûr, je vais la restaurer, si c'est ce que vous voulez. Je le ferai avec le plus grand plaisir. Mais ce sera peut-être plus qu'une simple restauration, vous ne croyez pas ?

Craig ignora sa remarque et commença à s'éloigner dans le couloir.

— Allons voir la chambre principale, d'accord ? J'ai très envie de la découvrir.

Effie ne les suivit pas tout de suite. Elle regardait vers la chambre à la moquette bleue tachée, et elle comprit qu'il y avait quelque chose de tout à fait anormal dans cette maison. Les sanglots... bon, elle avait pu les rêver. L'homme dans l'escalier pouvait être un vagabond. Mais c'était l'atmosphère lourde et oppressante qui la terrifiait le plus. D'un bout à l'autre de Walhalla, l'air paraissait plus dense, âcre, l'odeur qu'elle percevait ressemblait à celle d'un antiseptique, comme si quelqu'un avait commis le plus horrible de tous les actes imaginables, et avait ensuite frotté et frotté en une vaine tentative pour l'effacer.

Walhalla était remplie de la cave au grenier de la tension insupportable d'un péché non pardonné.

Effie s'apprêtait à rejoindre Craig et Norman lorsqu'elle entrevit une ombre foncée qui traversait rapidement le palier derrière elle. Sans un mot, elle escalada les tas de tuiles brisées. Le même homme se tenait à mi-hauteur de l'escalier et regardait dans sa direction. Son visage était flou, ses yeux aussi noirs que des taches d'encre.

— Qui êtes-vous ? dit-elle.

Elle était tellement terrifiée que ses lèvres pouvaient tout juste former les mots.

Il tendit le cou, comme s'il avait du mal à discerner la présence de la jeune femme. Il avait l'air abasourdi mais hostile en même temps.

— Qui êtes-vous ? répéta-t-elle.

L'homme hésita un moment encore. Puis il secoua la tête et continua de descendre en toute hâte.

Samedi 19 juin, 21 h 36

— Maman ? C'est Effie.

— Effie, comment vas-tu, ma chérie ? Comment se passent vos vacances ?... Et surtout, comment va Craig ?

— Ma foi, il va beaucoup mieux.

— Comment se fait-il que tu n'aies pas l'air transportée de joie en m'apprenant cette bonne nouvelle ?

— Il va mieux parce qu'il veut acheter une maison.

— Une maison ? Où ça ?

— Ici, répondit Effie. Tu te souviens de l'auberge des Chênes Rouges... un peu plus loin, il y avait une maison appelée Walhalla.

— Walhalla ? Oui, j'ai entendu parler de cette maison. On ne l'a pas démolie ?

— Pour le moment, elle est toujours debout. Mais dans un état lamentable. Le toit s'est effondré en partie, et tout est pourri à l'intérieur. Il faut poser une nouvelle toiture, remettre à neuf la plomberie, l'installation électrique, et j'en passe !

— Et Craig veut l'acheter ?

— Il est complètement surexcité, si tu le voyais ! Nous l'avons visitée ce matin et, depuis, il n'a pas arrêté d'en parler !

— Mais vous n'allez pas vivre là-bas, dans la vallée, n'est-ce pas, ma chérie ?... Et les affaires de Craig ?

— Il veut arrêter.

— Il veut arrêter ? Et pour faire quoi ?

— Je ne sais pas. Je ne le comprends absolument pas. Il dit que nous nous débrouillerons.

— C'est ce que ton père disait toujours : *Nous nous débrouillerons*. Paix à ses cendres ! Mais regarde-moi à présent, j'habite chez ta tante Rhoda. Je ne vis pas d'aumône, mais c'est tout juste. Tu dois dire à Craig de bien réfléchir.

— J'essaie, maman, mais il est décidé. Il est tellement enthousiaste, tellement excité ! Cette maison l'a sorti de sa dépression, en un seul jour !

— Effie... vous devez songer à l'avenir. Vous aurez envie d'avoir des enfants tôt ou tard.

— Pour cela, il faudrait que notre vie amoureuse redevienne normale !

— Il n'a toujours pas...

— Non. Mais il s'est montré bien plus affectueux.

— Oh, Effie, ma chérie, comme j'aimerais pouvoir t'aider.

— Tu ne peux rien faire, maman. C'est juste cette maison. Je ne comprends pas pourquoi il la veut à ce point. Enfin, elle est immense ! Treize chambres à coucher... treize ! Sans parler de quatre salons immenses, d'une bibliothèque et d'une salle de bal. Que ferons-nous d'une salle de bal ?

— Seigneur ! s'exclama la mère d'Effie.

— Je sais, soupira Effie. Mais il adore cette maison, et il la veut, et elle l'a tellement transformé !... Bon sang, qu'est-ce que je peux faire ?

— Hum... je crois qu'il serait maladroit de le contrarier pour le moment. Il est toujours en convalescence, ne l'oublie pas. Lorsqu'il prendra pleinement conscience de ce que cette maison va lui coûter, crois-moi, son enthousiasme commencera à tomber.

— J'espère que tu as raison. Mais il y a encore autre chose.

— Qu'est-ce que c'est, Effie ? Tu as l'air vraiment contrariée.

— C'est difficile à expliquer. Cela paraît tellement ridicule.

— Pour l'amour du ciel, explique-toi ! Quand ton père disait : « Cela paraît tellement ridicule », c'est qu'il voulait me faire part d'une information importante. Par exemple, qu'il avait perdu son emploi, ou qu'il était tombé amoureux de sa secrétaire.

— Tu ne m'avais jamais dit qu'il était tombé amoureux de sa secrétaire !

— Bien sûr que non. Tu n'avais que sept ans, et cela n'a pas eu de suite.

— Maman...

— Dis-moi ce qui te tracasse, s'il te plaît.

Effie prit une profonde inspiration.

— Nous étions dans la maison... Walhalla... et Craig était à la cave, il examinait la chaudière... et... il m'a semblé entendre une femme qui pleurait. Elle pleurait vraiment, tu sais, comme si elle avait très mal. Je suis allée en haut, je l'ai cherchée, mais je ne l'ai trouvée nulle part. J'étais effrayée et j'ai fait demi-tour, mais, à mi-hauteur de l'escalier j'ai vu un homme. Il était très élégant, entièrement vêtu de noir, ou peut-être de bleu foncé. Ses cheveux étaient coiffés en arrière. Je lui ai demandé pourquoi cette femme pleurait, mais il n'a pas paru m'entendre. Il a continué de descendre l'escalier. Au même moment, Craig montait, et pourtant il ne l'a pas vu. Du moins, il a dit qu'il ne l'avait pas vu. L'homme s'est volatilisé, comme un fantôme.

— Voyons, Effie, tu sais bien que les fantômes n'existent pas !

— Alors qui était cet homme, maman, et comment a-t-il fait pour aller au rez-de-chaussée sans que Craig le croise ? De plus, je l'ai revu, quelques minutes plus tard, exactement au même endroit !

— Tu as besoin de repos. A mon avis, tu as besoin de Craig. Quand on est frustré sexuellement... ma foi, cela occasionne toutes sortes de problèmes. Tu te souviens de Mrs. Teeman ? Après la mort de son mari, elle s'imaginait continuellement qu'il y avait des hommes dans son lit. Elle disait même qu'elle voyait les draps faire des bosses et qu'elle entendait quelqu'un respirer.

— Maman, j'ai vu cet homme de mes propres yeux. Il était là. Il était réel.

— Est-ce qu'il t'a parlé ?

— Non.

— Tu lui as parlé, mais il ne t'a pas répondu ?
— C'est exact.
— Comment était-il ? Allez, dis-moi.
— Je ne sais pas. Très pâle. Bouleversé. Comme s'il avait vu un fantôme, lui aussi.

Dimanche 20 juin, 1 h 34

Elle rêvait. On l'enterrait et on jetait sur son cercueil de lourdes mottes de terre. Elle éprouvait une panique croissante, parce qu'elle savait qu'elle était toujours vivante. Mais ils continuaient de jeter de la terre sur elle, et les mottes pesaient de plus en plus lourd, et elle comprit finalement qu'elle allait mourir écrasée, comme les sorcières de Salem.

Elle commença à suffoquer et à se débattre, puis elle se réveilla et ouvrit les yeux. Sa chemise de nuit était retroussée autour de sa taille, et Craig était sur elle, nu. Son souffle brûlant grondait contre sa joue, et elle sentait ses cuisses poilues se frayer un chemin entre les siennes. Elle leva les bras et l'enlaça. Elle sentit les muscles de son dos. Ils étaient tendus et aussi durs que des cailloux. Il avait fait tomber la couette par terre, parce que la nuit était très chaude. Néanmoins, il était couvert de sueur.

— Effie... murmura-t-il, si près de son oreille que cela ressembla au tonnerre.

Il empoigna ses seins et tira sur les mamelons. Il embrassa son front, ses yeux, ses lèvres. Il prit son menton entre ses dents, il lui mordilla le cou, des suçons d'adolescent qui faisaient très mal, mais qui l'excitèrent brusquement, à tel point qu'elle eut envie qu'il la morde violemment et lui fasse des marques indélébiles.

Il prit son mamelon entre ses dents et le mordilla également. Elle enfouit ses doigts dans les cheveux de Craig et les tira à lui faire mal.

Elle était à la fois terrifiée et excitée. Même lorsqu'ils avaient fait l'amour ensemble pour la première fois, il n'avait pas été aussi brutal. Son corps était totalement tendu ; les muscles de son ventre étaient durs et crispés, ceux de ses cuisses noués comme des cordes.

Il continua de lui mordiller les mamelons ; il les titilla et les pinça, jusqu'à ce qu'elle lui demande d'arrêter d'une voix haletante.

De la main droite, il plaqua son bras contre l'oreiller. Puis il glissa sa main gauche entre ses jambes et ouvrit sa vulve. Elle était très humide ; elle le sentait. Il pressa la tête de son pénis entre les lèvres écartées de son vagin. Elle semblait énorme, tendue ; elle était soyeuse, de la taille et de la texture d'une grosse prune. Il y eut un moment où tout s'arrêta. Le temps, le monde, et toutes les étoiles que l'on pouvait compter. Puis il s'enfonça lentement en elle, aussi profondément qu'il le pouvait. Elle ferma les yeux et appuya sa tête sur l'oreiller. Tout ce qu'elle sentait, c'était son érection en elle. Chaque strie, chaque veine gonflée.

Elle glissa ses mains entre ses cuisses et s'ouvrit encore plus largement. A présent, il touchait le col de son utérus à chaque coup de boutoir et la faisait tressaillir. De la main droite, elle saisit son unique et lourd testicule. Il lui paraissait immensément puissant, parce que Craig était tout aussi capable de l'imprégner avec un seul testicule qu'il l'avait été avec deux. Pourtant, lorsqu'elle le prit dans sa main, il réagit vivement et se retira. Il ne tenta plus de la pénétrer, et elle pensa qu'elle avait peut-être fait une terrible erreur.

— Craig, chuchota-t-elle. Craig, j'ai envie de toi.

Il hésitait toujours. La tête visqueuse de son pénis effleurait ses lèvres, les touchait. C'était un vrai supplice de Tantale.

— Craig, répéta-t-elle. Je t'en prie, Craig, cela ne fait aucune différence. Tu ne comprends pas ? Cela ne fait aucune différence. J'ai envie de toi.

Durant un moment éperdu, elle crut que leur couple était détruit pour toujours. S'il n'y arrivait pas maintenant, il ne pourrait plus jamais y arriver. Mais, sans un mot, il la pénétra à nouveau. Bientôt son pénis entrait et sortait d'elle en un mouvement de va-et-vient impétueux. Tous deux s'étreignaient, haletaient et ruisselaient de sueur.

Elle éprouvait un tel plaisir qu'elle éclata de rire. Mais Craig lui faisait l'amour avec un sérieux total, presque comme s'il voulait la punir. Il poussait et poussait, émettait des grognements rauques à chaque coup de boutoir.

— Oh, Craig, je te veux, haleta-t-elle. Oh, Craig, j'ai tellement besoin de toi !

Le lit ancien en bois faisait *squik — squik — squik*. Elle était certaine que tous les clients de la pension Pig Hill les entendaient, mais elle s'en moquait. En fait, elle voulait qu'ils entendent, parce que la passion était revenue dans sa vie, la passion, la fougue et le sexe, avide et brutal.

Elle parvint à l'orgasme longtemps avant Craig. Il ne fut pas violent. Il s'écoula lentement en elle, sombre et chaud, telle de l'huile s'écoulant sur un parquet ciré, l'un de ces orgasmes subtils qui s'étendent sans cesse et semblent rejoindre l'horizon le plus lointain et le plus sombre. Craig continuait de haleter et de pousser, et elle était certaine qu'il ne s'était pas aperçu qu'elle avait joui.

— Espèce de garce, haleta-t-il, et la sueur tomba de son front sur le visage d'Effie. Sale pute désobéissante !

Elle agrippa les muscles noués de ses fesses et essaya de le retenir. Il s'enfonçait en elle si violemment qu'il commençait à lui faire mal. Son testicule ballottait encore et encore contre elle.

— Pute ! répéta-t-il. Sale pute !

— Craig ! s'écria-t-elle.

Maintenant, elle était terrifiée ; pourtant elle était toujours excitée. De façon étrange, sa peur l'excitait encore plus. Le mouvement de va-et-vient de Craig avait une telle force qu'elle était poussée vers le chevet du lit à chaque coup. Bientôt, sa tête se trouva pressée contre le panneau en bois sculpté. Elle pensa que le lit allait se disloquer et s'écrouler sous elle.

Il y eut une seconde de silence chargé d'une forte tension. Craig se tint complètement immobile, retenant sa respiration. Chacun de ses muscles était tendu comme une corde torsadée. Puis Effie sentit son pénis battre en elle... il battait et battait et battait... et Craig laissa échapper un cri qui était plus proche de la douleur et de la frustration que d'une profonde délivrance.

Il laissa retomber sa tête sur l'oreiller, à côté d'elle. Sa poitrine se soulevait et s'abaissait ; son corps luisait dans l'obscurité. Il était trop essoufflé pour parler. Elle se blottit contre lui, promena sa main sur sa poitrine, sur son ventre, et saisit son pénis gluant qui devenait flasque. Elle embrassa son épaule plusieurs fois, telle une suppliante embrassant une image sainte.

— Tu as été merveilleux, chuchota-t-elle sans cesser de caresser son pénis. Absolument merveilleux.

Il parvint finalement à recouvrer son souffle.

— Tout est si clair, haleta-t-il. Je n'avais encore jamais vu quelque chose aussi clairement.

Elle embrassa son épaule.

— Je t'aime, lui dit-elle.

— Tu te rappelles ce que j'ai dit à propos de Walhalla ? Qu'elle ressemblait à une carte ? Je comprends tout, à présent. Il y a une pièce pour chaque partie de ma personnalité. Une pièce pour ma fierté, une pièce pour mon ambition, une pièce pour ma colère. Une pièce pour mon sens de l'humour.

— Craig. Walhalla n'est qu'une maison, et une maison qui tombe en ruine, de surcroît.

— Non, non. Elle est beaucoup plus que cela. Elle est moi. Cette maison est moi. C'est exactement comme si quelqu'un avait analysé l'ensemble de ma personnalité et avait projeté son analyse dans la construction d'une maison.

— Je ne comprends toujours pas.

— Effie... Tu as vu la façon dont j'ai été attiré là-bas ? Et lorsque je suis entré dans la maison, j'ai eu l'impression de la connaître. J'ai eu l'impression que j'avais habité là toute ma vie. Je suis incapable d'expliquer cela. Mais j'ai eu le sentiment que j'étais de là-bas. J'ai eu le sentiment d'être chez moi.

Elle lâcha son pénis et s'emmitoufla dans le drap, pressant ses bras le long de son corps en un geste de protection.

— Alors tu as toujours l'intention de faire une offre ?

Il se redressa en s'appuyant sur un coude et l'embrassa sur le front.

— Hé, je ne suis pas stupide ! D'abord, je vais demander une expertise pour être sûr de ne pas me faire avoir.

— Craig, je n'aime pas cette maison. En fait, je la déteste. Et je n'ai aucune envie de gaspiller le reste de ma vie et le reste de mon argent à essayer de la restaurer. Walhalla est peut-être toi mais elle n'est certainement pas moi !

— Allons, Norman nous donnera un coup de main. Il connaît quelqu'un qui peut nous trouver du bois de charpente au prix coûtant.

— Je croyais que tu n'avais pas l'intention de te précipiter !

— Je sais. Mais à la seconde où j'ai franchi la porte de Walhalla, je me suis senti tellement vivant ! J'ai pensé à tous ces procès et à toutes ces réunions d'affaires avec des Japonais, et je me suis dit non, terminé... c'est ici que j'ai envie de vivre. Ici, à Walhalla.

Effie ne savait pas quoi dire. Personnellement, cela lui était égal de laisser tomber son travail aux galeries Verulian et de venir vivre dans la vallée de l'Hudson. Elle ne regretterait certainement pas ces dîners d'affaires compassés. « On m'a dit que la ville de Kyoto était magnifique à cette époque de l'année. Est-ce que vous avez des bonsaïs ? »

Elle serait plus près de sa mère, et peut-être que Craig et elle envisageraient même de fonder une famille.

Walhalla ne lui plaisait pas du tout. Mais elle était parvenue à se convaincre que sa mère avait raison : les fantômes n'existent pas, et l'atmosphère qui l'avait tellement troublée n'était due qu'à l'humidité, à l'abandon, et à son propre sentiment de désaffection.

Et puis, le plus important pour elle, c'était cette énergie, cet enthousiasme que Walhalla avait insufflés à Craig. C'était bien grâce à cela qu'il lui avait fait l'amour cette nuit, non pas mollement ou à contrecœur, mais avec l'ardeur d'un possédé.

— Entendu, dit-elle finalement. Nous demanderons l'avis des experts.

Craig ne répondit pas et l'embrassa sur les lèvres. Puis il ôta le drap qu'elle avait enroulé autour de son corps et se mit sur elle. Lorsqu'elle avança la main, elle découvrit que son érection était tout aussi dure que quelques instants auparavant.

Il la pénétra tout de suite. Il était si tendu que lorsqu'il cambra les reins, il souleva presque les hanches d'Effie.

— Pute, chuchota-t-il.

Cette fois, elle se sentit avilie plus qu'excitée.

— Craig, dit-elle en touchant ses lèvres du bout des doigts. Craig, mon chéri, ne m'appelle pas comme ça.

— Pute, répéta-t-il.

Et elle sentit qu'il souriait.

Jeudi 24 juin, 11 h 11

Morton Walker gara son break Buick beige près de la statue de la femme sans tête qui brandissait le sac rempli de chiots morts. Il s'extirpa de son siège et se tint un moment à côté de la portière ouverte, s'épongeant méthodiquement le front et la nuque avec son mouchoir.

Il faisait une chaleur accablante ce matin, et le paysage autour de Walhalla donnait l'impression d'être recouvert d'une fine couche de vernis ambré. La maison elle-même semblait encore plus démesurée que d'habitude, comme si la chaleur l'avait agrandie.

Morton avait visité Walhalla une seule fois, pour une chaîne d'hôtels hollandaise, Kuypers, mais il leur avait conseillé de chercher ailleurs s'ils voulaient ouvrir une station thermale avec des terrains de golf. A son avis, cela aurait coûté plus de cinquante et un millions de dollars pour aménager Walhalla selon les critères d'un hôtel de luxe, avec très peu de garanties pour que Kuypers puisse un jour récupérer sa mise. Le terrain ne convenait pas pour les parcours de golf, le temps, là-haut, était notoirement instable, et Walhalla était bien trop isolée. Jack Belias l'avait fait bâtir au sommet de cette colline difficile d'accès et inhospitalière dans le but de se retirer du monde, précisément.

Mais pour un acheteur privé, c'était tout à fait différent. Un acheteur privé n'avait pas à se préoccuper des normes de sécurité et d'hygiène auxquelles un complexe de loisir aurait été obligé de répondre, comme des portes coupe-feu, des sorties de secours et des entrées spécialement aménagées pour des fauteuils roulants. Et un acheteur privé pouvait mettre le temps qu'il voudrait pour restaurer la maison. Des années, le cas échéant... D'ailleurs, cela prendrait probablement des années. Pourquoi diable un homme désirait-il acheter un mausolée tombant en ruine comme Walhalla ? Morton ne comprenait vraiment pas. A son avis, cette maison était bonne pour la démolition, point final. D'ailleurs, il appréciait l'architecture coloniale et détestait le gothique.

Il se pencha vers le siège côté passager, prit son dictaphone, sa torche électrique et son calepin. Brewster Ridge, son assistant, aurait dû être déjà là, mais cela ne l'étonnait pas du tout qu'il fût en retard. Brewster avait probablement été trop absorbé par le CD de Snoop Doggy Dogg, qu'il écoutait à plein volume sur sa stéréo, pour avoir remarqué le panneau Chênes Rouges-Walhalla. Le courant ne passait pas très bien entre eux, même si Brewster respectait l'expérience de Morton. Morton décelait tout de suite le genre de vices de construction que des entrepreneurs négligents s'étaient efforcés de dissimuler, comme cacher des lézardes dues au tassement avec des tranches de pain pliées et du mastic souple, ou bien clouer des plaques bien propres de polystyrène expansé sur des murs rongés par l'humidité. Morton, quant à lui, était impressionné par les diplômes de Brewster, lequel était incollable sur l'architecture. Il savait faire la différence entre Irving Gill et Barry Byrne.

Morton claqua la portière de son break et se dirigea lentement vers la maison. Il était grand, commençait à perdre ses cheveux, et son visage avait la texture pâle et grumeleuse d'une plante à tubercules. Il clignait beaucoup les yeux et portait des lunettes sans monture sur lesquelles il fixait une paire de lunettes de soleil qu'il relevait chaque fois qu'il pénétrait dans une maison. Sa chemise était déjà tachée de sueur et son pantalon de coton beige était incroyablement froissé. Son pantalon était maintenu par des bretelles flétries, jadis tapageuses, écarlate et vert. C'était le dernier cadeau de Noël que sa femme Audrey lui avait fait avant d'avaler soixante-seize comprimés de paracétamol et de mourir deux jours plus tard. Il n'avait jamais su pourquoi. Elle ne lui avait même pas donné la consolation d'une lettre expliquant les raisons de son suicide.

Il tira de sa poche les clés de Walhalla et éternua deux fois. Rhume des foins. Ou peut-être était-il allergique aux demeures immenses à moitié écroulées. Comme il tournait la clé dans la serrure, il lui sembla entendre la voiture de Brewster arriver, mais lorsqu'il se retourna il n'y avait personne : seulement le terre-plein moussu et envahi par les mauvaises herbes, ondoyant dans la chaleur du milieu de la matinée. Seulement les chênes rabougris, les courts de tennis avec leurs herbes folles, et les grillons qui chantaient, installés dans les fissures des briques.

Il entra et referma la porte derrière lui. Il jeta un regard à droite et à gauche, gagné par un sombre pressentiment. Même dans le vestibule, il percevait l'étendue du délabrement de Walhalla. C'était comme un bifteck haché qui a légèrement tourné. Il ne sent pas encore trop mauvais, mais pour rien au monde vous ne vous décideriez à le manger.

— Bon... le vestibule est en bon état, apparemment, dit-il à l'intention de son dictaphone. Tout le vitrage a besoin d'être réparé ou changé, mais le coût définitif dépendra de votre désir ou non de reproduire exactement les fenêtres d'origine. C'est du verre soufflé, légèrement teinté de jaune. Il a été fait à la main. Je ne peux pas donner une estimation précise du coût pour remplacer les fenêtres ; j'ignore si quelqu'un est encore capable aujourd'hui d'effectuer un tel travail. Mais il est clair que nous parlons de six chiffres, et cela uniquement pour le vestibule.

Il s'avança vers l'escalier de gauche et se pencha pour examiner les girons et les contremarches.

— L'escalier de gauche est d'origine... il a été réparé ici et là, et sans doute très récemment, par la société Fishkill. Il est peu commun en cela qu'il a été construit sans qu'on utilise de clous, et avec un nombre réduit de chevilles. En fait, il est quasi autoportant. Très intéressant. C'est une bonne chose qu'il soit en état : aujourd'hui, aucun charpentier ne pourrait faire ça. Je n'en connais pas, en tout cas.

Puis Morton alla de pièce en pièce. De temps à autre, sa voix résonnait, répercutée par les sols de marbre, les lambris de chêne ternes et les hauts plafonds à la peinture écaillée.

Des rais de lumière obliques bordaient les couloirs, et Morton les traversait dans des tourbillons de poussière dorée. Il avait le sentiment très étrange d'être un intrus... un sentiment qu'il éprouvait seulement lorsque la maison qu'il inspectait était habitée. Il fit halte et écouta, mais il n'entendit que le bruit très assourdi de la circulation dans le lointain, et le croassement d'un corbeau dans les chênes.

Il constata avec plaisir que la salle de bal aurait juste besoin d'un petit nettoyage, mais, lorsqu'il pénétra dans la bibliothèque, il commença à se rendre compte de l'étendue du délabrement de Walhalla.

— Pourriture sèche du bois, pourriture due à l'humidité, dégâts importants causés par des termites... certaines des solives du plancher sont sur le point de s'effondrer, et toutes les boiseries doivent être remplacées.

Il sortit de la bibliothèque et s'arrêta un moment au pied de l'escalier conduisant aux étages. Il leva les yeux vers le palier. D'ici, à travers la balustrade, il distinguait le personnage voûté de plâtre et de mousse qui avait tellement troublé Effie. Il le regarda fixement, plus longtemps qu'il n'en avait eu l'intention, comme s'il s'attendait que le personnage bouge. Celui-ci soutenait le regard de Morton avec son œil sans âme qui gouttait.

Il secoua la tête et s'exclama :

— Et merde, Morton, qu'est-ce qui te prend ?

Puis il continua son chemin vers la cuisine.

La cuisine glaciale, sombre et caverneuse, était équipée de toutes les installations dernier cri en 1929. Le long d'un mur, il y avait une cuisinière en émail crème d'une taille suffisante pour faire la cuisine dans un hôtel de moyenne importance. Le long du mur opposé, les placards aux portes vitrées pouvaient contenir des centaines d'assiettes. Le sol, recouvert de carreaux de céramique, semblait assez solide, mais un bon nombre de carreaux étaient craquelés, et il ne faisait aucun doute qu'il faudrait tout abattre et ne laisser que les murs. Ensuite, bien sûr, il conviendrait d'équiper cette cuisine d'appareils modernes.

La fenêtre donnait sur un jardin potager à l'aspect surréaliste : des choux noueux avaient poussé jusqu'à prendre la taille d'arbustes, et d'immenses asperges plumeuses ondoyaient au gré du vent. Il y avait d'énormes feuilles de rhubarbe, des artichauts géants semblables à des chardons, et tout disparaissait dans un enchevêtrement de plantes grimpantes et de vrilles, comme si les légumes s'étranglaient les uns les autres dans leur lutte pour la vie.

Tout au fond de la cuisine, sur la gauche, Morton vit une porte couleur crème. Il regarda le plan jaunissant que Walter Van Buren lui avait donné. C'était la porte de la cave. Il tourna la clé dans la serrure et jeta un coup d'œil à l'intérieur. Un escalier en bois débouchait sur une obscurité totale. Il prit sa torche électrique et la braqua d'un côté et de l'autre, mais l'obscurité était telle que le mince faisceau lumineux semblait incapable d'éclairer quoi que ce soit, excepté la rampe en bois, une douille de lampe au bout d'un fil électrique, et un paquet de loques à l'aspect graisseux qui pendaient d'un crochet fixé au plafond.

Il s'apprêtait à descendre dans la cave lorsqu'il fut certain d'entendre un bruit de pas : celui d'un homme portant des chaussures à semelles de crêpe. Il hésita, une main posée sur le chambranle de la porte, l'autre braquant sa torche vers l'obscurité. Il écouta, mais Walhalla était à nouveau silencieuse.

— Brewster ? appela-t-il. Brewster, c'est toi ?

Toujours le silence. De la poussière tombait sans cesse, dans toutes les pièces, comme si Walhalla se démolissait toute seule, sans bruit, par un processus qui prendrait peut-être des siècles. *Contemplez mon ouvrage, ô vous les puissants, et perdez espoir.*

— Brewster, si c'est toi, je suis dans la cuisine... je descends jeter un coup d'œil à la cave.

Toujours pas de réponse. Il avait dû rêver. Il descendit prudemment les marches menant à la cave. Il se tenait fermement à la rampe. Il avait suffisamment entendu parler d'experts qui étaient tombés cul par-dessus tête au bas des marches de sous-sols qu'ils ne connaissaient pas, et son pied était passé à travers trop de girons infestés de termites pour se méfier des escaliers, même s'ils semblaient tout à fait solides.

Il arriva au bas des marches. Comme la cuisine, la cave était recouverte de carreaux de céramique et s'étendait d'un bout à l'autre de Walhalla. Le sol était rendu glissant par l'humidité, et Morton entendait le bruit de l'eau qui tombait, de plusieurs directions, mais les épais piliers de brique qui soutenaient les voûtes l'empêchaient de voir d'où venait l'eau. Il dirigea le faisceau de sa torche vers le devant de la maison et il constata que c'était plus sec là-bas, même si l'apparence de sec ne signifiait pas forcément que les fondations n'étaient pas pourries. Il prit son canif et gratta l'un des murs, juste pour vérifier que la brique chaulée ne se dissolvait pas. Cela ne servirait à rien de restaurer Walhalla si elle menaçait de s'écrouler complètement.

Tout en sifflotant, il s'avança entre les deux premiers piliers jusqu'à ce qu'il trouve la chaudière à mazout. Elle était terne et rouillée, mais il distingua des traces d'émail rouge, et les mots *Capitol Red Top* gravés en relief. Une chaudière très fiable, en 1929. Une fois remise en état, elle serait probablement capable de chauffer toute la maison, même aujourd'hui.

Il alla un peu plus loin. Il entendait des rats détaler et gratter dans les recoins de la cave. Ils n'avaient pas l'habitude d'être dérangés. Ils avaient dû proliférer dans ce royaume souterrain sans lumière depuis si longtemps qu'ils considéraient à présent qu'il leur appartenait. Ma foi, Morton connaissait un employé de Mortis, à Albany, qui pouvait leur prouver le contraire, mais c'était une autre dépense à ajouter au devis.

Certains des tuyaux de chauffage avaient été à moitié démontés : il y avait peut-être eu une fuite et quelqu'un avait essayé d'y remédier. Au centre de l'une des niches, un tuyau haut de deux mètres environ se dressait à la verticale et ne menait à rien du tout. Morton dirigea immédiatement le faisceau de sa torche vers la voûte au-dessus et vit qu'elle était noire d'humidité et tachetée de moisissure.

Seigneur, remettre en état cette maison allait coûter une fortune, même si l'on calculait au plus juste !

Il regardait un peu partout lorsqu'il entendit un bruit de pas au-dessus de sa tête. Apparemment, c'étaient les mêmes pas qu'il avait entendus précédemment : des chaussures très légères, peut-être des escarpins ou des mocassins, mais les pas d'un homme, cela ne faisait aucun doute. Ils semblaient traverser en diagonale la pièce au-dessus de la voûte, et il se dit que c'était probablement la bibliothèque où il avait noté que le plancher était complètement pourri.

— Brewster ! cria-t-il. Je suis en bas, je vérifie la chaudière !

Il attendit que son assistant descende les marches menant à la cave, mais celui-ci ne se montra pas. Personne ne vint. Il s'apprêtait à avancer davantage pour continuer son inspection, mais, lorsqu'il braqua sa torche devant lui, il aperçut une fuite éperdue de rats gris-roux tout au fond de la cave, et il décida de n'en rien faire. Il pourrait toujours revenir après le passage de l'entreprise de dératisation. Il jeta un dernier regard, pour la forme, vers les niches de chaque côté, puis il rebroussa chemin.

— L'intégrité des piliers de brique me semble suspecte... nous devrons effectuer une analyse. On pourrait les renforcer avec des pilotis en béton, mais, sans une analyse complète de l'édifice, il m'est impossible de dire ce que serait l'étendue exacte de cette consolidation. A nouveau, nous parlons de six chiffres. Six chiffres au maximum, mais six chiffres tout de même !

Il monta les marches jusqu'à la cuisine, referma la porte et la verrouilla. Au-dehors, dans le jardin potager, les feuilles de rhubarbe géantes luisaient encore de la rosée du matin ; des toiles d'araignée luisaient également. Il traversa la cuisine et ouvrit la porte donnant sur le vestibule.

A ce moment, il entrevit une ombre sur le mur en haut de l'escalier et entendit le *chiff-chiff-chiff* de semelles sur les marches.

— Brewster ? appela-t-il. Brewster, c'est toi ?

Il entreprit de gravir l'escalier en s'appuyant à la rampe.

— Si vous n'êtes pas Brewster, vous feriez mieux de

descendre tout de suite, mon vieux, parce que ceci est une propriété privée et vous n'avez pas le droit de vous trouver ici !

Il arriva en haut de l'escalier et leva les yeux vers l'escalier suivant. A mi-hauteur, la religieuse se tenait au milieu du champ de lis, les yeux fermés. Morton fit halte un moment pour reprendre son souffle, puis il continua de monter. Mais lorsqu'il atteignit le palier du second étage, il ne vit personne. Ni dans le couloir de gauche, ni dans le couloir devant lui, ni dans celui qui s'éloignait sur sa droite et qui était à moitié écroulé.

Morton écouta attentivement. Le vent était très faible, mais il s'était mis à faire très chaud, et Walhalla craquait et gémissait en raison de la dilatation normale du métal et du bois. Morton ne parvenait pas à se défaire de l'impression qu'il n'aurait pas dû être là, qu'il était un intrus. Lorsqu'il parla dans son dictaphone, il le fit à voix basse, au cas où on l'écouterait... mais qui, ou quoi ?

— Second étage, couloir sud menant vers l'est. Importants effondrements du toit sur les trente-cinq premiers mètres. Infiltrations d'eau, également, traversant tout le bâtiment, étage après étage.

Il escalada avec difficulté les monceaux de tuiles brisées, les chevrons et le nid d'écureuils.

— A nouveau... présence de rongeurs à l'étage supérieur... en fait, cette maison est une putain de ménagerie. Nous parlons de cinq mille dollars au minimum pour la dératisation, la désinsectisation et j'en passe !

Il essaya d'ouvrir la porte de la première chambre à coucher. Elle résista, mais deux ou trois coups d'épaule vigoureux lui firent entendre raison. Il vit la moquette bleu pâle, flétrie, sur le plancher de la chambre, et la tache sombre, couleur de rouille, en plein milieu. Morton traversa la chambre jusqu'à la fenêtre. Il contempla les cheminées de Walhalla, et les arbres au-delà. Puis il se retourna pour examiner la tache. Morton trouva qu'elle ressemblait à un diable, ou à un bouc, ou à l'ombre que sa grand-mère projetait sur le mur, quand elle lui racontait des histoires, il y avait si longtemps, lorsqu'il était enfant. Elle pliait son foulard en pointes, si bien qu'elle semblait avoir des cornes.

Elle lui lisait les contes de fées des frères Grimm, remplis d'ogres qui mangeaient les enfants et de lutins bossus.

Quelque chose craqua. Juste une vieille latte de plancher. Quelque part, une porte se referma. Même le plus léger des courants d'air ne fermait pas une porte aussi doucement.

Morton jeta un regard à la ronde ; sa respiration sifflait comme celle d'un asthmatique. Les maisons désertes ne l'avaient encore jamais effrayé, mais celle-ci le terrifiait. Il était certain d'entendre des gens respirer, juste derrière son dos. Il était sûr qu'il n'était pas seul et que quelqu'un se tenait tout près de lui, observant chacun de ses gestes.

Cette chambre en particulier était oppressante, étouffante, et il commençait à se rendre compte qu'elle puait également, une odeur de pétrole lampant, de parfum de femme bon marché, de poudre contre les blattes et de quelque chose de pire qu'il n'arrivait pas à définir. Il n'avait pas remarqué cette puanteur auparavant, mais le vent était peut-être tombé. Cependant, comment cette chambre pouvait-elle sentir aussi fort si personne n'avait habité Walhalla depuis tellement d'années ? Quelqu'un avait certainement squatté ici récemment, sinon la puanteur se serait dissipée depuis longtemps. Quelqu'un squattait peut-être même en ce moment.

Il se tourna vers la porte de la chambre. Il l'avait ouverte toute grande, et quelqu'un aurait pu se dissimuler derrière le battant, contre le mur. Il hésita, puis referma la porte violemment en poussant un grand cri. Mais il n'y avait personne, bien sûr. Seulement une marque cruciforme brunâtre sur le papier peint à l'endroit où un crucifix avait été accroché.

— Et merde, murmura Morton.

Il rouvrit la porte et jeta un coup d'œil dans le couloir. Il ne vit que des monceaux de tuiles et un lambeau de papier goudronné qui battait, telle une aile noire. A travers le toit effondré, le soleil dissipait la brume du matin : tout était flou et doré. Le paysage était tellement lumineux que, durant un moment, Morton fut ébloui.

— Ça va, je sais qu'il y a quelqu'un ici ! cria-t-il d'une

voix très énergique. Je sais que vous êtes ici ! Inutile de vous cacher !

Il attendit. Il transpirait. Puis il lui sembla entendre quelqu'un qui lui disait quelque chose d'injurieux, tout près de son oreille, doucement. Cela ressemblait à « ... crétin », accompagné d'un gros mot inintelligible. Il regarda derrière lui, furieux, mais il n'y avait personne. Ce fut seulement lorsqu'il se tourna de nouveau qu'il vit un homme en costume noir s'éloigner, tout au bout du couloir, un homme qui semblait épousseter ses manches et boutonner ses gants.

— Hé, vous ! appela-t-il. Vous, monsieur ! Oui, vous, monsieur ! Qu'est-ce que vous faites ici ? C'est une propriété privée !

L'homme fit halte tout au bout du couloir et regarda Morton avec une surprise manifeste. Puis, continuant de boutonner ses gants, il tourna le coin et disparut.

Morton n'avait pas fait d'exercices physiques depuis des années. Mais il était déterminé à rattraper l'intrus. Il cria « Hoï, hoï ! » et « Attends un peu, mon bonhomme ! » puis il se lança à sa poursuite.

Durant quelques secondes, il courut comme un athlète, la tête bien droite, les poumons gonflés, ses poings cognant l'air. Il traversa en courant tous les triangles dorés de soleil qui striaient le couloir.

— Vous êtes entré sans autorisation ! beugla-t-il.

Puis son pied gauche passa à travers le plancher, dans une explosion étouffée de poussière, de pourriture sèche, de lattes minces comme des bâtons et d'enduit.

Il pensa, c'est impossible, on ne passe pas à travers un plancher, et c'est pourquoi il ne cria pas. Mais il passa quand même à travers le plancher, puis à travers le plafond de la salle de musique située au-dessous. Il s'écorcha les bras, se lacéra le visage et déchira sa chemise. Il tomba d'une hauteur de sept mètres. Il avait l'impression de voler, sans pouvoir s'agripper à quoi que ce soit, puis il heurta le plancher, dans un choc sourd qui lui brisa la clavicule et lui coupa le souffle. Immédiatement, le plancher de la salle de musique céda à son tour, dans une averse poudreuse de poussière de bois et de plâtre, et Morton continua de tomber, à nouveau d'une hauteur de sept mètres. Il vit une fenêtre passer près de lui. Il vit des rayonnages et des murs. Commotionné, il plongea tel un nageur à travers la pourriture sèche du bois qui avait transformé le plancher de la bibliothèque en paillettes détrempées de bois mou, et il chuta en direction de la cave.

Le tuyau de chauffage, descellé, l'attendait, dressé à la verticale. Il tomba directement dessus. Le tuyau lui traversa le haut de la cuisse gauche et le bassin, pénétra dans son gros intestin, lui transperça le foie et lui perfora le poumon droit, manquant son cœur de moins d'un centimètre.

Il poussa un hurlement de douleur, et une écume sanglante jaillit de sa bouche. Cloué sur le tuyau, il agita en vain les jambes et les bras. Ses pieds se trouvaient à huit ou dix centimètres au-dessus du sol, et il pouvait seulement pédaler dans le vide. Or, plus il pédalait, plus le tuyau s'enfonçait dans son corps.

— Mon Dieu, aidez-moi... essaya-t-il de crier.

La douleur était immense. Il sentait le tuyau métallique et froid dans ses intestins et son estomac. Dans son poumon aussi, qui gargouillait et sifflait comme un ballon mouillé. Mais lorsqu'il se débattit, le tuyau s'enfonça en lui un peu plus et toucha la paroi interne de sa cage thoracique. La douleur fut encore plus vive, et il se força à demeurer immobile.

Il avait atrocement mal, il était à moitié inconscient, et il ne parvenait pas à croire qu'il était toujours vivant. Il ne savait pas s'il avait envie de vivre ou de mourir. Dieu sait quels dommages avaient subis ses organes internes. Du sang dégoulinait le long du tuyau et se répandait sur le sol aux carreaux de céramique. S'il ne parvenait pas à se dégager, il allait se vider de tout son sang en moins de vingt minutes. Alors, ce qu'il désirerait n'aurait plus aucune importance.

Que pouvait bien faire Brewster ? S'il avait été là, il aurait pu le libérer. Mais la douleur était tellement glacée et aiguë qu'il ne savait pas s'il avait envie qu'on le libère. Il ne supportait pas la pensée du tuyau sortant lentement de son corps.

Et merde, pensa-t-il, qu'ai-je donc fait pour mériter ça ?

C'est peut-être la punition qui m'est infligée pour ce qui est arrivé à Audrey. Elle s'est peut-être suicidée à cause de moi, parce que je ne m'occupais pas d'elle, parce que je la traitais comme un objet, et c'est ce que je dois souffrir en retour.

Il ferma les yeux mais ne vit qu'une brume écarlate. Il s'efforçait de ne pas bouger, mais le poids de son corps le faisait glisser petit à petit vers le bas. Il sentait l'extrémité du tuyau appuyer contre ses côtes supérieures, maintenant, et c'était une douleur d'un genre très particulier qui l'empêchait de respirer. Il se mit à geindre.

Il eut l'impression que des heures s'écoulaient. Il s'évanouissait par moments, puis reprenait connaissance, mais la douleur ne partait jamais. Il rêva qu'il était chez lui, assis dans son fauteuil. Il parlait à Audrey et lui demandait ce qu'elle faisait. Audrey avait presque terminé un puzzle étalé sur un plateau à thé posé sur ses genoux. Son visage était très pâle, de la couleur de la pâte à pain. La lumière qui venait de la fenêtre du séjour était écarlate et illuminait ses cheveux. Le puzzle était très étrange. Il représentait des gens qui se promenaient dans un jardin, les yeux fermés. Ils avaient l'air de dormir. Audrey dit :

— La vie ressemble à un livre. Tu ne comprends pas ?

— Quel livre ? lui demanda-t-il.

— N'importe quel livre. La vie ressemble à n'importe quel livre. C'est pour cette raison que j'ai pris tous ces comprimés.

— Je ne comprends toujours pas ce que tu veux dire.

— Tu comprendras, Morton. Tu comprendras.

Il ouvrit les yeux et espéra qu'il était mort, mais il ne l'était pas. Il était toujours vivant, toujours empalé sur le tuyau, toujours en proie à des souffrances atroces. Il prit une profonde inspiration gargouillante, puis il se mit à crier et à crier. Il entendait ses cris résonner dans toute la maison. Où diable était Brewster ? Pourquoi était-il toujours en retard ?

Il tenta de se calmer. Il n'avait réussi qu'à augmenter ses souffrances, et à accroître son sentiment d'impuissance et de frustration.

Il essaya de penser à autre chose qu'à la douleur, à n'importe quoi. Par exemple, quelles étaient les chances pour qu'il tombe de deux étages jusque dans la cave et finisse transpercé par ce tuyau de chauffage ? Une chance sur un million ? Une chance sur un milliard ? Pourtant, il était là, empalé avec une telle précision qu'il était tenté de croire que Dieu avait fait cela délibérément.

Il réfléchit. S'il se penchait d'un côté, le tuyau pencherait peut-être, lui aussi. Si le tuyau basculait et tombait sur le sol, il pourrait se dégager en rampant. Mais lorsqu'il se pencha vers la gauche, seulement d'un centimètre, le tuyau toucha son cœur, et il fut parcouru d'une douleur si fulgurante qu'il se mordit la lèvre inférieure jusqu'au sang et serra tant les poings que ses ongles lui transpercèrent la paume des mains.

Il lui fallut plus d'une minute pour se remettre. Il continuait de trembler et de transpirer, et désormais il était convaincu qu'il allait mourir. Il chuchota « Notre Père... », ou du moins il essaya, mais il mélangea le Notre Père avec le psaume 23.

— Donnez-nous aujourd'hui notre pain quotidien... ton bâton et ta houlette sont mon réconfort...

Il entendit un bruit de course précipitée. Puis un autre.

— Pardonnez-nous nos offenses... comme nous pardonnons à ceux qui nous ont offensés... et apprête une table face à mes adversaires...

Il avait du mal à voir distinctement. Il était en état de choc et délirait à moitié, et, à part la pâle lumière du soleil qui lui parvenait par le trou dans le plafond d'où il était tombé, la cave était plongée dans une obscurité complète.

Mais il entendit une autre course précipitée, et des grattements, puis un bruissement, comme si quelqu'un traînait des sacs sur le sol de la cave, et il n'eut pas besoin d'entrevoir beaucoup plus qu'un tapis houleux de poils brun grisâtre pour comprendre ce qui se passait : les rats de la cave s'étaient rassemblés autour de lui. Il sentait leur odeur. Il voyait leurs petits yeux noirs comme du jais briller dans l'obscurité. Ils étaient en train de laper le sang qui avait coulé goutte à goutte du tuyau, et deux ou trois s'étaient déjà approchés du tuyau lui-même, suivant le sang jusqu'à sa source.

Morton poussa un hurlement de panique et de dégoût. Les rats sursautèrent, comme s'il les avait frappés avec un bâton, et certains détalèrent. Mais ils revinrent bientôt. Ils reniflaient, poussaient des couinements et montaient les uns sur les autres dans leur impatience à lécher son sang.

L'un d'eux parvint à grimper le long du tuyau et mordit son pied gauche. Il avait déjà tellement mal qu'il sentit à peine la morsure. Il secoua son pied, mais le rat s'agrippa et pirouetta lourdement à chaque balancement.

Un autre rat bondit et le mordit à la cheville, puis un troisième enfonça ses dents dans son talon. Il continua de balancer son pied, et chaque oscillation était une torture, mais les rats refusèrent de lâcher prise. Bientôt, il ne fit rien de plus que soulever de grandes guirlandes de rats d'un côté du tuyau à l'autre, tel un homme qui patauge dans du varech verdâtre.

Il avait tellement mal qu'il ne comprenait pas pourquoi il ne mourait pas. Peut-être était-il mort et se trouvait-il au purgatoire, où il devrait se balancer, empalé sur un tuyau, dévoré vif par des rats, jusqu'à ce que quelqu'un prie pour le repos de son âme. Alors, il serait sauvé. Il essaya de penser à quelqu'un qui serait susceptible de prier pour le repos de son âme, mais la seule personne qu'il pût imaginer faisant cela, c'était Audrey, et elle était déjà morte.

— La vie ressemble à un livre, lui dit-elle.

— Oui, Audrey, mais quel livre ?

— N'importe quel livre. Tu ne comprends pas ?

N'importe quel livre ? Qu'entendait-elle par là ? Peut-être voulait-elle dire que naître, c'est comme ouvrir un livre. On vit sa vie page après page, et lorsqu'on meurt, le livre se referme brusquement. Mais il ne pigeait toujours pas.

Un énorme rat gris bondit et planta ses dents dans la poitrine de Morton. Il était si lourd qu'il arracha la peau de son sternum, produisant un craquement audible. Un autre grimpa sur son épaule. Un rat encore plus lourd monta le long de son dos, enfonçant ses griffes dans sa peau, et se percha sur le sommet de sa tête, telle une horrible parodie d'un bonnet de trappeur.

Morton agita violemment la tête, mais le rat planta ses

griffes dans son cuir chevelu, et il ne parvint pas à le déloger. Puis un autre lui mordit la lèvre supérieure, un autre la joue, et ensuite il porta un masque vivant et ondoyant de poils graisseux, maculés d'immondices.

Il essaya de crier, mais un rat au museau étroit lui mordit la langue, puis enfonça sa tête dans sa bouche. Il sentit un goût de vomi, d'eaux d'égout et de sang.

Un livre, avait-elle dit. Et, finalement, il comprit.

Jeudi 24 juin, 13 h 4

Brewster Ridge gara sa voiture en catastrophe, saisit son porte-documents et monta en courant les marches du perron de Walhalla. Morton allait le tuer. Il s'était pourtant juré de ne plus jamais lui donner la moindre chance de le critiquer pour quoi que ce soit : il n'arriverait plus en retard, il ne ferait plus d'expertises trop optimistes, il identifierait correctement les termites, les scarabées et autres parasites. Morton s'était déjà plaint à son sujet auprès de Leonard Braun, leur patron, et Leonard lui avait lancé le même genre de regard qu'il avait lancé à Ray Philips, le collègue de Brewster. Une semaine plus tard, Ray Philips n'inspectait plus de maisons et était affecté à la vérification d'ustensiles de cuisine. En d'autres termes, il était serveur au restaurant St. Andrew's.

Brewster constata que la porte d'entrée n'était pas fermée à clé, et ce fut un soulagement. Au moins il ne serait pas obligé de sonner et d'attendre que Morton vienne lui ouvrir. Indépendamment de ce fait, il n'aimait pas beaucoup l'aspect de la sonnette à poignée : une bête féroce en bronze qui montrait les dents et vous mettait presque au défi de poser la main sur elle.

Il s'avança dans le vestibule. Il travaillait pour Braun Bannerman depuis moins d'un an, et il n'avait encore jamais visité Walhalla, même s'il en avait entendu parler. Walhalla figurait en bonne place dans le livre de Carole Rifkind sur l'architecture des résidences américaines, et il y avait une vue de cette maison sur le mur du bureau de Mr. Braun, à côté de son diplôme encadré et de la photographie de son doberman défunt, la langue pendante.

Mr. Braun lui avait dit qu'il devait seconder Morton dans son inspection « parce qu'on ne construit plus de maisons comme Walhalla, de même qu'on ne fait plus d'hommes comme Jack Belias ».

Brewster ne savait pas ce que cela voulait dire exactement. C'était un Noir âgé de vingt-sept ans, extrêmement grand et mince. Il ressemblait à Eddie Murphy si Eddie Murphy était brusquement devenu sérieux et avait grandi de vingt-cinq centimètres. Il aurait pu être un joueur de basket très doué si seulement il n'avait pas détesté le basket. Il était né et avait grandi à Poughkeepsie, à l'époque où l'on pouvait se promener dans les rues de cette ville en toute sécurité. Son père travaillait pour les chemins de fer ; il leur avait consacré toute sa vie et, à bien des égards, l'amour que ce père portait à la physique, à la mécanique et aux belles locomotives d'antan avait influencé le choix de Brewster.

Quand il avait sept ans, son père lui avait demandé ce qui tomberait par terre le plus vite : une balle tirée par un pistolet, ou une balle qu'on laisse tomber de sa main ? La réponse, bien sûr, était que toutes les deux toucheraient le sol en même temps. La pesanteur les affecterait toutes les deux de la même façon, sans tenir compte de leur vitesse horizontale. Pour un Brewster âgé de sept ans, cela avait paru évident...

Une fois dans le vestibule, il jeta un regard à la ronde. Walhalla lui avait semblé monumentale, tandis qu'il fonçait sur l'allée et l'apercevait, mais ça, c'était autre chose. La maison de ses parents aurait pu tenir dans ce vestibule, et il y aurait encore eu de la place. Il s'avança sur les dalles de marbre et ses pas résonnèrent. Il se retourna. C'était vraiment quelque chose ! La maison était immense, imposante, et tombait en ruine. Cela lui rappela *Citizen Kane*.

— Morton, vous êtes là ? appela-t-il.

Sa voix résonna et se modifia, jusqu'à donner l'impression qu'il avait crié quelque chose de tout à fait différent.

Brewster ne fut pas étonné que personne ne lui réponde.

Il savait que Morton travaillait très vite, courant de pièce en pièce avec son dictaphone, sondant les murs avec son stylo-bille, grattant des boiseries avec son canif, sautant à pieds joints sur des planchers suspects. Il devait avoir pratiquement terminé son inspection, et se trouvait dans quelque grenier, en train de tester le cuivre de la toiture.

Selon toute probabilité, il manifestait également sa mauvaise humeur parce qu'il était très en retard. Cette fois, cependant, Brewster avait une excuse valable. Sa femme Gala l'avait appelé de la clinique pour lui annoncer qu'elle était enceinte, après deux années de tentatives infructueuses.

— Morton, c'est Brewster ! Désolé, je suis en retard !

Toujours pas de réponse. Brewster remonta le couloir et ouvrit la porte donnant sur la salle de bal. Il entra et s'arrêta un moment, regardant autour de lui avec stupeur. Il avait vu des demeures immenses, dans toute la vallée de l'Hudson, mais Walhalla, c'était vraiment quelque chose ! Cette maison n'avait pas été construite uniquement pour le bien-être. C'était la proclamation écrasante de la fortune et de la suffisance de son propriétaire. Depuis les armoiries dans le vestibule jusqu'au plafond stratosphérique de la salle de bal, tout était destiné à intimider le visiteur et à accroître la stature de l'homme qui l'avait fait construire.

Cela ne plaisait pas du tout à Brewster. Lui qui aimait les maisons accueillantes et chaleureuses, il trouvait Walhalla carrément hostile.

— Morton ? appela-t-il à nouveau. Morton, écoutez, je suis vraiment désolé ! Dites-moi juste où vous êtes !

Il traversa la salle de bal et pénétra dans la bibliothèque. Sur le côté gauche de la pièce, juste sous la fenêtre, le sol s'était complètement effondré, et il y avait un trou béant dans le parquet, assez gros pour y balancer un canapé. Il leva les yeux et vit que le plafond s'était effondré, lui aussi, comme si ce canapé imaginaire était passé au travers depuis l'étage supérieur pour tomber dans la cave. Il imagina la tête de Morton quand il avait vu ça.

Il continua et se retrouva au bas de l'escalier conduisant aux étages supérieurs.

— Morton ! cria-t-il, et sa voix résonna. Morton, c'est Brewster... je ne voulais pas arriver en retard mais Gala va avoir un bébé !

Il fit halte et écouta. Cette nouvelle ne suscita aucune réaction. Il ne lui restait plus qu'une seule chose à faire : commencer sa propre inspection en espérant qu'il tomberait sur Morton, chemin faisant. Il s'accroupit sur le parquet de la bibliothèque et fit jouer les fermoirs de son porte-documents. Il prit un grand carnet, une torche électrique et un mètre.

Il farfouillait dans ses papiers, cherchant une photocopie du plan de Walhalla, lorsqu'il entendit un gargouillement visqueux. Cela semblait venir du trou énorme dans le parquet de la bibliothèque. On aurait dit le bruit d'une citerne qui se vide, ou d'un évier que l'on vient de déboucher. Brewster se releva et s'approcha prudemment du trou, testant la solidité des lattes à chaque pas. Il avait vu des maisons où les planchers s'effondraient dès que l'on marchait dessus, et cela ne lui disait rien du tout de prendre un raccourci pour aller dans la cave.

Il entendit un autre gargouillis. Cette fois, cela ne ressemblait pas à une citerne ou à un évier ou à quoi que ce soit de mécanique, mais plutôt à un gros animal qui respirait avec difficulté. Brewster hésita. Le parquet émit des craquements inquiétants. Il fit un autre pas vers le bord du trou, puis un autre. Cette fois, le bois détrempé s'effrita, et il faillit perdre l'équilibre et tomber dans le trou.

Comme il se penchait en avant, cependant, il entrevit quelque chose dans la cave. Quelque chose de grisâtre et de voûté, comme un vieux manteau de fourrure mité, posé sur un mannequin de tailleur. Pourtant, il ne pouvait pas s'agir d'un manteau, parce que cela bougeait et se tortillait, comme si c'était vivant. Merde, des rats ! Un amoncellement de rats, sur presque deux mètres de hauteur.

Mais ce n'était pas seulement des rats, parce que deux ou trois d'entre eux glissèrent et tombèrent vers l'obscurité, laissant apparaître, durant un instant abominable, le visage d'un homme en proie à des souffrances atroces, écarlate de sang. Ses orbites étaient vides, et sa bouche obstruée par un énorme rat brun. Les griffes de ses pattes de derrière s'agrippaient au menton de l'homme tandis que le rat essayait de s'enfoncer de plus en plus loin dans sa gorge.

Jeudi 24 juin, 17 h 54

Ils étaient partis pour la journée et avaient visité le manoir Vanderbilt. Quand ils revinrent, ils aperçurent Walter Van Buren qui les attendait dans le jardin de la pension Pig Hill, en compagnie d'un jeune Noir de haute taille au visage sérieux.

Walter Van Buren était assis à l'ombre d'un chêne majestueux et savourait du thé glacé.

— On m'a dit que vous rentreriez vers six heures, dit-il, se levant pour leur serrer la main. Je vous présente Brewster Ridge, l'un des experts de Braun Bannerman.

— Alors ? demanda impatiemment Craig.

— Je suis désolé, mais nous avons une mauvaise nouvelle à vous annoncer, déclara Walter Van Buren.

— Très mauvaise ? Ne me dites pas que les fondations sont pourries.

— Il ne s'agit pas de la maison, monsieur Bellman. Enfin, pas directement. Un incident s'est produit en fin de matinée, pendant que Mr. Ridge et son collègue Mr. Walker faisaient leur inspection. Un plancher s'est effondré et Mr. Walker a fait une chute mortelle. Bien sûr, la police a été prévenue, mais il est clair que c'était un tragique accident.

— Je suis navré d'apprendre cela, dit Craig. (Il prit la main d'Effie.) Veuillez accepter nos condoléances.

— Je vous remercie, fit Walter Van Buren. Morton Walker était l'un de mes amis intimes, et un expert de premier ordre. Il va nous manquer.

Il marqua un temps, but une gorgée de thé, puis ajouta :

— Je suis venu ici pour vous demander si vous aviez toujours l'intention d'acheter Walhalla.

Craig se renfrogna.

— Pourquoi ? Je ne devrais pas ?

— Ma foi, je pensais que, étant donné les circonstances, vous voudriez peut-être vous dédire. Certaines personnes n'aiment pas beaucoup acheter une maison où une tragédie comme celle-là a eu lieu.

— Je doute qu'il existe une maison ancienne qui n'ait pas eu son lot de tragédies, répliqua Craig. Je suis tout à fait désolé pour votre ami, mais cela ne change en rien mon intention d'acheter Walhalla.

Il se tourna vers Brewster et lui demanda :

— Quel est le plancher qui s'est effondré ?

Brewster déglutit.

— En fait, il s'agit de trois planchers. Il est tombé du couloir du second étage vers la salle de musique, de la salle de musique vers la bibliothèque, et de la bibliothèque vers la cave.

— Bon Dieu ! s'exclama Craig. Il a fait beaucoup de dégâts ?

— Il est tombé sur un tuyau de chauffage hors d'usage. Il s'y est empalé. La police pense qu'il a mis pas mal de temps à mourir. Une vingtaine de minutes au moins. Il a certainement enduré d'effroyables souffrances.

— Oui, bien sûr, dit Craig qui ne cherchait même pas à dissimuler son impatience. Mais est-ce qu'il a fait beaucoup de dégâts ?

— Pardon ? Vous voulez dire... à la maison ?

Craig se tourna vers Walter Van Buren et dit :

— Vous êtes certain d'avoir fait appel aux experts qui convenaient ?

— Braun Bannerman est un excellent cabinet, répondit Walter Van Buren d'un ton sec, et Mr. Ridge ici présent est l'un de leurs experts les plus qualifiés.

— Ça va, Walt, intervint Brewster. Je comprends la préoccupation de Mr. Bellman.

Il lança un regard à Effie, et elle se rendit compte qu'il faisait de gros efforts pour garder son sang-froid. Au cours de ces dernières années, elle avait vu cette expression sur le visage des clients de Craig bien des fois. Sans doute s'était-elle habituée au manque de savoir-vivre de Craig, et elle avait appris à l'ignorer. Elle l'avait toujours connu ainsi. D'ailleurs, cela faisait partie intégrante de son charme. Peut-être avait-elle un faible pour les brutes ?... Cette semaine, Craig lui avait fait l'amour toutes les nuits, et aussi le matin, avec une violence qu'elle trouvait effrayante, surprenante, mais flatteuse, aussi. Il l'injuriait ; il la traitait de pute. Mais il lui faisait l'amour comme s'il avait envie de la faire passer à travers le matelas et tomber par terre.

Brewster ouvrit son porte-documents et prit un plan.

— Mr. Walker est passé à travers le plancher ici, et ici, et ici. Il y a une zone de pourriture sèche qui s'étend sur une vingtaine de mètres au niveau du couloir du second étage, et à cet endroit les lattes pourries étaient incapables de supporter son poids. Malheureusement, la pourriture sèche s'était propagée à travers les poutres verticales jusqu'au plancher du dessous, sur une zone de neuf mètres, et il est également passé à travers. Le parquet de la bibliothèque, comme vous l'avez probablement constaté par vous-même, est rongé par l'humidité.

— Cela coûtera combien pour réparer les dégâts causés par sa chute ? demanda Craig.

— Si vous songez à acheter cette maison, monsieur Bellman, vous devrez remplacer tous ces planchers, de toute façon, et peut-être d'autres également.

— Mais vous pouvez enlever la pourriture du bois, non ?

— Cela dépend de son étendue. Il s'agit d'une forme de pourriture appelée *Merulius lacrymans,* ou mérule pleureuse. Elle a été causée par les infiltrations d'eau survenues au niveau du toit. Cela commence comme une excroissance blanche filiforme sur la surface du bois, mais ensuite ce champignon pénètre les tissus et les détruit. Plus tard, il forme cette épaisse excroissance rougeâtre qui est une structure reproductrice, un corps fructifère, lequel produit des spores, comme une poudre brun rougeâtre, et cette poudre peut être transportée dans toute la maison par des insectes, des oiseaux ou des rats, ou même par des courants d'air. En premier lieu, vous devez vous occuper de toutes ces fuites et de ces infiltrations d'eau. Ensuite, vous devez songer à enlever tout ce bois malade, et à traiter le reste de la maison avec un fongicide.

Craig baissait la tête et regardait fixement ses chaussures. Durant un moment, Effie crut qu'il allait renoncer, qu'il allait dire : je laisse tomber, je n'achèterai pas une maison criblée de pourriture sèche et rongée par l'humidité, une maison aux fenêtres brisées, au toit à moitié effondré et à l'atmosphère oppressante de délabrement et de fatalité. Sans parler du fait qu'un expert y avait trouvé la mort quelques heures plus tôt.

Mais il releva la tête et déclara :

— D'accord... donnez-moi le scénario le plus pessimiste que vous pouvez imaginer, et ensuite fixez un prix.

Walter Van Buren finit son thé glacé.

— C'est une véritable passion, n'est-ce pas, monsieur Bellman ? dit-il, et sa voix était presque teintée de regret. Cette maison vous a hypnotisé ; c'est exactement ce que je redoutais.

— Une passion ? fit Craig. Ce n'est pas une question de passion, monsieur Van Buren. Il s'agit pour moi de découvrir qui je suis réellement. Vous l'avez dit vous-même : Walhalla est une demeure pour un homme important. Vous trouvez que c'est prétentieux ? Laissez-moi vous dire ceci : la plupart des hommes traversent la vie sans réaliser ne serait-ce qu'un cinquantième de ce qu'ils sont capables de faire. Ils pensent petit, ils font de petites choses, ils vivent dans de petites maisons. Ils sont petits, monsieur Van Buren, alors qu'ils pourraient être grands. C'est pour cette raison que je désire Walhalla à ce point. Walhalla n'est pas simplement une maison. Elle n'est pas simplement un endroit où vivre. Elle est moi.

Effie observait Craig pendant qu'il parlait. Il l'étonnait. Il la gênait, également. Mais il s'exprimait avec une telle détermination qu'elle se surprit à poser la main sur son bras, en un geste d'affection et de soutien. Elle percevait sa chaleur ; elle sentait l'odeur de sa peau. Elle l'aimait. Il était complètement transformé ; c'était un autre homme.

— Vous voulez que je termine l'inspection des lieux ? demanda Brewster.

Craig hocha la tête.

— Mais évitez de faire le saut de l'ange à travers les planchers !

— Je ne trouve pas cela très drôle, monsieur Bellman. Mr. Walker était un collègue de travail et un ami.

— Dans ce cas, pourquoi ne pas honorer sa mémoire ?

Brewster le regarda fixement, le menton levé, les yeux écarquillés.

— Je le ferai, monsieur Bellman. Je le ferai.

Samedi 26 juin, 18 h 24

— Nous devrions passer la nuit là-bas, dit Craig.

Effie posa son livre. Elle était assise sur le lit, appuyée contre quatre gros oreillers, et dégustait un verre de vin mousseux. Au-dehors, l'après-midi était encore ensoleillé, et le ciel était bleu azur. La couette était pudiquement ramenée sous les aisselles d'Effie, mais, au-dessous, elle était nue. Dès qu'ils étaient rentrés à la pension, après avoir déjeuné à La Parmigiana, à Rhinebeck, Craig avait insisté pour lui faire l'amour. Son visage était encore empourpré, et elle était humide entre les cuisses.

— Nous devrions passer la nuit où ? lui demanda-t-elle.

— A Walhalla. Juste pour voir comment c'est.

Elle le regarda avec stupeur.

— A Walhalla ? Mais la maison est en ruine ! Je n'ai pas envie de passer la nuit dans des ruines !

— Nous pourrions prendre un matelas pneumatique et emprunter une couette.

— Non, merci, je préfère rester ici. J'ai envie d'un bon bain et d'un petit déjeuner au lit.

Craig s'assit à côté d'elle. Il était nu sous son peignoir en tissu-éponge.

— Allons, Effie, ce sera formidable. Un peu d'aventure dans notre vie, que diable !

— Craig... j'adore l'aventure. Mais dormir dans une vieille baraque délabrée, pleine de courants d'air, ce n'est pas ma conception de l'aventure. C'est ma conception du purgatoire.

Il la regarda de façon soutenue pendant si longtemps qu'elle détourna les yeux, éprouvant de la gêne. Elle ne savait pas quoi penser de lui. Elle se demandait pourquoi il n'arrêtait pas de l'injurier pendant qu'ils faisaient l'amour. Elle ne comprenait absolument pas pourquoi Walhalla exerçait une telle attraction sur lui. Mais elle avait peur de rompre le charme. Elle ne savait pas où cette nouvelle relation allait les mener. Elle avait perdu toute certitude. Mais elle n'avait pas envie de revivre les jours pénibles et orageux qui avaient suivi l'« accident » survenu à Craig, et elle ne regretterait certainement pas de ne plus avoir à dire : *Bonjour, je suis la femme de Craig Bellman, comment allez-vous ?*

— Non, dit-elle. Puis : Un milliard de fois non !

Il se détourna et leva la main comme pour chasser le mauvais œil.

— Bon, d'accord, n'en parlons plus. C'était juste une suggestion. Je pensais simplement que si nous passions la nuit là-bas... eh bien...

Il se servit un whisky. Elle voyait son visage dans le miroir ovale, au cadre doré, au-dessus du bar. Son expression était indéchiffrable. Habituellement, elle savait quelle était son humeur, même s'il lui tournait le dos, mais en ce moment son dos ne lui apprenait absolument rien.

— Si nous passions la nuit là-bas, que se passerait-il ? lui demanda-t-elle, au bout d'une minute.

— Cela n'a aucune importance. Laisse tomber.

— Que se passerait-il ? répéta-t-elle d'une voix stridente.

— J'ai dit laisse tomber, d'accord ? Tu n'as pas envie de le faire, on ne le fait pas.

— Craig, je n'ai pas dit que je ne voulais pas le faire. J'ai dit que ce n'était pas ma conception de l'aventure, c'est tout.

— Ce que tu as dit, c'est : non. Un milliard de fois non. Alors n'en parlons plus.

— Seigneur, tu es têtu comme une mule !

— Et toi, tu n'arrêtes pas de rouspéter. Tu es une vraie g...

— Une garce ? Une pute ? Tu ne connais pas d'autres mots ? Qu'est-il arrivé à ton vocabulaire tout à coup ? Tout bien réfléchi, que t'est-il arrivé, à *toi* ? Tu tombes amoureux d'une baraque délabrée, tu ne peux pas faire l'amour sans me traiter de tous les noms. Un homme a trouvé la mort et tu as montré à peu près autant de compassion qu'Adolf Hitler !

Craig posa brutalement son verre sur le bar et se retourna. Ses yeux flamboyaient de colère.

— J'aurais pu être tué dans cette pharmacie ! En fait, j'ai failli être transformé en eunuque ! Après cela, j'ai découvert Walhalla et cette maison représente quelque chose pour moi. Ne me demande pas pourquoi. Je ne le sais même pas moi-même, bordel de merde ! Mais elle est tout. Elle est moi. Elle est ce que je suis.

— Oh, je t'en prie. Epargne-moi le couplet sur la prise de conscience !

Il s'approcha du lit. Il était inquiétant, menaçant, et il tremblait de rage. Elle fut terrifiée... il allait la frapper.

— Tu me parles de prise de conscience ? Tu passes ta vie dans une galerie à la con, remplie de merdes incompréhensibles peintes par une bande de connards prétentieux et surpayés qui ne savent même pas par quel bout prendre leur pinceau, et tu me parles de...

De manière tout à fait inattendue, elle se mit à rire. C'était probablement la peur. Peut-être aussi de l'amusement, parce qu'il avait exprimé exactement ce qu'elle pensait des galeries Verulian. La peinture moderne était une merde incompréhensible. Craig avait entièrement raison. Tous ces tableaux étaient peints par des connards qui ne savaient pas peindre pour des connards qui ne savaient pas voir. Et plus ils étaient incompréhensibles et merdiques, plus ils coûtaient cher. Leur peintre le plus coté, Paul Firman, était un si mauvais dessinateur qu'il aurait été incapable de dessiner son cul.

Elle riait parce qu'elle était bouleversée, et parce qu'elle était effrayée. Mais elle riait également parce qu'il avait dit quelque chose qui était tout à fait vrai. Après des années passées à plaider devant des juges bornés et égocentriques et des jurés incapables de faire la différence entre un bilan d'inventaire et une liste de commissions, après des années passées à négocier et à transiger, Craig disait ce qu'il pensait vraiment, sans se soucier des conséquences.

— Hé, qu'y a-t-il de si drôle ? demanda-t-il.

Mais elle continua de rire aux larmes et se contenta de secouer la tête en guise de réponse.

Il se mit à rire à son tour, se laissa tomber sur le lit à côté d'elle et la prit dans ses bras.

— Ecoute, dit-il. Je suis désolé. Je n'aurais pas dû te traiter de garce. Je n'aurais *jamais* dû te traiter de garce... ou pire.

Elle s'essuya les yeux avec la taie d'oreiller.

— Je le mérite peut-être. Je suis peut-être une garce. Tu es en train de te trouver, et qu'est-ce que je fais ? Je me plains !

Il l'embrassa. Il ne ferma pas les yeux et la regarda.

— Excuse-moi. Ce que j'ai dit tout à l'heure, tu sais, passer la nuit à Walhalla, oublions ça !

Elle lui rendit son baiser, de manière plus vorace.

— Je suis peut-être une garce. Nous devrions peut-être passer la nuit là-bas. On ferait l'amour toute la nuit. Tu imagines ? Dans cette vieille baraque pleine de courants d'air, humide, et qui sent le moisi !

Il la regarda attentivement. Son visage était si près du sien qu'elle avait du mal à le voir tout entier.

— Tu ferais vraiment ça ?

— Bien sûr... si c'est ce que tu veux.

— Non, tu essaies de te plier à mes caprices, hein ?

— Me plier à tes caprices ? Je l'ai déjà fait ?

Craig se redressa.

— Je ne sais pas. Oui, bien sûr que tu l'as fait. Toi et cette... Gaby.

— Gaby ? Qui est Gaby ? demanda Effie.

Il appuya le bout de ses doigts sur son front, comme s'il avait la migraine.

— Je ne sais pas pourquoi j'ai dit ça.

Il se leva, alla jusqu'au bar et prit son verre.

— Je ne connais personne qui s'appelle Gaby.

Tandis que Craig prenait un bain, Effie termina son verre et se replongea dans la lecture de son livre. Elle l'avait trouvé à la bibliothèque de Cold Spring hier matin... *Réservé aux Riches — Jack Belias et le Syndicat Grec.* C'était l'histoire des plus grands joueurs des années vingt : Nico Zographos, Gordon Selfridge, du grand magasin Selfridge, et André Citroën, l'industriel français... des hommes qui gagnaient des millions de francs en une seule nuit, et qui les perdaient également. Mais c'était principalement l'histoire de Jack Belias. Alors que d'autres gros joueurs jouaient parce qu'ils étaient des drogués du jeu, « tels des morphinomanes », selon l'expression de Zographos, Jack Belias jouait parce qu'il voulait ruiner et humilier ses partenaires.

Il avait une chance phénoménale au baccara. Un après-midi, au casino de Deauville, il amena Zographos, qui était l'un des joueurs de cartes les plus adroits d'Europe, à deux doigts de la banqueroute. Une carte avait sauvé Zographos in extremis : le neuf de carreau. Le lendemain, Jack Belias lui avait envoyé une épingle de cravate ornée de neuf diamants[1], un souvenir ironique pour lui rappeler qu'il avait frôlé la misère.

Mais, maintes et maintes fois, Jack Belias ruina ses partenaires, et ce qu'ils ne pouvaient pas payer en argent, il le prenait en nature. Une fois, Gordon Selfridge dut emprunter cent cinquante-cinq mille livres sterling à sa propre société pour s'acquitter de ses dettes de jeu envers Jack Belias. Et, quelques jours avant qu'André Citroën ne meure, déjà appauvri par l'échec de sa dernière automobile, Jack Belias le dépouilla de soixante-quatre mille livres en huit coups consécutifs, à huit mille livres le coup, ce qui lui prit moins de dix minutes.

Il y avait une photographie en noir et blanc de Jack Belias au milieu du livre. Elle représentait un homme de haute taille qui ne souriait pas, en chapeau noir à large bord et pardessus noir, seul sur une promenade balayée par le sable. Il avait un visage plutôt carré, énergique, et

1. En anglais, le neuf de carreau se dit *the nine of diamonds*, « le neuf de diamants ». *(N.d.T.)*

des yeux aux cernes sombres. Il avait des traits vaguements turcs. Il s'appuyait sur une canne comme s'il était impatient de s'en aller.

La légende indiquait : *Jack Belias à Deauville en 1934. La seule photographie dont on connaisse l'existence.*

— Qu'est-ce que tu lis ? demanda Craig, revenant dans la chambre et s'essuyant avec une serviette de bain.

Effie lui montra la jaquette.

— C'est un livre sur Jack Belias. Je l'ai trouvé à la bibliothèque municipale pendant que tu discutais avec Walter Van Buren.

Craig s'assit sur le lit à côté d'elle.

— Walter Van Buren m'a dit que c'était un joueur invétéré.

— Et comment ! Il a gagné son premier million de dollars avec le textile, mais il a quasiment triplé sa fortune avec le jeu. Il pariait sur tout et n'importe quoi, et il gagnait presque toujours. C'est avec cet argent qu'il a fait construire Walhalla. Le seul problème, c'est que personne ne le trouvait très sympathique.

Craig regarda la photographie.

— Hum. Il n'est pas très sympathique, en effet. Mais c'est bizarre. J'ai l'impression de le reconnaître. Comme si je l'avais rencontré quelque part.

— Cela m'étonnerait ! Il est mort en 1937, et on dit ici que c'est la seule photographie connue de lui.

— C'est plutôt étrange, tu ne trouves pas ?

— Qu'est-ce qui est étrange ?

— On s'attendrait à ce qu'un homme comme Jack Belias ait été photographié des milliers de fois. Après tout, il dirigeait une importante entreprise textile du pays. Ne me dis pas qu'il n'a jamais été interviewé par *Fortune* ou *Business Week*, et qu'il n'a pas eu sa photo dans l'un de ces journaux. Ne me dis pas qu'il n'a jamais fait de discours de fin d'année à ses employés, et qu'il n'a pas été photographié à cette occasion.

— Cette légende est peut-être erronée. Ou bien l'auteur s'est mal exprimé. Il voulait peut-être dire que c'est la seule photographie connue de lui à Deauville.

Craig se leva et laissa la serviette de bain glisser de ses

reins. Il alla jusqu'à la commode et prit un caleçon dans le tiroir. Il l'enfila de façon ostentatoire, sous les regards d'Effie.

— Il y a autre chose ? lui demanda-t-il. Est-ce qu'on parle de Walhalla ?

Effie se lécha l'index et tourna les pages.

— Oui, tout à fait. Page 209. « En 1929... bla-bla-bla... Jack Belias avait gagné plus de trois cent mille livres à Deauville, Cannes, Monte-Carlo et au Cercle Haussmann à Paris. Avec cet argent, il fit construire un immense manoir gothique dominant la vallée de l'Hudson. Il l'appela Walhalla, le séjour des guerriers morts au combat, dans la mythologie germanique, parce qu'il affirmait que l'argent qui avait permis sa construction venait de onze hommes qui s'étaient suicidés parce qu'ils avaient été ruinés. »

Craig mit son jean et dit :

— Pas exactement Monsieur Super-Sympa, hein ?

— « En 1931, Jack Belias fut brièvement marié à l'actrice française Jeannette Duclos, mais, trois mois plus tard, celle-ci mourait dans des circonstances mystérieuses. »

— Quelles circonstances mystérieuses ?

— L'auteur ne le dit pas. Un peu plus loin, il mentionne qu'en 1937 Jack Belias fut mêlé à un scandale concernant la femme du financier anglais Douglas Broughton. Environ un an plus tard, Belias disparut. Sa voiture fut retrouvée abandonnée à proximité de Bear Mountain Bridge, et on supposa qu'il s'était suicidé en se noyant dans l'Hudson.

— Cela ne nous apprend pas grand-chose, hein ?

— Ma foi, ce livre traite principalement de ses activités de joueur. Mais je suppose qu'on a écrit d'autres livres sur lui.

Craig boutonna sa chemise bleue à carreaux et enfila un pull bleu marine. Ses cheveux rebiquaient sur sa nuque comme ceux d'un petit garçon.

— Je croyais que nous dînions au Pavillon, fit remarquer Effie. Tu ne comptes pas aller au restaurant habillé comme ça, dis-moi ?

— Je croyais qu'il avait été convenu que nous allions passer la nuit à Walhalla. Nous achèterons une pizza en cours de route.

— Tu y tiens vraiment, hein ?

— Bien sûr ! Nous allons habiter là-bas. Nous allons dépenser la plus grande partie de notre argent pour cette maison... probablement même tout notre argent. Je veux savoir comment c'est.

Effie referma le livre et repoussa la couette. Craig la prit dans ses bras et la serra contre lui, puis il embrassa son front et ses cheveux. Il voulut caresser ses seins, mais elle les couvrit de ses mains.

— Hé, tu es farouche ? dit-il d'un air taquin.

Il s'assit dans l'un des fauteuils et l'observa tandis qu'elle s'habillait. Cela ne lui plaisait pas vraiment, la façon dont il la regardait tandis qu'elle mettait sa petite culotte de dentelle blanche et agrafait son soutien-gorge, mais elle ne dit rien de peur qu'il ne se fâche. Et puis, elle était flattée qu'il eût toujours envie de la regarder après toutes ces années passées ensemble. Elle boutonna son jean Calvin Klein et enfila son pull à col roulé Paul Levy. Elle se brossa les cheveux ; l'électricité statique les fit se dresser et briller dans la lumière du soleil couleur confiture d'oranges.

Elle se retourna, s'attendant presque à ce que Craig lui fît un compliment, mais il se contenta de sourire et de pousser un grognement, comme s'il pensait à une plaisanterie connue de lui seul. Néanmoins, elle vint vers lui et l'embrassa. Il lui rendit son baiser, très posément, très délicatement, tel un homme qui goûte un vin.

— Où allons-nous trouver un matelas pneumatique ? lui demanda-t-elle.

— Je vais demander à Norman. Apparemment, c'est le genre de type à savoir où trouver un matelas pneumatique... et même n'importe quoi d'autre qu'on peut gonfler !

— Tu as son numéro de téléphone ?

— Bien sûr. Il habite chez sa mère, au-dessus de la Lune Affamée.

Il chercha dans l'annuaire.

— Hier, Norman est retourné à Walhalla avec deux amis à lui qui travaillent dans le bâtiment. Il va me donner un prix pour la toiture. Quand ce gros travail sera fait, le reste sera facile. Oter la pourriture sèche du bois, remplacer les planchers, enduire les plafonds de plâtre. Facile. A condition de nous montrer patients et d'agir avec méthode.

— Tu as vraiment l'intention de vendre Fisher et Bellman ?

— Franchement, tu me vois recommencer toutes ces conneries ? « Monsieur le juge, mes clients font le négoce du *ngapi* depuis cinq générations. Les dossiers médicaux montrent que personne aux Etats-Unis n'est tombé malade ou n'est mort pour avoir consommé du *ngapi* depuis quarante-sept ans. Alors pourquoi la F.D.A.[1] a-t-elle pris soudainement des mesures pour interdire sa distribution ? Après tout, le *ngapi* n'est que du beurre de crevette à moitié pourri. »

— D'accord, mais qu'est-ce que tu as l'intention de faire à la place ? demanda Effie.

Il l'embrassa.

— Je vais commencer à prendre des risques. Je vais jouer. Je vais marcher sur la corde raide, tous les jours. En fait, je vais vivre, comme je n'ai jamais vécu auparavant. Lorsque j'en aurai fini, Walhalla sera trop petite pour moi.

— Jouer ? Qu'entends-tu par là ? Jouer à la roulette, au poker, et tout ça ?

— Peut-être... mais il y a d'autres jeux bien plus importants que ça.

— Lesquels ?

Il la regarda et ses yeux étaient sombres. En fait, ils ressemblaient étonnamment aux yeux de Jack Belias, sur la photo prise à Deauville... un drapeau voletait dans le lointain, et une petite fille, floue, courait derrière lui. Cette petite fille devait être une vieille dame aujourd'hui, si elle était toujours en vie. Mais qu'en était-il de la plage de Deauville, du drapeau, et de Jack Belias, son coupé sport Lincoln Zephyr garé près de Bear Mountain Bridge, la portière côté conducteur ouverte et les phares diminuant d'intensité petit à petit ?

— Walhalla va nous coûter une fortune, dit Effie. Nous

1. *Food and Drug Administration* : Administration chargée d'accorder les autorisations de mise sur le marché des produits alimentaires et pharmaceutiques. *(N.d.T.)*

ne pourrons pas l'entretenir en comptant sur tes projets purement spéculatifs.

— Ecoute, j'ai eu de la chance ce soir-là à *K-Plus Drugs*. Ils auraient pu me tuer. Mais ils ne l'ont pas fait. On m'a envoyé ici, pour me rétablir. On m'a conduit vers Walhalla, d'accord ? Le séjour des guerriers tués au combat. Je viens de me découvrir, et c'est tout ce qui m'importe.

— Et moi ? Est-ce que tu te soucies de moi ?

— Est-ce que les koï se soucient de l'eau ?

Elle embrassa ses cheveux encore mouillés.

— Les koï ? Ces poissons japonais ? Oui, je crois.

Même si, par la suite, elle pensa : « Non, ils ne s'en soucient probablement pas. Pas plus que les oiseaux ne se soucient de l'air. » Les koï considèrent l'eau comme une chose normale, de la même façon que Craig la considérait comme une chose acquise. Il avait besoin d'elle. Il ne pouvait pas vivre ni respirer sans elle. Mais être indispensable, ce n'est pas la même chose qu'être aimée.

Craig composa le numéro de la Lune Affamée. Effie était suffisamment près de l'appareil pour entendre la voix grave et rauque qui répondit.

— La Lune Affamée... Aliments naturels.

Craig lança un regard à Effie et arbora un large sourire. Puis il dit :

— Vous devez être la mère de Norman.

— Ici la Lune Affamée. Qui est à l'appareil ?

— Excusez-moi. Craig Bellman. Norman vous a peut-être parlé de moi. Ma femme et moi envisageons d'acheter Walhalla.

— Je vois. Oui. Norman m'a parlé de quelqu'un qui était intéressé par cette maison.

La voix était tout aussi étouffée, mais méfiante.

— Est-ce que Norman est là ? Je voudrais lui emprunter un matelas pneumatique, ou un lit de camp, ou un futon, ou quelque chose comme ça.

— Vous voulez emprunter un quoi ?

— Un matelas pneumatique. Ou peut-être un lit de camp. Ou même des sacs de couchage. Ma femme et moi avons l'intention de passer la nuit là-bas... vous savez, juste pour nous y habituer... et nous nous demandions si...

— Vous aller passer la nuit à Walhalla ?

La dureté de la voix de Pepper Moriarty produisit des picotements dans le cuir chevelu d'Effie, comme peut le faire le pétillement d'une bouteille d'eau gazeuse que l'on vient d'ouvrir.

— Bien sûr, dit Craig d'un ton désinvolte, tout en adressant un clin d'œil à Effie.

— Vous allez faire ça après tout ce qui s'est passé ?

— Madame Moriarty, j'ignore ce que vous entendez par « tout ce qui s'est passé », et je n'ai pas envie de le savoir. Norman m'a dit que vous aviez certaines opinions concernant Walhalla. Je sais que vous trouvez l'ambiance de cette maison peu conventionnelle, mais je ne pense pas qu'il y ait lieu de s'émouvoir à ce sujet.

— Une ambiance peu conventionnelle ? Vous êtes avocat ?

— Hum, oui, précisément.

— Alors permettez-moi de vous dire une chose, monsieur l'avocat : je suis allée à Walhalla, et je sais ce qui cloche là-bas. Il ne s'agit pas d'une question de conventions. Walhalla présente des vibrations psychiques très néfastes. C'est un endroit où il est fortement déconseillé de passer la nuit, pour vous comme pour n'importe qui.

Craig prit sa voix d'avocat, posée et patiente.

— Madame Moriarty, je sais ce que vous pensez de Walhalla, Norman nous l'a dit. Mais, pour ma part, je ne crois pas beaucoup à ce que vous appelez des vibrations psychiques. Et je vous serais très reconnaissant de garder vos opinions pour vous. Je dois engager des ouvriers, lesquels refuseraient peut-être de travailler dans une maison hantée. Car je suppose que c'est de cela que nous parlons, n'est-ce pas ? D'une maison hantée ?

— Je vais chercher Norman, dit Pepper Moriarty d'une voix tendue. Ne raccrochez pas. Ou raccrochez, si vos moyens ne vous le permettent pas.

— J'ai les moyens d'acheter Walhalla, madame Moriarty.

— Alors vous avez les moyens de rester en ligne, hein ? Et c'est mademoiselle !

Samedi 26 juin, 22 h 28

Lorsqu'ils arrivèrent à Walhalla, Norman les attendait, affalé dans sa Dodge Charger ; il portait une surchemise rouge à carreaux et un T-shirt orné de l'effigie de Kurt Cobain[1], et il mangeait un hamburger aux kumquats.

— Marron, orange, ce sont des couleurs complémentaires, déclara-t-il.

— Vous auriez dû mettre de la mimolette. C'est orange, répliqua Effie en fronçant le nez.

— Je ne sais pas. C'est aussi une affaire de karma. Vous ne pouvez pas manger la chair d'un animal domestique avec le lait caillé d'un autre animal domestique. Vous devez avoir quelque chose qui est complètement inanimé, et éloigné. Quelque chose qui est venu de très loin et qui ne peut pas répondre.

— Ma foi, cela se tient, dit Craig en lui donnant une tape dans le dos. Je n'ai jamais entendu parler d'un kumquat qui répondait. Mais, tout bien réfléchi, je n'ai jamais entendu parler d'un hamburger qui répondait !

— Je pense que vous n'êtes jamais allé dans un McDo's.

Il replia soigneusement sa serviette en papier et la mit dans la boîte à gants. Puis il descendit de sa voiture, s'étira et se secoua comme un chien.

— J'ai eu une dure journée. Avec deux autres gars, on a retapé un hangar à récoltes, là-bas à Nelsonville. On a

1. Chanteur du groupe Nirvana. *(N.d.T.)*

remplacé l'auvent et posé de nouvelles portes, tout ça en un après-midi ! Ce hangar avait été construit en 1775, un an avant l'Indépendance. A cette époque, ils s'y entendaient pour construire un hangar. Celui-là sera toujours debout dans deux cents ans, je vous le parie.

— Combien ? demanda Craig.

— Combien quoi ?

— Vous pariez combien avec moi ?

Norman le regarda en fronçant les sourcils.

— Qu'est-ce que ça peut faire ? Même si vous gagnez, vous ne serez plus là pour empocher la mise.

— Vous voulez parier sur ça, également ?

Norman ouvrit le coffre de sa Dodge Charger et en sortit un épais futon plié et attaché avec une corde en sisal.

— J'espère que ça vous ira. C'est tout ce que j'ai pu trouver. Il appartenait à Wavy Gravy, mais sa mère l'a lavé, depuis.

— Il me semble très bien, dit Effie.

Le futon dégageait une odeur d'herbes et de fleurs. Il était clair que Pepper Moriarty l'avait laissé dans la réserve de la Lune Affamée. Norman le porta en haut des marches, passant près de la statue de la femme sans tête.

Le ciel était bleu foncé et scintillait, d'un horizon à l'autre, de millions d'étoiles. C'était l'une des choses qui manquaient à Effie, lorsqu'elle était à New York. Les étoiles donnaient à la nuit une telle profondeur, et procuraient un tel sentiment d'intemporalité ! Elle adorait cette idée qu'elle voyait les étoiles telles qu'elles avaient été des millions d'années auparavant. Et aussi que, quelque part très loin dans l'espace, s'ils avaient des télescopes suffisamment puissants, les gens pouvaient regarder vers la Terre et la voir telle qu'elle avait été lorsqu'elle était une petite fille, en train de monter les marches de l'auberge des Chênes Rouges en tenant son père par la main. Ils pourraient toujours la voir dans des centaines d'années, alors qu'elle serait morte depuis longtemps, enterrée auprès de ses parents dans le cimetière de Cold Spring.

Si quelqu'un, dans les étendues les plus reculées de la galaxie, peut toujours vous voir, en train de danser et de rire, comment pouvez-vous jamais mourir ?

— Que regardes-tu ? lui demanda Craig.

— Les étoiles. Tu vois, là-bas, le Dragon, *Draco*... et *Ursa Minor*, la Petite Ourse.

Craig la prit par le bras et l'entraîna vers la maison.

— Tu as toujours été romantique, hein ?

Mais Effie pensa seulement que la masse noire de Walhalla cachait complètement tout un pan du ciel. Elle percevait sa froideur et son humidité acerbe. Et, tandis que Craig tournait la clé dans la serrure, elle perçut également son atmosphère hostile. Le loup sur la poignée de la sonnette lui lançait un regard féroce, et elle se rappela ce que Norman leur avait dit : il vous arrachait la main d'un coup de dents si vous sonniez alors que vous n'étiez pas le bienvenu. Elle pouvait presque le croire.

Norman ramena ses cheveux en arrière et les suivit dans le vestibule sombre.

— Ma mère n'a pas beaucoup aimé ce que vous avez dit concernant les vibrations psychiques.

— Oh, non ? fit Craig, avec un manque d'intérêt manifeste.

— Elle a dit que les gens qui sont incapables de percevoir ce genre de phénomènes sont atteints de gangrène mentale. Une partie de leur conscience est morte, vous comprenez. Elle a commencé à pourrir et dégage une odeur tout à fait nauséabonde.

Craig se retourna et appuya son regard sur lui. Norman se dandina d'une jambe sur l'autre, un étrange sautillement d'embarras.

— Votre mère a dit cela ?

Norman eut l'air mal à l'aise.

— Elle ne mâche pas ses mots.

— Elle ferait peut-être mieux de garder ses opinions pour elle.

— Hé, c'est ma mère ! Elle a le droit d'avoir ses idées. Qui plus est, elle a peut-être raison.

— Et elle nous prête un futon dans lequel a dormi Wavy Gravy ?

Norman haussa les épaules et lui adressa un sourire en coin.

— Je suppose que c'est une opinion en soi.

— Craig, pour l'amour du ciel ! les interrompit Effie. Où allons-nous dormir ? Je ne pensais pas que cette maison serait aussi lugubre, la nuit !

Craig s'avança jusqu'au milieu du vestibule et jeta un regard à la ronde. La lumière des étoiles entrait par les fenêtres brisées. Il se tenait immobile, grand et sombre ; il ne souriait pas. Effie comprit qu'il essayait de retrouver le sentiment que Walhalla lui avait fait éprouver la première fois : le sentiment qu'il était chez lui ici, que la maison n'était pas simplement destinée à lui appartenir, mais qu'elle *était* lui.

— Cet endroit va être sensationnel, dit Craig, et sa voix résonna de partout. Imagine un peu ! Des lustres, des dalles de marbre brillantes, de la musique.

— L'isolement, ajouta Effie.

— L'isolement ? Mais qu'est-ce que tu racontes ? Nous donnerons des réceptions chaque week-end !

— Oh, oui ? Et comment paierons-nous tout ça ?

— Nous organiserons quelques parties de cartes. On gagne un peu ici, un peu là. Cela devrait couvrir les frais.

Effie n'arrivait pas à croire ce qu'elle entendait.

— Nous organiserons des parties de cartes ? Tu me fais marcher, ou quoi ? Tu vas inviter tes amis ici pour des réceptions, et ensuite tu comptes les plumer au poker ?

— Effie, les gens adorent jouer à des jeux d'argent. Particulièrement les gens qui ont beaucoup d'argent. Nous serons riches, célèbres, et nous n'aurons de comptes à rendre à personne.

— Craig, je ne comprends même pas de quoi tu parles ! Ramène-moi à Pig Hill, je n'aime pas du tout cette maison.

Il vint vers elle. Ses chaussures couinèrent sur les dalles de marbre. Il posa ses mains sur les épaules d'Effie et la regarda au fond des yeux.

— Effie... pour me faire plaisir, essaie de l'aimer. Je me sens chez moi ici. C'est la maison que j'ai toujours désiré avoir. Celle dont j'ai toujours eu besoin.

— Je ne l'aime pas, c'est tout. De plus, elle est dangereuse. Regarde ce qui est arrivé à ce pauvre expert.

— Oh, Effie, dit-il. (Elle sentait le souffle chaud de Craig sur son visage, et pour une raison inconnue cette proximité l'inquiéta.) Tu es fatiguée, tout simplement. Nous n'entrerons pas dans la bibliothèque, et nous éviterons toute cette partie de la maison. Et si nous allions au premier ? On pourrait camper dans la chambre à coucher.

Il glissa la main dans sa poche et en sortit un jeu de cartes.

— Regarde ce que j'ai apporté. Nous pourrons même nous entraîner !

— Parfois tu me surprends vraiment, dit Effie.

Elle ne savait pas si elle devait se sentir furieuse et exaspérée, ou bien si elle devait rire et s'avouer vaincue. Mais il lui caressa le front, toucha ses cheveux et l'embrassa. Cela la réconforta suffisamment pour qu'elle le regarde en souriant et dise, avec une répugnance exagérée :

— Bon, d'accord ! Ce sera peut-être amusant.

— Ecoutez, intervint Norman, si cela peut vous rassurer, je vais rester, moi aussi. J'ai toujours eu envie de passer une nuit dans une maison hantée.

Craig le regarda vivement.

— Norman... quoi qu'en dise votre mère, Walhalla n'est pas hantée. Humide, je vous l'accorde volontiers. Délabrée, certainement. Mais pas hantée.

— Comme vous voudrez, chef ! Néanmoins, j'aimerais rester. J'en profiterai pour regarder un peu partout et faire quelques estimations. Le toit est salement endommagé !

— Je ne sais pas, dit Craig. Ceci devait être une soirée intime. Juste Mrs. Bellman et moi.

— Oh, je ne vous dérangerai pas. Je serai très occupé... prendre des mesures, sonder les murs, monter et descendre des escaliers. Vous ne vous apercevrez même pas que je suis là. Je serai la discrétion même.

— Qu'en penses-tu ? demanda Craig à Effie.

— Je pense que nous n'avons rien à craindre de la part d'un jeune homme qui porte un T-shirt Kurt Cobain.

— Je n'en suis pas certain. Je me méfie de toute personne qui vénère les morts.

— Allons... soyons sérieux un moment, dit Norman. Les maisons sont différentes la nuit. Le jour, elles vous montrent leur bon côté, si vous voyez ce que je veux dire. La nuit, elles vous livrent leurs secrets. Leurs craquements, leurs gémissements et leurs petits souvenirs désagréables. Je fais toujours une inspection de nuit, lorsque j'ai l'intention de retaper une maison. Comme ça, je la prends au dépourvu. Elle ne s'attend pas à ce que quelqu'un s'amène pour l'examiner, et vous pouvez être surpris par ce que vous trouvez. Un plancher qui craque alors qu'il était totalement silencieux durant la journée. Ou une tache d'humidité que vous n'aviez pas vue à la lumière du jour.

Effie embrassa Craig sur la bouche. Bizarrement, ses lèvres étaient très froides, comme s'il les avait pressées contre une vitre en hiver.

— Norman peut rester, lui dit-elle.

— Bon, entendu. Mais regardez bien où vous posez le pied, Norman, d'accord ? Je n'ai pas envie que vous finissiez comme l'expert.

— Vous pouvez éviter ce genre de plaisanterie ? fit Norman. (Ses yeux étaient immenses et humides derrière les verres de ses lunettes.) Morton était un ami à nous. Vous savez, à ma mère et à moi.

Craig s'éclaircit la voix et dit « Je suis désolé », même s'il ne donnait pas l'impression de l'être.

Ils gravirent l'escalier de gauche. Les contremarches grinçaient, et ils entendaient les chevilles en bois se tendre, mais, dans l'ensemble, l'escalier était solide. La torche électrique de Norman disputait des duels à l'épée entre leurs jambes et projetait sur les murs des ombres voûtées et sautillantes.

— Heureusement que nous sommes en été, fit remarquer Norman en braquant sa torche vers le vestibule en contrebas. Autrement, la maison serait glaciale.

— Je trouve qu'il fait suffisamment froid, dit Effie.

Elle percevait une torpeur terrifiante dans la maison : le sentiment que des souvenirs s'étaient petit à petit réfugiés vers les planchers, ou s'étaient accumulés dans les lézardes, et que des mots s'étaient changés en poussière friable. Ils atteignirent le palier qui dominait le vestibule. Craig ouvrit la porte qui tourna silencieusement sur ses gonds pour révéler une antichambre sombre, moquettée de rouge, avec une chaise renversée sur le sol. A une époque, il y avait certainement eu des canapés où s'asseoir et des miroirs aux murs. Les trous laissés par les vis pour les miroirs étaient toujours visibles. Norman promena le faisceau de sa torche dans la pièce et déclara :

— Cette partie de la maison est en assez bon état. Ici, il n'y a que la décoration à refaire... la peinture, le papier peint, la moquette, c'est tout. Et cela pourrait attendre dans un premier temps.

Il y avait deux portes dans le mur opposé de l'antichambre : une porte sur la droite, qui donnait sur le couloir s'étendant sur toute la longueur du premier étage de Walhalla, et une porte à deux battants en chêne massif, tachée et marquée, mais dans un état presque parfait. Effie s'approcha de la seconde porte et toucha les battants du bout des doigts. Ils étaient ornés de sculptures délicates : des roses, des églantines, des lis, et des visages de femmes encapuchonnées qui avaient toutes les yeux fermés. Au-dessus de leurs têtes, il y avait des nuages frisés, comme une eau-forte de Dürer, et des corbeaux qui volaient.

— C'est tellement étrange, chuchota Effie.

Mais elle trouvait ces sculptures attirantes, d'une certaine façon. Elles présentaient le même aspect allégorique que le vitrail de l'autre côté de la maison : il s'agissait d'une énigme, dont Effie aurait aimé découvrir l'explication.

— Ces femmes ne sont pas mortes, puisqu'elles sont debout. Mais pourquoi leurs yeux sont-ils fermés ?

— Et regarde ça, dit Craig en se penchant vers les battants. Il y a un homme qui tourne le dos, comme sur le vitrail... et une tour, avec des drapeaux. Et regarde ces inscriptions sur les drapeaux.

Gravés dans chacune des bannières, en écriture gothique minutieuse, il y avait les mots *Samvi, Sansavi, Semangelaf.*

Norman examina soigneusement les battants, relevant ses lunettes afin de voir le moindre détail.

— Ces sculptures sont vraiment dingues ! On ne pourrait plus les reproduire de nos jours. Où trouver des ouvriers qualifiés ? Enfin, vous avez vu ces visages ? On croirait presque que ces femmes vivent et respirent, qu'elles vont ouvrir les yeux et nous crier dessus !

— Arrêtez ! cria Effie. Je suis suffisamment nerveuse

comme ça. Si je pensais une seule seconde qu'elles vont effectivement ouvrir les yeux...

Craig tapota de son index recourbé l'un des visages de femmes, sur l'arête du nez.

— Satisfait ? demanda-t-il à Norman d'un ton moitié enjoué, moitié agressif. Je vous ai déjà prévenu ! Plus de balivernes à propos de maisons hantées !

Effie fut tentée de lui parler des sanglots qu'elle avait entendus dans la chambre à la moquette bleue. Elle commença même à dire :

— Tu penses peut-être que cette maison n'est pas hantée, mais...

Puis il lui sembla entendre quelqu'un retenir son souffle... une femme... Elle s'interrompit au milieu de la phrase, et regarda autour d'elle, à la fois effrayée et surexcitée. Manifestement, Craig et Norman n'avaient rien entendu, ni l'un ni l'autre. Tous deux se comportaient comme s'il ne s'était rien passé. Craig prit Effie par le bras et dit :

— Cette maison est impressionnante, je le reconnais. Mais ce ne sont que des émotions. Tout se passe dans ta tête.

— Ah, vous me rassurez ! fit Norman.

Craig saisit les poignées des battants et ouvrit la porte. Ils s'avancèrent dans la chambre à coucher, une pièce immense dont les fenêtres donnaient sur le parc, lequel était noir comme l'encre. Au-dessus de leurs têtes, il y avait un plafond voûté, percé de petites fenêtres hautes, et orné de peintures murales flétries. Elles représentaient des anges aux immenses ailes plumeuses, des serpents corail semblables à de venimeux bracelets en zigzag, des cormorans qui plongeaient et des aras jaunes.

Norman promena le faisceau de sa torche sur la voûte. Effie aperçut des arbres fruitiers, des vignes, et une épaisse forêt de lis blafards. Il y avait un homme, nu et le dos tourné, et une femme en habit de religieuse, debout et les yeux fermés.

— Ma mère pense que ceci est censé représenter le Paradis terrestre, fit remarquer Norman.

Craig arpenta la pièce, levant les yeux vers les peintures. Le temps et la crasse avaient tacheté les couleurs chair et pourri les pommes sur l'arbre de la connaissance du bien et du mal. En fait, en y regardant de plus près, ce n'était pas simplement le temps et la crasse qui leur donnaient une telle apparence de décomposition. Des chardons poussaient entre les lis, les ruisseaux étaient obstrués de plantes aquatiques, et de nombreux arbres étaient infestés de champignons parasites. C'était peut-être le Paradis terrestre, mais vu après la Chute.

— Il sera facile de le restaurer, dit Craig. Est-ce que vous savez qui est l'auteur de ces peintures murales ?

— C'était un artiste de la région, Ruden McCane, répondit Norman. Il faisait des illustrations pour des magazines en vogue. Il était très connu. Mais Jack Belias aurait pu s'offrir n'importe qui. Norman Rockwell. Ou Maxfield Parrish. Ou même Magritte, je suppose. Il en avait les moyens.

— Ça me plaît, dit Craig en hochant la tête avec enthousiasme. Ça me plaît vraiment. Et toi, chérie ?

Il n'y avait pas de moquette, mais le parquet de la chambre était recouvert d'une épaisse thibaude marron, où l'on apercevait les marques laissées par les pieds du lit de Jack Belias. Le lit avait certainement été immense : presque quatre mètres cinquante sur quatre mètres cinquante.

— Tu imagines les dimensions de ses draps ? sourit Effie.

— Tu imagines combien de femmes il pouvait avoir dans son lit en même temps ? répliqua Craig.

— Craig, tu ne penses qu'à ça !

Il passa son bras autour de sa taille et la serra plus fort qu'elle ne l'aurait voulu.

— Tu ne t'en plains pas, hein ?

Puis il ajouta :

— Et ce pique-nique ? Je meurs de faim ! Vous vous joignez à nous, Norman ?

— Bien sûr.

Craig lui lança les clés de sa voiture, très brutalement.

— Dans ce cas, vous pouvez aller chercher le panier à provisions, ainsi que les lampes.

Norman brandit le porte-clés au bout de son index. Durant un moment, Effie crut qu'il allait refuser. Mais il adressa à Craig un grand sourire exagéré, dit « s'il vous plaît ? » et s'en alla.

Ils déroulèrent le futon sur le sol au milieu de la pièce, le secouèrent et le brassèrent, puis ils disposèrent quatre lampes à gaz, une à chaque coin. Craig étala le plaid de sa voiture, ainsi qu'un tapis de sol imperméable, tandis qu'Effie ouvrait le panier garni que la pension Pig Hill leur avait préparé, avec assiettes, verres, couverts en argent et serviettes de table à carreaux rouges. Il y avait au menu du poulet rôti froid, une salade de tomates farcies, et du pain colonial frais avec des morceaux de noix de pécan et du zeste confit. Craig déboucha une bouteille de champagne Lanson qui avait été maintenue au frais dans un sac isotherme.

— C'est la grande vie, hein ? fit Norman, s'asseyant en tailleur et rejetant ses cheveux sur ses épaules. Mais attendez que cette maison soit complètement retapée. Vous ne vous reconnaîtrez plus !

Les lampes à gaz projetaient son ombre, immense et tremblotante, sur le mur derrière lui, semblable à l'ombre d'une sorcière ou d'une religieuse encapuchonnée.

— Comment êtes-vous devenu un tel expert dans la restauration des maisons anciennes ? lui demanda Craig sur le ton de la conversation.

Norman haussa les épaules.

— Je ne suis pas vraiment expert. Je suis allé pendant un an à l'école des beaux-arts de New York, mais je ne dessinais pas très bien, alors j'ai laissé tomber. Enfin, je dessinais mieux que Picasso, mais comme tout le monde, non ? Ensuite je suis allé à Albany pendant trois ans pour étudier l'architecture. Mais je n'étais pas très doué pour les maths. Je ne comprenais absolument rien à tous ces facteurs de charge et à tous ces coefficients d'élasticité. Le béton me laissait froid. Mais, vous savez, j'avais une véritable passion pour les vieilles demeures, sans doute parce que j'ai toujours respecté ce que les hommes essaient d'accomplir. Alors j'ai commencé à donner un coup de main à des entrepreneurs en bâtiment, des artistes du coin.

C'étaient des amis de ma mère, des types barbus, vous voyez le genre, et ils en connaissaient un rayon sur les toits à deux pentes, la garniture des bardeaux et le briquetage rustiqué.

Il prit un verre de champagne et dit « merci », mais il ne le but pas tout de suite.

— Je crois que je suis plutôt un entrepreneur, si vous voyez ce que je veux dire. Je m'y entends pour rapprocher les gens. Mais restaurer cette maison, c'est mon rêve depuis toujours. Quand nous venions pique-niquer ici, ma mère et moi, je la contemplais et j'imaginais à quoi elle pouvait ressembler quand elle était neuve, parfaite, qu'il y avait du cuivre brillant sur le toit et des drapeaux qui claquaient au vent.

Craig s'assit à côté de lui. Son visage semblait étrangement déformé dans la lumière ascendante de la lampe à gaz... un nez proéminent, des yeux bouffis.

— Laissez-moi vous dire une chose, Norman... Nous redonnerons à Walhalla son aspect d'autrefois.

— Oh, j'avais complètement oublié ! l'interrompit Norman. J'ai trouvé quelqu'un pour les fenêtres. Un vitrier, à Kingston. C'est un vieux type qui restaurait des vitraux d'église. Je lui ai montré les plans, et il est sûr de pouvoir réaliser ce travail. Il sait faire du verre filé, on le fait tourner en une grande feuille circulaire, et ensuite on le découpe. Mais on se retrouve toujours avec ce qu'on appelle un bouillon, vous savez, cette partie couverte de bosses au milieu. Bien sûr, il n'y avait pas de bouillons à Walhalla, la maison était de trop bonne qualité. Autrefois, on savait tout de suite si quelqu'un n'avait pas beaucoup d'argent, parce qu'il utilisait les bouillons aussi bien que la partie unie.

Craig lui donna une tape sur l'épaule.

— Ne vous inquiétez pas... tout sera comme avant ! Et c'est génial que vous ayez trouvé ce vitrier.

Dimanche 27 juin, 1 h 58

Ils avaient terminé leur troisième bouteille de champagne, et Effie commençait à s'assoupir. Elle aurait donné cent dollars pour être dans son lit à la pension Pig Hill, mais Craig et Norman étaient en pleine forme et continuaient de discuter. Ils jouèrent aux cartes pendant plus de deux heures, avec un sérieux qui était sans commune mesure avec le fait qu'ils ne misaient que des pièces de cinq et dix *cents*. Tout en jouant, ils faisaient des projets grandioses. Ils allaient remplacer tous les lambris de chêne, poser des parquets à motif, s'occuper du parc, des courts de tennis, engager un jardinier paysagiste.

Finalement, Norman fut à court de monnaie. Ils épuisèrent le sujet de la restauration de Walhalla, se turent et finirent le restant de champagne. Effie sentait qu'un lien étrange avait commencé à se former entre Craig et Norman. Ils ne s'aimaient pas, ne se portaient aucun intérêt mutuel, mais leur enthousiasme à l'idée de restaurer Walhalla était si grand qu'ils étaient parvenus à une sorte de compromis qui tenait la route.

La montre à affichage digital de Norman fit bip-bip. Il était deux heures du matin.

— Et si on essayait de dormir ? demanda Effie.

— D'abord, je vais rôder un peu, répondit Norman. J'ai envie d'écouter. C'est incroyable ce qu'on peut apprendre sur une maison simplement en écoutant.

— Et toi, Craig ?

Craig regarda autour de lui.

— Je ne sais pas... Je n'ai pas envie de dormir pour le moment. Il y a une telle atmosphère, ici...

— Que diriez-vous d'une histoire d'horreur ? proposa Norman. Quand on était gosses, en colonie de vacances, on se racontait toujours des trucs épouvantables.

— Je ne connais pas d'histoires d'horreur, lui dit Craig. A part celles qui touchent au droit commercial international, mais je ne pense pas que *Le Ministère des Finances contre la Bourse de Hong-Kong* vous ferait dresser les cheveux sur la tête.

— C'est vraiment indispensable ? demanda Effie en ramenant la couverture sur ses épaules. J'ai déjà la chair de poule. Et je suis fatiguée.

Elle ne dit pas « effrayée », bien qu'elle le fût, en réalité. Elle n'aimait pas la façon dont leurs ombres immenses dansaient continuellement et tremblotaient sur les murs de la chambre à coucher. Elles lui rappelaient un conte de fées que son père lui lisait souvent dans son enfance. Dans ce conte, des cauchemars pénétraient dans une maison lorsque les gens dormaient, des processions grotesques d'ombres furtives qui montaient vers les chambres à coucher. Et elle ne pouvait s'empêcher de tendre l'oreille, prête à déceler le bruit de pas d'un homme descendant rapidement l'escalier, ou les sanglots désespérés, lointains, qui étaient venus de la chambre à la moquette bleue, au second étage de Walhalla.

Norman but son champagne en trois gorgées, s'essuya la bouche et annonça :

— Bon, je vais me promener un moment, ensuite je me pieuterai, moi aussi. Oh, ne vous inquiétez pas, j'ai apporté mon sac de couchage... Ah oui, c'est vrai, il faut aussi que je relève la capote de ma voiture pour le cas où il pleuvrait.

— Il ne pleuvra pas, affirma Craig.

— Au bulletin météo, ils ont dit qu'il pleuvrait peut-être.

— Croyez-moi, il ne pleuvra pas.

— Vous pouvez vous tromper. Or, si c'est le cas, j'aurai bonne mine avec ma voiture remplie d'eau !

Craig sortit de sa poche son portefeuille Gucci et posa violemment un billet de cinquante dollars sur le futon.

— Ces cinquante dollars disent qu'il ne pleuvra pas.

Norman regarda fixement le billet, puis il conclut :

— Okay, mec, pari tenu. Mais je n'ai pas cinquante dollars sur moi.

— Je vous fais confiance. Mais vous laissez la capote de votre voiture baissée.

— Hé, supposons que je gagne, et qu'il pleuve ?

— Alors vous utiliserez les cinquante dollars pour faire nettoyer votre voiture.

— Craig... c'est la première fois que tu fais des paris de ce genre ! s'exclama Effie.

Elle n'était pas seulement stupéfaite : elle était bouleversée. Elle avait horreur des jeux d'argent. Ses parents avaient travaillé très dur pour gagner leur vie, et elle aussi, contrairement à son oncle Jack, lequel avait perdu des automobiles, des bijoux et toutes ses économies à l'hippodrome de Saratoga. Un soir, il avait perdu sa maison au poker, tandis que sa famille dormait paisiblement, sans se douter de rien. Le lendemain matin, les cousines d'Effie avaient débarqué chez ses parents, hébétées, désorientées, à la rue, les bras chargés de couvertures. Seule la bienveillance du créancier d'oncle Jack leur avait permis de conserver un toit.

Norman se leva et tituba légèrement.

— Vous savez quoi ? C'est la première fois que je bois du champagne. Mais je crois que je pourrai m'y faire.

— Bonne nuit, Norman, dit Effie. A demain matin. Et faites attention à tous ces planchers ! N'oubliez pas que vous avez bu.

— Je vais juste jeter un coup d'œil. Je veux prendre au dépourvu cette petite cachottière, si vous voyez ce que je veux dire ! Les maisons bougent quand vous dormez.

— Comment ça, elles bougent ?

— Elles changent de position. Elles s'agencent différemment. La meilleure chose à faire, c'est de les surprendre à ce moment-là.

— Je crois que vous êtes cinglé, lui dit Craig.

Il fit à Effie un clin d'œil appuyé, déplaisant, et rit.

— Vous croyez que je suis cinglé ? demanda vivement Norman en vacillant à nouveau. Je pourrais vous parler d'une maison qui n'était jamais la même, d'un jour à l'autre. Les maisons bougent, mon vieux. Elles sont vivantes ; elles sont animées. L'un des types que j'emploie pour la grosse menuiserie, le vieux Henry Sneider, il affirme qu'une grange s'est reconstruite toute seule, en l'espace de deux ou trois jours. Il était censé la démolir, mais chaque matin il revenait et elle était à moitié reconstruite... sans que rien indique qui avait pu faire ça. Pas d'empreintes de pas, pas de copeaux de bois, rien. Il l'appelait la Grange Magique. On peut la voir encore aujourd'hui, elle est toujours debout, là-bas à Salisbury Mills. Il était censé la retaper. Le propriétaire le lui avait demandé. Mais il n'a jamais eu à le faire. Elle était... comment appelle-t-on ça ? Organique. Elle s'est restaurée toute seule, une simple question de temps.

— Et vous pensez que c'est votre mère qui aurait besoin d'une greffe du cerveau ? se moqua Craig.

— Je pourrais vous raconter bien d'autres choses, mon vieux. A Manitou, il y a une maison dont les vitres deviennent rouges. Je veux dire, rouge vif, comme du sang.

— D'accord, Norman, dit Craig, se levant et posant la main sur son épaule. Je crois que ça suffira pour cette nuit !

— Ouais... vous avez probablement raison. Bon, on se voit demain matin. Aux premières lueurs du jour, je suppose !

Il chancela légèrement, d'abord sur la droite, puis sur la gauche.

— Bon sang, ce champagne ! s'exclama-t-il. On pourrait en boire toute la nuit, hein ?

— Je le pourrais, fit Craig avec une froideur inattendue, tandis que Norman se dirigeait vers la porte. Mais je ne pense pas que vous le pourriez, petit homme !

Effie tendit la main et tira sur le jean de Craig.

— Tu es sûr qu'il ne risque rien ?

Sa voix lui parut terne et étouffée, comme si sa tête avait été recouverte d'une boîte en carton. L'acoustique de Walhalla était tout à fait déconcertante. Votre voix pouvait porter dans toute la maison, et un instant plus tard vous n'entendiez plus que ces lents craquements amplifiés, la pluie fine des fragments de plâtre, et votre montre de luxe qui tictaquait frénétiquement et égrenait votre vie.

— Non, il ne risque rien, affirma Craig.

Il attendit un moment, jusqu'à ce que Norman leur eût souhaité une bonne nuit, pour la cinquième fois, et fût sorti de la chambre en titubant. Puis il foula la thibaude, en souplesse et silencieusement, referma les battants et verrouilla la porte.

— Et voilà ! Juste au cas où il se tromperait de couloir, au cours de la nuit. C'est notre aventure, après tout.

Il retraversa la pièce. Ce faisant, il ôta son chandail et déboucla sa grosse ceinture en cuir marron qui produisit un claquement désagréable.

— Craig, je suis fatiguée. Et je n'aime pas beaucoup cette maison.

Il s'allongea près d'elle et l'embrassa. Les lampes à gaz chuintaient aux quatre coins du futon.

— Tu apprendras à l'aimer, je te le promets. Je sais qu'elle est humide pour le moment. Je sais qu'elle est glaciale. Mais attends un peu qu'elle soit entièrement restaurée. Ce sera ton palais, princesse. Princesse Effie, de Walhalla. Ça sonne plutôt bien, non ?

Effie regardait fixement les plis du futon devant son visage, où une brindille de verveine était encore accrochée. Elle avait lu un article sur la verveine : au Moyen Age, on croyait qu'elle pouvait bleuir le soleil.

Elle entendit Craig retirer ses chaussettes. Ensuite, il fut nu, tout près, juste derrière elle. Elle sentit son érection battre contre sa cuisse.

— Princesse, lui chuchota-t-il à l'oreille.

Il ne l'aurait pas appelée ainsi s'il avait su à quel point Effie détestait ce surnom. Cela lui donnait l'impression d'être une reine de bal de fin d'année dans un lycée minable d'une grande ville, ou bien la fille à son papa, ce qu'elle était, d'ailleurs, et serait toujours, mais pas de cette façon.

Il glissa sa main autour de sa taille et essaya de déboucler la ceinture de son jean, mais elle se démena, résista et repoussa sa main.

— Allons, Craig... j'ai envie de dormir !

— Hé, trésor... tu ne disais pas ça avant ! Tu m'as supplié de le faire pendant des mois !

— Oui, c'est vrai. Mais c'était avant. Et ce n'était pas ici.

— Qu'est-ce que tu as contre cette maison ?

Sa voix était dure et rêche comme du granit. Elle comprit qu'une dispute était imminente, quoi qu'elle dise.

— Elle est vieille. Elle tombe en ruine. Elle est inconfortable. Tu es satisfait ?

Il l'obligea à s'allonger sur le dos, très brutalement, puis il se mit à califourchon sur elle. Il la regardait calmement. Il était très beau : un large visage à la Kennedy, des yeux interrogateurs et des lèvres minces qui souriaient presque mais pas tout à fait. Il prit la main d'Effie et l'obligea à tenir son érection. Son pénis était chaud, plus chaud que la température de son corps. Du bout de son index, Effie toucha l'humidité visqueuse, juste au bout. Elle n'aima pas du tout cette sensation. La lueur des lampes donnait l'impression que les yeux de Craig n'étaient pas à la même hauteur, comme si l'un était placé plus haut que l'autre, et il y avait quelque chose d'absurde et de menaçant dans ce qu'il lui faisait. Elle n'avait pas envie de tenir sa queue. Elle n'avait pas envie d'être allongée sur ce futon imprégné d'une odeur d'herbes médicinales. Elle avait envie d'être blottie dans un vrai lit, vêtue de la chemise de nuit la plus longue et la plus sûre qu'elle pût imaginer, bien au chaud, et elle avait envie qu'on lui fiche la paix.

Dimanche 27 juin, 3 h 7

Craig ronflait.

Il était allongé sur le dos, jambes et bras écartés comme s'il était tombé du haut d'un immeuble de vingt étages. De temps à autre, il s'agitait et marmonnait, Effie voyait ses yeux bouger rapidement sous ses paupières, ce qui indiquait qu'il rêvait.

A un moment, il dit *Gaby, tu es une garce.* Puis il répéta *Gaby.*

Effie ne pouvait pas dormir. Elle s'était assoupie pendant quelques minutes, après que Craig eut fini de lui faire l'amour, mais elle avait été réveillée en sursaut par un cauchemar violent et terrifiant dans lequel elle se jetait par une fenêtre.

Recroquevillée sous la couverture, elle avait haleté, convaincue d'avoir vraiment entendu la vitre voler en éclats, et convaincue d'avoir fait une fausse couche. Elle avait glissé sa main entre ses jambes, s'attendant à trouver du sang, mais il n'y en avait pas, bien sûr.

Depuis lors, elle était restée allongée à côté de Craig, le regardant dormir, et se demandant si sa vie n'avait pas changé pour toujours.

Elle se demanda également pourquoi elle avait rêvé de fausse couche. Elle n'avait jamais été enceinte, bien qu'elle eût fortement désiré avoir des enfants, à l'époque où Craig était devenu un as du barreau. Son subconscient avait peut-être essayé de lui dire que ses chances de maternité s'amenuisaient jour après jour, ou même qu'il n'y avait plus aucune chance.

— Gaby, si je t'attrape... murmura Craig.

Puis il se tourna brusquement sur le côté et tira la plus grande partie de la couverture à lui.

Effie attendit un moment, jusqu'à ce qu'il se fût remis à ronfler, puis elle s'assit dans le lit. Elle se sentait épuisée, elle avait la gueule de bois, et sa hanche gauche était endolorie. Elle aurait fait n'importe quoi pour avoir une tasse de thé bien chaud, mais Craig n'avait apporté qu'une bouteille de Perrier. Elle se dirigea lentement vers la bouteille, ôta la capsule et but à même le goulot.

A ce moment, il lui sembla entendre les sanglots. Ils étaient si faibles que cela aurait pu être n'importe quoi : un volet qui grinçait, le ululement d'un hibou. Même le pétillement des bulles s'échappant de la bouteille de Perrier l'empêchait de savoir exactement ce que c'était. Elle se tint immobile et écouta attentivement.

En chaussettes, elle alla sans bruit jusqu'à la porte qui donnait sur le couloir, tourna la poignée et ouvrit doucement.

Le couloir était sombre, parce que la lune ne s'était pas encore levée, mais Effie pouvait voir qu'il s'étendait sur toute la longueur du premier étage de Walhalla, jusqu'au palier où se trouvait la créature-plâtre voûtée. La plupart des fenêtres étaient brisées, mais les vestiges de rideaux de tulle ondoyaient silencieusement devant chaque fenêtre, telle une procession de mariées spectrales.

Effie écouta de nouveau, et cette fois elle fut tout à fait sûre. Une femme sanglotait... Ce n'étaient pas des sanglots stridents ou plaintifs, mais des pleurs terrifiants, venus du tréfonds de l'âme, qui exprimaient un désespoir absolu.

Effie attendit et attendit encore. Elle commençait à avoir froid, et sa nuque était ankylosée, mais elle ne parvenait pas à se décider : devait-elle retourner là-haut ou non ? Après tout, il n'y avait personne dans la chambre à la moquette bleue, la dernière fois qu'elle y était entrée.

Elle jeta un regard vers Craig, mais il continuait de dormir comme s'il avait reçu un coup sur la tête. Elle hésita un moment encore, puis elle sortit de la chambre à pas feutrés et referma la porte derrière elle.

Elle s'avança rapidement, écartant les rideaux agités par le vent, les uns après les autres. Son cœur battait la chamade mais elle avait décidé de lutter contre sa frayeur. Après tout, ces sanglots à eux seuls ne présentaient aucun danger réel. Et s'il y avait quelqu'un là-bas, une femme qui avait besoin d'aide, alors elle ne se pardonnerait jamais de l'avoir ignorée.

Elle passa devant plusieurs pièces : une pièce réservée aux travaux de couture, où elle entrevit un métier à broder vide ; une pièce dont la porte fermée était ornée d'un écriteau récent : « Danger, ne pas entrer », et qui était la salle de musique. Puis deux portes qui donnaient sur le balcon de la salle de bal. Les sanglots s'accentuèrent, exprimant une angoisse de plus en plus vive, et Effie pensa : Cette fois, je vais vous trouver et vous aider. Quel que soit votre problème, je vais mettre fin à vos pleurs. Cette femme sanglotait comme sanglotent toutes les femmes, le jour où elles comprennent qu'elles sont nées sur une planète d'hommes et qu'elles ne pourront jamais s'échapper.

La tante d'Effie, Rachel, avait coutume de dire : « Même les esclaves pouvaient s'enfuir, mais où les femmes peuvent-elles aller ? ». Effie n'avait pas compris ce qu'elle entendait par là, jusqu'à ce que Craig se lance dans le droit international, et qu'elle devienne sa geisha soumise, comme les épouses de tous les autres avocats, vice-présidents et directeurs généraux. *Bonsoir, je suis la femme de Craig Bellman. Qui êtes-vous* ?

Elle franchit brusquement le dernier des voiles de mariées spectrales, et se retrouva sur le palier du premier étage où vivait la créature-plâtre. Elle fit halte. A présent, les sanglots étaient si distincts qu'elle entendait presque ce que la femme disait. La lune venait d'apparaître au-dessus de l'horizon, et le vitrail luisait, telle une toile d'araignée géante. *Gut ist der Schlaf, der Tod ist besser.* Elle était sur le point de comprendre également cela.

Elle s'apprêtait à gravir l'escalier lorsque quelque chose l'amena à tourner vivement la tête. Tout d'abord elle fut incapable de savoir ce dont il s'agissait, puis elle comprit, et cela lui donna l'impression que des mille-pattes descendaient le long de son dos, sous son pull.

La créature-plâtre n'était plus là. A l'endroit où s'était tenue cette chose couverte de protubérances qui gouttait, avec sa tête hideuse d'homme-éléphant et son œil glutineux, le mur était galeux et taché, et les lattes étaient à nu, semblables aux côtes d'une momie à moitié affaissée.

Effie demeurait immobile au bas de l'escalier, une main posée sur la rampe rugueuse au vernis craquelé, et elle se sentait défaillir de terreur. Si la créature-plâtre n'était pas ici, alors où était-elle ? Une image terrifiante surgit dans son esprit : la créature voûtée et difforme s'avançait lentement à sa recherche, dans les couloirs sombres de Walhalla. Peut-être avait-elle gravi l'escalier, et dans ce cas elle devait l'attendre en haut.

— C'est complètement dingue, dit-elle à voix haute. Tu te fais des idées. Tu es en train de céder à la panique.

Elle inspira profondément une demi-douzaine de fois, puis leva prudemment les yeux. La lune s'était levée, à présent, et la femme encapuchonnée sur le vitrail avait pris un éclat glacé. Les étendards sur les remparts dans le lointain semblaient s'enrouler et se déployer lentement, et les lis frissonnaient comme si quelqu'un venait de passer au milieu d'eux. *Doux est le sommeil, plus douce encore est la mort*, chuchota le vitrail, et, pour la première fois de sa vie, Effie éprouva une peur mortelle.

Mais il était trop tard pour faire demi-tour. Les sanglots continuaient de résonner dans la cage d'escalier, et elle savait qu'il lui fallait découvrir d'où ils venaient, et les affronter. Calmement, elle posa son pied droit sur la première marche de l'escalier. Il était complètement engourdi, comme si elle était restée assise dessus trop longtemps.

Au secours, la suppliait la femme entre deux sanglots. *Je vous en prie, si vous m'entendez, venez à mon secours.*

Oh, mon Dieu, pensa Effie tandis qu'elle commençait à gravir l'escalier. Ses jambes semblaient trop faibles pour la porter, et sa volonté s'évanouissait à chaque marche. Pourtant, elle savait qu'elle devait continuer. Si elle ne découvrait pas qui sanglotait ainsi, elle ne serait jamais capable de vivre à Walhalla, et si elle ne pouvait pas vivre à Walhalla, alors elle ne pourrait plus vivre avec Craig, parce que cette maison, pour lui, était devenue une obsession lancinante.

Elle passa devant le vitrail et continua de monter. Arrivée sur le palier du second étage, elle fit halte quelques instants pour reprendre son sang-froid. Puis elle s'avança dans le couloir éclairé par la lune, vers la chambre moquettée de bleu.

Depuis la chute mortelle de Morton Walker, la plupart des tuiles cassées et des immondices laissées par les écureuils avaient été enlevées, ou balayées et poussées sur le côté, et une bâche avait été tendue sur le toit en partie effondré. Un peu plus loin dans le couloir, à l'endroit où Morton était tombé vers la salle de musique, deux planches entrecroisées barraient le chemin, et le trou lui-même avait été recouvert d'un panneau en contre-plaqué très solide.

Effie arriva devant la chambre à coucher. La porte était entrouverte, et elle entendait la femme sangloter, tout à fait distinctement. Elle n'imaginait pas cela, elle ne le rêvait pas, et ce n'était pas le vent qui s'engouffrait dans le conduit de la cheminée, parce qu'il n'y avait presque pas de vent, cette nuit-là.

Je vous en prie, je vous en prie, si vous pouvez venir à mon secours...

Elle saisit la poignée de la porte. Elle ne savait pas si elle aurait le courage nécessaire pour l'ouvrir. Elle attendit un long moment. Pendant ce temps, la femme sanglotait toujours, comme si elle était incapable de s'arrêter.

Effie poussa le battant.

Durant un instant, il lui sembla apercevoir une femme vêtue de blanc, debout devant la fenêtre. Puis Craig dit :

— Effie ? Effie ? Mais qu'est-ce que tu fais, bon sang ?

Effie sursauta de frayeur avant de se tourner vers Craig. Il se tenait en haut de l'escalier, torse nu, sa torche électrique à la main. Elle se retourna vers la chambre, mais elle avait été éblouie par la torche, et, lorsqu'elle regarda à nouveau, la femme avait disparu.

Craig la rejoignit et passa son bras autour de ses épaules.

— Tu n'aurais pas dû monter ici. C'est très dangereux.

— J'ai cru... j'ai cru entendre quelque chose.

— Je me suis réveillé et tu n'étais pas là. Je me suis fait du souci pour toi.

— Excuse-moi. Je ne voulais pas t'inquiéter.

— Viens, redescendons et essayons de dormir un peu.

— Craig...

— Qu'y a-t-il, ma chérie ?

— Craig, je crois qu'à part nous il y a quelqu'un d'autre dans cette maison.

— Bien sûr. Norman.

— Je veux dire, à part Norman et nous. Je crois que des gens vivent ici.

Il la fit sortir de la chambre, doucement, et referma la porte derrière lui.

— Je ne vois pas comment ce serait possible.

— Mais je n'arrête pas d'entendre et de voir des choses. (Elle se fut brusquement. Elle se sentait aussi coupable que si elle avait manqué de parole à quelqu'un.) J'ai entendu une femme pleurer, j'en suis sûre !

Il fit halte en haut de l'escalier.

— Mais tu ne l'entends pas en ce moment, hein ?

— Non, reconnut-elle.

— Les maisons anciennes produisent toujours des bruits étranges. Allons, tu as bu trop de champagne, voilà ton problème !

Elle s'emmitoufla dans la couverture et s'endormit presque tout de suite. Elle eut l'impression de tomber dans un puits sombre et sonore. Elle rêva qu'elle entrait dans la chambre moquettée de bleu où une femme vêtue de blanc se tenait devant la fenêtre. La femme demeura silencieuse. Elle ne se retourna pas. Elle ne parla pas. Effie s'aperçut qu'elle glissait sur le parquet vers la femme, même si elle ne bougeait pas ses jambes, même si elle ne voulait pas s'approcher d'elle.

Elle était terrifiée à l'idée de voir le visage de la femme. Elle avait le pressentiment qu'il était peut-être rongé par quelque maladie, ou mutilé, ou même que c'était un crâne décharné. Elle continuait de glisser et de s'approcher de plus en plus. Elle essaya de tendre les bras pour s'arrêter, mais elle en fut incapable.

Puis la femme se retourna. Elle avait le visage difforme de la créature-plâtre, avec un œil brillant, et une horrible gueule scabieuse, incrustée de sels minéraux blanchâtres.

Effie se réveilla en sursaut. Elle agitait les bras et suffoquait. Elle s'assit sur le futon et chercha sa montre. Elle avait dormi à peine vingt minutes. Il y avait toujours un clair de lune, et la chambre était silencieuse. Même Craig avait cessé de ronfler. En fait, lorsqu'elle tendit la main vers lui, elle s'aperçut qu'il n'était pas là.

— Craig ? appela-t-elle. Craig, où es-tu ?

Elle se leva et se dirigea vers la salle de bains.

— Craig ? appela-t-elle à voix basse.

Elle ouvrit la porte, mais la salle de bains était déserte et sombre. La lune luisait sur ses carreaux vert de mer et sur la baignoire dont l'un des côtés était maculé d'une tache de rouille. Elle aperçut un visage très pâle et flou de l'autre côté de la salle de bains. Durant une fraction de seconde, cela la fit sursauter de peur, puis elle se rendit compte que c'était son propre visage, dans le miroir recouvert de poussière, au-dessus du lavabo... Une ombre lointaine.

Elle revenait vers le futon lorsqu'il lui sembla entendre un cri, quelque part dans la maison. Elle écouta, mais cela ne se reproduisit pas. Des hiboux ? pensa-t-elle. Elle espérait que Norman n'était pas tombé et ne s'était pas blessé. Et où était Craig ?

Elle se mit à genoux et alluma l'une des lampes à gaz. Elle reposait le couvercle sur la lampe lorsque la porte donnant sur le couloir s'ouvrit, et Craig entra dans la chambre. Il était en sueur et très agité, mais il souriait.

— Je pensais que tu dormais, dit-il en s'asseyant sur le futon pour ôter ses chaussures.

— C'était le cas.

— Tu veux bien éteindre cette lampe ? Quelques heures de sommeil ne seront pas de trop !

— Où es-tu allé ?

Il s'allongea, lui tourna le dos et ne dit rien.

— Craig, je t'ai posé une question. Où es-tu allé ?

— Qu'est-ce que c'est, un interrogatoire de police ? Je suis allé pisser, ça te va ?

— La salle de bains est à côté.

— Bien sûr, mais l'eau est coupée, non ?

— Oh... je n'avais pas pensé à ça.

Il se retourna et la regarda fixement. Il n'était pas du tout lui-même. Il y avait quelque chose de grossier en lui, quelque chose de brutal qui ne lui plaisait pas du tout.

— Alors, tu te décides à éteindre cette lampe, oui ou non ?

— Oh, bien sûr. Excuse-moi.

Elle s'allongea sur le dos et contempla le plafond. Au bout d'un moment, elle dit :

— Il m'a semblé entendre quelqu'un crier. Tu as entendu, toi aussi ?

Il renifla et haussa les épaules comme s'il était exaspéré qu'on le dérange.

— Personne n'a crié, trésor. Tu as un coup dans le nez, c'est tout. Maintenant, essaie de dormir, d'accord ?

— Excuse-moi.

Mais elle ne parvint pas à s'endormir. Elle se mit sur le ventre, puis sur le côté. Elle se tourna et se retourna. Elle n'arrêtait pas de penser à la femme vêtue de blanc, debout devant la fenêtre de la chambre à coucher. Avait-elle vraiment vu une femme, ou bien était-ce une illusion d'optique, un assemblage à la forme étrange de papier peint et de clair de lune ? Elle se souvint qu'un jour, en sortant de l'auberge des Chênes Rouges, quand elle avait neuf ans, elle avait vu un homme énorme, brun, appuyé contre le flanc de la Dodge Polara grise de son père. Elle s'était avancée sur la véranda, fixant l'homme avec horreur, et, tandis que son angle de vision se modifiait, le bras de l'homme s'était changé comme par enchantement en une ombre sous le rétroviseur latéral. Sa tête et ses épaules n'étaient en fait que les reflets, dans le pare-brise, du ciel, des nuages et d'un chêne tout proche.

Craig dormait profondément, maintenant. Il grognait et reniflait comme un homme qui essaie de faire un quatre cents mètres sous l'eau. Elle essayait continuellement de le repousser, mais il ne cessait d'empiéter sur son terrain.

Bientôt, il fut tout contre elle, et son visage se trouva à quelques centimètres seulement du sien.

— Tu es impossible, marmonna-t-il dans son sommeil. Espèce de garce.

— Craig ! s'insurgea Effie, mais elle ne parvint pas à le réveiller.

— Sale pute... Gaby...

Maintenant, elle était presque au bord du futon, son coude droit appuyé sur la thibaude rugueuse. Elle avança la main pour le pousser et le tourner de l'autre côté. Ce faisant, elle sentit son pénis flasque contre le dos de sa main. Il était froid et humide, mais ce n'était pas de l'urine. En fait, il était poisseux, comme si Craig avait éjaculé pendant qu'il dormait. Elle savait que cela pouvait arriver, surtout si un homme n'avait pas fait l'amour depuis longtemps, mais sa cuisse n'était pas humide, pas plus que le futon.

Elle approcha ses doigts de son nez et les sentit. L'odeur salée, âcre, lui apprit tout de suite que c'était du sperme. Pourtant, elle décela une autre odeur également. Une odeur aromatique, évoquant davantage les sécrétions d'une femme que celles d'un homme.

Elle s'allongea sur le dos tandis que la lune tournait autour de Walhalla. Son esprit était en proie au tumulte. Craig avait-il simplement joui pendant qu'il dormait ? Ou bien était-il sorti de la chambre pour se masturber ailleurs ? Mais pourquoi aurait-il fait cela ? S'il avait envie de faire l'amour, elle était là, à côté de lui, et elle ne l'aurait pas repoussé s'il y avait tenu absolument.

Cependant, il y avait une autre explication qui la tourmentait beaucoup plus : Craig avait quitté la chambre furtivement pour aller retrouver une autre femme et lui faire l'amour. Mais qui cela pouvait-il bien être ? Certainement pas la femme vêtue de blanc... même si elle existait vraiment.

Pourquoi sanglotait-elle ? Pourquoi criait-elle ? Que faisait-elle dans la maison, et pourquoi ferait-elle l'amour avec un inconnu, en pleine nuit ?... A moins que Craig ne lui soit pas tout à fait inconnu, bien sûr !

Cette femme pouvait-elle être Gaby ?

Les pensées d'Effie étaient envahies d'interrogations confuses et de doutes fugaces. Elle fut tentée de retourner en haut et d'inspecter Walhalla chambre après chambre. Mais il était plus de quatre heures du matin, à présent, elle avait mal partout et elle était exténuée. De plus, elle ne savait pas si elle avait vraiment envie de trouver une réponse à toutes ses questions. S'il y avait une femme réelle ici, une *Gaby* en chair et en os, Effie n'avait pas envie de l'affronter, pas ici, et pas maintenant. Et si la femme n'était rien de plus qu'une forme vêtue de blanc dans la clarté lunaire, ou un reflet lumineux, ou une voix brisée de sanglots que personne ne pouvait exorciser, elle n'avait pas envie de l'affronter non plus. Surtout si elle se retournait, comme elle l'avait fait dans le rêve d'Effie, pour lui présenter le visage à moitié liquéfié de la créature-plâtre.

Au petit matin, tandis qu'elle se promenait nu-pieds dans la maison, elle trouva Norman au milieu de la salle de bal, emmitouflé dans une vieille couverture rose. Il tenait toujours son mètre d'architecte dans le creux de sa main. Ses yeux étaient fermés, sa bouche grande ouverte, et il marmonnait doucement, comme s'il chantait une berceuse dans son sommeil.

Lundi 28 juin, 15 h 33

La Lune Affamée se trouvait à mi-hauteur de Main Street, sur le côté gauche : une petite boutique coincée entre un magasin d'antiquités et une quincaillerie. La façade était peinte en vert olive et or, et la vitrine était remplie de lunes dorées, de cristaux sur support, de coussins en patchwork décorés de fleurs séchées, ainsi que de livres consacrés à l'occultisme, de miroirs et de cartes de tarot.

Effie descendit la rue ensoleillée, savourant le vent frais qui soufflait de l'Hudson et l'ombre des érables qui bordaient le trottoir. Elle s'arrêta et leva les yeux vers l'enseigne au-dessus de la porte. Elle ne l'avait pas vraiment regardée, jusqu'ici. C'était un croissant de lune en cuivre, avec un nez, des yeux et une bouche grande ouverte qui contenait un chat, un violon, les pattes d'une vache, un chien à l'air effrayé, une assiette et une cuillère. La lune de la comptine « *hey-diddle-diddle* », la lune qui avalait tout goulûment. C'était folklorique, pittoresque, mais curieusement inquiétant aussi, comme si un ami chaleureux et bienveillant s'était brusquement changé en un dangereux psychopathe.

La porte était ouverte. Effie entra. La boutique était exiguë, mais les étagères étaient remplies de toutes les plantes médicinales, les épices et les objets se rapportant à l'occultisme que l'on puisse imaginer. Des sorcières en laiton peint en noir pendaient du plafond et tournaient lentement au gré de la brise d'été. Il y avait des manches à balai à l'ancienne mode, des boules de cristal, des poupées d'envoûtement, des fruits de mandragore vernis, et des monceaux de livres et de brochures sur tous les sujets, depuis l'alimentation saine jusqu'aux formules magiques pour voler.

L'odeur était suffocante : un mélange de clous de girofle, d'écorce d'orange et de jasmin.

Il n'y avait personne derrière le comptoir de bois peint en rouge. Effie agita la petite sonnette qui était placée à côté de la caisse enregistreuse. Personne ne vint et elle sonna de nouveau. Finalement, une jeune femme surgit, écartant un rideau de perles, les bras chargés de livres.

— Veuillez m'excuser, dit-elle. Habituellement, mon fils me donne un coup de main, mais il a d'autres préoccupations en ce moment. Et juste au début de la saison touristique, bien sûr !

Le visage de Norman était rarement visible, dissimulé par ses cheveux longs, mais le peu qu'Effie en avait vu ne faisait absolument pas penser à celui de sa mère. Norman avait un visage mince et un nez proéminent. Pepper Moriarty avait un visage large et énergique, et un petit nez droit. Ses cheveux blond cendré étaient retenus par un bandana bleu indigo, et elle portait d'énormes pendants d'oreilles qui oscillaient. Ses yeux étaient étranges. Leur iris était d'un gris très clair, si bien que, quand la lumière les accrochait, ils semblaient presque argentés. Elle avait un large sourire qui découvrait des dents extrêmement blanches.

Elle posa les livres et contourna le comptoir. Il était clair que Woodstock l'avait marquée de façon indélébile. Elle avait de très gros seins mais elle portait un léger corsage en mousseline sans soutien-gorge, ainsi qu'un gilet afghan, brodé de houppes de laine rouge et noir, de perles, d'étoiles et de petits miroirs qui scintillaient. Son jean délavé était très serré à la taille, mais les jambes étaient évasées et les revers effilochés. Elle portait des bottes en cuir jaune à talons hauts, mais même avec ces talons elle mesurait tout juste un mètre soixante-dix.

— Votre fils travaille avec nous, annonça Effie. Je suis

Effie Bellman. Mon mari et moi envisageons d'acheter Walhalla.

— Oh, fit Pepper Moriarty. Vous êtes la femme de cet avocat quelque peu impoli ?

Effie sentit qu'elle rougissait.

— Je suis désolée pour ça. Mais Craig a traversé une période difficile. Il a été... hum, il a eu un accident. Nous sommes venus à Cold Spring pour lui permettre de se rétablir complètement. Pour se reposer un peu, quoi.

— Je n'aurais jamais pensé qu'acheter Walhalla pouvait être une activité reposante. Cette maison est en ruine.

— Mon mari est tout à fait décidé, dit Effie en s'efforçant de sourire. Il tient absolument à la restaurer.

— Ma foi, grand bien vous fasse, c'est tout ce que je peux vous dire, répliqua Pepper. Je n'habiterais pas Walhalla, même si on m'en faisait cadeau. Je ne passerais pas une seule nuit là-bas, quand bien même vous me proposeriez mille dollars pour ça.

Effie hésita, puis elle dit :

— C'est pour cette raison que je suis venue vous voir.

— Oh, oui ?

Pepper prit des petits flacons en verre coloré sur l'étagère près du comptoir. Elle les épousseta et les remit à leur place. Elle s'immobilisa, regarda Effie avec ses yeux presque argentés, et dit :

— Vous avez passé la nuit là-bas, hein ? Vous l'avez vraiment fait ?

— C'est exact. Nous avons dormi là-bas.

— Est-ce que vous êtes très sensible ? lui demanda Pepper.

— Les poils de chat me font éternuer, et certaines herbes, en été. Pourquoi ?

— Je ne parlais pas du rhume des foins. Je parlais des vibrations psychiques.

— Eh bien... je ne sais pas si c'était une vibration psychique, mais j'ai entendu une femme au second étage, dans l'une des chambres à coucher.

— Que faisait-elle ?

— Elle pleurait. Elle pleurait, pleurait, et répétait continuellement « Venez à mon secours ».

— Et qu'avez-vous fait ?

— J'ai essayé de la trouver, bien sûr.

Pepper gonfla les joues.

— Houlà ! Vous êtes encore plus inconsciente que je ne le pensais !

— Il fallait que je sache si elle était réelle ou non. Vous comprenez, si nous devons habiter Walhalla, Craig et moi...

— Et vous l'avez trouvée ? demanda Pepper d'un ton brusque.

— Je n'en suis pas bien sûre. J'ai trouvé la chambre d'où provenaient les pleurs... et il m'a semblé entrevoir quelqu'un, juste un instant, mais... je ne sais pas. Je ne suis pas sûre de ce que j'ai vu.

— Est-ce que votre mari a entendu ces pleurs, lui aussi ?

Effie secoua la tête.

— Si c'est le cas, il ne m'en a pas parlé.

— Mais vous lui avez dit que vous entendiez des pleurs ?

Effie continua de secouer la tête.

— Quelque chose m'en a empêchée. J'ignore ce que c'était. J'ai senti que je ne devais pas le lui dire, c'est tout.

— C'est très intéressant, déclara Pepper. L'une des caractéristiques d'une authentique vibration psychique est qu'elle est très sélective... elle ne se fait pas connaître au premier venu.

Effie dit précautionneusement :

— J'ai eu l'impression que la femme ne voulait surtout pas que Craig sache qu'elle était là.

— Très intéressant, affirma Pepper. Et c'est tout ce que vous avez entendu, juste cette femme qui pleurait ?

— C'est tout ce que j'ai entendu. Enfin, à part quelque chose qui aurait pu être un cri, mais je pense que c'était seulement un hibou. Cependant, j'ai vu quelqu'un. Un homme, en costume foncé. Il descendait l'escalier et je l'ai appelé, mais il a regardé dans ma direction comme s'il ne pouvait même pas me voir.

— Vous êtes certaine que ce n'était pas un squatter, ou un intrus ? Ou quelque chose de pire... un agent immobilier, peut-être ?

— Je ne le pense pas. Il était bien trop élégant. J'ai appelé, mais il a regardé à travers moi, comme si je n'étais même pas là.

— Bien, bien... dit Pepper en accrochant un bouquet séché d'épines, de mauvaises herbes et de racines de mandragore. Je suis allée à Walhalla, moi aussi, comme Norman vous l'a probablement dit. Je n'ai jamais rien vu ni entendu, mais cette maison a l'atmosphère psychique la plus détestable que j'aie jamais connue. Particulièrement la salle de bal, et certains couloirs des étages supérieurs. J'ai ressenti une telle peur là-bas. J'ai perçu une telle malveillance.

— Mais qu'est-ce que c'est ? voulut savoir Effie. Elle est hantée, c'est ça ?

Pepper fit la moue.

— Vous voulez parler de la présence de fantômes ?

— Oui, bien sûr !

— Vous n'y croyez pas, tout de même ?

— Je ne sais pas. Je n'y croyais pas jusqu'à la nuit dernière.

— Mais, maintenant, vous en êtes moins sûre ? Alors, je vais dissiper vos craintes. Les fantômes, ça n'existe pas, et je suis catégorique. Il y a des vibrations psychiques, oui. Très puissantes. Des bonnes et des mauvaises. Et dans certains endroits ces vibrations psychiques se manifestent avec une telle puissance que les gens peuvent les entendre, les voir, et même les sentir. Ce phénomène peut se produire dans des maisons, des hôtels, ou au beau milieu de la rue. Nous appelons cela un point de jonction psychique. Il y a une femme qui habite un peu plus loin, sur Fair Street. Sa fille est morte alors qu'elle avait huit ans. Cette petite fille adorait les lilas. Eh bien, chaque année, le jour de son anniversaire, on sent l'odeur du lilas dans la chambre où elle est morte. Je l'ai sentie moi-même. Mais ce n'est pas un fantôme... c'est une vibration psychique, et ce que vous avez entendu et vu, ce sont également des vibrations psychiques.

— Est-ce qu'elles sont dangereuses ? demanda Effie.

Pepper agita la main, comme pour dire « plus ou moins ».

— Elles ne sont pas dangereuses en elles-mêmes, non. Mais tout point de jonction psychique est dangereux, exactement comme tout point de jonction physique. Je vais vous expliquer. La plupart du temps, vous pouvez aller et venir sur la surface de la terre et vous êtes tout à fait en sûreté, d'accord ? Mais si vous vous tenez trop près d'un endroit où la surface est brisée, comme un volcan, un geyser ou quelque chose de ce genre, alors vous prenez des risques. C'est la même chose avec le monde psychique, vous me suivez ? La plupart du temps, il est sans danger, mais il a ses points de rupture, il a ses fragilités et ses fissures par où l'équivalent psychique de la lave en fusion ou de l'eau chaude sous pression est susceptible de jaillir.

— Et c'est ce qui s'est produit à Walhalla ? demanda Effie, bien qu'elle n'eût pas très bien compris ce que voulait dire Pepper. Un genre... d'éruption ?

— Dans un certain sens, oui. C'est ce que je pense, en tout cas. (Elle prit un petit flacon vert sur l'étagère.) Vous voyez ceci ? C'est un poison. On l'obtient en faisant bouillir des feuilles de digitale pourprée. Au dix-septième siècle, les sorcières s'en servaient pour tuer les nouveau-nés aux membres difformes. Mais cette huile contient également de la digitaline, que les médecins prescrivent encore aujourd'hui pour soulager leurs patients cardiaques.

— Je ne suis pas sûre de...

Pepper la regarda avec patience.

— Ce que j'essaie de vous dire, c'est que les médiums et les guérisseurs tels que moi ne sont pas des charlatans. Nous ne vendons pas de l'huile de serpent. Je sais de quoi je parle, d'accord ? Vous avez entendu une femme pleurer à Walhalla et vous voulez savoir ce que vous pouvez faire à ce sujet. Ma réponse est la suivante : vous ne pouvez absolument rien faire. Elle vit là-bas, de la même façon que vous avez l'intention d'y vivre, et je crains que vous et votre avocat de mari quelque peu impoli ne soyez obligés de vous faire à cette idée.

— Si cette femme n'est pas un fantôme, je ne vois pas comment elle peut vivre là-bas.

Pepper épousseta un autre flacon et le reposa sur l'étagère.

— Vous voyez ceci ? C'est un onguent pour voler... sélénium cristallisé, aconit, *frondes populeas*, et suie. Cet onguent était censé contenir de la graisse de jeunes enfants, également, mais au jour d'aujourd'hui, cela ne répondrait guère aux règlements fédéraux ! Les femmes s'en enduisaient le corps autrefois, pour voler. Bien sûr, elles ne volaient pas physiquement, mais cet onguent pénétrait les coupures ou les morsures de poux qu'elles pouvaient présenter et se répandait dans leur sang. Au moins deux des ingrédients sont des hallucinogènes très puissants. Elles ne quittaient peut-être pas réellement le sol, mais elles pensaient certainement qu'elles volaient.

— Madame Moriarty, dit Effie, je ne voudrais pas vous importuner, mais il faut que je sache ce qui se passe à Walhalla, si jamais j'habite là-bas.

— C'est mademoiselle, pas madame, et appelez-moi donc Pepper.

— Excusez-moi. Mais je suis vraiment terrifiée.

— Ecoutez, dit Pepper en prenant un ton sérieux. Tout le monde pense que les maisons hantées sont remplies des âmes de personnes mortes qui vont et viennent, espérant se venger des occasions perdues, ou bien cherchant désespérément leurs lunettes parce qu'elles ne peuvent pas lire l'édition céleste du *Herald*. Mais lorsque vous êtes mort, vous êtes mort. Vous ne revenez pas sous quelque forme que ce soit. Je déteste dire cela aux gens, mais je suis très versée dans ce domaine depuis Woodstock. J'ai pris du LSD, j'ai plané, j'ai eu des visions, j'ai organisé des séances de spiritisme, j'ai tout fait, et je suis très sensible aux influences psychiques. Mais les morts sont morts, croyez-moi.

— Alors cette femme qui pleure... elle est réelle ?

Pepper ferma brièvement les yeux en signe d'acquiescement.

— Oui. Elle est réelle.

La bouche d'Effie devint sèche. Elle pensa à Craig, attendant qu'elle se soit endormie, puis sortant furtivement de la chambre pour aller rejoindre... qui ? Et comment ? Et pourquoi la femme sanglotait-elle de cette façon ?

— Si elle est réelle, comment se fait-il que je puisse l'entendre mais que je ne puisse pas la voir ?

— Je croyais que vous l'aviez vue.

— Je n'en suis pas sûre. Cela n'a duré qu'une fraction de seconde.

Pepper replaça le dernier flacon sur l'étagère, puis elle posa sa main sur l'épaule d'Effie.

— Suivez-moi. Je vais nous préparer du thé. Un ami à moi est allé voir son gourou à Poona et m'a envoyé un Nilgiri sublime. J'ai également des choux à la crème délicieux. Ils les font à la boulangerie Riverview et je suis incapable de leur résister. On peut prendre deux kilos uniquement en les regardant.

Effie hésita.

— Vous avez le temps, n'est-ce pas ? demanda Pepper.

— Oui, bien sûr, mais toute cette affaire m'a complètement désorientée. Je ne comprends pas pourquoi Craig tient tellement à acheter Walhalla, et je ne comprends pas ce que vous voulez dire au sujet de cette femme qui vit là-bas. J'ai l'impression d'être totalement dépassée.

Pepper la précéda dans l'arrière-boutique, une petite pièce où il y avait une table de cuisson avec une bouilloire et d'autres étagères bourrées de plantes médicinales — bétoine, bourrache, armoise, absinthe et valériane —, tous les ingrédients des remèdes magiques, dans des pots de porcelaine bleue avec des lettres dorées. L'un des pots comportait l'inscription « Moriarty ».

— J'ignorais qu'il y avait une plante appelée moriarty, fit remarquer Effie.

— Il n'y en a pas. C'est de la sanguinaire. C'est la plante de la tromperie, c'est pourquoi vous devez toujours la conserver sous un faux nom. Bon... je vais brancher la bouilloire.

Puis Pepper emmena Effie dans le jardin, à l'arrière de la boutique. Pour ce faire, elles furent obligées d'enjamber un chat gris monstrueux qui dormait sur le pas de la porte. Le jardin était envahi par des fleurs des champs ; apparemment, la pelouse n'avait pas été tondue depuis l'année précédente. Une table en fonte et des chaises de jardin étaient disposées sous un vieux pommier au tronc noueux. Pepper mit une nappe à fleurs fanée sur la table et invita Effie à s'asseoir.

— Et la boutique ?

— On ne m'a jamais rien volé, répondit Pepper. Les clients laissent leur argent sur le comptoir si je ne suis pas là. Si quelqu'un volait quelque chose... ma foi, il est probable qu'il le regretterait. Tout ce qui se trouve dans la boutique a été mis en contact avec des centaurées, et si un voleur respire l'odeur de la centaurée, il devient la proie d'hallucinations terrifiantes.

— Dans ce cas, je veillerai à ne rien prendre sans payer, dit Effie. J'ai déjà suffisamment d'hallucinations terrifiantes !

— Ce sont les vibrations, affirma Pepper. Tout ce qui s'est produit dans cette maison lorsque Jack Belias l'habitait continue de se produire.

Effie fronça les sourcils.

— J'ai lu quelque part que si, dans une maison, une personne vit une émotion intense, les murs peuvent l'absorber, l'enregistrer comme une photographie, disons.

Pepper secoua la tête.

— Des bêtises ! Des murs sont des murs. On ne peut pas conserver un événement émotionnel dans des briques, pas plus que vous ne pouvez conserver votre voix dans un pot à confitures.

— Mais ces vibrations psychiques... que peut-on faire pour s'en débarrasser ?

— Qu'est-ce que vous faites lorsque votre robinet fuit ?

— Hum... j'appelle le plombier.

— Alors que faites-vous lorsque vos vibrations psychiques commencent à dépasser la mesure ? Ne me dites pas que vous avez recours à un vibromasseur !

Pour la première fois depuis qu'elle était entrée dans Walhalla la veille au soir, Effie rit. Elle trouvait Pepper très sympathique. Pepper était l'une des premières personnes amusantes et décontractées qu'elle rencontrait depuis que Craig s'était lancé dans le droit international. Jusqu'ici, elle n'avait pas mesuré à quel point la compagnie de femmes sincères et directes lui manquait. Des femmes sans détours, qui ne mâchaient pas leurs mots, qui disaient ce qu'elles pensaient.

La bouilloire se mit à siffler. Pepper se leva et déclara :

— Ne partez pas. Quand vous avez des problèmes avec des vibrations psychiques, vous avez besoin d'un médium. Donc vous avez besoin de moi.

Lundi 28 juin, 18 h 28

Pepper ferma sa boutique à six heures, et elles traversèrent la grand-rue jusqu'à la taverne Old Post pour prendre des cocktails. La soirée était chaude et le ciel violet clair. La grand-rue était toujours animée : des touristes se promenaient et les automobiles avançaient au pas.

Elles s'installèrent à une petite table d'angle, et Pepper commanda deux punchs Fish House : rhum, cognac et liqueur de pêche, avec du jus de citron vert et plein de sucre.

— Je bois ceci de propos délibéré, dit-elle en levant son verre.

Ses yeux prirent une lueur argentée à la lumière de la lampe qui était posée sur leur table. Le Fish House de Schuylkill était le premier club réservé aux hommes en Amérique, et ce cocktail leur était particulièrement destiné. Un autre bastion qui s'écroulait !

— Ce punch va m'assommer, déclara Effie en reniflant prudemment son verre comme si c'était de la ciguë.

— C'est plus ou moins fait pour ça, répliqua Pepper, et elle trinqua avec Effie. A l'harmonie psychique, à votre santé, et à la santé de cette pauvre femme qui sanglote, quelle que soit son identité.

Elles burent un moment sans parler. Au cours de l'après-midi, elles en étaient venues à s'apprécier de plus en plus, malgré leurs différences profondes concernant leurs origines, leurs opinions politiques et leurs idées en règle générale. Effie trouvait que Pepper était convaincante, ouverte et immensément libératrice. Pepper croyait que tout le monde avait une vie spirituelle. Elle croyait aux âmes. Elle croyait également que le monde physique regorgeait d'énergie que n'importe qui était à même de maîtriser et d'utiliser à son avantage, mais que la plupart des gens l'ignoraient. Pourtant, elle ne souscrivait pas aux idées classiques sur le spiritisme ou la guérison par la prière. « Si j'étais un fantôme et qu'une vieille peau me demande "Esprit, es-tu là ?", je lui dirais de mettre sa boule de cristal là où le soleil ne brille jamais. »

Mais elle n'avait toujours pas expliqué qui ou ce que la femme en pleurs pouvait bien être, du moins pas d'une façon compréhensible pour Effie.

— Je vais vous dire la vérité, Effie, annonça-t-elle, se renversant dans sa chaise et croisant les jambes. Et la vérité est que je n'en sais absolument rien. Les fantômes, ça n'existe pas, nous sommes d'accord ? Mais je ne comprends rien à ces pleurs, ni à cet homme que vous dites avoir vu.

Effie avait bu la moitié de son punch et elle se sentait déjà plus qu'un peu pompette.

— Et si j'allais à Walhalla demain pour jeter un coup d'œil ? proposa Pepper. J'apporterai des baguettes de coudrier et du sel, et nous verrons bien ce qui se passe.

— Des baguettes de coudrier ?

— C'est pour capter les vibrations psychiques : le même principe que des baguettes de sourcier. Et le sel, c'est pour chasser le mal.

Effie contempla son verre. Elle aimait bien Pepper, mais elle doutait fort que celle-ci puisse lui être d'un grand secours, surtout avec des baguettes divinatoires et des remèdes magiques. Néanmoins, que pouvait-elle faire d'autre ? Prévenir la police, et leur demander de fouiller Walhalla pour débusquer des squatters ? Fouiller la maison elle-même ? Ou simplement faire comme si elle n'avait rien entendu du tout... se dire qu'elle avait rêvé les sanglots de la femme, qu'il s'agissait sans doute des premières hallucinations dues à une ménopause précoce ?

— Demain, ça vous irait ? demanda Pepper. Enfin, si vous pouvez arranger ça avec le grand manitou Craig.

— Craig doit rentrer à New York demain matin. Il a une affaire à régler. Il a dit qu'il serait absent deux ou trois jours, tout au plus.

— Alors nous pouvons peut-être exorciser votre femme en pleurs et votre homme aux cheveux gominés avant son retour.

— Hum... je ne sais pas. Craig est très possessif à propos de Walhalla. Il dit qu'elle n'est pas simplement une maison, qu'elle est lui. Elle est comme une carte de l'ensemble de sa personnalité.

— Il a vraiment ce sentiment ? dit Pepper en fronçant les sourcils.

— Walhalla l'a changé, complètement. Après son accident, il s'est renfermé, il avait perdu toute confiance. Il a été agressé, si vous voulez connaître toute la vérité, et il a été très grièvement blessé. Cela a plus ou moins désintégré son ego. Certains jours, il refusait de s'alimenter. Mais dès qu'il a vu Walhalla, il a changé. Il a commencé à dire qu'il voulait laisser tomber son cabinet et vendre ses parts. Il a commencé à parler de faire poser une nouvelle toiture, de réaménager la cuisine et de dessiner le jardin. Exactement comme si quelqu'un lui avait fait une piqûre de quelque chose.

— Et vous, quel est votre sentiment ?

— Concernant l'achat de Walhalla ? Cela ne m'emballe pas. Je pense que je pourrais m'y faire à la longue. Mais je ne suis pas aussi enthousiaste que Craig, loin de là. Cette maison est une idée fixe chez lui.

— Dites la vérité, fit Pepper.

Elle ne cligna pas les yeux. Elle n'éleva pas la voix. Effie comprit que Pepper l'avait prise en défaut.

— Entendu, dit Effie d'une voix mal assurée. Au début, je n'ai pas aimé Walhalla. Maintenant, je la déteste. Elle me fait peur, parce qu'elle va engloutir toutes nos économies, et personne ne voudra jamais nous la racheter parce que les gens n'achètent plus de maison comportant treize chambres à coucher dans la vallée de l'Hudson. Personne, excepté Craig.

Pepper lui donna une petite tape sur la main.
— Alors ne l'achetez pas, dit-elle.
— C'est ce qu'il veut. Il est tellement résolu à l'acheter !
— C'est votre vie, également.
— Oui, exactement. C'est ma vie, et je veux Craig dans ma vie. Je déteste Walhalla. Je la déteste vraiment, et elle me terrifie. Mais je n'ai pas envie de perdre mon mari. Ni à cause d'une femme qui sanglote, ni à cause d'une maison.
Elle marqua un temps, puis elle ajouta, hors d'haleine :
— Même si cette maison est superbe et unique en son genre.
Pepper leva son verre et dit :
— *Zdarovya* ! A votre santé !

Mardi 29 juin, 15 h 39

La sonnette retentissait depuis un moment déjà. Finalement, Steven se retourna et dit :

— Khryssa... tu ne vas pas répondre ?

— C'est rien, murmura Khryssa, et elle se blottit encore plus profondément dans les draps. Juste quelqu'un qui a oublié ses clés et qui veut qu'on lui ouvre la porte de l'immeuble.

Mais la sonnette continua de retentir. Finalement, Steven s'extirpa du lit et alla jusqu'à l'interphone.

— Qu'est-ce que c'est ? demanda-t-il d'un ton sec, nu et bedonnant dans les stries de la lumière du soleil.

— Ne sois pas aussi agressif, Steven ! s'exclama Khryssa. Cela ne te va pas.

Ses longs cheveux bruns recouvraient l'oreiller, telle une vague paresseuse charriant du varech. Elle était grande, svelte, et jolie à sa façon, avec un petit nez retroussé, des lèvres charnues et une coquetterie dans l'œil. Elle portait un collier de perles à trois rangées, une montre en or et une gourmette en or de chez Tiffany's.

A côté du lit, il y avait une bouteille de tequila à moitié vide et deux verres. C'était de la tequila Mezcal, avec le ver *saguara* dedans. Steven avait déjà mangé le ver, mais cela n'avait pas amélioré ses performances de façon notable. Depuis qu'ils avaient regagné le loft de Khryssa, ils avaient passé deux heures à lutter et transpirer, et Khryssa n'avait pas joui une seule fois. A vrai dire, elle soupçonnait

Steven de n'avoir pas joui, lui non plus. La plupart de ses grognements et de ses « Oh, bon Dieu ! » avaient été soixante pour cent alcool et quarante pour cent simulation.

— Qui ? dit Steven.

Puis il couvrit de la main le micro de l'interphone.

— Khryssa... c'est Craig, bordel de merde !

Elle se retourna et se redressa sur un coude.

— Craig ? Craig qui ?

— Craig Bellman, qu'est-ce que tu crois ? Nom de Dieu !

— Je ne te crois pas ! Craig est parti à Cold Spring, en convalescence.

— Je le sais parfaitement, fit Steven, le visage empourpré. Mais il est ici maintenant, et il veut que je lui ouvre la porte.

— Dis-lui que je ne suis pas là. Dis-lui que tu es mon cousin et que tu t'occupes de mon appartement durant mon absence.

Steven hésita, l'air pitoyable, puis il dit :

— Elle n'est pas là. Je suis son cous...

Il écarta le combiné de son oreille et le regarda fixement comme si l'appareil l'avait insulté personnellement.

— Eh bien ? demanda Khryssa.

— Il a raccroché. C'est tout.

— Alors c'est parfait, non ?

— Tu ne penses pas qu'il a reconnu ma voix ?

— Il est parti, n'est-ce pas ?

— Bien sûr, mais nous sommes associés depuis si longtemps. Merde, ça m'a foutu un choc !

— Cesse de t'inquiéter et reviens te coucher, dit Khryssa. Je ne lui appartiens pas. Je ne l'ai pas vu depuis qu'il a été agressé. Il a téléphoné, bien sûr, mais téléphoner ce n'est pas comme faire l'amour, d'accord ? Allons, Steven, reviens te coucher. Les draps se refroidissent et ta tequila se réchauffe.

Steven arpenta la pièce d'un air inquiet. Le soleil brillait dans ses cheveux clairsemés et décoiffés ; son pénis ballottait.

— Je ne sais pas, Khryssa... je ferais peut-être mieux de m'en aller.

— Tu avais promis de rester avec moi tout l'après-midi. Tu avais promis de m'emmener chez Lola.

— Ecoute... toute cette affaire semble mal tourner.

Khryssa s'assit sur le lit et ramena ses cheveux en arrière.

— Alors, Steven, tu t'en vas, oui ou non ? Au moins Craig savait toujours ce qu'il voulait !

Steven s'assit au bord du lit. Il prit la main de Khryssa entre les siennes, comme une garniture de sandwich, et la tapota. Sa lèvre supérieure était ornée de minuscules gouttes de sueur.

— Peut-être que ça ne peut pas marcher. Je ne sais pas.

— Tu as mauvaise conscience ?

— J'ai l'impression d'être un intrus, si tu veux savoir la vérité. Craig et moi, on se connaît depuis la fac de droit.

— Sans oublier ta femme, bien sûr.

— Margo ? Et merde. Qui pourrait oublier Margo ?

— Tu pourrais, si tu le voulais vraiment. Tu pourrais oublier Craig, également. Je l'ai bien fait.

Steven eut l'air tout triste.

— Je ne sais pas... je crois que je ne suis pas fait pour ce genre de chose. Je dois aussi penser aux enfants.

— Tes deux enfants qui ressemblent à Margo ? Et qui sont absolument insupportables ? Excuse-moi mais je cite tes propres paroles !

Il parvint enfin à la regarder dans les yeux. Steven était un avocat âgé de trente-quatre ans, déçu par la vie, avec une calvitie précoce, une Rolls-Royce et une maison de campagne à East Quogue. Il possédait une aquarelle représentant des baies d'un bleu vif dans un panier, et lorsqu'il regardait ce tableau il ne comprenait même pas ce qu'il regardait, de la même façon qu'il ne comprenait pas Khryssa, ni la lumière couleur de confiture d'oranges à moitié fondue qui inondait son loft, avec toutes ces tapisseries mexicaines, ces rideaux et ces poteries étranges. Il comprenait seulement qu'il avait réussi dans la vie au-delà de ses espérances les plus folles, et pourtant il avait totalement échoué. Khryssa lui avait demandé « Une Rolls-Royce, mais *pourquoi* ? » et il avait été incapable de lui répondre.

— Je te verrai... hum, la semaine prochaine. On ira chez Lola une autre fois, d'accord ? J'aime bien cet endroit mais il faut se sentir exubérant pour y aller.

— Et chez Mortimer ? proposa-t-elle. (Elle se pencha vers lui et ses seins menus effleurèrent son bras.) Chez Mortimer, c'est tranquille, et je pourrais mettre cette robe noire que tu m'as offerte.

Il l'embrassa.

— Khryssa... je suis vraiment désolé. Mais ça ne me dit plus rien.

Elle le regarda fixement durant un moment. Puis elle laissa sa tête retomber sur l'oreiller et dit :

— Va te faire foutre, Steven. Craig avait des couilles, lui, il m'emmenait dans des endroits à la mode !

Steven se leva, les joues empourprées de colère.

— Dommage qu'il n'ait plus de couilles, maintenant, hein ?

A ce moment, ils entendirent frapper à la porte de l'appartement, des coups insistants.

Ils se regardèrent, effrayés.

— Tu attends quelqu'un ? demanda Steven d'une voix sifflante.

— Bien sûr que non. C'est Craig.

Steven se baissa vivement et récupéra son caleçon bleu à rayures.

— Et merde, Khryssa, cette histoire est complètement dingue !

On frappa de nouveau : plus fort et avec plus d'insistance.

— Donne-moi le temps de m'habiller, Khryssa, bordel de Dieu !

— Khryssa ! appela Craig de l'autre côté de la porte blindée. Khryssa, c'est Craig ! Je sais que tu es là ! Tu as laissé ton vélo dans le hall !

— Oh, merde ! fit Steven en enfilant maladroitement son pantalon.

Il perdit l'équilibre et tomba de côté sur le lit. Khryssa le repoussa avec colère, et il se retrouva assis par terre.

— Khryssa, tu ouvres cette porte, oui ou non ?

La tête de Steven apparut au-dessus du pied du lit. Son index était appuyé sur ses lèvres.

— Ne dis rien, pour l'amour du ciel, ne réponds pas !

Ils attendirent. Une minute s'écoula. Il n'y eut pas d'autres coups à la porte. Ils attendirent encore... trois minutes, quatre. Khryssa regarda Steven, et Steven chuchota :

— Il est parti, j'en donnerais ma tête à couper !

— Tu ne connais pas Craig, fit Khryssa nerveusement.

— Comment ça, je ne connais pas Craig ? Lui et moi, on a fait nos études ensemble. On était comme des frères. Il était le type brillant et j'étais le type obstiné. Craig s'occupait des contacts avec les clients, et je me tapais tout le travail. C'est ce qui a fait notre réussite. On se complétait, l'équilibre parfait. Le yin et le yang ou je ne sais quoi !

Il montra la porte du doigt.

— Il n'est plus là, crois-moi. Il n'a jamais eu de persévérance. Pétillant d'esprit, et s'ennuyant une seconde plus tard. Aucune patience, cela a toujours été le problème de Craig. A ton avis, pourquoi s'est-il fait agresser ? Tout ce qu'il avait à faire, c'était rester dans ce putain de taxi dix minutes de plus, et trouver une excuse pour ce cher Hakayawa, lui dire que sa femme était enceinte ou un truc comme ça, et c'était terminé ! Mais pas Craig, oh non ! Il a fallu qu'il coure dans la nuit et se porte au secours d'une demoiselle en détresse qui n'existait même pas, et il s'est retrouvé avec les roubignoles écrasées !

Khryssa s'assit sur le lit, les seins nus, et releva ses cheveux sur le sommet de sa tête. Elle avait dix-neuf ans trois quarts et elle était le rêve de tout homme.

— Tu sais quoi, Steven ? lui dit-elle. C'était ce qui faisait de Craig un mec, un vrai.

Steven se remit debout.

— Okay, d'accord. Je suis de trop ici. Je m'en vais.

A ce moment, le verrou cliqueta, très doucement. Puis il cliqueta de nouveau, et encore. En proie à une panique grandissante, Khryssa se souvint qu'elle avait donné une clé de son appartement à Craig. Il lui avait renvoyé cette clé, par la poste, après son « accident », accompagnée d'une lettre quelque peu incohérente où il était question de « virilité » et de « trahison ». Mais, bien sûr, il avait certainement fait faire un double. Il n'était peut-être pas aussi obstiné que Steven, mais il avait toujours été très méthodique.

Tous deux restèrent figés sur place tandis que le dernier pêne de la serrure se libérait avec un déclic, et la porte s'ouvrit.

— Craig, dit Steven. Ce n'est pas ce que tu crois.

Craig entra dans le loft et referma doucement la porte derrière lui. Il portait un costume foncé, discret, et un pull à col roulé gris anthracite. Il ressemblait à Craig... et pourtant, de façon étrange, il ressemblait à quelqu'un d'autre, également... quelqu'un qu'ils ne connaissaient pas. Il paraissait plus petit, plus trapu et plus brutal, et il se déplaçait avec un glissé curieusement lent qui les fit penser à des danseurs dans une salle de bal. *Begin the Beguine.*

Mais sa voix était incontestablement celle de Craig lorsqu'il dit :

— Et qu'est-ce que je crois, Steven ? Allez, réponds.

— Ecoute... j'ai eu un déjeuner d'affaires avec Chon International, un déjeuner copieux. J'avais besoin de deux heures de repos avant de retourner au travail.

Craig s'approcha de lui. Même s'il paraissait plus petit qu'auparavant, il dépassait encore Steven d'une bonne dizaine de centimètres.

— Souffle vers moi, exigea-t-il d'une voix dure.

— Quoi ? Qu'est-ce que tu racontes ?

— Tu as parfaitement compris. Souffle vers moi.

— Et merde, Craig, il ne s'est rien passé ici, crois-moi ! J'avais trop bu, j'avais trop mangé, j'avais besoin de me reposer... Je me suis souvenu que Khryssa habitait dans le coin.

Craig commença à se détourner, comme si ce sujet ne l'intéressait plus. Puis son bras se détendit, si vite et si fort que Steven ne le vit même pas venir. Il gifla Steven, si violemment que celui-ci tomba à la renverse sur le lit comme s'il avait été frappé par la foudre.

— Craig ! cria Khryssa.

Mais Craig lui lança un regard si perçant qu'elle saisit la couette, la ramena sur elle, le regarda d'un air hébété et ne dit plus rien.

Craig se pencha vers Steven et dit :
— J'avais confiance en toi.
Steven se redressa maladroitement.
— Bon Dieu, Craig, tu peux avoir confiance en moi. Il ne s'est rien passé.
— Tu as menti. Tu t'es parjuré. Tu n'as pas mangé coréen.
— Qui a dit que j'avais mangé coréen ?
— Indique-moi un seul directeur commercial de Chon International qui ne mangerait pas coréen ? Ton haleine devrait sentir le *kim chee*. Mais que sent-elle ? La tequila, mon ami, c'est tout. La tequila, et Khryssa, et les mensonges.
Steven tomba à moitié du lit mais parvint à se relever.
— Ecoute, Craig. Tu as été blessé, grièvement, et tout le monde à Fisher & Bellman a été désolé en apprenant la nouvelle. Tu me manques. J'ai besoin de toi. Tu es mon associé, et j'adore travailler avec toi. Qu'est-ce que je t'ai dit un jour ? Te regarder plaider devant tous ces jurés, c'est encore mieux que de regarder *Et au milieu coule une rivière*. Mais tu es parti, Craig... et la vie continue. Tu ne pouvais pas espérer que Fisher & Bellman se mettrait en état d'hibernation en attendant ton retour. Pas plus que Khryssa. C'est une jeune femme. Elle a sa vie à mener.
Craig écouta tout cela, puis il dit :
— Tu as terminé ?
— Que veux-tu de plus ? Que je te fasse mon imitation de Woody Allen ?
Craig se tourna vers Khryssa. Lorsqu'il parla, ce fut d'une voix menaçante. Sombre, mais traversée d'arcs-en-ciel fascinants.
— Tu te demandes comment tu as pu faire une chose pareille, n'est-ce pas, trésor ? C'était une erreur.
Khryssa fit signe que oui.
— Tu savais que je reviendrais vers toi, n'est-ce pas ? Je t'ai écrit pour te dire à quel point je tenais à toi.
— Oui, oui, tu l'as écrit.
— J'ai été blessé, tu le savais. Mais tu n'as pas douté de moi, hein ? Ou bien as-tu douté de moi ? Tu savais que lorsque je serais rétabli, je reviendrais. Tu le savais.

Pas de signe de tête affirmatif. Rien du tout. Seulement un regard terrifié.

— Allons, Craig ! intervint Steven. Tu fais peur à Khryssa. Et tu me fais peur, à moi aussi.

— Bien, dit Craig.

Il tourna les talons, traversa la pièce jusqu'au coin-cuisine et ouvrit les tiroirs du buffet.

— Hé, qu'est-ce que tu fais ? lui cria Steven.

— A ton avis ? Tu as dit : « Il n'est pas là, j'en donnerais ma tête à couper. » Je t'ai entendu. Eh bien, tu t'es trompé. J'étais là. Et maintenant, je veux ta tête.

— Oh, voyons, c'est quoi, ça ? *Le Marchand de Venise* ?

Craig réapparut, tenant dans sa main droite un énorme couteau à découper Sabatier. Acier trempé français, lame triangulaire brillante, métal tranchant comme un rasoir... un couteau digne de Jack l'Eventreur.

Steven recula en levant lentement les mains pour se protéger.

— Bordel, Craig ! Tu ne sais pas ce que tu fais !

— Vraiment ? J'ai toujours pensé que je le savais. Je t'ai toujours entendu louer mon intelligence, ma perspicacité, ma façon de trancher dans le vif du sujet, en un clin d'œil. Et si je tranchais dans le vif du sujet à présent, afin de régler ce petit problème, Steven ?

Il brandit le couteau et Steven recula en trébuchant, mais Khryssa hurla :

— Non !

Craig abaissa le couteau immédiatement et se toucha le front du bout des doigts, comme s'il venait de sortir brusquement d'une rêverie. Steven demeura immobile, crispé. Il se mordillait les lèvres. De temps à autre, il lançait un regard à Khryssa. Khryssa commença à se déplacer précautionneusement sur le lit vers le téléphone.

— L'ennui, c'est qu'on ne peut plus faire confiance à personne de nos jours, déclara Craig, et sa voix parut tout à fait différente. Tu ne peux pas faire confiance à ta petite amie pour qu'elle t'attende. Tu ne peux pas faire confiance à ton associé pour qu'il ne pose pas ses mains sur elle. Tu ne peux pas faire confiance à ta femme pour qu'elle te soutienne. Tu ne peux pas te fier à tes amis. Tu ne peux même pas te fier à tes ennemis.

— Pose ce couteau, Craig, dit Steven en s'efforçant de prendre une voix apaisante.

Craig leva les yeux.

— Autrefois, les gens te donnaient leur parole, et tu pouvais te fier à eux. Mais plus maintenant. Terminé, tout ça.

— Pose ce couteau, Craig, répéta Steven.

Mardi 29 juin, 19 h 28

Zaghlul Fuad remonta la rampe du garage et rejoignit la 51e Rue dans un nuage de fumée. Il tourna à droite vers Lexington. Il avait parcouru une dizaine de mètres seulement lorsqu'il fut hélé, devant l'hôtel Loew's, par un homme de haute taille et bien bâti, en complet foncé et pull à col roulé. Il se rabattit vers le trottoir et l'homme monta à l'arrière.

— Je pense que ça va pour Pétrossian ? demanda-t-il.

— Pétrossian, qu'est-ce que c'est ? demanda Zaghlul, s'éloignant du trottoir et s'arrêtant au feu rouge.

— Vous ne vous rappelez pas ? C'est un restaurant.

— Bon, d'accord. Et où est-ce ?

— Au 182 de la 58e Rue Ouest, à proximité de la Septième Avenue. Vous ne vous souvenez pas de cela non plus ?

— Pourquoi m'en souviendrais-je ? Je ne suis jamais allé là-bas.

L'homme s'appuya au dossier de la banquette.

— Oui, vous avez raison. Vous n'êtes jamais allé là-bas.

Zaghlul voulut se retourner sur son siège pour voir qui était l'homme, mais à ce moment-là le feu passa au vert, et la Lincoln, derrière, klaxonna vigoureusement.

— Au moins, il ne pleut pas, fit remarquer l'homme.

— Quoi ? fit Zaghlul, riant et secouant la tête. Il n'a pas plu depuis deux semaines. Et il est peu probable qu'il pleuve ce soir !

— C'est parfait. Cette fois, j'arriverai peut-être là-bas sain et sauf.

Zaghlul tourna le volant du plat de la main. Le taxi dépassa un semi-remorque qui avançait péniblement et traversa en trombe Park Avenue tandis que le feu passait au rouge.

— Comment ça, sain et sauf ? dit-il. Je n'ai jamais eu d'accidents.

— Vous êtes un optimiste à tous crins, Zaghlul.

Zaghlul regarda dans son rétroviseur et essaya de voir à quoi ressemblait son client, mais il aperçut seulement des ombres et la forme d'une tête.

— Je vous ai déjà pris dans mon taxi ? demanda-t-il.

— Oh oui, bien sûr, Zaghlul.

— Vous retenez les noms facilement, hein ?

— Non, pas particulièrement. Pas les gens sincères. Pas les amis. Mais je me souviens des gens qui m'ont entubé, ou qui m'ont humilié, ou qui ont essayé d'abuser de ma bonne volonté.

— Mais vous vous souvenez de mon nom ?

L'homme se pencha en avant, et Zaghlul sentit une odeur d'alcool et de pastille de menthe qui se dégageait de son haleine.

— Je me souviens toujours d'un nom qui sonne bien. Zaghlul Fuad, c'est un nom formidable. Comment va votre père, Zaghlul ?

— Mon père est mort.

— Oh, c'est vrai, chuchota l'homme d'une voix rauque. Je me rappelle, à présent. Votre père est mort. Votre père qui n'était pas parfait, tout comme vous.

Ils arrivèrent à un feu rouge sur Madison. Zaghlul tira sur le frein à main et se retourna.

— Je vous connais ? demanda-t-il vivement. (Son chapeau, qui ressemblait à un cache-pot, était de guingois.) Qui êtes-vous pour dire que mon père était un moins que rien ?

Le visage de l'homme était anguleux et beau, mais d'une beauté bizarre, presque anormale.

— Vous l'avez dit, Zaghlul. C'est vous qui avez dit que votre père n'était pas parfait. Il a fait de son mieux, comme la plupart d'entre nous. Mais vous... vous n'avez jamais essayé de faire de votre mieux, n'est-ce pas, Zaghlul ? Vous n'avez jamais essayé d'être secourable, lorsque les gens avaient besoin de vous. Vous aviez toujours si foutrement raison, et les autres avaient si foutrement tort. Et il était parfaitement inutile de vous faire des excuses, n'est-ce pas ? Vous n'en aviez rien à foutre. Vous n'avez jamais compris qu'on pouvait avoir besoin de vous. Vous n'avez jamais pensé que vous et ce putain de taxi pouviez faire toute la différence entre la réussite et l'échec, entre la vie et la mort, entre un homme et un eunuque. Vous n'avez jamais réfléchi à ça, hein ?

— Hé, pas si vite... commença Zaghlul.

Mais le feu passa au vert et l'homme dit :

— Vous feriez mieux d'avancer, Zaghlul. Et de regarder devant vous, vous ne croyez pas ?

Le pare-chocs du taxi heurta une poubelle près du trottoir. Zaghlul braqua violemment et faillit emboutir une immense limousine qui avançait lentement à leur hauteur, mystérieuse avec ses lumières et ses vitres teintées.

— Merde ! dit Zaghlul. Désolé. Excusez-moi.

L'homme se pencha vers lui.

— Il est trop tard pour faire des excuses, Zaghlul. Le mal est fait.

Zaghlul se rangea contre le trottoir et coupa le moteur.

— Ecoutez, l'ami. J'ignore ce que je vous ai fait pour que vous m'en vouliez ainsi, mais c'est du passé maintenant, et je veux que vous descendiez de mon taxi.

L'homme ne répondit pas tout de suite. La tête penchée d'un côté, il adressait à Zaghlul un sourire en coin provocateur.

— C'est une habitude chez vous, hein ? La tête d'un client ne vous revient pas, alors vous vous rangez et vous le jetez dehors. Client ou cliente, hein ? Je suppose que vous virez aussi les femmes, sans vous soucier de l'endroit où vous les laissez ?

Zaghlul ouvrit sa portière.

— Ça suffit maintenant ! Ou vous sortez de ce taxi, ou j'appelle un flic.

L'homme émit un grognement amusé.

— Oh... ils rappliqueront bien assez vite. Dès qu'ils sauront que vous êtes mort.

— Ecoutez, restons-en là, d'accord ? Vous descendez et je ne vous fais pas payer la course. On passe l'éponge... on oublie tout, d'accord ?

— Oublier ? Comment pourrais-je oublier ? Vous ne savez pas ce que vous m'avez fait ?

— Désolé, mais je ne sais même pas qui vous êtes, répondit Zaghlul. J'ignore ce que vous voulez. Je ne vous connais pas, et d'ailleurs, je n'en ai aucune envie ! Faites ce que vous voulez, entubez qui vous voulez, ce sont vos oignons ! Maintenant, on est quittes, on se serre la main et on oublie tout ça.

L'homme réfléchit un moment. Puis il dit :

— Entendu, on laisse tomber. Vous ne vous souvenez pas d'un soir de mars, il pleuvait... c'était le 16 mars, pour être précis... lorsque vous m'avez dit de descendre de votre taxi parce que vous n'aimiez pas la façon dont je vous parlais ?

Zaghlul secoua la tête.

— Je ne m'en souviens pas. Je prends des milliers de clients dans ce taxi, l'ami. Je ne peux pas me les rappeler tous.

— Vous devriez vous souvenir de moi.

— Je ne le pense pas. Mais si je vous ai mis en colère, je vous fais toutes mes excuses.

— Vous vous souviendrez de moi, sourit l'homme.

Il se pencha par-dessus la banquette avant, inclina la tête de Zaghlul en arrière et passa la main devant son visage, tel un violoncelliste faisant glisser son archet. Le geste fut tellement souple et gracieux que Zaghlul ne comprit pas ce qui s'était passé jusqu'à ce que du sang humide et chaud gicle sur le devant de sa chemise hawaiienne. Il porta vivement ses mains à sa gorge et sentit seulement des artères qui pompaient le sang et un trou béant, comme une seconde bouche.

— Vous vous souviendrez du soir où vous m'avez fait descendre de votre taxi alors qu'il pleuvait à verse. J'ai été agressé, et j'ai été blessé comme vous ne le serez jamais,

Zaghlul. Espèce d'enculé d'Egyptien au visage grêlé qui ne sait rien de rien !

Zaghlul ne pouvait pas parler. Il ne pouvait pas respirer non plus, ni même penser. Tandis que l'homme sortait du taxi et refermait doucement la portière, il s'affaissa de côté sur la banquette. Son chapeau qui ressemblait à un cache-pot tomba, et du sang se répandit en de fins ruisselets glutineux sur le tapis de sol du taxi. En partant, il s'était dit que c'était une belle soirée ensoleillée, mais le ciel s'était assombri rapidement, et Zaghlul avait décidé de rentrer plus tôt que d'habitude...

Il était certain d'entendre son père qui lui parlait. Sa voix était de plus en plus forte, si forte que c'était presque insupportable.

— Zaghlul, est-ce que je ne t'avais pas dit d'être moins arrogant ? Tu n'as pas voulu m'écouter, et maintenant, regarde-toi !

Une femme frappa contre la vitre du taxi et demanda au chauffeur s'il pouvait l'emmener à Columbus Circle. Puis elle recula vivement.

Zaghlul entendait la circulation, et des centaines de pieds qui martelaient les trottoirs.

Mardi 29 juin, 23 h 11

Il avait beaucoup de noms différents. Certains gosses, les plus jeunes, l'appelaient Le Prince. Ses amis intimes l'appelaient Speed, parce qu'il était toujours défoncé. Sa mère l'appelait Samuel, qui était son vrai prénom. Son père l'appelait « Bon à rien », ce qui se justifiait complètement. Il faisait partie de la bande des Aktuz qui régnait sur le quartier des théâtres et agressait pour les dépouiller les touristes et tous ceux qui passaient par là.

Ce soir, il arrangeait sa coiffure noire en forme de champignon dans l'une des loges du Lyceum, sous les regards admiratifs de sa petite amie aux cheveux frisés, Scuzz (son vrai prénom était Susan), et de son meilleur ami et garde du corps, Tyce (comme Mike Tyson, dont il avait la même encolure de chemise). Speed rôdait souvent dans les coulisses des théâtres de Broadway, parce qu'il connaissait tous les portiers et les vigiles. Ils le laissaient entrer et se pavaner, tel un metteur en scène vaniteux et suffisant, parce qu'en cas de refus il aurait été capable de leur causer un tas d'ennuis très graves : affiches lacérées, loges mises à sac, et menaces à l'encontre du personnel.

— Où allons-nous ce soir, chéri ? lui demanda Scuzz.

— Au Bar, répondit Speed. Ensuite peut-être au China Club. Ça dépendra de mon humeur.

— Tu me fais marcher.

— Bien sûr que je te fais marcher. On va manger des steaks chez Tony Roma.

— T'es super, ce soir, mec, dit Tyce. Tu devrais passer une audition.

Speed s'examina sur toutes les coutures, releva le col de son manteau et s'adressa une moue dans le miroir.

— J'ai pas besoin de passer une audition. Un jour, ils seront à la recherche d'un nouvel Othello, et ils viendront me supplier à genoux. « Que dis-tu, Iago ? Desdémone a un amant ? »

Tyce applaudit.

— Génial, mec ! Tu ferais salle comble tous les soirs !

— Je te l'ai dit. Ils viendront me supplier à genoux.

Il prit une cigarette et Tyce lui présenta aussitôt son briquet. A ce moment, cependant, on frappa à la porte de la loge.

— Qu'est-ce que vous voulez ? fit Tyce. C'est une réception privée ici !

— Je cherche quelqu'un du nom de Speed.

— Pourquoi ? demanda Tyce.

Il lança un regard à Speed, puis glissa la main dans la poche de son blouson de cuir noir et en sortit un couteau à cran d'arrêt.

— Livraison à domicile.

— Livraison de quoi ? dit Tyce.

— Je n'en sais rien. Je suis le livreur, c'est tout.

Speed s'avança prudemment vers la porte. Les Aktuz avaient eu récemment de graves différends avec une bande de Portoricains, les Scorpions Rouges, qui écumait la gare routière proche de Broadway, volant des sacs à main et des bagages. Deux Aktuz avaient été poignardés la semaine précédente, et tout le monde savait que les Scorpions Rouges avaient mis à prix la tête de Speed. Celui qui rapporterait le scalp de Speed au repaire des Scorpions recevrait en récompense tout le crack qu'il pourrait emporter.

— C'est pas un Porto, chuchota Tyce.

— Et alors ? Ils auraient pu engager un tueur.

Speed écarta les pans de son long manteau noir et sortit le marteau qui était accroché à la doublure.

— Ça va, vous pouvez entrer maintenant. Mais pas de gestes brusques !

Tyce ouvrit la porte de la main gauche, tenant le cran d'arrêt dans sa main droite. Il y eut une pause, puis un homme entra, un Blanc de haute taille, un bras caché derrière son dos. Il n'avait pas l'air d'un type qui livre des paquets pour gagner sa vie. Il portait un complet foncé coûteux et un pull à col roulé gris anthracite.

— Vous êtes Speed ? demanda-t-il en gardant son bras derrière son dos.

— Peut-être bien que oui et peut-être bien que non. Qui veut le savoir ?

— Moi. Je vous ai cherché. Vous êtes un homme difficile à trouver.

— Qu'est-ce que tu tiens derrière ton dos, mec ?

— Je vous l'ai dit. Livraison à domicile.

La tension dans la loge grandissait rapidement. Scuzz recula vers le coin de la pièce, et sa chaise produisit un grincement strident. Tyce brandit son cran d'arrêt et la lame étincela dans la lumière vive venant du miroir de la loge.

— Tu ferais mieux de poser ce colis par terre, dit Speed.

L'homme secoua la tête.

— Désolé, mais ce n'est pas possible. Je dois vous remettre ceci en mains propres.

Speed commença à se frapper la paume de la main avec la tête de son marteau.

— T'es fatigué d'avoir toute ta connaissance, mec ? Je t'ai dit de le poser par terre.

Tyce eut un sourire exagéré qui laissa apparaître ses dents mal plantées.

— Tu veux voir ce qu'un marteau comme celui-là peut faire à un type comme toi ?

L'homme se tourna et le regarda fixement.

— En fait, j'ai déjà vu. Mais j'ignore encore ce qu'un marteau comme celui-ci peut faire à un dégénéré comme toi.

Il détendit brusquement le bras qu'il tenait derrière son dos. Avant que Tyce puisse lever la main pour se protéger, il fit tournoyer un marteau de forgeron au long manche et le frappa en plein visage.

Le nez de Tyce explosa ; sa mâchoire supérieure fut cassée en deux, produisant un craquement audible. Tyce partit à la renverse, bascula par-dessus sa chaise et s'affaissa dans un coin de la pièce. Ses yeux étaient révulsés ; l'une de ses jambes tressautait.

Speed se ramassa sur lui-même et balança son marteau en un motif entrecroisé comme s'il maniait une épée et se battait en duel.

— Tu me veux, mec. Tu ferais mieux de dire tes prières !

L'homme garda un visage complètement neutre. Il leva la masse et l'abattit avec une telle force sur le poignet droit de Speed que le marteau de celui-ci vola à travers la pièce. Speed poussa un hurlement de douleur et recula vers la coiffeuse. L'homme abattit la masse à nouveau et le frappa à l'épaule, un coup qui lui brisa la clavicule. Speed leva la main pour se protéger, mais l'homme le frappa à la poitrine... une, deux, trois fois. Chaque fois, ils entendirent ses côtes craquer.

Speed s'affaissa contre le miroir. L'homme le frappa au front. Le miroir se brisa en des centaines de fragments lumineux, et le devant du crâne de Speed fut défoncé.

L'homme continua de le frapper, maintes et maintes fois ; il le réduisit en miettes, lui et le miroir. Il le frappait toujours alors que Speed était mort depuis longtemps. Sa coiffure relevée n'était plus qu'une bouillie informe de sang, de cheveux, de fragments d'os et de cervelle. Un œil lançait un regard accusateur depuis son visage écrasé, mais à part ça il eût été presque impossible de dire qu'il s'agissait d'un être humain.

Scuzz était blottie dans un coin de la pièce. Son visage était aussi blanc que le mur.

— Ne me faites pas de mal, le supplia-t-elle.

L'homme se dressa au-dessus d'elle ; il tenait le marteau de forgeron à deux mains.

— Tu ne te souviens pas de moi, hein ? lui demanda-t-il.

Elle secoua la tête.

— Tu ne te souviens pas de la pharmacie, *K-Plus Drugs*, sur la 48e Rue, un soir de mars, alors qu'il pleuvait ?

Elle eut l'air complètement abasourdie.

— Aidez-moi, aidez-moi, ils vont violer mon amie ! la singea-t-il.

Elle ne se souvenait toujours pas. Trop de drogue, pensa-t-il. Un petit pois à la place du cerveau. Elle n'avait pas plus d'intelligence qu'une demeurée.

Il se détourna.

— J'le dirai à personne, pleurnicha Scuzz. Je jure devant Dieu que j'le dirai à personne.

— Tu le promets ? lui demanda-t-il, le dos tourné.

— J'le jure devant Dieu !

Mercredi 30 juin, 11 h 29

Lorsque Effie descendit, Pepper l'attendait déjà dans le petit salon de la pension, feuilletant un numéro de *Architectural Digest*. Elle portait un caftan marron pourpré et un chapeau noir à large bord orné de plumes d'autruche. Un énorme sac disgracieux était posé par terre à côté d'elle, semblable à un chien dormant paisiblement.

— Je suis désolée, Pepper, mais il y a un problème, dit Effie. Craig vient de me téléphoner. On a trouvé son associé mort ce matin. Quelqu'un l'a poignardé.

— Oh, c'est affreux ! Est-ce qu'on sait ce qui s'est passé ?

— La police ne lui a pas dit grand-chose, juste qu'on l'avait trouvé dans l'appartement d'une fille. La fille a été assassinée, elle aussi.

— Mon Dieu, c'est horrible ! On ne se sent plus en sécurité nulle part.

— Craig me rappellera plus tard pour me dire ce qu'il compte faire.

— Alors remettons ça à une autre fois, dit Pepper en posant une main sur le bras d'Effie. Je vous comprends. Vous n'êtes pas en état de faire des trucs psychiques aujourd'hui.

— Tout compte fait, je viens, déclara Effie.

Elle commençait à avoir le sentiment que sa vie était emportée irrésistiblement, comme un bateau en papier par les eaux d'un caniveau. Walhalla, Gaby, et maintenant ce meurtre. Elle avait besoin de faire quelque chose de positif pour reprendre son destin en main.

— Mais Craig a dit qu'il me demanderait peut-être de rentrer à New York, ajouta-t-elle.

Pepper consulta sa montre.

— Vous voulez vraiment venir ? Nous n'en aurons pas pour très longtemps, une heure tout au plus. Et si vous laissiez un message à la réception ?

— Oui, vous avez raison, dit Effie.

Elle réfléchit un moment. Elle savait que Craig était affligé. Elle était elle-même touchée par la mort de Steven, bien qu'elle l'eût toujours trouvé extrêmement antipathique. Certes, Steven avait été un phallocrate parfaitement odieux et insupportable, mais c'était un être humain, et quelqu'un l'avait suffisamment aimé jadis pour le concevoir, le mettre au monde et l'élever. Et puis, il est toujours tragique de mourir jeune.

Elle songea à l'avenir, et à Walhalla. Elle dit « Entendu », alla jusqu'à la réception et sonna.

— C'était un ami très proche, l'associé de Craig ? lui demanda Pepper en s'accoudant au comptoir.

Effie croisa les doigts.

— Craig et lui étaient *comme ça*. Inséparables. Craig le connaissait depuis la fac de droit. Je sais qu'on ne doit pas dire du mal d'un mort, mais je n'aimais pas beaucoup Steven. C'était un tel arriviste ! Je pense que Craig n'aurait pas été aussi agressif s'il n'y avait pas eu Steven. A part ça, il me faisait toujours des avances et me suivait dans la cuisine quand il y avait des dîners. L'un de ces types aux mains baladeuses.

— Je vois le genre, fit Pepper. Je les appelais des pieuvres jusqu'à ce que j'apprenne que les pieuvres sont très intelligentes. On dit qu'elles seraient capables d'écrire des poèmes, si seulement leur encre n'arrêtait pas de couler ! (Elle marqua un temps, puis elle ajouta :) C'est une plaisanterie... N'empêche que c'est presque la vérité.

Wendy O'Brien, la propriétaire de la pension, apparut, et Effie lui demanda de prendre les messages si Craig téléphonait.

— Est-ce que vous allez bien, madame Bellman ? lui

demanda Wendy en fronçant les sourcils. Vous avez l'air un peu pâle, si je puis me permettre.

— Je vais très bien, lui affirma Effie.

Pepper prit sa main et la serra. Effie comprit brusquement qu'elle s'était fait une amie très proche.

Elles suivirent la route entre les arbres et passèrent devant les Chênes Rouges. Le ciel était rempli d'énormes nuages crémeux, comme si toutes les récoltes de coton de la Géorgie avaient été soulevées et emportées par le vent vers le nord-est, en route vers le Labrador, ou Dieu sait où.

— Norman nous a dit que vous aviez travaillé chez les Berryman, déclara Effie.

Pepper sourit.

— Oh, oui. Ils étaient formidables. Je pense qu'ils venaient d'une autre planète, parce que je n'ai jamais connu des Terriens aussi gentils ! Ils avaient quelque chose de surnaturel, comme les gens dans *La Quatrième Dimension* ou *Les Survivants de l'infini* ou l'un de ces films de science-fiction des années cinquante.

— Alors nous nous sommes probablement croisées, à l'époque, dit Effie. Mon père m'emmenait souvent déjeuner aux Chênes Rouges.

Elle sourit à ce souvenir.

— Il y avait un vitrail sur la porte de l'auberge. Vous vous rappelez ? Je regardais à travers ce vitrail, et je voyais des gens passer, des gens qui n'étaient pas du tout là.

— Hein ? s'exclama Pepper.

— Je voyais des gens dans le vitrail, dans le verre coloré, précisa Effie.

— Quelle couleur, en particulier ?

— Le rouge. C'était toujours le rouge. Mais pourquoi ? Ces gens n'étaient pas réels, n'est-ce pas ?

— Le rouge, bon Dieu ! fit Pepper.

— Qu'y a-t-il de mal à cela ? Je laissais travailler mon imagination. Il n'y avait personne. J'ouvrais la porte, je regardais au-dehors, et il n'y avait jamais personne !

— Vous l'ignorez probablement, répondit Pepper, mais

le rouge est la seule couleur du spectre à travers laquelle on peut percevoir la réalité parallèle.

— Qu'est-ce que c'est, la « réalité parallèle » ?

— Bon, je vais essayer de vous expliquer. Certaines personnes pensent que le temps ressemble à une ligne continue et que nous avançons tous sur cette ligne, comme si nous suivions une autoroute qui s'éloigne vers l'horizon comme un ruban sans fin. Mais d'autres personnes pensent que le temps fait une boucle et décrit un cercle, ce qui signifie qu'un jour nous referons la même chose, à l'infini. La récurrence éternelle, selon l'expression de Nietszche. Ce pauvre Nietszche ! On l'a si mal compris. On a si mal interprété sa pensée. Mais il en va ainsi pour nous tous, n'est-ce pas ?... Enfin, pour en revenir à notre affaire, je dirai que le temps n'est pas du tout comme ça. Il n'est pas linéaire, ni séquentiel. Tout ce qui se passe est simultané. Vous naissez aujourd'hui. Vous recevez vos diplômes aujourd'hui. Vous faites la connaissance de votre mari aujourd'hui. Vous vieillissez aujourd'hui. Vous mourez aujourd'hui. Tout à la fois. C'est uniquement votre façon de percevoir le temps qui vous donne l'impression qu'une chose se produit après une autre.

— Je ne comprends absolument rien, avoua Effie. Je sais ce qui est arrivé hier, mais hier est parti. Je l'ai vécu, et maintenant il est derrière moi. Comment peut-il être toujours là ?

— Il est là parce qu'il est là. C'est tout. Est-ce qu'il ne vous a pas paru réel, lorsque vous l'avez vécu ?

— Si, bien sûr.

— Eh bien, il vous a paru réel parce qu'il est réel. La vie ressemble à un livre, c'est ce que vous ne comprenez pas. C'est ce que personne ne comprend. La vie ressemble à un livre parce que tout est là, tout d'une pièce. Le début, le milieu et la fin, et vous pouvez le lire à n'importe quel moment, au passage de votre choix. Vous pouvez lire la fin de *Autant en emporte le vent... Après tout, demain est un autre jour*... et ensuite vous pouvez revenir au début... *Scarlett O'Hara n'était pas une beauté*... ou au passage de votre choix, la tête du mort qui heurte les marches de l'escalier et Melanie qui se bouche les oreilles, Atlanta en train de brûler... Atlanta avant qu'elle ne soit la proie des flammes... tout cela se passe maintenant. Disons qu'il n'y a pas d'« hier ». Pourquoi y en aurait-il ? Ce n'était pas « hier » lorsque vous le viviez, n'est-ce pas ? De la même façon que nous empruntons cette route maintenant. Est-ce que nous empruntons cette route « hier » ? Nous le penserons demain. Mais « hier » nous empruntions cette route « demain ».

— Je crois que je ne vous suis plus depuis trois ou quatre phrases, dit Effie en riant.

— Pourtant, vous avez regardé à travers le verre rouge, et vous avez vu des gens qui n'étaient pas du tout là. Le hic, c'est qu'ils étaient là. Ou avaient été là, à un moment ou à un autre. Si vous regardez à travers du verre rouge, vous pouvez voir des choses qui ont été, et des choses qui seront.

— Vous voulez dire que, lorsque j'ai vu cet homme traverser le parking...

— Devant les Chênes Rouges, quand vous étiez enfant ? Oui... c'était quelqu'un du passé, ou peut-être du futur.

Effie secoua la tête.

— Je n'arrive pas à y croire !

Pepper posa une main sur son bras.

— Cela ne fait rien. L'important, c'est que vous le sachiez.

Elles longèrent les chênes aux formes tourmentées et arrivèrent en vue des grilles de Walhalla.

— C'est peut-être une mauvaise idée, dit Effie.

Elle commençait à se sentir profondément troublée, non seulement par ce qui s'était passé, mais par l'interprétation qu'en donnait Pepper. Si elle avait bien compris, celle-ci disait que toute votre vie se produisait simultanément, et que tout ce que vous faisiez c'était avancer d'une séquence à la suivante, comme quand on lit un livre. Mais si le passé continuait d'exister, est-ce que cela signifiait que l'on pouvait également retourner en arrière ?

— Vous ne pouvez pas savoir le nombre de bonnes choses qui arrivent et qui sont le résultat de mauvaises idées ! sourit Pepper.

Elles franchirent les grilles de Walhalla et suivirent l'allée qui décrivait une courbe. Un énorme nuage recouvrait Walhalla, ce qui lui donnait un aspect anormalement sombre et menaçant. Des corbeaux décrivaient des cercles autour des hautes cheminées.

— Norman adorait venir ici, quand il était enfant. Il jouait à toutes sortes de jeux. Les chevaliers de la Table ronde, *La Guerre des étoiles*, tout ce qu'on peut imaginer. Je n'ai jamais aimé la maison elle-même, mais j'adore le paysage, pas vous ? C'est tellement sauvage et mystérieux. Est-ce que vous avez lu les *Contes de Tanglewood*, de Nathaniel Hawthorne ? « La frontière entre le visible et l'invisible ». Cela me donne le frisson !

Elles garèrent la voiture à proximité de la statue de la femme sans tête et descendirent. Pepper sortit du coffre son grand sac et le porta en haut des marches. Effie chercha la bonne clé sur le trousseau de Craig et ouvrit la porte.

Comme elles s'avançaient dans le vestibule, un pigeon s'envola brusquement de son perchoir sur la galerie et battit frénétiquement des ailes près du plafond. Toutes deux sursautèrent de frayeur.

— Oh, mon Dieu ! s'exclama Pepper en riant. J'ai failli avoir une crise cardiaque !

Elles apercevaient le ciel bleu clair à travers les fenêtres brisées, mais le vestibule était sombre et il faisait froid. Pepper posa son sac sur les dalles de marbre et l'ouvrit. Elle se mit à farfouiller parmi des livres, des flacons, des crécelles, des boîtes en fer-blanc et d'étranges écheveaux de cheveux et de chiffons. Elle sortit finalement une baguette de coudrier qui avait la forme d'un large Y, une salière en cuivre verdâtre, et un bocal en verre ambré.

— Essence de lis, expliqua-t-elle. J'ai pensé que je devais en apporter.

— Ça sert à quoi ? demanda Effie.

— Le lis est la fleur de la lune. Elle apporte la folie, de même que la lune apporte la folie. L'essence de lis est très efficace pour apaiser les endroits où des vibrations psychiques échappent à tout contrôle. Elle désorganise le point de jonction, fait rentrer les vibrations en elles-mêmes, et fait basculer la logique.

Elle tourna ses poignets et tint chaque branche de sa baguette de coudrier.

— On pourrait utiliser une baguette de tremble pour ce travail, mais le tremble est très instable. On dit que la croix sur laquelle on a crucifié le Christ était en bois de tremble, et c'est pourquoi les feuilles de cet arbre frissonnent. Les trembles sont horrifiés par ce qu'ils ont été obligés de faire.

— Où avez-vous appris tout ça ? demanda Effie en souriant.

Pepper fit pivoter lentement la baguette de gauche à droite, puis dans l'autre sens.

— Mes parents m'ont abandonnée, après Woodstock. J'ai parlé à des shamans[1], à des sorcières et à toutes sortes de gens. Certains étaient fous à lier. Mais à eux tous, ils m'ont appris énormément de choses. Ils m'ont appris à fabriquer des bougies en forme de main, la Main de Gloire, afin que je puisse trouver des trésors, à jeter des fers à cheval par-dessus mon épaule, pour empêcher le Diable de me suivre. Ils m'ont tout appris sur les végétaux, les plantes médicinales et les remèdes magiques. La plupart de ces trucs ne marchent pas. Mais certains ont vraiment un effet, et alors, c'est incroyable. Vous décollez de vos chaussettes !

Elle s'interrompit et se concentra sur la baguette. Puis elle dit :

— Il y a une contraction ici, mais rien de très important. Avançons.

— Une contraction ?

— Comme si quelqu'un tremblait... tenez, sentez. Comme si quelqu'un essayait de repousser vos mains.

Effie toucha la baguette qui, effectivement, frissonnait. Elle semblait électrique, érectile, comme la queue d'un chien en rut.

— C'est incroyable, dit-elle. Comment ça marche ?

— La baguette de coudrier capte les perturbations psychiques, de la même façon que le fer attire la foudre. Mais ça ne marche pas pour tout le monde. Vous devez être très

1. Prêtres-sorciers à la fois devins et thérapeutes dans les civilisations d'Asie centrale. *(N.d.T.)*

passif. Vous devez penser vers l'intérieur plutôt que vers l'extérieur, si vous voyez ce que je veux dire. Vous devez encourager les vibrations à pénétrer dans votre tête, leur faire bon accueil, et peu de gens savent faire ça.

Elle traversa le vestibule jusqu'à ce qu'elle atteigne la porte. Elle s'arrêtait de temps en temps pour être sûre qu'elle suivait le plus puissant des courants psychiques.

— Vous vous souvenez de *SOS Fantômes* ? Théoriquement, ils ne pouvaient pas trouver le moindre phénomène psychique. Ils étaient bien trop agressifs. On ne peut pas traquer un souvenir, ou un sentiment de regret, ou un moment de terreur. Ils sont trop insaisissables, trop fugaces. Ils existent à la lisière d'hier, ou à la toute première nuance de demain.

Effie pensa que Pepper commençait à se comporter un peu trop comme une adepte de l'Ere du Verseau, mais elle se garda bien de le lui dire. Elle voyait la baguette frissonner frénétiquement, et personne n'aurait pu lui faire faire ça en la secouant. De temps à autre, elle tressautait vers le haut, très violemment, comme si quelqu'un lui avait donné une chiquenaude. Chaque fois, Pepper laissait échapper un petit halètement d'effort.

— C'est très fort ici... Je n'ai encore jamais senti quelque chose d'aussi fort.

— Qu'est-ce que c'est, à votre avis ?

— Juste ici, dans ce couloir, il y a un mouvement, un mouvement humain, très certainement. Je perçois un grand nombre de gens, très excités, qui courent vers la salle de bal. Ils se ruent dans le couloir tout le temps, un flot constant de gens. Ils sont surexcités, mais également effrayés. Je perçois un sentiment de crainte délicieuse, comme s'ils accouraient pour voir quelque chose de tout à fait terrifiant.

La baguette se tendait vers le haut, encore et encore. Chaque fois, elle se tendait plus haut. Bientôt, elle se dressa si haut qu'Effie se demanda comment elle ne se cassait pas.

Pepper commença à marcher plus vite.

— Il y a une telle panique, dit-elle. (Son visage était

blême et ses yeux écarquillés.) Ils n'ont pas envie de voir ça, mais ils n'ont pas envie de le rater non plus !

Lorsqu'elles atteignirent la salle de bal, elles couraient presque. La porte était fermée, et elles firent halte. Effie eut le sentiment irrationnel qu'au-delà de la porte il n'y avait rien et que, si elles ouvraient, elles seraient aspirées vers le vide absolu. Elle était tellement terrifiée qu'en écoutant battre son cœur elle avait l'impression que quelqu'un tapait violemment sur un coussin avec un bâton.

— Oh, mon Dieu ! s'exclama Pepper. C'est à peine si je peux la tenir !

La baguette s'était tellement recourbée qu'elle était pointée sur le médaillon orné de symboles runiques que Pepper portait au cou. Effie lui saisit le bras et sentit les efforts que Pepper devait fournir uniquement pour empêcher la baguette de s'envoler de ses mains. Néanmoins, la baguette ne se cassait pas ; elle ne se fendillait même pas.

— Qu'est-ce que c'est ? demanda-t-elle, abasourdie. Pourquoi se recourbe-t-elle de cette façon ?

— Je ne peux pas... elle ne veut pas... elle refuse !

— Comment ça, elle refuse ? Voyons, Pepper ! Ce n'est qu'une baguette, et vous la tenez !

Pepper la regarda fixement avec ses yeux à la lueur argentée. Elle déglutit avec difficulté.

— Je veux dire que je ne vais pas plus loin. Je n'entre pas dans cette pièce. Je ne peux pas !

Elle hésita encore un moment, puis elle lança la baguette au loin, dans le couloir, comme si elle avait brusquement aperçu un perce-oreille sur l'une des branches. La baguette tomba sous l'une des fenêtres et se redressa petit à petit.

— Pepper, dit Effie, qu'y a-t-il ? Qu'est-ce qui ne va pas ?

— Je ne sais pas, répondit-elle d'une voix mal assurée. (Elle tremblait, et elle n'arrêtait pas de se frotter le bras d'un air anxieux.) Quoi que ce soit, je ne peux pas l'affronter. C'est bien trop fort... c'est encore plus fort qu'auparavant. C'est peut-être moi, c'est peut-être vous. Je n'en sais rien. Mais si vous sentiez ce que j'ai senti...

Effie regarda la baguette sur le sol.

— Je devrais peut-être essayer.

— Non, ne faites pas ça. Vous ne sentiriez probablement rien du tout, mais on ne sait jamais. Vous êtes peut-être plus sensible que vous ne le pensez.

— Mais qu'est-ce que c'était ?

— On aurait dit une obscurité... un genre de vide. Je suis incapable de décrire cela. J'ai eu l'impression qu'il allait se passer quelque chose de totalement absurde.

Effie se mordilla la lèvre. Elle ne savait pas ce qu'elle devait penser de cette expérience. De toute évidence, il y avait quelque chose d'anormal ici, mais s'agissait-il vraiment de « vibrations psychiques » ? Elle aimait le mysticisme de Pepper, ses remèdes magiques et son lexique de sorts, mais Pepper pouvait-elle lui donner une explication rationnelle de ce qui se passait, afin qu'elles puissent l'exorciser ?... Elle commençait à se dire qu'elle devait trouver les réponses à ses problèmes dans le monde réel plutôt que dans le monde des esprits, des rêves et de la magie.

— Vous ne voulez pas faire un nouvel essai ? demanda-t-elle à Pepper.

Pepper secoua la tête.

— Je regrette, Effie. Je n'avais pas l'intention de vous laisser tomber. Mais (elle regarda vers la porte de la salle de bal et son regard disait tout)... il y a de la terreur dans cette pièce. Vous ne soupçonnez pas à quel point !

Effie la dévisagea.

— Vous ne m'avez pas laissée tomber, je vous assure. Mais il faudra que j'en parle à Craig, pour voir ce qu'il en pense.

— Vous croyez vraiment que c'est une bonne idée ?

— Qu'est-ce que je peux faire d'autre ?

— Il n'y a pas si longtemps, vous aviez la sensation qu'il ne fallait surtout pas lui en parler. Si j'étais vous, je tiendrais compte de ce sentiment.

— Mais je dois faire quelque chose ! Je ne peux pas envisager d'habiter ici, dans l'état actuel des choses.

— Effie... une femme d'une autre époque s'est adressée à vous... elle vous a suppliée de ne pas en parler à Craig. Vous ne pensez pas que vous devriez respecter cette prière, au moins pour le moment ? Au moins jusqu'à ce que vous ayez découvert pourquoi elle ne veut pas que vous en parliez à Craig ?

— Je suis très perplexe, dit Effie. Je ne sais pas quoi penser.

Pepper regarda vivement vers la porte de la salle de bal.

— Nous devrions nous en aller.

Mais Effie demeura immobile. Elle réfléchissait. Il y avait forcément une explication rationnelle à tout ça... à la femme qui sanglotait et à l'homme dans l'escalier. *Gut ist der Schlaf, der Tod ist besser...*

— Vous ne pouvez vraiment rien faire de plus ? demanda-t-elle.

— Je regrette, répondit Pepper. (Elle plaqua sa main sur son front comme si elle avait des maux de tête.) J'ai eu l'impression que j'allais mourir.

— Je veux juste savoir ce que c'est ! Vous dites qu'il y a de la terreur dans cette pièce, mais qu'est-ce que cela signifie ?

— Effie, n'en parlons plus !

Mais Effie, frustrée, saisit les poignées de la porte, poussa les battants et ouvrit en grand. Elle ne fut pas aspirée vers le néant. Il n'y avait pas de vide, pas d'obscurité. Seulement la pénombre imposante de la salle de bal, avec la lumière ténue émanant du lanternon, les colonnes et le balcon.

Et puis... en un clin d'œil, elle fut au milieu de la pièce. Les lumières brillèrent soudainement, et elle dansait. Elle ne comprenait pas comment elle était arrivée là, ni pourquoi elle dansait. Au début, elle n'entendit pas la musique, puis celle-ci lui parvint petit à petit. C'était une valse de Strauss, et elle détestait Strauss. Pourtant, elle ne pouvait s'empêcher de danser. Elle tournait inlassablement, et ne voyait rien d'autre qu'un tourbillonnement de colonnes, de lumières et de visages aux contours indistincts.

Parce qu'il y avait des gens ici. La salle de bal était pleine de monde.

Elle était tellement stupéfaite qu'elle ne pouvait pas respirer. Elle eut l'impression de s'être brusquement avancée dans l'océan et de ne plus avoir pied. Elle tourna la tête d'un côté et de l'autre, essayant de voir où était Pepper, mais elle n'aperçut que des visages très pâles et flous. Elle voulut s'arrêter de danser, mais des bras d'homme vigoureux la prirent par la taille et l'entraînèrent. Elle tourna la tête avec stupeur et vit qu'elle dansait avec un homme de haute taille en habit à queue et nœud papillon blanc. Elle sentait sur elle ses mains chaudes et gantées de blanc. Elle sentait le devant de sa chemise immaculée. L'homme dansait avec puissance, en suivant parfaitement le rythme de la musique, et elle était obligée de le suivre là où il l'entraînait.

Elle essaya de distinguer le visage de l'homme, mais, bien qu'ils fussent tout près l'un de l'autre, elle ne voyait que des yeux sombres estompés et une bouche au large sourire. C'était comme si elle essayait de le voir à travers une vitre maculée de vaseline.

— Arrêtez-vous, essaya-t-elle de dire, comme il tournait autour de la salle pour la seconde fois.

Sa voix lui parut terne et assourdie, et elle ne fut pas certaine d'avoir réellement parlé.

Mais l'homme ne s'arrêta pas, et il ne lui répondit pas non plus. Il continua de danser sur ce satané Strauss, et les gens les regardaient tandis qu'ils tournaient et virevoltaient.

Il lui sembla entendre des grognements sourds émanant de l'assistance, mais cela ne ressemblait pas du tout à des voix humaines. Il aurait pu s'agir de porcs et d'ânesses en habits à queue et robes du soir. Cela lui rappela le monde cauchemardesque d'une comptine : les animaux portaient des vêtements et des chapeaux et regardaient avec mépris leurs inférieurs humains à travers des monocles, même s'ils étaient toujours aussi bestiaux et dangereux sous leurs atours.

— Arrêtez-vous, vous me faites mal ! supplia Effie.

Mais l'homme continua de la faire évoluer, avec ce même rythme irrésistible, et ce sourire distendu, presque celui d'un dément. Pire, il lui faisait vraiment mal. Il lui écrasait les doigts avec sa main droite, tandis que sa main gauche semblait lui labourer le dos. Effie souffrait également d'un vif picotement dans la plante des pieds. Elle tenta de s'arrêter et de se dégager, mais elle en fut incapable — non seulement parce qu'elle n'était pas assez forte, mais aussi parce qu'elle était entraînée par cette valse, tout autant que son cavalier. Elle avait l'impression de danser sur des couteaux de cuisine affilés, et, à chaque pas, elle crispait les muscles de ses mollets par réaction contre la douleur qui l'attendait. Pourtant, de façon insensée, elle continua de danser, bien qu'elle crût sentir du sang sur ses chevilles.

— *J'ai parié avec eux que vous valseriez pour moi,* dit l'homme d'une voix caverneuse, difficile à capter.

— Comment ? Qu'avez-vous dit ? s'exclama Effie.

— *J'ai parié avec eux que vous valseriez pour moi, nu-pieds, sur des éclats de verre.*

— Comment ? Que voulez-vous dire ? De quoi parlez-vous ?

— *J'ai dit que vous feriez n'importe quoi pour moi... et l'un d'eux a affirmé que vous n'iriez pas jusqu'à danser, nu-pieds, sur des éclats de verre. Et vous voilà, ma chère. Vous voilà* !

— Comment ? cria Effie.

Mais l'homme ne se répéta pas. Il l'entraîna de nouveau et se mit à rire. Les gens dans la salle de bal rirent à leur tour, ou plutôt émirent cet horrible grognement bestial. L'homme se tourna vers eux et leva la main en un geste de triomphe. Alors qu'il répondait aux applaudissements de ses admirateurs, la valse hésita un instant. Effie parvint finalement à se dégager de l'étreinte de l'homme. Lorsqu'elle s'arrêta de danser, la musique s'arrêta également, se désintégrant en des couinements dissonants, des grincements et des roulements de tambour spasmodiques. Les lumières baissèrent dans toute la salle. Bientôt, elles ne dispensaient plus qu'une petite lueur tremblotante. L'homme se tenait dans l'ombre, les bras le long du corps. Elle ne voyait pas son visage, mais elle se rendait compte, d'après la façon dont il rentrait la tête dans les épaules et serrait les poings, qu'il était furieux après elle. Pas simplement furieux. Il tremblait de rage.

Pour la première fois, elle baissa les yeux vers le parquet. Il était jonché de coupes à champagne brisées. Puis elle regarda ses pieds. Elle crut tout d'abord qu'elle portait des socquettes écarlates, puis elle se rendit compte que ses pieds étaient nus, et que les éclats de verre avaient tailladé ses talons et la plante de ses pieds. Le dessus de l'un de ses gros orteils avait été presque entièrement tranché et détaché, comme le dessus d'un œuf à la coque. Elle se sentit glacée sous l'effet du choc. Elle demeura immobile, tremblante, ne sachant que faire.

L'homme s'approcha d'elle. Il faisait trop sombre pour qu'elle puisse voir son visage. D'ailleurs, elle n'avait aucune envie de le voir.

— *J'ai parié avec eux que vous accepteriez avec joie de valser pour moi. Le Beau Danube bleu, nu-pieds, sur des éclats de verre. Regardez le nombre de coupes que j'ai brisées pour vous, et toutes étaient du plus beau cristal de France.*

Il avança la main gauche, le pouce et l'index écartés, comme s'il voulait lui relever le menton, afin qu'elle soit obligée de le regarder. Mais Effie lui mordit l'index, avec force. Elle l'entendit pousser un hurlement de douleur et de rage.

Elle recula. Au même moment, elle ressentit un extraordinaire mouvement de torsion, comme si quelqu'un la poussait trop vite à travers une porte à tambour. Elle trébucha et leva les mains pour protéger son visage si jamais elle tombait, puis elle s'aperçut qu'elle était à l'extérieur de la salle de bal, au grand jour. Pepper se trouvait à deux ou trois mètres d'elle et se penchait pour ramasser sa baguette de coudrier.

— Je... commença Effie.

Mais elle ne parvint pas à trouver les mots. Elle regarda fixement vers la salle de bal avec un mélange de peur et de stupeur. Durant une fraction de seconde, elle eut l'impression de savoir exactement ce qu'était la folie.

— Qu'y a-t-il ? lui demanda Pepper.

Elle avait enveloppé sa baguette dans un foulard jaune du Népal, afin de l'isoler de toute vibration psychique.

— J'ai cru que je... dansais, murmura Effie.

— Vous n'avez pas bougé d'ici, dit Pepper d'un air perplexe.

— Non, non. J'étais dans la salle de bal, elle était pleine de gens en tenues de soirée, et je dansais.

Pepper s'approcha et la dévisagea. Ses yeux argentés

regardaient vivement d'un côté et de l'autre, tel un poisson inquiet, à la recherche d'indices.

— Ce n'est pas une plaisanterie, hein ? fit-elle. Vous dites la vérité ?

L'assurance d'Effie commença à fondre, et ses yeux se remplirent brusquement de larmes.

— J'ai ouvert la porte, et j'étais là-bas, au milieu de la salle de bal. Je dansais avec cet homme brun de haute taille. La salle était remplie de gens, je le jure ! Je les entendais. Je les voyais. Et l'orchestre jouait *Le Beau Danube bleu*.

Pepper prit ses mains.

— Avez-vous vu leurs visages ? Les avez-vous reconnus ?

Effie secoua la tête d'un air pitoyable.

— J'ai trouvé qu'ils ressemblaient à des animaux en grande toilette. Ils poussaient des grognements. C'était horrible.

— Seigneur, vous êtes sensible, pas de doute ! s'exclama Pepper. Vous êtes tellement sensible que vous n'avez même pas besoin d'une baguette de coudrier !

— Mais c'était tellement horrible ! J'ai senti une douleur dans mes pieds. J'ai baissé les yeux et j'ai vu que je ne portais pas de chaussures... Je dansais sur des éclats de verre ! Il y avait tellement de sang ! Et l'homme a dit... l'homme a dit...

— Allons, calmez-vous, ma chérie, dit Pepper en essuyant ses larmes. Rien de tout ça n'était réel.

Effie déglutit, puis elle ajouta :

— Il a dit qu'il avait parié avec eux que je danserais pour lui, que j'accepterais avec joie de danser sur des éclats de verre.

Pepper demeura silencieuse un moment. Elle serra Effie contre elle, la faisant taire et lui donnant de petites tapes dans le dos. Puis Effie se dégagea de son étreinte.

— Qu'est-ce que c'était ? demanda-t-elle. Comment une chose pareille a-t-elle pu se produire ?

— Je vous l'ai dit. C'est une vibration psychique. Je l'ai sentie, mais vous, vous l'avez également vue. Et vous en avez fait partie. Vous êtes certainement très sensible, Effie, et les vibrations, dans cette maison, sont extrêmement puissantes. Je n'ai jamais rencontré une telle puissance.

Elle se pencha prudemment vers la porte ouverte de la salle de bal et renifla.

— Bon sang, on peut même la sentir. Comme une odeur de parfum et d'orage, le tout mélangé.

— Qu'allons-nous faire ? Il m'est absolument impossible de vivre ici si ce genre de chose m'arrive continuellement. Je deviendrais folle !

— La première chose que nous pouvons faire, c'est nous trouver un petit remontant, proposa Pepper. Après cela, je ferais mieux de songer à une purification psychique complète... étage par étage, chambre après chambre. Ce sera difficile, et ce pourrait être très dangereux également.

— C'est comme un exorcisme ?

— Laissez-moi vous expliquer. Un exorcisme est censé renvoyer des démons en enfer, ou permettre à des esprits tourmentés de rejoindre leurs proches au ciel. Mais les exorcismes n'ont aucun effet parce que vous ne pouvez pas exorciser quelque chose qui n'existe pas. Vous avez déjà vu un démon ? Vous connaissez quelqu'un qui a vu un démon ?

« Non, une purification psychique est totalement différente parce que les vibrations psychiques proviennent de personnes qui ont vécu ici. Vous ne pouvez les renvoyer nulle part, ni au ciel ni en enfer, d'abord parce que de tels endroits n'existent pas, et aussi parce que ces personnes font partie de cette maison. Elles n'ont pas simplement vécu ici hier, elles vivent ici maintenant, et elles vivront ici demain... comme vous le ferez, vous aussi. La Bible avait raison sur un point : les gens sont immortels. Ils sont toujours en train de naître, en train de grandir, en train de vieillir. Le temps n'est pas un ruban qui s'étend à l'infini. Le temps est une succession d'endroits. Comme si on allait d'une maison à une autre, d'une rue à une autre.

— Mais si ces personnes font partie de cette maison, comment pouvons-nous nous débarrasser d'elles ?

Pepper se frotta le front du dos de la main. Elle semblait très fatiguée.

— Nous ne nous débarrasserons pas d'elles. Nous

allons trouver un moyen pour les remettre à leur place. Bon, fichons le camp d'ici.

Effie lança un dernier regard craintif vers la salle de bal, puis elle commença à suivre Pepper dans le couloir. Elle ressentit immédiatement une vive douleur dans les pieds, et elle se figea sur place, horrifiée.

— Pepper ! appela-t-elle. Pepper ! Mes pieds !

Elle portait toujours ses espadrilles blanches à semelles de corde. Mais la toile était imbibée de sang rouge foncé, et il y avait des éclaboussures de sang sur ses chevilles.

Elle eut très chaud, puis très froid, et elle fut prise de vertiges. Elle s'appuya contre le mur, mais elle eut la certitude qu'elle allait s'évanouir. Pepper accourut dans un bruit de colliers et de clochettes qui s'entrechoquaient, et elle soutint Effie.

— Mes pieds, gémit Effie. Oh, mon Dieu, Pepper, mes pieds !

Elle n'arrêtait pas de penser à son gros orteil, et à la façon dont le dessus avait été presque entièrement tranché.

— Asseyez-vous. Asseyez-vous tout de suite. Je vais aller à la voiture et demander de l'aide. Surtout n'essayez pas de retirer vos espadrilles.

Effie s'assit par terre, maladroitement mais précautionneusement.

— Ça ira. Ce n'est rien.

Mais lorsque Pepper partit en courant pour appeler une ambulance, des larmes commencèrent à couler sur ses joues, puis elle sanglota, les poings serrés, jusqu'à ce qu'elle ait l'impression qu'elle allait se casser en deux. Elle ne pouvait penser qu'à la douleur dans ses pieds, et à cette valse terrifiante, et à Craig qui la traitait de pute chaque fois qu'ils faisaient l'amour, et à son effroyable et incompréhensible obsession de Walhalla.

Ses pieds saignaient dans ses espadrilles ; elle sentait l'humidité se répandre entre ses orteils. Elle appuya sa tête contre le mur et sanglota jusqu'à épuisement.

Ce fut seulement lorsqu'elle entendit Pepper revenir en toute hâte qu'elle comprit la signification de ses sanglots. Elle avait pleuré comme la femme dans la chambre à la moquette bleue. Le même désespoir, la même tristesse inconsolable. Elle se mordit le tranchant de la main pour arrêter ses larmes. Elle était blessée, choquée, mais elle allait réagir. Elle ne perdrait pas la raison. Elle ne ferait jamais partie de cet univers, elle repousserait ces vibrations psychiques, ces phénomènes de hantise.

Pepper s'accroupit à côté d'elle.

— J'ai appelé une ambulance. Ils ne mettront pas trop longtemps. Ils ont dit que vous gardiez vos espadrilles, pour le moment.

Effie esquissa un sourire.

— Ça va. Vraiment, tout va bien.

— Je crois que j'ai commis une légère erreur, reconnut Pepper. C'est réel, hein, cette vibration psychique ? Elle nous envahit physiquement ! (Elle prit la main d'Effie et la serra.) Vous devriez éviter Walhalla, Effie. A tout prix. J'ai toujours pensé que cette maison avait quelque chose de néfaste, mais ça... bon Dieu !

— Ne vous inquiétez pas, lui dit Effie. J'ai pris une décision. Craig peut acheter Walhalla s'il en a envie, mais pas avec mon argent, et je n'habiterai jamais ici. Il peut faire une croix là-dessus !

— Vous parlez sérieusement ?

Effie ne répondit pas. Elle appuya sa tête contre le mur et demeura immobile, préservant son énergie toute récente. Quelques instants plus tard, elle entendit la sirène d'une ambulance qui résonnait plaintivement à travers les courts de tennis à l'abandon.

Mercredi 30 juin, 22 h 18

Il entra en trombe dans la chambre comme si des démons étaient à ses trousses.

— Effie ! Bon Dieu ! Que s'est-il passé ?

Elle était allongée sur le lit avec une pile de revues que Wendy O'Brien, la propriétaire de la pension Pig Hill, lui avait apportées : *Vanity Fair*, *Architectural Digest* et *Vogue*. Sur la table de nuit, il y avait un plateau garni de chocolat chaud et de cookies. Effie s'était lavé les cheveux et avait noué une serviette de bain autour de sa tête. Ses pieds étaient enveloppés de bandages. Elle était très pâle, aussi pâle qu'une bougie, mais elle se sentait très calme, et cela se voyait.

— Je te l'ai dit, répondit-elle en esquissant un sourire. Je me suis coupée aux pieds en marchant sur des éclats de verre.

Il s'assit au bord du lit. Il tenait un bouquet de roses jaunes comme si c'était une arme.

— Quels éclats de verre ? Ici, à la pension ? Je vais leur intenter un procès !

— Je suis allée à Walhalla avec Pepper Moriarty. Il y avait des éclats de verre dans la salle de bal.

— Je ne comprends pas. Pourquoi as-tu fait cela ?

— Pepper est sensible aux influences psychiques, Craig. Je voulais découvrir ce qui se passe là-bas. Je voulais exorciser la maison, la purifier. Il y a quelque chose qui ne va pas du tout à Walhalla, Craig, quelque chose de tout à fait anormal, crois-moi.

— Bien sûr qu'il y a quelque chose qui ne va pas ! Il faut poser une nouvelle toiture. Les planchers sont complètement pourris. Toutes les fenêtres sont brisées. Mais quelle idée d'emmener là-bas une fêlée comme Pepper Moriarty et d'essayer de jouer les exorcistes... allons, Effie. Un peu de sérieux ! Nous sommes au vingtième siècle, pas au Moyen Age.

— Je n'en suis pas aussi sûre, répondit Effie.

Elle parvint à regarder Craig tout à fait fermement et posément. Il s'ensuivit un long silence. Maintenant, elle savait qu'ils n'étaient plus des partenaires mais des adversaires.

— Et comment t'es-tu blessée aux pieds ? Tu ne portais pas de chaussures ?

— Bien sûr que si. Dans les années mille neuf cent quatre-vingt-dix.

— Qu'est-ce que cela veut dire ?

— Je ne sais pas très bien. Je pense que cela veut dire que je me suis blessée aux pieds à une autre époque, lorsque je ne portais pas de chaussures.

— Je ne comprends toujours pas ce que tu veux dire. A une autre époque ? Quand ? Explique-toi !

— Pourquoi es-tu aussi impatient avec moi ? Pourquoi essaies-tu continuellement d'insinuer que je dis des bêtises ? Je me suis blessée alors que je dansais nu-pieds dans la salle de bal, avec un homme en tenue de soirée. La pièce était remplie de gens et on jouait *Le Beau Danube bleu*.

— Qui jouait ? Les gens ?

— L'orchestre. C'était un bal.

Craig se frappa le front de la paume.

— Effie... j'ignore ce que cette Pepper Moriarty t'a raconté, mais j'en ai plein les bottes ! Steven a été assassiné. On lui a tranché la gorge, d'une oreille à l'autre. Je suis bouleversé. Atterré. Je pleure un ami, est-ce que tu peux comprendre cela ? Et tu te blesses aux pieds parce que tu n'as pas eu le bon sens de mettre des chaussures. En plus, tu mets ça sur le compte de je ne sais quelle chimère ! Des histoires de médium à la con ! Et merde !

— Je suis vraiment désolée pour Steven.

— Oui, eh bien, moi aussi. Et je le suis encore plus pour Margo. C'est déjà moche que votre mari soit assassiné, mais quand, en plus, il est assassiné chez une prostituée !...

— J'ai dit que j'étais désolée. Mais cela ne change en rien ce qui s'est passé. Je te demande de me croire, Craig. J'ai vraiment besoin que tu me croies.

Il sourit brusquement, haussa les épaules, et son expression changea.

— Bon, écoute... je ne voulais pas être aussi agressif. Je suis bouleversé par la mort de Steven, c'est tout.

Elle lui prit la main.

— Moi aussi. Peu importe la façon dont il est mort, et peu importe le fait que je ne l'aimais pas particulièrement. Je préférerais qu'il soit toujours en vie.

Elle fit tourner son alliance autour de son doigt.

— Je veux juste que tu fasses quelque chose pour moi.

— Oui. Quoi ?

— Je veux que tu ailles à Walhalla avec Pepper Moriarty, afin qu'elle te montre à quoi ça ressemble vraiment. Je veux que tu éprouves ces vibrations psychiques, toi aussi.

— Dans quel but ?

Elle serra sa main avec force.

— Dans le but de ne pas acheter Walhalla. Craig, je ne veux pas de cette maison.

— Hé... j'ai déjà versé la caution. Nous nous sommes mis d'accord sur un prix.

Elle fut stupéfaite.

— Quoi ? Quand ?

— J'ai appelé Walter Van Buren de mon bureau. Il a dit que Fulloni & Jahn étaient prêts à accepter 2,5. J'ai dit 2 ou rien du tout, et ils ont capitulé. Ecoute, qu'est-ce que je pouvais faire ? Je t'ai téléphoné pour en discuter avec toi, mais tu étais sortie. Ils sont en train de préparer les papiers.

— Tu as versé une caution sans me demander mon avis ?

Effie avait l'impression d'avoir été brusquement plongée dans une baignoire remplie d'eau glacée.

Craig lui fit une grimace de petit garçon.

— J'étais obligé. Fulloni & Jahn avaient dit que, pour ce prix, il leur fallait une réponse immédiate. Que pouvais-je faire d'autre ?

— Tu pouvais dire non, répliqua Effie d'une voix stridente.

Maintenant, elle tremblait vraiment.

— Je ne pouvais pas.

— Pourquoi pas ? cria-t-elle. Je déteste cette maison ! Je n'en veux pas ! Elle me terrifie, et je n'y remettrai plus jamais les pieds !

Elle s'interrompit pour reprendre son souffle. Ses yeux étaient remplis de larmes, et des petites taches de sang commençaient à apparaître à travers les bandages, autour de ses pieds.

— Tu as accepté de verser deux millions de dollars pour cette maison ? Deux millions de dollars, c'est plus que tout ce que nous possédons !

— Nous nous débrouillerons, dit-il. Tu sais que nous pouvons y arriver. Lorsque j'aurai vendu mes parts du cabinet...

— A qui ? Steven ne peut pas racheter tes parts... il est mort ! Comment peux-tu vendre un cabinet d'avocats qui n'a plus d'avocats ?

— Nous nous débrouillerons, répéta-t-il d'un ton obstiné.

Il regardait fixement le mannequin sur la couverture de *Vogue* comme s'il avait eu une folle envie de le tuer.

— Je peux me faire beaucoup d'argent ici et là... tu verras.

Effie le considéra un long moment. Elle ne savait pas si elle le haïssait ou si elle le plaignait. Elle maudissait ces voyous qui l'avaient frappé avec un marteau, mais il était trop tard pour ça.

— Ecoute-moi bien, Craig. La moitié de ce que nous possédons est à moi, et tu ne peux pas y toucher sans mon autorisation. Téléphone à Walter Van Buren demain matin à la première heure, et dis-lui que tu t'es trompé.

— Norman a déjà commandé les tuiles pour le toit, et des solives pour un montant de cinq mille dollars.

— Alors dis-lui de les décommander, bordel de merde ! hurla Effie.

Craig s'écarta un tout petit peu. Puis il sourit. Pour Effie, c'était la chose la plus terrifiante qu'il aurait pu faire, parce que ce sourire signifiait que, même si elle protestait de toutes ses forces, il était absolument convaincu qu'il arriverait à ses fins.

Cette nuit-là, alors qu'elle dormait, assommée par les somnifères, il retroussa sa chemise de nuit, lui écarta les cuisses et la pénétra. Il la réveilla lorsqu'il se mit à donner des coups de boutoir, mais elle ne bougea pas. Elle demeura les yeux fermés, inerte et passive, parce qu'elle ne voulait pas qu'il pense qu'elle avait besoin de lui, ou qu'elle avait envie de lui. Elle avait conscience de chacun de ses grognements, et, lorsqu'il finit par éjaculer, elle sentit son sperme s'écouler d'elle. Mais elle continua de faire semblant de dormir. Elle dormait presque ; elle passait continuellement par des états de rêve, d'inconscience, d'éveil et de douleur. Mais elle ne voulait pas lui montrer qu'il l'avait excitée.

Elle se tourna sur le côté et l'écouta ronfler. C'était étrange, mais elle était certaine qu'il avait une odeur différente. Ce n'était pas une question de déodorant ou de lotion après-rasage. C'était une odeur corporelle différente. Légèrement plus huileuse. Sa peau lui avait paru différente, également. Plus douce... et plus huileuse, elle aussi.

Il y avait autre chose, aussi. Elle était certaine d'avoir senti deux testicules ballotter contre elle tandis qu'il lui faisait l'amour. Il n'avait pas pu subir une intervention chirurgicale et se faire poser une prothèse durant les deux jours qu'il avait passés à New York : la plaie ne se serait pas déjà cicatrisée, et il le lui aurait certainement dit. Elle avait dû se tromper. Elle essaya de dormir mais elle n'arrêtait pas de penser à la salle de bal, lorsqu'elle avait dansé sur des coupes à champagne brisées, et à l'homme au visage flou. Elle était toujours blottie sous les couvertures, les yeux grands ouverts, tandis que le soleil se levait derrière les rideaux à fleurs et que les oiseaux commençaient à gazouiller. Ses pieds lui causaient des élancements, ses pensées tourbillonnaient, et le sperme non désiré d'un mari qu'elle ne comprenait plus s'écoulait, froid, contre sa cuisse.

Jeudi 8 juillet, 11 h 49

Elle ouvrit la porte. C'était Pepper et Norman. Pepper portait une blouse genre cosaque, jaune et orange, et tenait dans ses mains un énorme bouquet de chrysanthèmes jaune vif. Norman avait l'air très pâle ; son jean et son blouson étaient couverts d'une pellicule blanche.

— J'ai chargé des sacs de plâtre, expliqua-t-il.

Il entreprit d'épousseter de la main ses épaules et ses manches, disparaissant presque dans des nuages de poussière.

— Entrez, je vous en prie, leur dit Effie.

Elle avait passé huit jours avec sa mère et sa tante Rhoda, dans la maison de sa tante, à Carmel. C'était une petite maison peinte en blanc extrêmement paisible, dominant une route de campagne à forte pente. La nuit, Effie sentait l'odeur des bois et voyait des étoiles filantes. Il n'y avait pas assez de place pour qu'elle puisse rester très longtemps. La maison ne comportait que deux chambres à coucher, et toutes les pièces étaient encombrées de meubles, tout ce que sa mère avait apporté lorsque son père était mort : des tables gigognes, des pendules, des fauteuils, des bibelots, des étagères et des statuettes. Mais Effie avait constaté que c'était l'endroit idéal pour se remettre de ses mésaventures à Walhalla...

— Ma camionnette fait de l'anémie, déclara Pepper. Mais j'ai persuadé Norman de me conduire jusqu'ici. Je commence d'ailleurs à le regretter : il conduit comme Ben Hur bourré de Prozac !

— S'il y a une chose que vous ne devez jamais attendre de la part de vos parents, c'est bien la gratitude, répliqua Norman. Vous, vous devez toujours être reconnaissant. Vos parents, jamais !

Effie, qui boitillait encore un peu dans les pantoufles de sa mère, les emmena dans le séjour. La mère d'Effie était assise devant la fenêtre et lisait, un chat sur les genoux. Elle ressemblait beaucoup à Effie : un corps svelte, des traits légèrement italiens. Ses cheveux grisonnants, coiffés en arrière, étaient maintenus par un peigne en nacre. Dès que son chat aperçut Pepper, il sauta de ses genoux, trottina sur la moquette et vint se frotter contre la jambe de Pepper. Pepper le caressa et le gratta sous le menton, et il la suivit de si près qu'il faillit la faire trébucher.

— Vous avez le chic avec les chats, sourit la mère d'Effie. D'habitude, celui-ci se cache lorsqu'il voit des gens qu'il ne connaît pas.

— Il sent la sorcellerie sur moi, dit Pepper.

— Je crois que c'est plutôt le poisson que tu as préparé, intervint Norman.

— Je suis Sarah, la mère d'Effie. Vous tenez cette boutique de produits naturels, n'est-ce pas, à Cold Spring ? Un jour, j'ai acheté l'un de vos remèdes, pour me redonner des forces.

— Oh oui, fit Pepper. Racine de pivoine, graines de pivoine, muscade et sucre en poudre. Cela vous a fait de l'effet ?

— Absolument ! J'étais stupéfaite que ça ait si bien marché.

Norman dit à Effie, comme s'il venait de se souvenir d'un message qu'il était chargé de lui transmettre :

— Nous sommes prêts à attaquer la toiture. J'ai pensé que vous aimeriez le savoir.

— Je le sais déjà, répondit Effie. Craig m'a téléphoné hier.

— Dès que la vente sera conclue, ajouta Norman. J'avoue que je suis très impatient de commencer !

— Ne comptez pas trop là-dessus, répliqua Effie.

— Ecoutez, dit Norman, je sais que Walhalla vous donne la chair de poule. Je sais que vous n'aimez pas son atmosphère et tout ça. Mais vous devez reconnaître que c'est une sacrée maison, quand même ! Et lorsque nous l'aurons restaurée, elle ne sera plus lugubre. Bon sang, c'est une sacrée maison !

— Oui, Norman. C'est une sacrée maison.

Norman se promena dans le séjour un moment, mangea une douzaine de biscuits à la cannelle, puis il s'en alla brusquement. Il dit qu'il allait faire un saut à la quincaillerie Jack Register située à la sortie de Carmel, parce que c'était le seul endroit dans la vallée de l'Hudson où l'on trouvait des paumelles et des ferrures pour portes de granges, comme autrefois.

La mère d'Effie prépara du thé, puis elles s'assirent et discutèrent.

— Je ne suis pas venue ici pour vous importuner, Effie, mais je crois savoir ce qui se passe, annonça Pepper.

Elle tira de son sac un livre à la jaquette grisâtre et aux pages cornées.

— J'ai raconté à l'un de mes amis ce qui vous était arrivé à Walhalla, et il m'a donné ceci. *Les Vies coïncidentes*, de Kenneth Weatherfield, publié par Wehman Bros., New York.

Elle tendit le livre à Effie et dit :

— Page 108. Il y a un signet.

Tout d'abord, Effie montra quelque répugnance à lire le passage en question. Elle n'avait pas du tout envie qu'on lui remette en mémoire ce qui s'était passé dans la salle de bal à Walhalla : le grognement bestial des invités, la musique dissonante, les éclats de verre... Mais Pepper insista :

— Lisez, je vous en prie. C'est très important.

Finalement, Effie s'exécuta.

— « Nous disposons de preuves scientifiques indiscutables qui démontrent que les "fantômes" tels que les gens les imaginent généralement (à savoir, les ombres inquiètes des morts) ne peuvent pas exister, sauf sous la forme d'hallucinations ou de visions qui sont le fait d'une imagination perturbée. La démonstration la plus convaincante dans ce domaine a été la série de tests effectuée par Herzberg entre

1965 et 1968 dans des maisons censément "hantées", situées dans le Upper West Side de New York, ainsi que les expériences de Bright-Williams dans l'East End de Londres, au début des années soixante-dix, avant la démolition des taudis de Hoxton et de Whitechapel. Ces tests ont prouvé qu'il n'y avait pas de manifestations externes, qu'elles soient matérielles, visuelles, électriques, chimiques ou tactiles. Cependant, plusieurs cas, soigneusement étudiés, semblent montrer que deux vies appartenant à des périodes différentes sont devenues coïncidentes. Ce phénomène est souvent appelé par erreur "régression"... un état dans lequel une personne, homme ou femme, croit se souvenir d'une vie passée, au cours de laquelle elle aurait été un paysan du Moyen Age, par exemple, ou un personnage historique très connu. En utilisant les mêmes preuves établissant que les fantômes n'existent pas, nous sommes en mesure d'expliquer que la "régression" est également une idée fausse.

« Parallèlement à cela, il est possible de démontrer par des moyens relativement directs que ce n'est pas le temps qui avance minute après minute, mais uniquement la perception que nous avons du temps. Les événements de ce que nous considérons être "le passé" et les événements de ce que nous considérons être "le futur" coïncident avec les événements de ce que nous considérons être "maintenant". L'histoire ressemble à une maison comportant un nombre infini de pièces que nous traversons au cours d'une visite non guidée. Ce n'est pas parce que nous sommes allés d'une pièce à une autre que cela signifie que la pièce précédente cesse d'exister, même si nous n'avons pas la possibilité d'y retourner.

« Il y a des sites précis où les événements chronologiques sont à peine séparés, et où "le passé", "le présent" et même "le futur" se jouent à la vue les uns des autres, comme des drames représentés derrière des rideaux de tulle. En de tels sites, des personnalités dominantes appartenant à des temps différents peuvent parfois partager les mêmes pensées, les mêmes préoccupations, et même (dans au moins trois cas parfaitement authentifiés) les mêmes corps matériels.

« En 1983, à Antlers, dans le comté de Pushmataha, Oklahoma, un garagiste du nom de Roger Freeman était en proie à des hallucinations continuelles : il était un fermier de l'ouest des Etats-Unis appelé George Poltuk. Freeman gagnait bien sa vie et menait une existence familiale tout à fait normale. Pourtant, une nuit, il se réveilla brusquement et assassina toute sa famille, sa femme et ses trois filles, en leur enfonçant un tournevis dans les yeux. Lors de son procès, il affirma qu'il était George Poltuk et qu'il avait préféré tuer les siens plutôt que de les voir mourir de faim. On lui demanda à plusieurs reprises comment il s'appelait, et chaque fois il répondit "George Poltuk". Lorsqu'on lui demanda sa date de naissance, il répondit "17 avril 1901", et affirma qu'il aurait trente-trois ans dans trois jours. Les registres du comté montrèrent qu'un fermier du nom de George Poltuk avait assassiné toute sa famille le 14 avril 1935, après qu'une tempête de poussière eut dévasté ses récoltes, alors que son exploitation agricole était déjà en difficulté.

« On n'a trouvé aucune preuve permettant d'établir que Roger Freeman aurait pu avoir connaissance des meurtres commis par George Poltuk. Pourtant, il donna des détails précis et complets sur la famille Poltuk. Il fut même en mesure de dire au juge quel était le programme diffusé à la radio le soir où les meurtres avaient été commis. »

Effie tendit le livre à sa mère.

— Vous pensez que c'est ce qui m'est arrivé ? demanda-t-elle à Pepper.

— Vos pieds étaient tailladés. Et pourtant, vous n'aviez même pas retiré vos chaussures ! Les médecins ont-ils pu expliquer cela ?

Effie eut l'air embarrassée.

— Je ne leur ai pas dit. J'ai prétendu que j'étais nu-pieds, et que c'était un accident.

— Pourquoi ne pas leur avoir dit la vérité ?

— Parce qu'ils ne m'auraient pas crue ! Je n'avais pas envie qu'on me garde à l'hôpital pour me faire passer des examens psychiatriques. Les points de suture m'ont suffi.

— Mais ils auraient peut-être été en mesure de vous donner une explication.

— Je ne pense pas. Le médecin qui m'a soignée n'avait pas l'air de croire beaucoup à mon histoire « d'accident ». Alors les... comment avez-vous dit ? « vies coïncidentes »... vous pensez !

— Pourtant, c'est bien l'expérience que vous avez faite, lorsque vous dansiez dans cette salle de bal. Vous ne viviez pas votre vie, mais celle de quelqu'un d'autre, d'une femme qui a habité Walhalla autrefois. Durant ces quelques instants, vous étiez elle. Toutes les deux, vous avez vécu des vies coïncidentes.

— Comment est-ce possible ? demanda Sarah. Effie est énergique. Elle l'a toujours été. Comme son père.

— Elle est énergique, bien sûr, reconnut Pepper, en prenant la main d'Effie. Mais elle est également sensible... sensible psychiquement.

— Qu'est-ce que cela veut dire ?

— Cela veut dire qu'elle est très réceptive aux vibrations psychiques, à l'aura d'autres personnes.

— Je ne voudrais pas me montrer grossière, mais j'estime que toutes ces histoires sont des foutaises !

Pepper ne se démonta pas pour autant.

— Vous ne devriez pas, madame Donato, parce que vous êtes sensible, vous aussi. Pas aussi sensible qu'Effie, mais je perçois une quantité considérable d'électricité statique psychique, même d'ici. Elle crépite ! Vous n'avez jamais utilisé votre sensibilité, parce que vous n'y croyez pas, mais elle existe. Si vous étiez venue à Walhalla avec moi, à la place d'Effie, je suis sûre que vous vous seriez blessée aux pieds, vous aussi. Vous auriez saigné, comme elle.

— Alors... d'après vous, que se passe-t-il exactement, là-bas ?

— Je n'en suis pas tout à fait sûre. Mais quelqu'un à la personnalité très forte a habité Walhalla... pas simplement Jack Belias, qui l'a fait construire, mais une femme, également. Vous avez dit qu'Effie était énergique, mais elle est également très souple, très accommodante. Elle a soutenu Craig à fond quand il construisait sa carrière d'avocat, elle l'a aidé lorsqu'il a été blessé. Elle déteste Walhalla, mais elle voit bien que Craig désire ardemment l'acheter, et si cela peut le rendre heureux... ma foi, elle acceptera cela comme le reste.

« Mais cette femme qui vivait, ou *vit*, à Walhalla, elle a une personnalité très affirmée qui peut traverser des décennies. Réfléchissez un peu. Lorsque Effie dansait, elle est devenue cette femme, et non l'inverse. C'est l'indication évidente d'une volonté très forte.

— Si elle avait une volonté aussi forte, pourquoi a-t-elle accepté de danser sur des éclats de verre ?

Pepper haussa les épaules.

— J'aimerais bien le savoir ! En fait, j'étais venue ici pour vous dire que Craig faisait activer la vente, selon toute apparence. Il a déjà demandé à Norman de lui recommander des couvreurs et des entreprises de dératisation. C'est une question plutôt embarrassante, Effie, mais... avez-vous l'intention de vivre là-bas avec lui ?

Sarah lança un regard inquiet à sa fille. La jeune femme hésita un moment, puis elle déclara :

— Je crois que je n'ai pas le choix. Je n'aime pas Walhalla, c'est vrai, mais je ne veux pas compromettre notre couple.

— A mon avis, lui dit sa mère, Craig se conduit comme un petit garçon égoïste. Il sait que tu détestes cette maison.

— Oui, bien sûr, mais... quand elle sera restaurée, j'arriverai peut-être à l'aimer. Le paysage est magnifique.

— Vous ne l'aimerez pas tant qu'elle n'aura pas été purifiée, dit Pepper. C'est pour cette raison que je vous ai demandé si vous aviez l'intention de vivre là-bas. Vous serez victime d'autres incidents psychiques, comme de vous blesser aux pieds et d'entendre cette femme pleurer, encore et encore. Cela n'aura rien d'amusant pour vous, et cela pourrait même être dangereux.

— Dangereux ? Jusqu'à quel point ?

— Vous avez vu vos pieds ? Bon. Supposons que cette femme se suicide ? Qu'elle se plonge un poignard dans le cœur, ou quelque chose comme ça ? Elle a peut-être une personnalité très forte, mais elle ne semble pas très équilibrée, d'accord ?

— Vous n'arrêtez pas de parler d'elle au présent.

— Bien sûr, parce qu'elle est toujours avec nous ; elle

est à Walhalla. Si vous envisagez sérieusement d'habiter là-bas, je dois retourner à Walhalla et achever ce que j'ai commencé la semaine dernière.

— La baguette de coudrier, et le sel ?

— Bien plus que cela, cette fois. Nous n'avons pas affaire à une petite perturbation agaçante, comme le lait qui tourne ou des miroirs embués par une haleine alors qu'il n'y a personne. C'est beaucoup, beaucoup plus fort que ça. C'est la perturbation psychique la plus forte que j'aie jamais connue !

— Est-ce que ce sera dangereux pour vous ? demanda Sarah.

— Je n'en sais rien. Ce ne sera pas facile, en tout cas !

— Vous ne devez pas prendre trop de risques pour moi, dit Effie.

— Je sais, sourit Pepper. En fait, je fais cela pour moi plus encore que pour vous. La soif de sensations fortes, vous comprenez ? J'adore Cold Spring mais ce n'est pas exactement le centre de l'univers.

— Quand voulez-vous faire cette... purification ? dit Effie.

— Le plus tôt possible. Mais je pense qu'il vaudrait mieux que vous ne veniez pas avec moi. C'est une chose que je préfère réaliser seule.

— Vous n'êtes pas obligée de faire ça, dit Effie. Je ne veux pas qu'il vous arrive quelque chose.

— Ne vous inquiétez pas. J'aurai mes fèves tonka, mon armoise et ma verveine. J'aurai de la mousse séchée qui a poussé sur le crâne d'un mort. J'aurai mes croix en or et mon ouanga.

— Un ouanga ? Qu'est-ce que c'est ?

Pepper glissa la main sous sa blouse et en tira une petite bourse en cuir rouge, retenue par un ruban jaune, qui avait été nichée au creux de ses seins.

— Vous brûlez des feuilles de balsamine et de tilleul, vous les réduisez en poudre et vous les mélangez avec du vin. Ensuite vous faites une croix avec une craie sur des feuilles de balsamine et de ricin. Vous mettez les cendres sur un petit morceau de cuir rouge, puis vous les recouvrez avec les feuilles, et vous recouvrez les feuilles avec un crucifix, une touffe de cheveux entourée d'un fil blanc, des rognures d'ongles, un morceau de tissu rouge et une pièce en cuivre... ainsi qu'une pièce en or ou en argent, si vous en avez. Ensuite vous attachez le tout avec un ruban de couleur vive, et c'est terminé. Vous avez le talisman porte-bonheur.

Sarah fit une grimace perplexe.

— C'est de la sorcellerie ?

Pepper secoua la tête.

— Vous ne sortez pas sous une pluie torrentielle sans un parapluie, n'est-ce pas ? Eh bien, on ne s'approche jamais d'une importante perturbation psychique sans un ouanga !

Tandis qu'ils rentraient à Cold Spring, Pepper demanda à Norman :

— Alors, et ces ferrures ou je ne sais quoi ? Tu as trouvé ce que tu voulais ?

— Pas de problème. Tout sera livré la semaine prochaine.

Norman mastiquait des chewing-gums parfumés à la pastèque et au citron vert, afin d'équilibrer les couleurs, mais les bulles qui apparaissaient de temps à autre entre les mèches épaisses de ses cheveux étaient kaki.

— Je préférerais que tu ne fasses pas ça, dit Pepper.

— C'est comme une thérapie. Restaurer Walhalla, c'est un travail sensationnel. Tu devrais être fière de moi.

— Je suis fière de toi. Mais je préférerais que tu cesses de faire ces bulles dégoûtantes.

— Qui m'a appris à faire ça ? Toi. Pourquoi les parents oublient-ils si vite qui ils ont été et ce qu'ils ont aimé ?

Pepper prit une petite boîte en fer-blanc et commença à se rouler un joint. Elle l'alluma, aspira profondément, et la lumière du soleil illumina la fumée.

— J'ai parlé de Walhalla à Jack Register, fit remarquer Norman. Je cherchais des solives incurvées pour réparer le plancher de la bibliothèque. Ce plancher est construit d'une façon très bizarre. Les traverses partent du centre vers l'extérieur, comme les rayons d'une roue de charrette, et les solives incurvées forment des cercles concentriques de plus en plus larges. C'est vraiment étrange. Je n'avais encore jamais vu un plancher construit de cette façon. Jack Register m'a dit que le seul autre plancher de ce genre qu'il connaissait se trouvait dans la Maison Benton, à Salt Point.

— La Maison Benton ? Elle est très connue. Ou tristement célèbre devrais-je dire !

— Je n'en ai jamais entendu parler ! Mais je pourrais peut-être aller là-bas et jeter un coup d'œil à ce plancher.

— La Maison Benton, c'est là où tous ces gens ont disparu au siècle dernier, en 1890 ou quelque chose comme ça.

— Quels gens ?

— Ils faisaient partie d'une sorte de secte religieuse très stricte. Ils portaient des vêtements noirs très austères et se couvraient toujours la tête. Les gens du pays pensaient qu'ils pratiquaient la magie noire ou un truc comme ça. En tout cas, autant que je me souvienne, une femme a disparu, et les gens du pays ont accusé la secte qui occupait la Maison Benton. Ils s'y sont présentés, mais les membres de la secte se sont barricadés à l'intérieur. Lorsque la foule furieuse a enfoncé la porte, tout le monde avait disparu. Il n'y avait pas de trappes, pas de passages secrets, rien. Pourtant, on n'a jamais revu les occupants de la Maison Benton.

— Hé, c'est bizarre !

— Oh, il y avait certainement un truc.

— En tout cas, j'irai là-bas pour voir comment ils ont fait ce plancher. D'après Jack Register, il a été construit techniquement comme une toile d'araignée.

— Tu devrais peut-être demander à une araignée comment elle fait ?

— Pas moi. Tu sais ce que je pense des araignées... Je suis terrorisé rien qu'à les imaginer !

Pepper rit et inclina sa tête en arrière. Le ouanga ballotta contre ses seins. Le talisman des talismans, pensa-t-elle. Elle espérait seulement que, lorsqu'elle retournerait à Walhalla, il serait assez puissant pour la protéger de la perturbation psychique la plus forte qu'elle eût jamais connue !

Lundi 12 juillet, 14 h 47

Les deux hommes aux complets chiffonnés et parfaitement inadaptés à la saison les attendaient lorsque Craig ramena Effie à la pension Pig Hill. L'un d'eux était noir, très grand, et devait peser plus de cent dix kilos. Ses cheveux étaient coupés si court que son cuir chevelu luisait au travers. L'autre avait un visage mince, grisâtre plutôt que blanc, un nez aux angles compliqués et des yeux aux paupières prononcées qui étaient aussi inexpressifs que ceux d'un lézard se chauffant au soleil.

— Monsieur Craig Bellman ? Lieutenant Hook, sergent Winstanley.

Craig ne leur serra pas la main.

— Vous avez fait vite. A la radio, on disait que la circulation était intense.

— Un emploi judicieux de la sirène, monsieur Bellman. Est-ce votre femme ?

— Oui, c'est ma femme. Je suis allé la chercher chez sa mère à Carmel. Ainsi que vous pouvez le voir, elle a eu un accident.

— Désolé de l'apprendre. Rien de grave, j'espère ?

— Je me suis blessée en marchant sur des éclats de verre, c'est tout, répondit Effie.

Ses pieds étaient toujours enveloppés de bandages et elle portait les mules de Craig, mais elle ne boitait plus.

— Il faut toujours regarder où l'on marche, fit remarquer le lieutenant Hook. Euh... y a-t-il un endroit où nous pourrions parler sans être dérangés ?

— Effie, ma chérie, si tu allais te reposer dans notre chambre ? proposa Craig. Ce ne sera pas très long, n'est-ce pas, lieutenant ?

— Je préfère rester, dit Effie.

— Vous le regretteriez certainement, fit le sergent Winstanley d'une voix plutôt lugubre. Nous devons parler en détail de six homicides pas très ragoûtants.

— J'ai l'estomac solide, sergent, lui dit Effie.

— Allons, tu n'as pas envie de rester, dit Craig en la prenant par le bras.

— Mais si ! s'obstina Effie.

Elle avait été piquée au vif lorsque Pepper avait dit qu'elle était « souple et accommodante », et elle voulait se prouver à elle-même qu'elle ne l'était pas.

Le lieutenant Hook haussa les épaules et dit :

— Pourquoi pas ? Elle pensera peut-être à quelque chose d'utile.

— Qui sait ? répliqua Effie. *Elle* le pourra peut-être.

Il faisait si chaud qu'ils s'installèrent dans le jardin. Les deux policiers ôtèrent leurs vestes et les accrochèrent à une branche d'arbre. Ils commandèrent du thé glacé pour quatre et des sandwichs-club pour deux (Hook et Winstanley n'avaient pas encore déjeuné). Craig avait posé sa main de façon possessive sur la cuisse d'Effie. Même avec sa chemise à manches courtes, il semblait avoir très chaud.

— Nous enquêtons sur le meurtre de votre associé, Mr. Steven Fisher, déclara le lieutenant Hook en ouvrant son carnet. Comme vous le savez probablement, on lui a tranché la gorge, et la mort a été quasi instantanée. La jeune femme qui était avec lui, Miss Khrystyna Bielecka, est morte de la même façon, aussitôt après ou quelques instants plus tard. L'arme était un couteau à découper provenant du buffet de cuisine de Miss Bielecka.

« Le rapport du médecin légiste ne nous apprend pas grand-chose de plus. Nous avons relevé une ou deux empreintes, notamment sur le bouton d'appel de l'appartement de la jeune femme, et sur la poignée du tiroir du buffet. L'auteur des crimes était un homme, droitier et plutôt robuste. A en juger par l'angle des blessures, il mesurait probablement un mètre quatre-vingt-dix, un mètre quatre-vingt-douze. Les cheveux, fibres et empreintes de pas que nous avons trouvés étaient ceux des défunts, à l'exception de quelques-uns que nous avons identifiés, ce qui nous a permis de remonter jusqu'à trois des amis de Miss Bielecka, mais tous les trois avaient des alibis en béton.

« Néanmoins, nous nous fondons sur l'hypothèse que l'agresseur était connu ou bien de Miss Bielecka, ou bien de Mr. Fisher, ou encore des deux, parce qu'il n'y avait aucune trace d'effraction. Mr. Fisher et Miss Bielecka avaient eu des rapports sexuels peu de temps avant d'être tués, bien que Mr. Fisher n'ait pas réussi à éjaculer. Veuillez m'excuser, madame Bellman.

— Bien sûr, murmura Effie.

Le lieutenant Hook s'interrompit un moment et mordit dans son sandwich. Puis il dit :

— La seule preuve matérielle vraiment intéressante était ceci. On l'a trouvée sur le lit, entre les corps des victimes.

Il prit sa veste sur la branche d'arbre, glissa la main dans la poche et en tira une pochette en plastique transparent. Il la donna à Craig pour qu'il y jette un coup d'œil, et il l'observa avec ses yeux de lézard. Effie n'avait pas besoin que Craig lui tende la pochette. Elle voyait parfaitement ce qu'elle contenait : une carte à jouer, le neuf de carreau.

— Il y a des empreintes sur cette carte qui correspondent à celles qu'on a relevées sur le bouton d'appel. Pour une raison que nous ne comprenons pas pour le moment, l'auteur des crimes a laissé cette carte dans l'appartement. Ce pourrait être un message codé.

— Comment savez-vous qu'il a laissé cette carte dans l'appartement ? demanda Craig. Elle se trouvait peut-être déjà dans l'appartement. Elle était peut-être tombée par terre, et il l'a ramassée.

Le lieutenant Hook récupéra la pochette délicatement.

— Nous supposons qu'il l'a laissée là-bas, parce qu'il n'y avait pas d'autres cartes à jouer dans l'appartement. De plus, une carte identique a été trouvée sur le corps d'un chauffeur de taxi d'origine égyptienne, Mr. Zaghlul Fuad, lequel a été découvert dans son taxi, la gorge tranchée, à peine une heure plus tard. Un couteau différent, mais un agresseur droitier, très grand, qui a eu le sang-froid et la force nécessaires pour lui trancher la carotide d'un seul coup rapide, ce qui est très rare et très difficile.

— Des empreintes ?

— En partie maculées, mais identiques. Il est à peu près certain que Mr. Fuad a été tué par l'assassin de votre associé et de sa petite amie.

— Un tueur fou, hein ? fit Craig.

— C'est exact, monsieur Bellman. Un tueur fou. Et il ne s'est pas arrêté à Mr. Fuad. Un peu moins d'une heure plus tard, il a tué trois membres d'une bande qui écume le quartier des théâtres. Des Noirs, les Aktuz, c'est leur nom de guerre. Cette fois, il ne s'est pas servi d'un couteau. Il a utilisé un marteau de forgeron en fonte de huit livres, huilé, avec un manche en hickory de quatre-vingts centimètres de long. Samuel Joseph Carter, âgé de vingt-quatre ans, également connu sous le nom de Speed ou Le Prince. Malcolm Oral Deedes, âgé de vingt-deux ans, également connu sous le nom de Tyce. Et Susan Amelia Clay, âgée de dix-neuf ans, également connue sous le nom de Scuzz ou Suzi-Kue. Il a frappé ces gosses si violemment et tellement de fois que, sans leurs vêtements, personne n'aurait pu les identifier. Ils étaient en bouillie.

« Et, ô stupeur ! qu'avons-nous trouvé sur la coiffeuse de la loge où leurs corps avaient été découverts ? Le neuf de carreau, rien de moins !

Craig s'appuya au dossier de sa chaise.

— Le neuf de carreau. Vous avez une idée de ce que cela signifie ?

Le lieutenant Hook secoua la tête.

— Nous avons essayé toutes sortes de pistes. Nous avons interrogé des joueurs professionnels, des tireuses de cartes, nous avons même parlé à un sorcier vaudou dans la 116e Rue, le docteur Deadeye. Jusqu'ici, aucun résultat.

Effie fronça brusquement les sourcils.

— Le neuf de carreau ? Pourquoi est-ce que cela me rappelle quelque chose ?

— Vraiment ? Cela ne me dit rien, ma chérie, fit Craig.

— N'était-ce pas la carte que... ?

— Non, non, l'interrompit Craig. C'était le sept de carreau. Tu pourras vérifier.

— Vous voulez bien me dire à quoi vous pensiez, madame Bellman ? demanda le lieutenant Hook.

— Je ne crois pas que cela ait un rapport... mais il y avait un joueur dans les années vingt, Jack Belias. Nous sommes sur le point d'acheter sa maison. Il jouait contre le Syndicat Grec, vous en avez peut-être entendu parler ? Un jour, il jouait au baccara avec Nico Zographos, qui était l'un des principaux membres du syndicat, et il a failli le ruiner.

— Je ne comprends pas, avoua le lieutenant Hook.

Craig éclata de rire.

— Quand Effie raconte une histoire, personne ne comprend !

— Ecoutez la suite, s'obstina Effie. Nico Zographos s'en est finalement sorti grâce à une carte, le neuf de carreau.

— Le sept, l'interrompit Craig.

— Le neuf. Je suis sûre que c'était le neuf. En tout cas, Jack Belias fut tellement impressionné qu'il offrit à Nico Zographos une épingle de cravate ornée de neuf diamants.

— Sept, insista Craig.

— Neuf, je n'ai aucun doute là-dessus.

— Et si tu allais chercher le livre pour me prouver que je me trompe ? proposa Craig d'une voix rendue rauque par la contrariété.

Le lieutenant Hook ôta de sa lèvre un bout de cresson.

— Oui, tout à fait, madame Bellman. Cela pourrait nous aider. En ce moment, nous examinons tous les indices.

— Bon, entendu, répondit Effie.

Mais ce fut seulement lorsqu'elle se leva et qu'elle vit le regard de Craig qu'elle comprit les conséquences éventuelles de ce qu'elle s'apprêtait à faire. Et si Nico Zographos avait effectivement joué le neuf de carreau ? Elle était certaine qu'il l'avait fait, et elle savait aussi que Craig s'en souvenait. Alors pourquoi avait-il soutenu que c'était le sept de carreau ? Il n'avait aucune raison de dire cela. Sauf si...

— Je crois que j'ai rapporté le livre à la bibliothèque, dit-elle en se rasseyant.

Malgré la chaleur, elle se sentait glacée, en sueur, et elle tremblait.

— Ça ne fait rien, dit le lieutenant Hook. Indiquez-moi le titre de ce livre et je ferai un saut à la bibliothèque pour le prendre moi-même. Vous devez vous ménager, avec vos pieds blessés.

— Est-ce que vous connaissiez Miss Khrystyna Bielecka, monsieur Bellman ? demanda le sergent Winstanley.

Craig réfléchit un moment, puis secoua lentement la tête.

— Si elle était la petite amie de Steven, je l'ai peut-être rencontrée sans le savoir. Mais c'est tout.

— Votre nom et votre numéro de téléphone professionnel figuraient dans le répertoire de Miss Bielecka. Pouvez-vous nous expliquer cela ?

— Je ne le peux pas, non. Steven lui avait peut-être donné mon numéro de téléphone en cas d'urgence. Mais elle ne m'a jamais appelé.

— Des amies de Miss Bielecka ont déclaré qu'elle leur avait parlé de son amant... un homme marié, un avocat. Un homme qui avait vraiment réussi dans la vie, c'est ce qu'elle disait.

— C'était Steven tout craché. J'étais le bûcheur, mais Steven a toujours été la vedette.

Le lieutenant Hook but une autre gorgée de thé glacé. Puis il se renversa dans sa chaise, et les ombres projetées par l'arbre dissimulèrent son visage.

— Durant la nuit du 16 mars de cette année, vous avez été admis aux Urgences de l'Hôpital de New York, présentant une grave blessure dans la région génitale... blessure occasionnée, avez-vous déclaré, par un marteau. Plus tard, vous avez dit à l'un de mes hommes que vous aviez été agressé par deux jeunes Noirs dans une pharmacie désaffectée sur la 48e Rue. Le signalement que vous avez donné de ces deux voyous me laisse fort peu de doutes quant à leur identité. Samuel Joseph Carter et Malcolm Oral Deedes. Speed et Tyce.

— Et qu'essayez-vous d'insinuer ? demanda Craig sans

se troubler le moins du monde. Pensez-vous que *je* les ai tués, pour me venger de ce qu'ils m'avaient fait ?

— Ce serait un mobile suffisant pour faire de vous le suspect numéro un. Et puisque tous les homicides se distinguent par le fait que leur auteur a laissé le neuf de carreau sur les lieux des crimes, ce serait une preuve suffisante pour faire de vous le suspect numéro un dans les six homicides. Un tueur fou.

— Craig ! chuchota Effie.

Elle n'arrivait pas à croire ce qu'elle entendait. Craig pouvait être obstiné et se mettre en colère s'il n'arrivait pas à ses fins, mais elle ne l'imaginait pas en train de tuer quelqu'un. Elle se sentit brusquement glacée, comme si quelqu'un avait ouvert la porte d'un réfrigérateur juste derrière elle.

— Alors ? dit Craig. Qu'est-ce que vous allez faire ? Me lire mes droits ?

Le lieutenant Hook se pencha en avant et son visage réapparut dans la lumière.

— Pas du tout. J'ai simplement pensé que cela vous intéresserait d'apprendre qu'une affaire comme celle-là peut paraître évidente et réglée d'avance... nous avons le mobile, l'occasion, des preuves matérielles... et pourtant la vérité se trouve ailleurs. Comme je l'ai dit, l'auteur des crimes a laissé des empreintes sur le bouton d'appel de l'appartement de Miss Bielecka, et sur la carte à jouer que nous avons trouvée sur son lit. Des empreintes identiques ont été relevées sur la poignée de la portière du taxi de Mr. Fuad, et à nouveau sur la carte à jouer qui avait été laissée à côté de son corps. Ensuite nous avons relevé des empreintes encore plus nettes sur la carte à jouer qui avait été laissée dans la loge du Lyceum, et hier un agent effectuant sa ronde a trouvé le marteau de forgeron sous l'autoroute Henry-Hudson, à la hauteur de la 82e Rue Ouest. Mêmes empreintes sur la tête et le manche du marteau. Particulièrement nettes sur la tête à cause de la fine pellicule d'huile.

Effie avait envie de saisir la main de Craig, mais en même temps elle pensait : *Et si c'était lui ? Et s'il avait vraiment commis ces meurtres ?*

Le sergent Winstanley déclara :

— Vous avez eu l'amabilité de nous laisser prendre vos empreintes digitales lorsque nous vous avons interrogé mercredi. Aucune des empreintes que nous avons relevées sur les lieux des crimes ne correspond aux vôtres, ne serait-ce que vaguement.

— Ce qui m'amène à la conclusion surprenante mais inévitable que vous n'êtes pas l'auteur de ces crimes, monsieur Bellman, dit le lieutenant Hook. C'est tout à fait impossible.

— Cela ne signifie pas que je n'aurais pas pu payer quelqu'un pour faire ça, fit remarquer Craig. Vous savez, un tueur à gages.

— Cette possibilité ne m'a pas échappé, fit le lieutenant Hook. Avec votre autorisation, j'aimerais avoir accès à vos comptes en banque et à vos relevés de téléphone. Une simple formalité, pour faire plaisir à mes supérieurs. (Il marqua un temps.) Je peux obtenir un mandat de perquisition, si nécessaire.

— Vous pouvez consulter tout ce que vous voulez. Je n'ai absolument rien à cacher. De toute façon, j'ai dépensé la plus grande partie de mon argent pour l'achat de Walhalla. Je n'aurais pas les moyens d'engager un tueur, même si j'en avais besoin.

Cela n'amusa pas le lieutenant Hook.

— Je vous serais également reconnaissant de ne pas quitter la région. J'aurai peut-être d'autres questions à vous poser.

— Monsieur Bellman, à votre avis, qui aurait pu vouloir la mort de tous ces gens, à part vous ? demanda le sergent Winstanley.

— Vous faites une fausse supposition, sergent. Je ne voulais pas leur mort. Et je n'ai aucune idée sur l'identité du coupable.

— L'un de vos amis intimes, peut-être, à qui vous auriez confié ce qui vous était arrivé, et qui aurait voulu vous venger ?

— Craig n'a aucun ami capable de faire une chose pareille, affirma Effie.

Le lieutenant Hook se tourna vers elle, le regard froid.

— On ne sait jamais ce que vos amis sont capables de faire. Certaines personnes ont une idée excessive de la loyauté.

Alors qu'ils regagnaient leur chambre, Effie murmura :

— C'était le neuf de carreau. J'en suis sûre.

— Le sept, le neuf, je ne me rappelle pas.

— C'était le neuf. Quelle coïncidence ! S'il y avait eu le moindre doute au sujet des empreintes, ils t'auraient arrêté tout de suite !

— Ils continuent de croire que je suis pour quelque chose dans cette histoire. Ils ne sont pas très doués pour la pensée latérale.

— Qu'est-ce que cela veut dire ? demanda Effie.

Elle ouvrit la porte. La chambre était remplie de lumière et de fleurs.

— Cela veut dire que Sherlock Holmes n'avait pas tout compris. Il affirmait que lorsque tu as éliminé l'impossible, ce qui reste, même si c'est invraisemblable, est forcément la vérité. Mais supposons qu'il ne reste rien, pas même quelque chose d'invraisemblable ?

— Je ne sais pas.

Craig referma la porte en la poussant du dos et tendit la main derrière lui pour tourner la clé dans la serrure. Il empoigna Effie très brutalement et la considéra avec une jubilation malsaine.

— S'il ne reste rien, alors l'impossible est forcément la vérité. C'est aussi simple que ça.

Il commença à déboutonner son chemisier.

— Craig, pas maintenant. Mes pieds me font très mal.

— Ça ne compte pas.

Il la prit dans ses bras et la porta jusqu'au lit.

— Craig... dit-elle, comme il se penchait vers elle pour l'embrasser.

— Qu'y a-t-il ? Tu vas me demander si j'ai tué ces gens, hein ?

Elle n'osait pas répondre, mais elle le regarda droit dans les yeux et ne vit rien du tout. C'était comme si elle avait regardé dans deux puits très profonds, pour essayer vainement d'apercevoir le miroitement de l'eau, tout au fond.

Elle toucha sa joue et elle fut surprise de constater à quel point sa peau était douce. Ses taches de rousseur avaient disparu, pour la plupart, et elle était certaine que ses sourcils étaient plus bruns. Il semblait avoir acquis une nouvelle séduction, une beauté mystérieuse qu'il n'avait jamais eue auparavant.

Pour la première fois depuis qu'il lui avait cité les vers de Mallarmé sur une ombre lointaine, aperçue dans un miroir, elle commença à se demander qui il était réellement.

Vendredi 16 juillet, 17 h 56

Une formation en V de bernaches du Canada passa au-dessus des toits en poussant des cris plaintifs, et elle sursauta. Maintenant qu'elle était seule à Walhalla, Pepper avait l'impression que toute la maison était informée de sa présence, que les murs chuchotaient aux escaliers, que les fenêtres tournaient leurs yeux vitreux vers elle, que les lattes des planchers couraient silencieusement derrière elle.

Elle décida de commencer par la salle de bal. C'était ici que les vibrations psychiques avaient été les plus fortes et les plus perturbées. C'était ici que le passé et le présent se superposaient, tels deux négatifs de film scintillants.

Cette fois, elle avait l'intention de ne pas se laisser gagner par la panique psychique qui l'avait affectée avec une telle force lors de sa précédente visite. Elle avait apporté un miroir circulaire, qu'elle cala sur le parquet au milieu de la salle de bal. Si quelqu'un appartenant à une autre époque se manifestait, il ne pourrait pas la toucher, parce que son âme serait contenue dans le miroir aussi longtemps que son image s'y réfléchirait. Du moins, c'était la théorie. Catherine de Médicis avait utilisé un miroir circulaire pour connaître la durée de vie de ses fils, et le prince de Navarre avait tourné autour du miroir vingt-deux fois avant de disparaître. Des indigènes, en Nouvelle-Guinée et dans certaines régions de l'Afrique du Sud, refusaient, encore aujourd'hui, de regarder dans des miroirs, de peur que leurs âmes ne puissent plus s'en échapper.

Pepper avait étudié un livre, *La Magie des miroirs*, de Thomas De La Raiz, publié en 1650 dans le Massachusetts. Elle ne croyait pas beaucoup à ce qui était écrit dans ce livre, et de nombreux passages n'étaient que des superstitions stupides. Mais, une nuit, elle avait utilisé un miroir pour prédire son avenir à un jeune guitariste de folk, et le reflet de celui-ci avait été environné de flammes. Deux jours plus tard, il était mort, brûlé vif, lorsque son minibus s'était retourné sur l'autoroute de Garden State, sous une pluie battante. Elle se souvenait encore de son nom, Orkney Taylor. Il était tellement carbonisé que les pompiers avaient cru tout d'abord que c'était un singe. Après cela, Pepper avait prié pendant des semaines pour que cet accident n'ait pas eu lieu par sa faute.

Elle parcourut du regard la salle de bal poussiéreuse avec ses colonnes et sa verrière recouverte de feuilles. Elle ne savait pas très bien pourquoi elle faisait cette purification. Peut-être avait-elle dit la vérité à Effie. Les sensations fortes lui manquaient, ici, à Cold Spring, avec ses touristes, ses pensions de famille et ses boutiques prétentieuses. Mais c'était peut-être plus que cela. Peut-être avait-elle besoin de tester sa force, de découvrir ce qu'elle pouvait vraiment faire. C'était très bien de vendre des remèdes magiques dans des flacons et des bourses, mais qu'en était-il de la vraie magie ? Et des vies qui étaient vécues en parallèle ? Et de la coïncidence ? Et, par coïncidence, elle entendait deux choses qui se produisent en même temps, même si elles sont séparées par soixante-dix années civiles.

Elle se releva et vérifia qu'elle voyait bien son reflet dans le miroir. Elle était vêtue d'une longue robe blanche en toile très fine, avec de petites manches bouffantes. Sous sa robe, elle était complètement nue, à l'exception de la chaînette en argent qu'elle portait toujours autour de la taille, et de son ouanga. Ses aréoles étaient visibles à travers l'étoffe, tels les pétales de rose qui se fanent, aperçus à travers des rideaux de tulle. Elle avait disposé tout autour du miroir sept bougies roses, faites à la main avec de la cire d'abeilles. Leurs petites flammes dodelinaient au gré du courant d'air qui entrait par les fenêtres brisées. Elles faisaient briller ses yeux argentés.

Sur une plaque de marbre blanc, elle avait placé ses autres ingrédients magiques : sa mousse, ses pivoines et sa verveine. Elles étaient entourées d'un motif de petites croix en or, huit en tout : sept pour le nombre magique, et une pour l'âme qu'elle essayait de protéger.

Elle n'avait pas apporté sa baguette de coudrier, mais une baguette à sept branches qu'elle avait coupée dans son jardin. Elle n'était pas aussi sensible qu'une baguette de sourcier, mais elle servirait à diffuser l'énergie potentielle des perturbations de Walhalla, et à la protéger de tout dommage. C'était l'équivalent psychique d'un transformateur électrique.

Néanmoins, il était nécessaire que la personne effectuant une purification psychique soit vulnérable. De là sa nudité sous sa robe et ses pieds nus. Ainsi qu'elle l'avait expliqué à Effie, une intervention brutale aurait pour seul résultat de faire vaciller et se dissiper les souvenirs de ce qui s'était passé ici... de ce qui continuait de se passer ici.

Elle leva sa baguette et la déplaça lentement de gauche à droite. En même temps, elle ouvrit son esprit, comme elle le faisait lorsqu'elle méditait. C'était presque comme ouvrir progressivement les écluses d'un canal, afin que l'eau froide de l'inconscient d'une autre personne puisse se déverser en elle. Elle n'utilisa pas de chants, ni aucune des incantations qu'elle avait apprises durant sa période « Ere du Verseau ». Ce qu'il fallait à Walhalla, c'était le silence, ainsi qu'une ouverture et une neutralité complètes.

Tout d'abord, elle n'obtint aucune réaction, et elle commença à regretter de ne pas avoir apporté sa baguette de coudrier. Elle continua de se déplacer, afin de sonder la partie de la salle derrière elle, tout en veillant à ne pas perdre de vue son reflet. Elle vida son esprit encore plus. Bientôt, elle ne pensa plus qu'au temps, à l'espace et aux pièces infinies de la maison appelée immortalité.

La flamme des bougies vacilla et s'inclina. La salle de bal parut s'obscurcir un peu, comme si le soleil avait été caché par un nuage. Elle regarda le miroir. Il semblait étrangement embué, et son reflet était indistinct.

Quelque chose...

Elle sentit la baguette vibrer très légèrement dans ses

mains. Il lui sembla entendre de la musique, également. Pas *Le Beau Danube bleu* sur lequel Effie avait dansé, mais un air de jazz un peu terne, comme un disque que l'on aurait passé sur un gramophone.

Elle fit décrire à la baguette un demi-cercle hésitant. Lorsqu'elle la pointa vers le coin nord-ouest de la salle de bal, la musique diminua. En revanche, vers le coin sud-est, elle l'entendait plus distinctement. Cela ressemblait aux orchestres de jazz qui se produisaient à Chicago au début du siècle : Johnny Dodds et les Footwarmers, ou King Oliver, ou Johnny De Droit.

Elle entendit des portes s'ouvrir, et un bruit de pas. On aurait dit un homme descendant un escalier, rapidement et avec agilité. Elle entendit d'autres portes s'ouvrir. Un courant d'air s'engouffra dans la salle de bal, et trois de ses bougies roses s'éteignirent. Une fumée parfumée flotta au-dessus du parquet. Pepper sentit la baguette à sept branches frissonner et se tordre, presque comme si elle était terrifiée et voulait s'échapper.

Les pas se rapprochèrent, dans la bibliothèque. Il y eut un moment d'hésitation, puis les battants de la porte furent ouverts brusquement, et Craig entra.

— Tiens, tiens, dit-il, mais c'est Mlle Moriarty !

Il vint vers elle et parcourut du regard ses bougies, son miroir et ses récipients contenant des plantes magiques.

— Hé, qu'est-ce que c'est ? Vous évoquez le Diable ?

— Je n'ai pas vu de voiture. Je ne pensais pas qu'il y avait quelqu'un ici, murmura Pepper.

Elle abaissa sa baguette qui continua, néanmoins, à tressauter et se tordre.

Craig fit le tour du cercle magique. Il portait un pull à col roulé noir, un pantalon noir et des chaussures noires luisantes. Ses yeux paraissaient bouffis, comme s'il avait mal dormi.

— Il n'y a pas de voiture ici parce que Norman m'a amené. Ensuite, il est allé à Carmel pour commander d'autres tuiles, déclara-t-il. Je dois dire que je n'aime pas beaucoup que des gens entrent dans cette maison sans m'en demander la permission. Nous avons déjà eu un accident mortel ; nous n'en voulons pas d'autres.

— Je suis désolée, dit Pepper. J'aurais dû vous consulter, c'est vrai. Mais je fais ça pour Effie.

— Faire quoi ? Evoquer des fantômes ?

— Monsieur Bellman, je ne crois pas aux fantômes, vous le savez parfaitement. Mais l'atmosphère psychique qui règne dans cette maison est tout à fait menaçante. Si je parviens à la purifier, je suis sûre que Effie sera encore plus heureuse de venir habiter ici.

— Oh, vous en êtes sûre, hein ? Puis-je vous demander ce qui vous donne le droit de fourrer votre nez dans mes affaires ? Vous seriez contente si je débarquais dans votre boutique pour fêlés et procédais à une désinfection par fumigation parce que je n'aime pas l'odeur d'araignées écrasées ou de crottes de chien séchées, ou de ce que vous mettez dans vos potions à la noix ? Vous seriez furieuse, n'est-ce pas ?

Pepper se mordilla la lèvre.

— Probablement, monsieur Bellman. Mais cela ne vous donne pas le droit d'être aussi blessant.

— Vous trouvez que je suis blessant ? Je suis vraiment navré, je vous fais toutes mes excuses. La prochaine fois que vous essaierez d'entrer ici avec vos objets de superstition, je vous jetterai dehors sans un mot !

Pepper s'accroupit et entreprit d'éteindre ses bougies et de rassembler ses croix et ses plantes.

— J'ai dit que j'étais désolée. Je n'avais pas l'intention de fourrer mon nez dans vos affaires. Je pensais à Effie, c'est tout. Et je pensais à vous, également.

Elle se releva.

— Malgré vos belles paroles, monsieur Bellman, vous ne serez pas heureux à Walhalla tant que vous ne l'aurez pas purifiée de fond en comble.

Il tendit la main et saisit son poignet gauche, de telle sorte qu'elle lâcha la baguette. Il la regarda dans les yeux.

— Je suis déjà heureux ici, dit-il. Cette maison est moi. Cette maison est ce que je suis.

— Veuillez me lâcher, monsieur Bellman.

Mais il continua de serrer son poignet avec force.

— Vous savez quoi ? Vous avez des yeux très particuliers. C'est la première fois que je vois des yeux comme les vôtres. De quelle couleur sont-ils, selon vous ?

— Je vous en prie, vous me faites mal !

Craig marqua un temps, puis il la lâcha.

— Il se peut que je me sois trompé à votre sujet. Peut-être devriez-vous purifier la maison, tout compte fait. Vous voulez essayer ?

— Je crois que ça suffira pour aujourd'hui, répondit Pepper. S'il y avait des vibrations psychiques dans le coin, elles ont probablement déguerpi à l'heure qu'il est. Elles réagissent plutôt mal à un comportement grossier.

— Maintenant, vous êtes fâchée contre moi, sourit Craig.

Par terre, à une dizaine de centimètres de son pied gauche, la baguette se contractait toujours. Elle se dressait comme s'il s'était agi d'une main squelettique essayant d'agripper sa cheville. Pepper lui jeta un regard, puis elle regarda Craig à nouveau.

— Je ne suis pas fâchée contre vous, simplement déçue. Vous êtes tellement... irritable.

— Irritable ? Et cela vous étonne ? J'étais un avocat international de premier plan, et ma carrière a été brisée par un chauffeur de taxi stupide et une bande d'ordures. Je pensais faire partie de l'élite. Je me croyais invulnérable. Je me sens floué. Je me sens frustré. J'ai une colère en moi que vous n'êtes même pas capable de comprendre. Je ne m'attendais pas à ce que ma vie soit facile, mais de là à l'imaginer aussi injuste !...

— Bon, les choses ne se sont pas passées comme vous l'espériez, et vous êtes furieux. Mais pourquoi vous en prendre à Effie ?

— Que voulez-vous dire ? Je ne m'en prends pas à Effie ! Nous n'avons jamais été aussi heureux ensemble depuis des années !

— Elle n'aime pas cette maison, monsieur Bellman. Elle la déteste.

— Allons, allons, fit-il en la menaçant du doigt. Au début, elle l'a détestée, je vous l'accorde, mais plus maintenant. Au contraire, elle commence à l'aimer. La nuit dernière, elle m'a dit qu'elle lui plaisait de plus en plus.

— Elle a dit cela uniquement parce qu'elle ne veut pas briser votre mariage.

— Briser notre mariage ? Vous êtes folle ? Nous sommes plus proches que jamais. Nous parlons ensemble, nous nous promenons, notre vie sexuelle est sensationnelle. Entendu, je suis loin d'être parfait. Mais notre vie de couple m'aide à me rétablir. Exactement comme cette maison. Je l'adore. Elle me donne de la force. Elle me donne une réelle force physique.

— Effie trouve que cette maison est effrayante. C'est pour cette raison que je lui ai proposé de la purifier.

Craig n'arrêtait pas de tourner autour d'elle, à l'extérieur du cercle des bougies éteintes.

— Et si vous parvenez à la purifier ?

— Vous continuerez peut-être à percevoir des vibrations psychiques, mais il n'y aura plus de bruits, ni d'apparitions, ni quoi que ce soit de ce genre. Vous ne sentirez probablement rien de plus qu'une légère perturbation dans l'air.

— Vous me rappelez quelqu'un, déclara Craig. Ce sont vos pommettes. Peut-être votre bouche, également. Vous me rappelez... non, je ne me souviens pas.

Il lui tourna le dos et ne dit plus rien.

— Je vais m'en aller, dit Pepper.

— Pourquoi ne pas rester ?

Sa voix semblait différente, à présent, beaucoup plus froide et beaucoup plus contrôlée.

— Je croyais que je fourrais mon nez dans vos affaires ? Je croyais que vous ne vouliez pas de moi ici ?

— Vous êtes venue pour purifier. Pourquoi ne purifiez-vous pas ?

— Je ne suis pas certaine de pouvoir le faire pendant que vous êtes là. Vous êtes très vibrant. Psychiquement parlant, bien sûr. Vous n'êtes pas sensible comme Effie. Mais vous êtes vibrant, sans aucun doute. J'essaie de capter d'autres émotions, mais tout ce que je capte, c'est vous.

— Alors, vous devriez peut-être commencer par moi.

Il se retourna et ses yeux étaient encore plus noirs qu'auparavant.

Pepper releva la tête et écouta. Elle continuait d'entendre cette musique de jazz dans une autre pièce.

— Vous donnez une petite fête ? lui demanda-t-elle.

Craig parut étonné.

— Non. Pourquoi ?

— Il m'a semblé entendre un air de jazz.

— Un air de jazz ?... Non, je vous assure, vous devez vous tromper. En tout cas, moi, je n'entends rien.

Pepper ramassa sa baguette de coudrier. Elle frissonnait toujours et ses branches se recourbaient vers Craig, cela ne faisait aucun doute. Elle la pointa vers lui tandis qu'il l'observait, un petit sourire amusé aux lèvres. Elle tourna lentement autour de lui, et les branches continuèrent de se recourber dans sa direction.

— C'est très inhabituel, dit-elle. La plupart du temps, lorsqu'il y a une forte vibration psychique, la baguette de coudrier se dérobe. C'est la première fois que je la vois manifester une telle attirance vers quelque chose.

— Je dois être un type très attirant.

— Non... sérieusement, dit Pepper.

Elle se rapprocha de lui, et les branches de la baguette commencèrent littéralement à se contorsionner, comme les tentacules d'une pieuvre. Craig gardait les yeux fixés sur Pepper, avec le même petit sourire.

— Qu'en pensez-vous ? lui demanda-t-il.

— C'est vous. Ou, du moins, on se sert de vous. La maison est remplie de perturbations psychiques, mais vous êtes le point de focalisation. Disons que la maison est un appareil photographique chargé d'une pellicule sensible aux influences psychiques, et que vous faites fonction d'objectif.

— Vous voulez dire qu'Effie a vu des choses à cause de moi ? La plupart du temps, je n'étais même pas là !

— Vous n'aviez pas besoin d'être là ! Vous avez mis en marche quelque chose à la minute où vous êtes entré dans cette maison. Vous l'avez vraiment fait. Vous l'avez déclenché. Comment, je l'ignore, mais nous pouvons essayer de le découvrir, et j'ai la certitude que nous sommes en mesure de purifier tout cela.

Craig baissa les yeux vers le matériel de magie.

— Comment purifiez-vous les choses, habituellement ? Un œil de triton et une patte de crapaud, et ensuite abracadabra ?

— A vrai dire, j'utilise des miroirs. Vous réfléchissez l'image de la pièce où la perturbation psychique a lieu d'un miroir à l'autre, à travers treize miroirs, jusqu'à ce que l'image de la pièce soit si faible que c'est à peine si vous la voyez.

« Cela ressemble à de la superstition, mais c'est tout à fait scientifique, en réalité. Vous connaissez la théorie d'Einstein... si vous ralentissez le temps qu'il vous faut pour voir quelque chose, vous le ralentissez également dans le temps réel. Ici, nous avons besoin de séparer ce qui s'est passé hier de ce qui se passe aujourd'hui, et, pour réussir, nous devons perdre une infime fraction de seconde.

— Et pour un homme ? Comment faites-vous pour purifier un homme ?

Pepper abaissa la baguette.

— C'est exactement la même chose. Son image doit être réfléchie dans treize miroirs.

— Vous pensez que j'ai besoin d'être purifié ?

Sa voix était plus grave, maintenant, et plus lente. Elle fit un pas en arrière, mais aussitôt il fit un pas en avant.

— Je ne sais pas. Je dois faire des recherches plus approfondies. Je n'ai encore jamais rencontré une situation comme celle-là.

Elle recula de nouveau, et il avança presque en même temps.

— Mademoiselle Moriarty, dit-il, vous savez ce que j'éprouve pour cette maison. Je veux qu'Effie vienne vivre ici avec moi. De son plein gré, parce qu'elle en aura vraiment envie. S'il y a quelque chose en moi qui cause ces... perturbations, ou je ne sais quoi... essayez de les neutraliser pour que nous soyons tranquilles... Faites-le pour Effie !

Il posa sa main sur l'épaule de Pepper. Sans savoir pourquoi, elle trouva que c'était un geste tout à fait troublant, aussi intime que s'il avait posé sa main sur sa poitrine. Jusqu'ici, elle avait considéré Craig uniquement comme le mari autoritaire et arrogant d'Effie, un homme important avec un genre de beauté bourrue qui la laissait totalement indifférente. Elle préférait les hommes plus mystérieux, les hommes aux visages sournois et aux sourires grivois. Ceux qui ressemblaient à des bohémiens, qui se rasaient rarement. Mais elle perçut brusquement ce même genre de mystère chez Craig, et aussi un certain danger. Elle pensa brusquement : *Cet homme est sexy, et il me désire.*

— Je tiens à ce que vous sachiez que je ne l'ai encore jamais fait. Cela ne marchera peut-être pas. Il est même possible que ce soit dangereux.

— Vous n'aviez pas peur de purifier la maison. Pourquoi auriez-vous peur de me purifier ?

Elle le dévisagea. Il semblait différent.

— Il nous faudrait des miroirs, répondit-elle. Des miroirs permettant de se voir en pied.

— Il y en a tout un tas dans l'antichambre, au premier. Et si vous faisiez ça là-haut ?

Elle prit le poignet de Craig et ôta sa main de son épaule. A nouveau, il y eut une intimité dans ce contact qui était sans commune mesure avec le geste lui-même. Elle avait seulement tenu son poignet, et elle avait senti sa peau, les os de son poignet et les poils foncés sur le dos de sa main. Elle avait même senti son pouls.

— Je pense que je manque d'expérience pour cela.

Elle était de plus en plus consciente de sa nudité, sous sa robe, et de la minceur du tissu.

— Vous pouvez toujours essayer, non ? Peut-être êtes-vous en mesure de résoudre tous nos problèmes.

— Eh bien, je...

— S'il vous plaît.

Elle ramassa ses bougies et ses récipients tandis qu'il l'observait, immobile. De temps en temps, elle lui jetait un regard, et il l'encourageait d'un petit signe de la tête. Il ne proposa pas de l'aider, même lorsqu'elle dut porter son lourd sac à travers la salle de bal, puis dehors, vers le vestibule.

— Hé... vous avez bien travaillé ! fit-elle remarquer.

Toutes les fenêtres le long du couloir avaient été remplacées, et elles étaient ornées de rideaux en velours de coton bleu foncé. Le parquet avait été nettoyé et ciré ; les lambris de chêne avaient retrouvé leur couleur d'origine, un beige couleur de miel.

— Il y a encore beaucoup à faire, répondit Craig. Mais très peu d'hommes ont la possibilité de construire la maison de leurs rêves, n'est-ce pas ?

— Je vous admire pour ça, dit Pepper. Je vous admire vraiment. Mais vous devez penser à Effie. Vous devez tenir compte de votre femme.

— Oh, je pense à ma femme, rassurez-vous. Et elle pense à moi. Elle ferait n'importe quoi pour moi.

Ils commencèrent à gravir l'escalier sous les armoiries ornées de la devise *Non omnis moriar. Je ne mourrai pas complètement*.

— Si je le lui demandais, elle s'ouvrirait les veines pour moi, affirma Craig. Elle danserait nu-pieds sur des éclats de verre.

Pepper fit halte à mi-hauteur de l'escalier. Son sac était très lourd et ses mains commençaient à trembler.

— Vous lui demanderiez de faire ça ?

— Cela dépend. Obtenir d'une femme qu'elle vous prouve sa dévotion est l'une des dernières grandes prérogatives masculines. Tu m'aimes ? Alors, ma chérie, coupe tous tes cheveux ! Tu m'aimes ? Fais-toi tatouer des roses sur les seins ! Tu m'aimes ? Promène-toi dans la maison entièrement nue, devant mes amis ! Montre-moi combien tu m'aimes ! Prouve-le ! Fais tout ce que je te dis ! Rampe à quatre pattes dans la boue, ensuite relève-toi, embrasse-moi et remercie-moi pour t'avoir salie !

La bouche de Pepper était sèche.

— Mais vous ne demandez pas à Effie de faire des choses pareilles, n'est-ce pas ?

Il gravit les quelques marches qui le séparaient encore du palier, puis ouvrit la porte donnant sur l'antichambre. La pièce avait été remise à neuf de façon spectaculaire. Pepper n'en revenait pas. Les travaux avaient été effectués avec une telle rapidité... et pourquoi Norman ne lui en avait-il pas parlé ? Il aurait dû l'amener ici pour lui montrer le résultat ! Un énorme lustre scintillait, et tous les miroirs aux cadres dorés avaient été restaurés de façon impeccable. Même les épais tapis rouges avaient été tendus à nouveau, et la pièce était meublée de trois ottomanes ornées de dorures et agrémentées de gros coussins rouges, ainsi que de guéridons et de chaises aux dossiers dorés.

Pepper posa son sac et continua de regarder autour d'elle avec stupeur. Craig referma la porte dans son dos. Il traversa la pièce d'une démarche affectée, et une douzaine de Craig l'imitèrent dans leurs miroirs respectifs.

— Je dois applaudir à votre théorie des miroirs, sourit-il. Parfois, j'entre dans cette pièce et je me demande si c'est le même « moi » qui va ressortir par l'autre porte. Pourquoi *ce* « moi » serait-il plus valable que les douze autres ?

Il se tourna vers les miroirs du côté droit de la pièce, et sept reflets de lui se tournèrent vers la gauche.

Pepper jeta un regard à la ronde. Elle se sentait extrêmement troublée par tout cela. Cet après-midi, Norman lui avait seulement dit que Fulloni & Jahn leur avaient donné l'autorisation de commencer les travaux de réfection de la toiture avant que la vente soit définitivement conclue, afin d'éviter que Walhalla ne se dégrade encore plus. Mais il ne lui avait rien dit concernant les miroirs, les tapis, les rideaux et les meubles d'époque aux dorures somptueuses.

— Vous voyez ces sculptures ? dit Craig en s'approchant de la porte à deux battants en chêne massif qui donnait sur la plus grande des chambres à coucher. Elles disent absolument tout. Les femmes devraient se taire, être soumises, et garder les yeux fermés, sauf quand on leur dit de les ouvrir. Les hommes devraient leur tourner le dos, et ne rien laisser paraître. La première femme a été faite avec le limon de la terre et, depuis lors, les femmes ont toujours été de la boue.

Il se retourna, regarda Pepper et éclata de rire. Elle ne savait pas s'il parlait sérieusement ou non.

— C'est toute l'histoire. C'est ce que représentent ces sculptures. Eve n'était pas la première femme : c'était Lilith. Dieu a accepté de la créer parce que Adam se sentait terriblement seul. Il l'a façonnée avec de la boue, l'argile que les hommes piétinent, et elle n'a jamais été rien d'autre que de la boue. Mais, très vite, Lilith a voulu être l'égale d'Adam. Elle refusa de lui obéir. Comme elle ne voulait pas être sa servante, elle le quitta. C'est ainsi qu'elle fut chassée du Paradis terrestre. On ne peut pas dire que Dieu ne lui a pas donné une chance ! Il chargea trois de ses anges de la rattraper et de la persuader de revenir.

Craig suivit du bout de son index les noms qui étaient sculptés sur les bannières. *Samsi, Sangavi, Semangelaf.*

— Ce sont les noms des trois anges. Ils offrirent tout à Lilith, à condition qu'elle accepte de servir Adam et tous les fils d'Adam. Mais elle refusa. Alors Dieu plaça sur elle une malédiction qui faisait mourir cent de ses enfants chaque jour. Depuis ce temps-là, Lilith se cache dans chaque lit conjugal, dans l'espoir de saisir des gouttes de sperme afin d'augmenter sa progéniture. Pour cette raison, chaque soir, les parents chantent une chanson à leurs enfants. Ils appellent cela une *lullaby*, une berceuse, ce qui signifie ni plus ni moins que « *Lilla-bi* ! »... « Lilith, va-t'en ! »

Pepper s'approcha de la porte et se tint au côté de Craig. Les visages sculptés paraissaient si réels qu'elle avança la main et les toucha pour s'assurer qu'il n'en était rien.

— Comment savez-vous tout cela ? demanda-t-elle.

Il effleura le même visage que Pepper touchait, passant doucement ses doigts sur les lèvres comme s'il s'attendait à ce qu'elles l'embrassent. Il continuait de sourire. Elle percevait encore plus fortement ce mystère, cette obscurité attirante qui affleurait sous son air suffisant, comme chez un requin qui évolue, quasi invisible, sous la surface légèrement ridée d'une anse peu profonde.

Cet homme n'est pas seulement sexy : il est dangereux.

Ce qui la troublait encore plus, c'était l'ambiguïté de ses propres sentiments. Elle commençait à penser que ce n'était pas bien de s'appeler « Pepper ». Elle n'avait pas du tout l'impression d'être un « piment » pour qui que ce soit. Elle ne savait plus tout à fait qui elle était, ni ce qu'elle faisait ici. Et ses perceptions avaient changé de façon subtile. Tout, autour d'elle, semblait plus grand, d'une dimension et d'une netteté presque douloureuses. Elle voyait chaque détail des sculptures sur bois, chaque volute et chaque marque de ciseau de menuisier dans le chêne. Elle voyait le visage de Craig comme si elle le regardait à travers une goutte d'eau cristalline.

Cependant, la voix de Craig était de moins en moins distincte. Ses mots sortaient en un long grognement caverneux.

— J'ai beaucoup cherché avant de comprendre, répondit Craig. (Il se détourna de la porte et prit Pepper par le bras.) Si vous désirez quelque chose dans cette vie, vous devez vous investir. J'ai passé cinq mois en Palestine, et trois mois en Egypte. A la fin de cette période, j'ai su ce que j'allais faire. J'ai fait construire Walhalla, à mon image, et je me suis préparé à montrer à Dieu que les femmes sont exactement ce qu'était Lilith.

— Monsieur Bellman... l'interrompit Pepper. Vous n'avez pas fait construire Walhalla. Vous l'avez seulement achetée.

Il sembla ne pas l'entendre. Il se dirigea vers un bar à cocktails et ouvrit brusquement les portes ornées de dorures, comme s'il s'attendait à y trouver le Saint-Graal.

— Vous prenez quelque chose ? lui demanda-t-il. Je prépare un excellent cocktail-champagne.

— Non, je vous remercie. Je crois que je ferais mieux de rentrer.

Il se servit un whisky.

— Rentrer ? Rentrer où ?

— Rentrer à... commença Pepper.

Puis elle se rendit compte qu'elle était incapable de se rappeler où elle était censée rentrer. En fait, elle ne comprenait absolument pas pourquoi elle avait pensé qu'elle était censée rentrer quelque part.

— Euh, de toute façon, non, merci beaucoup. Je ne bois jamais avant minuit.

Il vint vers elle en faisant tourner son whisky dans son verre.

— Si je vous demandais de vous faire tatouer des roses sur les seins, est-ce que vous le feriez pour moi ?

— Qu'est-ce que vous voulez, une femme ou un jardin d'agrément ?

Ses yeux étaient inexpressifs, mais il continuait de sourire.

— Il n'y a aucune différence. Les deux sont une beauté éphémère, faite de boue.

— Parlons un peu moins de boue, si cela ne vous fait rien. Je fumerais volontiers une cigarette.

Il alla de nouveau jusqu'au bar à cocktails et revint avec un coffret à cigarettes « art déco » en argent, contenant des cigarettes Sobranie Black Russian. Pepper en prit une et il la lui alluma. Elle n'avait pas fumé de cigarettes Black Russian depuis une éternité, et l'odeur âcre du tabac des Balkans la ramena à l'époque où elle...

L'époque où elle *quoi* ? Apparemment, elle était incapable de s'en souvenir.

Craig prit place sur l'un des sofas et tapota le coussin à côté de lui pour indiquer que Pepper devait s'asseoir, elle aussi.

— Non, dit-elle. Il faut vraiment que je parte.

— Je pensais que vous alliez rester.

— Je ne sais pas. Je suis troublée.

— J'ai entendu dire que Gordon vous avait acheté un appartement à Londres. Est-ce vrai ?

— Oh, vous connaissez Gordon. Il adore jeter son argent par les fenêtres.

Puis elle se dit : *Gordon ? Qui donc est Gordon ? Je ne connais pas de Gordon.* Mais ensuite elle pensa : *Bien sûr que je le connais. Gordon, avec son épingle de cravate ornée de perles, son élégant foulard marron pourpré et ses cheveux grisonnants coiffés en arrière... J'ai fait sa connaissance à Deauville, l'année dernière.*

— Vous devriez faire attention avec Gordon, dit Craig. Il a déjà perdu cinquante-cinq mille livres.

— Pourquoi devrais-je faire attention ? Ce n'est pas mon argent !

— Ne vous fiez pas trop à lui, c'est tout ce que je vous conseille.

— Et qu'est-ce que cela veut dire ? Que je devrais me fier à vous ? Jenny Dolly pense que vous êtes le diable incarné !

Craig rejeta sa tête en arrière et éclata de rire.

— Elle le voudrait bien ! Alors elle pourrait me vendre son âme, et racheter son château près de Fontainebleau, ainsi que son magnifique collier de perles !

Pepper s'assit lentement à côté de lui. Elle ne parvenait

pas à détacher ses yeux de Craig. Elle comprenait tout ce dont il parlait, et pourtant elle savait qu'elle n'aurait pas dû comprendre. Elle savait que « Gordon » était Gordon Selfridge, qui possédait l'un des grands magasins les plus prospères du monde, sur Oxford Street, à Londres. Elle savait aussi qu'il s'était épris de Jenny Dolly, qui était l'une des sœurs Dolly, deux jeunes et ravissantes actrices hongroises. Il lui avait demandé de l'épouser des dizaines de fois, et il avait dépensé une fortune pour elle avant que sa passion du jeu ne le crible de dettes...

Pepper se tenait la tête dans les mains et regardait fixement Craig. Elle s'efforçait de comprendre ce qui lui arrivait. Elle ne se sentait pas souffrante, ni effrayée. Elle avait seulement le sentiment d'avoir manqué quelque chose d'important, comme si elle avait surpris une conversation déjà engagée depuis un certain temps. Elle savait qu'elle avait eu l'intention de venir ici, mais elle ne parvenait pas à se rappeler pourquoi. Cela avait-il un rapport avec des miroirs ? Elle n'en était pas certaine. Il y avait des miroirs partout : elle se voyait assise sur le sofa plus d'une centaine de fois, la tête dans les mains, tandis que la fumée de sa cigarette s'élevait lentement vers le plafond.

— Monsieur... ? commença-t-elle, mais elle fut incapable de se rappeler son nom.

Il but une gorgée de whisky, amusé.

— Vous n'avez pas à m'appeler monsieur.

— Alors comment dois-je vous appeler ?

— Comme la première fois que je vous ai rencontrée. Mon futur amant.

— Je vous ai appelé ainsi ? Comment pouvez-vous être aussi grossier ? Je devais être ivre !

— Hum, probablement. Mais vous aviez l'air de le penser vraiment.

— Et où étais-je, lorsque j'ai fait cette promesse des plus improbables ?

— Vous ne vous rappelez pas ?

Pepper ôta ses mains de son visage et ferma à demi les yeux.

— Le plus étrange, c'est que je m'en souviens très bien. Cela s'est passé devant l'hôtel Métropole, à Cannes. Je parlais avec le duc de Westminster, vous avez franchi la porte et j'ai dit : « Regardez-le. C'est mon futur amant. »

Craig hocha lentement la tête, mais il n'était absolument pas Craig. Pepper le regarda attentivement, puis elle sut qui il était, et qui elle était, également.

— Je suis folle, dit-elle. Je suis complètement folle. J'ai bu beaucoup de champagne ?

— Assez pour mettre à flot le yacht du duc de Westminster.

— Oh, Seigneur ! Chaque matin, je me fais la promesse d'arrêter de boire et d'arrêter de danser et d'arrêter de jouer !

— Mais voyons, vous ne savez rien faire d'autre !

Elle se pencha vers lui et posa sa main sur son genou.

— Ce n'est pas tout à fait exact, mon cher. Je suis également connue pour manger, me baigner, m'épiler les jambes avec de la cire, et dormir de temps à autre. Mais jamais profondément.

Il soutint son regard et lui adressa un sourire qu'elle n'avait encore jamais vu sur le visage d'un homme. Si un sourire avait pu être comparé à la dernière courbe d'une eau dormante, à un nouveau-né noyé dans un étang, au bord d'une cloche d'enterrement, ou à la plus fine rognure de l'ongle de l'orteil d'un condamné à mort.

— Je pense que vous et moi avons beaucoup de choses en commun, dit-il. Sous quel signe êtes-vous née ? Taureau ?

— Bélier. Vous n'aviez pas deviné ? L'Impossible Bélier, l'Irrésistible Bélier !

— L'Erotique Bélier ?

— Oh, bien sûr, mais c'est ça ! glapit-elle. Un homme qui parle de la sorte, il est forcément Vierge !

Elle rejeta sa tête en arrière. A ce moment, Craig se glissa vers elle et la prit par la taille en un mouvement sinueux, puis il pencha sa tête en avant et l'embrassa dans le cou. Sa première réaction fut de se redresser et de se dégager. Mais la sensation de ses lèvres sur sa gorge nue était complètement paralysante, comme si la langue de Craig avait été enduite de curare. Elle demeura immobile, dans une sorte de transe, la tête inclinée en arrière, tandis qu'il embrassait ses pommettes et ses oreilles. Puis le bout de sa langue suivit la courbe de sa mâchoire jusqu'à ce qu'il découvre ses lèvres légèrement entrouvertes.

Elle ouvrit les yeux tout grands. Le visage de Craig était si près du sien que cela l'effraya.

— Vous êtes belle, dit-il. Vos yeux sont argentés, comme la lune.

La Lune Affamée, hey diddle-diddle.

— Cela m'est égal que vous vous moquiez de moi. Je supporte les moqueries. Je supporte tout, depuis un coup de langue jusqu'à un coup de fouet. Mais vous, le pouvez-vous ?

Il était si près qu'elle le voyait mal. Son haleine était étrange. Elle dégageait un parfum oriental, comme s'il avait mangé des cachous. Il se pencha et lui murmura à l'oreille :

— Est-ce que vous feriez n'importe quoi pour moi ?

— Que voulez-vous dire par « n'importe quoi » ?

— Tout ce que je vous demanderais. Par exemple, me laisseriez-vous vous donner une fessée ?

— Mais pourquoi ? Je n'ai rien fait de mal !

— Si, si, vous avez certainement fait quelque chose de mal ! Peut-être avez-vous été insolente ? Peut-être avez-vous mangé trop de chocolats ? Peut-être avez-vous eu des pensées impures ?

— Je n'ai jamais de pensées impures.

— Vous voulez voir mon pénis ?

— Il est si spécial que ça ? Je croyais que les pénis, c'était comme les Chinois, qu'ils se ressemblaient tous !

— C'est une pensée impure, vous ne croyez pas ? Cela mérite une fessée.

Elle ne dit rien pendant un long moment. Leurs visages étaient si près l'un de l'autre que leurs nez se touchaient presque. Chacun sentait le souffle de l'autre sur ses joues. Ils sentaient leur chaleur réciproque.

— Vous avez envie de me fesser ? dit-elle.

Sa voix était celle d'un ventriloque ; c'était comme si quelqu'un d'autre avait parlé à sa place, quelqu'un qui se serait tenu tout près d'elle.

Sans un mot, il se redressa, puis il glissa ses mains sous

les cuisses de Pepper et la coucha sur le ventre en travers de ses genoux. Elle essaya de se débattre, mais il était incroyablement fort. Elle n'avait jamais connu un homme aussi fort. Il lui tordit les bras derrière le dos et maintint ses poignets si fermement qu'elle eut l'impression qu'ils étaient serrés dans un étau. Ses seins étaient écrasés contre sa jambe, et elle fut obligée de se contorsionner violemment pour les dégager.

— Lâchez-moi ! lui cria-t-elle.

— C'est ce que vous vouliez. C'est ce que vous m'avez demandé.

— Lâchez-moi, espèce de salaud !

— Ah, un autre péché ! Cela mérite au moins trois claques supplémentaires !

— Bon Dieu, si vous ne me lâchez pas, je vous arrache les yeux !

— Six claques supplémentaires !

Elle lança des ruades, se démena et essaya de glisser vers le sol. Mais il la maintenait fermement sur ses genoux, et il lui était absolument impossible de se libérer. Elle s'efforçait continuellement de se souvenir de ces cours d'autodéfense qu'elle avait suivis, puis elle ne fut pas du tout sûre de les avoir suivis. En fait, elle se demandait même en quoi ils consistaient. C'était certainement un rêve : elle avait dû les imaginer. Les seuls cours dont elle se souvenait, c'étaient des cours de danse, à Paris. Mme Valmeuse, illuminée par la lumière du soleil dans sa robe noire poussiéreuse, tapait dans ses mains et criait : *Un... et deux !... et trois !... et plié*[1] !

Craig saisit le bord de sa robe légère et commença à la relever. Elle se débattit et gigota encore plus frénétiquement, mais il lui donna une tape sur le haut des cuisses, si durement qu'elle cessa de se débattre, et suffoqua, le souffle coupé. Il retroussa sa robe jusqu'à la taille, et elle entendit les coutures se déchirer.

— Or... dure ! haleta-t-elle.

— Je suis une ordure, moi ? Vous en mourez d'envie ! C'est ce qui vous excite, hein ? C'est ce que désirent toutes

1. En français dans le texte. *(N.d.T.)*

les femmes ! Une bonne fessée, et ensuite une bonne saillie ! C'est ce que vous voulez toutes, c'est ce dont vous rêvez ! Oubliez toutes ces idioties romanesques que vous lisez dans le *Ladies Home Journal*.

— Espèce de dépravé !

Il la frappa sur les fesses, très durement. Elle cria et essaya de tourner la tête pour lui mordre le genou, ou le poignet, ou n'importe quoi.

— Une claque pour m'avoir traité de dépravé, lui dit-il.

Il la frappa de nouveau, et elle eut bientôt l'impression que son derrière était en feu.

— Une deuxième pour m'avoir traité d'ordure.

— Lâchez-moi ! tempêta-t-elle, serrant les dents, les larmes aux yeux. Je vous ferai arrêter pour ça ! Je vous ferai jeter en prison !

Il la fessa de nouveau, puis encore et encore...

— Une troisième pour vous être débattue, et une quatrième pour m'avoir menacé. Oh... et une cinquième pour m'avoir traité de salaud. J'ai failli oublier !

La cinquième fois, elle hurla. Mais la sixième fois, elle ne laissa échapper qu'un halètement rauque. Quelque chose était en train de lui arriver. Son derrière continuait de la brûler, mais une étrange chaleur se répandait en elle. Elle se sentait humiliée, blessée, mais ces sensations étaient excitantes. Le fait d'être ainsi exposée de force, et d'être punie pour le seul amusement d'un homme, répondait à ses désirs les plus secrets. Elle avait rêvé de jeux érotiques comme celui-là, mais elle n'avait jamais pensé qu'elle les connaîtrait un jour.

— Ordure, répéta-t-elle, et elle attendit la prochaine claque.

— Ça ne vous suffit pas ? lui demanda-t-il.

Elle ne voyait pas son visage, mais elle comprit qu'il souriait.

— Ordure-ordure-ordure !

Il ne la fessait toujours pas. Elle tenta de se frotter contre la cuisse de Craig. Cela lui procura une sensation délicieuse entre les jambes, mais ce qu'elle désirait ardemment, c'était une autre claque, et encore une autre.

— Ne me dites pas que vous en êtes déjà venue à adorer ça ? se moqua-t-il.

Il promena le bout de ses doigts sur son derrière tout rouge, puis entre ses fesses, presque jusqu'à l'endroit où elle voulait qu'il la touche. Puis il retira ses doigts.

Il lâcha ses poignets et dit :

— Et voilà... Vous êtes libre de partir. Si vous me détestez à ce point, si vous pensez que je suis une telle ordure et un tel dépravé, loin de moi l'idée de vous retenir ici contre votre gré.

Sans un mot, elle se laissa glisser à terre et s'agenouilla devant lui. Le visage empourpré, en sueur, elle déboucla frénétiquement sa ceinture et arracha deux boutons de sa chemise dans sa hâte de l'avoir. Elle ouvrit la braguette de son pantalon et sortit son pénis. Il était énorme, dur et dressé, tellement gonflé de sang qu'il était presque rouge foncé. Il ressemblait plus à une défense d'éléphant tachée de sang qu'à un organe humain.

Elle le contempla durant un long moment, le caressant lentement avec ses ongles. Puis, dans un lent mouvement plongeant des épaules, elle enfouit sa tête entre ses genoux et le prit dans sa bouche, si profondément qu'elle suffoqua un instant. Ses pendants d'oreilles oscillaient et tintaient tandis que sa tête montait et descendait. Craig était adossé au sofa ; il arborait une expression de dédain bienveillant. De temps en temps, il lui caressait les cheveux, ou touchait son épaule.

— Ne soyez pas trop longue, lui dit-il. Gordon et Nico doivent venir nous voir ce soir, pour dîner et pour faire quelques parties de cartes.

Il examina ses ongles. Il bâilla. Mais au bout d'un moment il commença à se crisper et à agripper les coussins du sofa. Lorsqu'il finit par éjaculer, il saisit violemment ses cheveux pour qu'elle ne puisse pas se dégager. Elle ne vit pas l'expression d'exultation méchante sur son visage, et c'était tout aussi bien.

Vendredi 16 juillet, 19 h 24

Effie rentrait d'une promenade au bord de l'Hudson lorsque Norman passa à proximité. Sa Dodge Charger pétaradait, et une épaisse fumée sortait du pot d'échappement.

— Salut ! Comment ça va ? lui cria-t-il.

Effie mit sa main en visière pour ne pas être éblouie par le soleil couchant.

— Je vais très bien, merci, Norman. Mes pieds sont en bonne voie de cicatrisation. Je croyais que Craig était avec vous.

— Il est resté à Walhalla pendant que j'allais acheter des bricoles. Des clous à tête, ce genre de choses.

— Vous retournez là-bas ? Attendez-moi, je viens avec vous. Il serait temps que je commence à coopérer !

Norman l'attendit devant la pension Pig Hill pendant qu'elle allait se changer, optant pour un jean et une chemise à carreaux. Il ignora les regards désapprobateurs des passants qui étaient obligés de respirer les gaz d'échappement de son moteur tournant au ralenti. Dès qu'Effie fut montée dans la voiture, il démarra en trombe et fila sur Main Street. Il laissa derrière lui un nuage de fumée qui aurait fait honte à une bombe atomique.

— Je pense que la maison devrait être habitable d'ici Noël, déclara Norman. L'entreprise de dératisation vient mercredi prochain. Les couvreurs ne devraient pas mettre plus d'un mois pour protéger contre les intempéries les parties les plus endommagées de la toiture. Le type des vitres a pris des mesures et va nous envoyer un devis. Et lundi... j'espère... ils commenceront à déblayer les loggias et à défricher le potager.

— Ce n'est pas cette forêt vierge qui me préoccupe ! dit Effie.

— Ouais, je sais, fit Norman. Ma mère m'a dit ce qui s'était passé, pour vos pieds.

— Et qu'en pensez-vous ?

Norman ramena ses cheveux en arrière et la regarda d'un air étonné.

— Ce que j'en pense, moi ?

— Bien sûr ! Toute cette affaire est tellement étrange. Vous n'avez pas une opinion ? Enfin, vous y croyez, ou non ? A votre avis, que se passe-t-il là-bas ?

— Je n'en sais rien. Je n'y ai pas vraiment réfléchi. Quand les gens me demandent mon avis, c'est uniquement pour savoir quel mélange de sable et de ciment ils doivent employer, ou comment décoincer leur fenêtre à guillotine. Je crois que ma génération est moins foldingue que la vôtre. Vous savez... nous ne recherchons pas les mêmes choses.

— Je sais que vous ne croyez pas aux fantômes... mais vous croyez aux vibrations psychiques, n'est-ce pas ? Et ces bâtiments organiques dont vous nous avez parlé, qui se reconstruisent tout seuls ?

Norman haussa les épaules.

— J'ai l'esprit très ouvert. Si quelque chose se produit... si je vois ça de mes propres yeux... bon, pas de problème. Des tas de gens ont vu toutes sortes de choses bizarres, et ils ne peuvent pas tous mentir, d'accord ? En tout cas pas ce bon vieux Henry Sneider, et sa grange magique. Elle est là-bas, je l'ai vue, et j'y crois. Je pense que vous ne devez pas oublier que j'ai grandi au milieu de tous ces trucs occultes que fait ma mère, et je considère tout ça comme allant de soi. La plupart de ces trucs sont des foutaises, comme certains de ces remèdes qu'elle prépare. C'est génial pour la constipation, mais ça ne va pas plus loin. D'accord, elle est la Reine du Laxatif du comté de Putnam, comme l'appelle mon copain Marty. Mais en ce qui concerne les vibrations psychiques... je ne sais pas. Je sais que ma mère perçoit vraiment quelque chose de très néfaste à Walhalla, mais, pour vous dire la vérité, je n'ai jamais rien vu ni rien perçu. Il faut savoir dissocier ce qui provient vraiment de la maison, et ce qui se passe dans votre tête.

— Qu'essayez-vous de me dire ? Vous pensez que votre mère pourrait imaginer ces vibrations psychiques ?

— Qui sait ? C'est une possibilité.

— Mais je les ai vues, moi aussi. Je les ai entendues. Et regardez ce qui est arrivé à mes pieds.

Norman s'engagea sur la route étroite qui menait à Walhalla.

— Ecoutez, ne me faites pas dire ce que je n'ai pas dit. Je ne sais vraiment pas.

— Vous pensez que j'ai imaginé ces blessures à mes pieds ? J'ai failli perdre mes orteils !

— Je ne sais pas, madame Bellman. J'ai entendu parler de saignements spontanés et de choses de ce genre. Des gens sont frappés de cécité et personne ne peut expliquer pourquoi. Mais je suis incapable de dire si cela a un rapport avec Walhalla. Je pense que vous ne devriez pas trop vous inquiéter. Quand nous aurons retapé cette maison, lorsqu'elle sera protégée des intempéries et chauffée, lorsqu'il n'y aura plus de pourriture sèche, vous allez l'adorer. Et lorsqu'elle sera entièrement restaurée, elle sera sensationnelle, croyez-moi !

Tandis qu'ils montaient vers le haut de la colline et passaient sous les ombres des arbres, Effie demeura silencieuse. Apparemment, Norman était tellement excité à l'idée de restaurer Walhalla qu'il était tout à fait disposé à minimiser les peurs de sa mère, et même à la taxer d'hystérie. Où étaient passées ses remarques acerbes... « ma mère a le droit d'avoir ses opinions » et « les gens qui sont incapables de percevoir des vibrations psychiques sont atteints de gangrène mentale » ?

Effie n'avait peut-être pas su faire de Norman son allié... Dès l'instant où Effie avait fait sa connaissance, elle avait su à quel point il rêvait de restaurer Walhalla. Mais elle avait également cru deviner qu'il était sensible et bien disposé, et qu'elle pouvait compter sur lui.

A présent, elle en était moins sûre. Elle commençait à pressentir que Walhalla n'était rien d'autre qu'une vanité masculine transformée en briques, ardoises et vitraux, et que tout homme qui s'approchait de Walhalla succombait inévitablement à la licence morale qu'elle lui offrait, de par sa seule existence. Une très grande demeure pour un homme très important.

— Votre mère va purifier la maison pour moi, dit-elle comme ils passaient devant l'auberge des Chênes Rouges.

— Ouais... elle est très demandée pour ce genre de choses. L'année dernière, elle a purifié une maison à Peekskill. Les gens disaient qu'ils voyaient continuellement des visages transparents flotter dans le vestibule.

— Vous pensez qu'elle le peut ? Enfin, vous pensez que c'est possible ?

— De purifier la maison ? Ouais, probablement. S'il y a vraiment quelque chose à purifier. Moi, je commencerais par nettoyer ces planchers crasseux !

— Vous semblez tellement sceptique, tout à coup !

Norman rétrograda pour gravir la dernière côte.

— Ecoutez, madame Bellman... je n'ai pas de boulot régulier. Je suis fou de Walhalla depuis que je suis gosse. Maintenant, j'ai la chance de la restaurer. De lui redonner sa splendeur d'antan, disons.

— Pour ma part, je pense qu'elle n'a jamais été splendide.

— Chacun sa conception de la splendeur, je suppose.

Ils franchirent les grilles de Walhalla et suivirent la longue allée qui décrivait une courbe. Ils dépassèrent les arbres, et la maison apparut. Le soleil couchant illuminait ses toits.

— Hé, c'est la camionnette de votre mère ! s'exclama Effie. Ne me dites pas qu'elle a déjà commencé à purifier la maison !

— Elle ne m'en a pas parlé.

Norman se gara derrière la camionnette Chevrolet bleue et délabrée de Pepper, avec ses décalcomanies de lunes qui s'écaillaient sur les côtés. Ils descendirent. Effie écouta et, pour la première fois, elle entendit le vent gémir doucement à travers les toits, le plus ténu des chants funèbres dans les conduits de cheminée. Elle frissonna. Pourtant, il ne faisait pas froid.

Ils gravirent les marches du perron. La porte était fermée, mais lorsque Norman tourna la poignée ils constatèrent qu'elle n'était pas verrouillée. Il poussa les battants, et la porte s'ouvrit dans un silence complet, comme elle le faisait toujours. Une porte aux joints parfaits et aux gonds magnifiquement équilibrés. A l'intérieur, l'odeur était la même. Un étrange mélange de camphre, de menthol et d'anis. Aromatique, mais rance. Une odeur comme celle que l'on s'imagine trouver en ouvrant la tombe de Toutankhamon. Une atmosphère tout à fait en harmonie avec une momie racornie, enveloppée de bandelettes.

Ils traversèrent le vestibule. Au-delà des fenêtres brisées, la lumière du jour commençait à s'affaiblir. Sans qu'elle sût pourquoi, cela donna à Effie un vif sentiment d'urgence, comme s'ils devaient achever leur travail ici avant qu'il fasse complètement nuit. Puis elle pensa : *Dracula*. C'est un souvenir de *Dracula*. Tout devait être fait avant que le soleil disparaisse à l'horizon.

Elle leva les yeux vers le palier et les armoiries avec leurs symboles héraldiques. Une bobine, des dés, un dragon et un crâne. Les quatre quartiers de la vie de Jack Belias. Et la devise : *Non omnis moriar... Je ne mourrai pas complètement*.

Les fenêtres devenaient de plus en plus sombres, et le sentiment de panique que ressentait Effie ne cessait de croître. Pour se calmer, elle se répétait constamment que tout allait bien, qu'elle contrôlait la situation. Elle était ici avec Norman, et Pepper ne devait pas être loin. Avant son « accident », elle aurait été également rassurée par la présence de Craig.

— Ohé ! appela Norman. Il y a quelqu'un ?

Pas de réponse. Il appela de nouveau.

— Ohé, tout le monde ! C'est nous ! Il y a quelqu'un ? Montrez-vous !

Norman tendit l'oreille d'un côté, puis de l'autre. Finalement, il dit :

— Chut ! J'entends quelque chose !

Ils écoutèrent attentivement. Rien. Seulement le vent qui

soupirait à travers les fenêtres aux carreaux cassés. Seulement la course précipitée et furtive des rats.

— J'ai hâte d'être débarrassé de ces rats, déclara Norman en fronçant le nez. Il y a deux jours de cela, je suis descendu à la cave avec Mr. Bellman, et ce foutu endroit grouillait de rats. Ils se contortillaient, littéralement !

— Ils se *contortillaient* ? dit Effie.

— Exact. C'est lorsqu'ils se contorsionnent, se tortillent et gigotent, tout ça en même temps. Bon sang, si vous aviez vu ça !

— Par bonheur, je ne l'ai pas vu. Et merci de m'avoir prévenue avant que nous passions la nuit ici !

— Je suis désolé, madame Bellman. Mais ce sont des rats de cave, disons. Ils vivent dans l'obscurité. Ils n'oseraient pas monter aux étages supérieurs.

— Je ne demande qu'à vous croire !

Ils suivirent le couloir jusqu'à la salle de bal, mais lorsqu'ils ouvrirent la porte la pièce était déserte. Tandis qu'elle se tenait sur le seuil et se demandait si elle devait entrer, Effie vit la lumière du jour décliner derrière la verrière obstruée de feuilles. Elle s'efforça de ne pas penser au *Beau Danube bleu*, ni aux coupes à champagne brisées qui lui avaient tailladé les pieds.

— Ohé ! appela Norman.

Ils écoutèrent, mais ils ne reçurent aucune réponse.

— Ils doivent être en haut.

Ils retournèrent dans le vestibule et gravirent l'escalier de gauche.

— Cet endroit me tue ! déclara Norman. Vous oubliez votre tournevis au second étage, et vous êtes obligé de vous taper vingt kilomètres pour aller le chercher !

— Où sont-ils, à votre avis ? demanda Effie. J'espère qu'ils ne se sont pas disputés. Votre mère m'avait demandé de ne pas dire à Craig qu'elle venait ici.

— Ils ont dû se trouver brusquement nez à nez, et ils ont eu la peur de leur vie !

Effie éclata de rire.

— Cela ne m'étonnerait pas.

Ils atteignirent le palier. La porte donnant sur l'antichambre était légèrement entrouverte, et, comme ils s'en approchaient, Effie entendit Pepper crier. Elle ne comprit pas ce qu'elle disait, mais apparemment elle s'était fait mal. Puis elle entendit la voix de Craig qui lui criait quelque chose en retour. Effie se tourna vers Norman et fronça les sourcils, perplexe.

Elle s'apprêtait à pousser les battants lorsqu'elle entendit distinctement Craig dire *sale pute*. Elle ôta vivement ses mains des poignées, comme si elles étaient chauffées à blanc.

— Vous avez un problème ? lui demanda Norman.

Effie déglutit. Craig la traitait de « sale pute » uniquement lorsqu'ils faisaient l'amour. Sinon, il ne le faisait jamais, même quand ils avaient une violente dispute.

Pepper cria de nouveau. Cette fois, d'une brusque poussée des deux mains qui était davantage un spasme nerveux qu'un geste délibéré, Effie ouvrit la porte en grand.

Tout d'abord, elle ne comprit pas ce qu'elle voyait. L'antichambre était déjà envahie par les ombres, et la chose qui se contorsionnait au milieu de la pièce ressembla, durant un instant terrifiant, à une seule créature difforme, comme le monstre de plâtre sur le palier. Puis la chose bougea et se divisa, et elle vit Pepper allongée sur le dos, une robe légère complètement retroussée et enroulée autour de son cou, ses jambes nues levées en l'air, ses cuisses écartées d'une façon presque impossible, tandis que Craig était agenouillé entre ses cuisses, tel un suppliant au cours d'un rituel impie, vêtu seulement de son polo noir.

Effie était figée sur place, observant un silence total. Norman, juste derrière elle, détourna la tête, embarrassé.

— Pute ! gronda Craig à l'adresse de Pepper.

Il s'enfonça en elle. Ses fesses nues étaient crispées comme un poing.

A cet instant, tandis qu'elle s'agrippait à lui, Pepper regarda par-dessus son épaule et aperçut Effie sur le pas de la porte. Une expression singulière apparut fugacement sur le visage de Pepper... non pas de choc ou de surprise, comme Effie l'aurait pensé, mais de stupeur totale, comme si elle était incapable de se rappeler qui était Effie, ou de comprendre pourquoi Effie se trouvait là et la regardait. C'était l'expression de quelqu'un qui entrevoit un ami dans une rue animée, alors qu'il sait que cet ami est mort, plusieurs années auparavant.

Norman essaya de saisir le bras d'Effie, mais elle dit :

— Reconduisez-moi à la pension, s'il vous plaît. Je vous en prie, Norman... tout de suite !

Elle traversa le palier et descendit l'escalier en courant. Elle ne voulait pas voir, ni penser. Et, par-dessus tout, elle ne voulait entendre aucune explication. Elle ouvrit violemment la porte et sortit sur le perron. Une obscurité veloutée et silencieuse s'amoncelait ; le ciel autour de Walhalla était moucheté de chauves-souris.

— Effie ! (C'était Pepper.) Effie, attendez !

Effie dévala les marches et courut vers l'automobile de Norman. Il lui semblait que son front avait été appuyé contre un bloc de glace pendant dix minutes. Il était engourdi, froid et douloureux. Elle regrettait de n'être pas venue avec sa voiture. Elle aurait pu partir d'ici immédiatement, et ne jamais revenir !

Norman franchit la porte, suivi de près par une Pepper éperdue. Son visage était blême, à l'exception de deux taches écarlates sur ses joues. Dans sa robe blanche diaphane, elle donnait l'impression de jouer Lady Macbeth. Elle descendit rapidement les marches, nu-pieds, dépassa Norman et courut vers Effie. Elle la saisit par le bras. Effie se dégagea d'un geste brusque et détourna la tête.

— Effie, je n'avais pas réalisé ! Effie, écoutez-moi, ce n'était même pas moi !

— Norman, s'il vous plaît, dit Effie en ignorant Pepper. Est-ce que nous pouvons partir sur-le-champ ?

Norman ouvrit la portière côté passager, et Effie monta dans la voiture. Pepper s'agrippa à la portière pour empêcher Effie de la refermer.

— Effie, vous devez me croire ! C'était une vibration psychique, la pire que j'aie jamais connue !

Effie la toisa avec froideur.

— De l'endroit où je me tenais, cela ressemblait davantage à une vibration physique. Maintenant, veuillez lâcher cette portière !

— Effie, ce n'était pas moi !

— Dans ce cas, ma vue a dû baisser plus que je ne le pensais.

— Ce n'était pas moi, de la même façon que ce n'était pas vous, lorsque vous dansiez dans la salle de bal !

— Je me suis blessée aux pieds dans la salle de bal. Au moins, je ne baisais pas avec le mari d'une autre femme. Qu'est-ce qui vous a pris ? Partons, Norman, j'en ai assez de tout ça !

Norman fit démarrer sa Dodge dans un rugissement assourdissant.

— Ce n'était pas moi ! cria Pepper pour se faire entendre au-dessus du vacarme. Et ce n'était pas Craig non plus !

Effie ôta de force les doigts d'Effie de la portière, qu'elle claqua ensuite et verrouilla. Norman lança un regard à sa mère et haussa les épaules d'un air résigné. Rester là et hurler à tue-tête ne servirait à rien. Craig et Pepper avaient été pris sur le fait, et il n'y avait rien à ajouter. Rideau !

Ils partirent. Norman alluma ses phares et causa une frayeur mortelle à six ou sept lapins. Effie n'arrêtait pas de se frotter le bras gauche. Elle était trop choquée pour pleurer. Elle ne vit pas les lapins. Elle voyait seulement les pieds nus de Pepper, la blancheur de ses cuisses, et la noirceur de Craig, agenouillé entre elles.

— Vous étiez au courant ? demanda-t-elle à Norman, comme ils franchissaient les grilles de Walhalla.

Norman secoua la tête.

— Je ne sais pas quoi vous dire. J'ai l'impression d'avoir reçu un coup sur la tête !

— Vous me dites la vérité ? Vous ne saviez vraiment pas ?

— Juré, craché, madame Bellman. Je ne savais absolument rien. Ma mère a un tas d'amis hommes. Elle aime les appeler ses galants. Elle a eu des ennuis, deux ou trois fois, avec des hommes mariés. Mais je ne savais pas, pour elle et Mr. Bellman, je vous le jure ! Je lui aurais conseillé de s'abstenir. On ne mélange pas le travail et la gaudriole, jamais ! Cela a tout gâché.

— Je ne vous le fais pas dire ! Demain matin, j'irai voir Walter Van Buren et je lui dirai de bloquer la vente.

— Oh, merde ! murmura Norman.

Effie se tut. Il n'y avait rien à ajouter. Elle appellerait son avocat à New York dès qu'elle serait rentrée à la pension Pig Hill. Ensuite, elle téléphonerait à sa mère. Mais avant tout elle commanderait une vodka-tonic bien tassée et elle mettrait la chaîne de sûreté sur la porte de la chambre.

Vendredi 16 juillet, 22 h 10

Assise devant la cheminée, elle sirotait son second verre de vodka et contemplait les bûches qui commençaient à s'affaisser, lorsque la porte s'ouvrit brusquement... et fut arrêtée dans sa course par la chaîne de sûreté. Elle entendit Craig crier :

— Bon sang, Effie !

Il secoua la porte plusieurs fois, puis s'arrêta.

— Effie ! Effie, tu m'écoutes ?

— Va-t'en, Craig. Je n'ai même pas envie de te voir.

— Effie, il faut que je te parle !

— Ça ne m'intéresse pas.

— Mais je peux tout expliquer !

Elle but une gorgée. Les glaçons avaient fondu et elle sentit à peine le goût de la vodka.

— Je sais. Tu as glissé sur la thibaude et tu es tombé accidentellement sur Miss Moriarty, laquelle, par le plus grand des hasards, était allongée sur le dos, juste devant toi, les jambes écartées !

— Effie... Pepper te le dira. Les gens que tu as vus en train de faire l'amour, ce n'était pas du tout nous.

— Tu avais engagé des sosies, je suppose ?

— Effie, écoute-moi, Pepper avait raison au sujet de Walhalla. Elle est pleine de vibrations psychiques. Toutes sortes de vies sont vécues là-bas, toutes en même temps.

— Il y a également toutes sortes de tromperies qui se passent là-bas. Je ne veux pas en entendre davantage. Ça suffit ! Je n'étais pas sûre de croire Pepper lorsqu'elle a parlé de vies coïncidentes. J'ai l'impression que la seule coïncidence qui l'intéressait, c'était que son corps coïncide avec le tien. Allons, Craig, c'est certainement l'excuse à un adultère la plus absurde que quelqu'un ait jamais trouvée.

— Tu refuses de me croire, alors ?

— Tu as tout compris. Et il y a autre chose que je refuse également : c'est de participer à l'achat de cette maison. Elle ne nous a apporté que du chagrin depuis que nous en avons franchi la porte.

— Tu ne peux pas m'empêcher d'acheter Walhalla. En fait, je l'ai déjà achetée. Cet après-midi, avant d'aller là-bas, j'ai donné à Walter Van Buren l'ordre de virement, et j'irai chercher les titres lundi matin.

Effie se leva et alla jusqu'à la porte.

— Comment as-tu pu faire ça ? Au moins un quart de cet argent était à moi !

— Un compte joint... une seule signature suffit. De plus, j'avais l'impression très nette que tu t'étais faite à cette idée d'acheter Walhalla.

— C'était avant que je vous surprenne, toi et cette garce de sorcière hippie, en train de baiser sur la moquette !

— Chérie, combien de fois dois-je te dire que ce n'était pas nous ?

— Oh, non ! Tu me prends pour une imbécile ? Eh bien, tu te mets le doigt dans l'œil, jusqu'au coude ! Je vais demander le divorce, mon petit vieux. Je vais tout te prendre et, si nous avons déjà acheté Walhalla, je te la prendrai également. Alors nous verrons si c'était toi ou non.

Craig hésita, penché vers l'entrebâillement de la porte. Effie sentait son haleine chargée d'alcool.

— Effie, c'est sérieux. C'est très sérieux. Ce qui s'est passé cet après-midi était tout à fait extraordinaire.

— Tu parles ! Tu as pris ton pied ? Elle était comment ? Elle a une meilleure prise vaginale que moi ? J'ai noté qu'elle était plus bruyante, en tout cas.

— Effie, je pense que j'étais Jack Belias.

Elle ne dit rien et le regarda avec un mépris fatigué.

— J'ai rencontré Pepper dans la salle de bal, murmura-t-il. Elle accomplissait un genre de rituel psychique... tu sais, pour mettre fin à toutes ces perturbations. Au début, j'étais moi, mais ensuite, j'ignore par quel mystère, tout a changé. La maison était différente. Pepper était différente. J'étais différent. J'étais marié, mais ce n'était pas avec toi... J'avais la puissance, Effie. J'avais retrouvé toute ma confiance en moi. Ce que ces gens m'ont pris... ce chauffeur de taxi, ces voyous... je l'avais de nouveau. J'étais rempli d'énergie... Ecoute, tu sais, pour ces trous noirs, ces étoiles tombées, qui possèdent une force de gravitation tellement intense que même la lumière ne peut pas s'échapper ? Ils aspirent tout ce qu'il y a autour d'eux... des nuages de gaz, des météores, des planètes, même. C'est exactement ce que je ressentais. Et j'ai également aspiré Gaby.

— Gaby ? demanda vivement Effie.

— Je n'ai pas dit Gaby. J'ai dit Pepper.

— Tu as dit Gaby, sans aucun doute.

— Et merde, Effie ! Pepper, Gaby, peu importe. Mais ce n'était pas moi. Je n'étais conscient de rien de tout ça jusqu'à ce que Pepper se relève. Elle a dit : « Effie est ici... elle nous a vus », et ensuite je suis redevenu moi.

Effie but le restant de son verre.

— Ensuite tu es redevenu toi, le singea-t-elle. Je suis plus que sceptique, comme tu dois t'en douter !

— Effie... je t'assure. C'est la vérité. Je crois vraiment que j'étais Jack Belias.

— Tu veux dire que ta maîtresse hippie a inventé une histoire abracadabrante sur des perturbations psychiques afin de te tirer d'affaire ? Ecoute-moi bien, Craig : je vais parler à mon avocat. Je n'ai rien d'autre à te dire, sinon que tu ferais mieux de te trouver un autre endroit où dormir. Il y a certainement un lit inoccupé à la Lune Affamée !

— Effie ! hurla brusquement Craig. Effie, c'est la vérité ! J'étais Jack Belias ! Je suis Jack Belias !

Puis ce fut le silence, ponctué seulement par la respiration haletante de Craig.

Effie demeura tout à fait immobile pendant un moment. Elle aurait dû savoir qu'elle commettait une erreur en laissant Craig faire cette fixation sur Walhalla. Il ne s'était pas rétabli, après son « accident ». Il n'était pas du tout guéri. Il était encore tellement vulnérable qu'il était prêt à transférer l'idée de virilité sur n'importe quoi. Et ç'avait été Walhalla. Une demeure pour un homme important... Effie pensa à la nuit où ils avaient dormi là-bas. Pepper était peut-être cachée quelque part, dans l'une des chambres du haut, et Craig s'était levé pour aller la rejoindre et lui faire l'amour. Après tout, Pepper savait où ils étaient. Et lorsque Craig lui avait téléphoné, Pepper avait peut-être adopté une attitude agressive pour dissimuler le fait qu'ils étaient amants.

Effie se sentait profondément blessée, mais en même temps elle s'était attendue à une crise comme celle-là, tôt ou tard. C'était presque un soulagement que Craig lui ait fourni une excuse pour lui tourner le dos, à lui et à Walhalla.

— Je te téléphonerai, dit-elle en poussant la porte pour la refermer. Laisse-moi parler à mon avocat, ensuite je te téléphonerai.

— Effie... je t'en prie, écoute-moi. J'étais Jack Belias. Je suis Jack Belias. Je peux le prouver.

— Va-t'en, Craig.

— Effie, il est dans ma tête, tout autant que moi ! Je n'y peux rien !

— Craig, si tu ne t'en vas pas, je vais demander à Mrs. O'Brien de prévenir la police.

— Tu veux que je te dise comment on triche au baccara ?... Tu veux que je te dise tout sur les *poussettes*[1], ou comment tricher avec un sabot ?... Moi qui n'ai jamais mis les pieds dans un casino, tu penses sérieusement que je saurais tout cela, si je n'étais pas lui ?

— Craig, va-t'en. Je n'ai pas envie de te parler. Tout est fini entre nous.

— Qu'est-ce qu'il te faut de plus, bon Dieu ? Tu veux que je te parle de la nuit où j'ai gagné soixante mille livres contre Nico Zographos et le Syndicat Grec ? Ecoute... écoute... j'étais assis à la table numéro deux au casino de Deauville et ma table a gagné vingt-six coups sur vingt-neuf contre la banque. Moi-même, j'ai gagné vingt-six coups. Je suis allé boire un verre, mais Nico Zographos a

1. En français dans le texte. *(N.d.T.)*

insisté pour que je revienne à la table afin de pouvoir regagner son argent. J'ai repris ma place et j'ai immédiatement gagné cinq autres coups. J'ai gagné tellement d'argent que Zographos m'a demandé si je voulais faire partie du Syndicat !

— Craig...

— Je peux te raconter comment j'ai ruiné Bert Ambrose au Casino d'Hiver de Monte-Carlo ! C'était en octobre 1934. Je peux te raconter toute la partie, coup par coup. Je peux te dire chaque carte qui a été retournée.

— Craig, tout cela est insensé. Je veux parler à mon avocat. Je veux réfléchir.

— Effie, j'ai besoin de toi.

— Pourquoi ? Tu n'as plus personne de qui te moquer ?

— Je le pense vraiment, Effie. Je ferai n'importe quoi !

Effie ne répondit pas. Elle pensa à tous ces jours heureux qu'ils avaient passés ensemble, depuis le moment où il avait cité Mallarmé jusqu'à leurs longues vacances ensoleillées à Key West et à Hilton Head Island. Elle pensa aux hamburgers de P. J. Clarke's et à leurs promenades dans le parc. Puis elle pensa à ces dîners d'affaires interminables avec des Coréens et des Japonais. *Je suis Mrs. Bellman. Comment allez-vous ?*

Elle poussa le battant et ferma la porte à double tour. Craig n'appela pas, ne frappa pas. Au bout d'un moment, elle l'entendit s'éloigner dans le couloir.

Samedi 17 juillet, 10 h 21

Elle fut obligée de passer devant la Lune Affamée pour se rendre à l'agence de Walter Van Buren. Comme elle le craignait, Pepper la héla et sortit de la boutique pour la rattraper. Elle portait un bandana noir et un corsage à manches bouffantes, et il y avait des cernes violacés sous ses yeux, comme si elle avait passé une nuit blanche.

Effie continua de marcher à grands pas, et Pepper fut presque obligée de courir pour la rejoindre.

— Effie, vous voulez bien attendre un instant ? Il faut que je vous parle.

— Quoi que vous ayez à dire, je n'ai pas envie de l'entendre.

— Effie, ce qui s'est passé hier soir... c'était un véritable cauchemar !

— Vous exagérez. Je ne trouve pas que Craig soit aussi mauvais que ça au lit.

Elle traversa la rue, mais Pepper continua de marcher à ses côtés.

— Lorsque Craig a dit que ce n'était pas nous, il vous a dit la vérité. Ce n'était pas nous. Et ce n'était pas hier soir, non plus. C'était une autre époque.

Effie s'arrêta devant un magasin de porcelaine.

— Oh, vraiment, dit-elle. Vous pensez que je suis naïve à ce point ?

— Je ne pense pas du tout que vous êtes naïve. En fait,

je pense que vous êtes suffisamment intelligente pour comprendre ce que j'essaie de vous dire, et pour me croire.

— Tout ce que je sais, mademoiselle Moriarty, c'est que je vous ai vue de mes propres yeux allongée sur le dos, les jambes en l'air, avec mon mari sur vous.

— Faux ! Celle que vous avez vue, c'était Gaby... Gaby Deslys, la danseuse. Elle était la maîtresse de Jack Belias.

— Tiens, tiens, se moqua Effie. Tous les deux, vous avez concocté une sacrée histoire, hein ?

— Effie, c'est vrai, nom d'un chien ! Exactement comme vous avez dansé à une autre époque, lorsque vous vous êtes blessée aux pieds.

— Norman attribue cela à des saignements spontanés.

— Norman est entrepreneur en bâtiment, pas médium. Vous étiez dans une autre époque, exactement comme Craig et moi.

Effie recommença à marcher.

— Je regrette, Pepper. J'ai parlé à mon avocat, la nuit dernière, et il prend déjà des mesures pour bloquer nos fonds communs et dresser la liste de tout ce qui m'appartient en propre.

— Oh, voyons ! Vous n'envisagez pas de divorcer ?

— Je ne sais pas encore. Je me protège, c'est tout.

— Vous devez me croire, Effie, je vous en prie ! dit Pepper. Il n'y a absolument rien entre Craig et moi. Et merde, je l'appelais « monsieur Bellman » jusqu'à hier soir !

— Au moins, votre liaison était placée sous le signe de la politesse.

— Ce n'était pas une liaison, et ce n'était pas nous ! Il s'est passé quelque chose à Walhalla que même moi je ne comprends pas.

— Cela s'appelle coucher avec un homme marié. Vous comprenez, maintenant ?

— Effie, je vous en prie ! Walhalla a toujours été un endroit perturbé... J'ai toujours senti qu'il y avait quelque chose de déséquilibré dans cette maison. Mais tout se passe comme si Craig avait déclenché une énorme agitation psychique. Hier soir, lorsque nous sommes allés dans cette pièce où vous nous avez trouvés ensemble, elle était entièrement restaurée, entièrement meublée, avec des miroirs aux cadres dorés, des rideaux de velours et tout le reste. La pièce semblait comme neuve. En fait, je pense qu'elle était neuve. Effie... il s'agit d'une perturbation psychique aux proportions incroyables. J'avais déjà perçu des sons, des odeurs très nettes ; j'avais déjà eu la sensation qu'il y avait quelqu'un là-bas. J'ai même ressenti des émotions qui n'avaient rien à voir avec ce que je ressentais vraiment... comme une tristesse terrifiante, dans une chambre où une femme était obligée de rester et de tenir dans ses bras un enfant agonisant. Mais j'ai *vu* cette pièce. Je m'y trouvais. Je l'ai sentie. J'ai parlé et je me suis comportée comme Gaby Deslys, et pas du tout comme moi.

Effie considéra Pepper. Son expression était tout à fait sérieuse, et également bienveillante. Le vent frais soufflant du fleuve faisait frémir les feuilles du limettier sous lequel elles se tenaient, et les ombres tachetaient le visage de Pepper.

— Je suis perplexe, déclara Effie. Vous conviendrez que c'est plutôt difficile à croire.

— Vous avez dansé dans cette salle de bal, Effie. Vous avez vu des gens qui n'étaient pas là, et vous vous êtes blessée aux pieds en marchant sur du verre qui n'existait pas. Pourtant, cela a dû exister, à une certaine époque, et les cicatrices sur vos pieds sont là pour le prouver.

— Et quelle preuve avez-vous que vous étiez Gaby Deslys ?

— Le fait même que je connaisse son nom, et que je sache presque tout sur elle. Je sais où elle est née. Je sais à quoi ressemblait sa mère. Je sais qu'elle a été à l'origine des émeutes qui aboutirent à la déposition de Manuel II, le dernier roi du Portugal, en racontant que celui-ci lui avait offert trois colliers de perles d'une très grande valeur, alors qu'il n'en était rien. Et je sais autre chose : elle s'était fait tatouer des roses sur les seins, pour faire plaisir à Jack Belias.

Sur ce, elle déboutonna son corsage et montra ses seins, là, en pleine rue. Plusieurs passants s'arrêtèrent et regardèrent avec stupeur. Un homme d'un certain âge faillit se cogner contre un arbre.

— Pepper... pas ici, dit Effie.

Mais Pepper répliqua :

— Vous vouliez une preuve ? La voilà, votre preuve !

Effie discernait de petites taches rosâtres sur chacun des seins de Pepper. Elles étaient si pâles qu'elles étaient quasi invisibles ; pourtant elle voyait distinctement qu'elles étaient censées être des roses.

Elle hocha la tête et dit :

— Oui, je les vois.

Pepper reboutonna son corsage.

— Effie, c'est une perturbation psychique suffisamment puissante pour causer de véritables changements physiques. Regardez-moi ! Non seulement j'ai les souvenirs de Gaby Deslys, mais j'ai également ses tatouages. Que va-t-il m'arriver maintenant ? Je ne *veux* pas être Gaby Deslys ! Je veux être moi ! Gaby Deslys a vécu dans les années vingt et je n'ai aucune envie de vivre à cette époque.

— Craig n'a pas arrêté de dire qu'il était Jack Belias.

— Ma foi, je sais ce qu'il ressent. Je suis certaine que, pendant un moment, il était Jack Belias. Et lui-même, également. Mais je vous assure, Effie, que je n'étais pas moi lorsque vous m'avez surprise avec Craig, hier soir. J'ai fait des choses avec lui que je n'avais jamais faites avec aucun homme... des choses que je ne veux plus jamais refaire !

— Je ne tiens pas à écouter cela, l'interrompit Effie.

— Mais il le faut. Et vous devez absolument me croire. Si Walhalla n'est pas purifiée, Craig ressemblera de plus en plus à Jack Belias, jusqu'à ce qu'il devienne Jack Belias, pas simplement mentalement, mais physiquement. Jack Belias avait une personnalité très forte, très dominatrice, alors que Craig est beaucoup plus faible. Il est clair que Gaby Deslys était plus forte que moi, c'est pourquoi je me retrouve avec ses tatouages, au lieu que ce soit elle qui se retrouve avec mon tour de poitrine. Comme je l'ai dit, cette perturbation occasionne de véritables changements physiques chez les gens.

Effie songea brusquement à la façon dont la peau et le teint de Craig s'étaient modifiés, petit à petit, au cours de ces deux dernières semaines. Elle songea également à l'impression qu'elle avait eue, la dernière fois qu'ils avaient fait l'amour... comme si Craig avait à nouveau deux testicules.

Puis elle songea à autre chose. Aux empreintes digitales de Craig. Si sa peau pouvait être satinée comme celle de Jack Belias, et ses cheveux plus foncés, pourquoi ses empreintes digitales n'auraient-elles pas pu se modifier, elles aussi ?

Samedi 17 juillet, 11 h 3

Walter Van Buren portait sa tenue du samedi matin, un veston sport et un pull à col roulé, tous deux du même beige que ses vêtements des autres jours. Il bourrait sa pipe quand Effie entra dans son bureau, et il se mordillait le bout de la langue en signe de grande concentration.

— Ah... madame Bellman. C'est bien aimable de votre part d'être venue.

— Vous avez eu mon message ?

— Oui, bien sûr, et je dois dire que j'ai été désolé d'apprendre cette nouvelle. De fait, la vente a été conclue. Tous les papiers ont été signés et les vendeurs ont reçu l'ordre de virement. J'ignore quelle sera la situation lorsque Fulloni et Jahn s'apercevront que vos comptes ont été bloqués. Ils vont probablement vous poursuivre en justice. Hum, en fait, je suis sûr qu'ils le feront !

— Je crois que j'ai changé d'avis, dit Effie. Mon mari et moi avons eu... une mésentente, hier soir. Je ne lui ai pas parlé aujourd'hui, mais je ne vois pas pourquoi nous ne serions pas capables de trouver un compromis.

— Je suis très soulagé d'entendre cela, madame Bellman. Vous savez, acheter une maison est l'activité humaine la plus stressante après le combat armé.

— J'ai l'impression que l'achat de cette maison-ci bat le combat armé à plates coutures !

— Euh, oui, vous avez raison. Mais vous devriez essayer la méthode Feldenkrais... c'est merveilleux pour se débarrasser du stress. Vous devez penser que votre postérieur est une horloge, vous savez.

— Pardon ?

— Vous devez lui imprimer un mouvement de rotation... A votre postérieur. C'est très relaxant.

— Je vais discuter de tout ça avec mon mari. Ensuite, je parlerai à mon avocat et je reviendrai vous voir.

— Je serais ravi que vous trouviez un compromis, madame Bellman. Walhalla a besoin de quelqu'un comme votre mari pour la remettre en état. (Il se renversa dans son fauteuil et regarda dans le vague.) Quelqu'un de passionné. Quelqu'un qui voit grand. Ce serait tellement dommage que cette maison continue de se dégrader.

— Vous en parlez presque avec émotion, sourit Effie.

Elle se rendit compte que c'était la première fois qu'elle souriait depuis la veille au soir.

Walter Van Buren cligna les yeux, puis il se redressa.

— Eh bien... fit-il. Disons simplement que je porte un intérêt personnel à cette maison.

Effie attendit, mais il devint évident que Walter Van Buren n'avait pas l'intention de lui dire quel était cet intérêt personnel. Elle se leva pour prendre congé.

Walter Van Buren la reconduisit jusqu'à la porte de l'agence. Comme elle sortait, il posa doucement sa main sur son coude et dit :

— Vous m'êtes très sympathique, madame Bellman. Vous me rappelez quelqu'un que j'ai connu, il y a très longtemps. Alors faites attention à vous, je vous en prie. Nous ne voulons pas qu'il vous arrive quelque chose, n'est-ce pas ?

— Je ne suis pas sûre de comprendre.

— Les vieilles maisons peuvent parfois être des endroits très dangereux. N'oubliez pas de mettre votre casque protecteur.

— Entendu, dit Effie, déconcertée.

Elle commença à remonter la grand-rue. Alors qu'elle traversait, cependant, elle tourna la tête et entrevit Walter Van Buren qui l'observait depuis les baies vitrées de l'agence. Son visage était presque aussi pâle que du boudin blanc. Elle n'aurait su dire pourquoi, mais la façon dont il l'observait lui parut tout à fait menaçante.

Un gros nuage cacha le soleil. Main Street devint brusquement grisâtre et ressembla à une carte postale. Quand Effie regarda à nouveau vers l'agence, Walter Van Buren avait disparu.

Samedi 17 juillet, 11 h 57

Norman l'avait certainement attendue. Comme elle passait rapidement devant la porte ouverte de la Lune Affamée, il surgit brusquement, tel un diable à ressort. Il portait une chemise indienne ample dans les tons violets et verts, et de toutes petites lunettes de soleil aux verres ambrés.

— Madame Bellman ! appela-t-il. Madame Bellman, il faut absolument que je vous parle !

Effie jeta un coup d'œil à l'intérieur de la boutique. Elle aperçut Pepper à contre-jour, derrière le comptoir encombré de flacons.

— Si vous êtes inquiet pour votre contrat, Norman, rassurez-vous. Votre mère m'a persuadée de rester cool !

— Elle me l'a dit, fit Norman. Vous savez, elle n'est pas souvent désolée. Mais, cette fois, elle l'est sincèrement. Elle n'avait pas l'intention de vous faire de la peine, pour rien au monde.

— Tout va bien, Norman. Je pense que nous avons trouvé un terrain d'entente.

— Je suis bien content ! Et ce n'est pas simplement à cause du travail que je faisais, ou de l'argent que je gagnais. Enfin, le travail est le travail, et l'argent est l'argent, mais les amis sont les amis !

— C'est exact, Norman. Les amis sont les amis.

— Hé, ne partez pas ! s'écria Norman. Il faut que je vous montre quelque chose.

— Norman, je suis fatiguée. J'ai eu une semaine difficile. Ça ne peut pas attendre ?

— Je vous en prie, insista-t-il. C'est peut-être l'explication de ce qui se passe à Walhalla. C'est vrai, je l'ai vu de mes propres yeux. Je ne sais pas si cela a un rapport avec les perturbations occultes et tous ces trucs. Vous savez ce que j'en pense. Je suis foutrement sceptique, la plupart du temps. Mais ça, c'est différent.

— Bon, de quoi s'agit-il ? demanda Effie d'un ton impatient.

— Est-ce que vous connaissez la Maison Benton, là-bas, à Salt Point ?

Effie secoua la tête.

— Moi non plus, jusqu'à cette semaine. Mais ma mère la connaissait. Cette maison est très connue, du moins dans le milieu des médiums.

— Oh, les médiums ! Je crois que j'ai eu mon compte de médiums pour la journée !

— Ouais, sans doute, mais écoutez. La Maison Benton a été construite dans les années 1890 par cette secte d'illuminés : la Fraternité de Balam. A présent, elle appartient à l'association des Amis de la vallée de l'Hudson. Ils n'ont jamais réussi à la restaurer complètement. Apparemment, ils ont essayé quatre ou cinq fois, mais, chaque fois, ils ont été obligés d'arrêter les travaux à cause d'un accident très grave, et finalement la maison a été fermée. Jim Bogard, l'un des conservateurs, m'a confié les clés. Il n'aurait pas dû le faire, mais j'ai restauré ce belvédère pour lui l'année dernière, vous comprenez, et j'ai fait un boulot vraiment super, alors il devait me renvoyer l'ascenseur, comme qui dirait !

— Norman... en quoi cela me concerne-t-il ?

— Cela pourrait vous concerner de très près, madame Bellman. Non, je parle sérieusement. La Fraternité a construit la maison d'une façon spéciale... les solives sont disposées en cercles concentriques, comme une toile d'araignée, ce qui est une construction tout à fait inhabituelle. Je n'avais encore jamais vu quelque chose comme ça, nulle part, et pourtant j'en ai vu, des maisons, d'un bout à l'autre de la vallée de l'Hudson. Je ne fais que ça depuis mon enfance !

— Et alors ?

— Et alors, le seul autre endroit où j'ai vu un plancher construit de la même façon, c'est la bibliothèque de Walhalla.

— Pas possible !

— La Fraternité de Balam indisposait les habitants du coin, à cause de tous ces rituels. Puis une femme a disparu, c'est ce que ma mère m'a raconté. Mais, lorsque les habitants du coin sont venus leur demander des comptes, les membres de la secte se sont barricadés dans la maison. Et ensuite, ils ont disparu. Ils ont totalement disparu, et personne ne les a jamais revus.

— Oh, allons ! Il y avait certainement un tunnel secret.

— J'ai examiné la maison de fond en comble. Pas de tunnel secret. Pas de portes dérobées. Absolument rien.

— Et où voulez-vous en venir ?

Norman leva une main pour indiquer qu'elle devait l'attendre et ne pas s'en aller. Il disparut dans la boutique. Au bout de deux ou trois minutes, il revint ; il tenait dans ses bras l'énorme chat gris de Pepper. Celui-ci fermait les yeux pour exprimer son mécontentement, et son lourd corps pendouillait comme la gibecière d'un garde-chasse.

— Vous connaissez Houdini[1], n'est-ce pas ?

— Je l'ai vu dans la cuisine de votre mère. J'ignorais qu'il s'appelait Houdini.

— Avant, il s'appelait Merlin, comme le magicien, mais un jour il est tombé dans le malaxeur de pâte à pain de la boulangerie. Eh bien, il a réussi à se glisser entre les roues dentées et les fouets, et à se sortir de là. Pas vrai, Houds ?

Houdini ferma les yeux encore plus fort. Apparemment, il aurait griffé avec joie le visage de Norman, s'il n'avait pas été aussi indolent.

— Norman, je ne suis vraiment pas d'humeur à jouer.

— Ce n'est pas un jeu, je vous assure. Mais si vous ne

1. Houdini « le velu » : jeu de mots, en référence à Harry Houdini, le roi de l'évasion. *(N.d.T.)*

venez pas à la Maison Benton pour voir ça par vous-même, vous ne me croirez jamais.

— Vous voulez que je vous accompagne à Salt Point ? *Maintenant ?*

Norman posa Houdini sur le siège arrière de la voiture et ôta ses lunettes de soleil. Il ramena ses cheveux en arrière, et Effie s'aperçut brusquement qu'elle contemplait un jeune homme à l'air sérieux, très maigre, mais pas mal du tout.

— Je n'arrivais pas à trouver le lien, déclara-t-il. Et puis j'ai cherché la Fraternité de Balam dans *La Théologie non conformiste*, l'un des bouquins qui se trouvent dans l'arrière-boutique de ma mère. En fait, les membres de la secte menaient une vie religieuse très stricte, mais ils vénéraient des anges déchus, parce qu'ils pensaient que tout le monde avait droit à une seconde chance. C'est ce qui dérangeait les habitants de la région. Ça, et le baptême reçu dans une nudité intégrale. Ils vénéraient notamment Balam, lequel avait été un ange de l'Ordre des Dominations. Balam fut chassé du ciel à coups de pied parce qu'il avait soutenu devant Dieu que les femmes étaient les égales des hommes. Le MLF avec quelques siècles d'avance, pas vrai ?

— Et ?

— Et... Balam était l'esprit d'hier, d'aujourd'hui et de demain. Il était l'esprit du temps, de l'invisibilité, et de tout ce qui arrive en même temps... la coïncidence. Balam pouvait vous dire quand vous étiez né, ce que vous alliez faire dans cinq minutes, et quand vous alliez mourir. Et le plancher construit par la Fraternité, ce plancher bizarre semblable à une toile d'araignée... d'accord, c'était un plancher sur lequel on pouvait marcher, mais c'était surtout une horloge.

— Norman, je suis complètement perdue !

— Vous ne comprenez pas ? Jack Belias a certainement appris l'existence du plancher de la Maison Benton avant de faire construire Walhalla. Il a forcément appris son existence... le motif est identique ; seules les dimensions varient. Dites, qu'est-ce qu'un joueur invétéré pouvait désirer plus que tout au monde ? Parler à Balam, d'accord ? Lui poser des questions. Savoir à l'avance ce qui allait se passer.

— Norman, c'est complètement délirant ! s'exclama Effie. Le temps, des esprits, des planchers ! Qu'essayez-vous donc de me dire ?

Norman prit la main d'Effie. Ses doigts étaient étonnamment secs, réconfortants et chauds.

— J'essaie de découvrir ce qui se passe, c'est tout. J'essaie de découvrir ce qui est réel et ce qui est imaginaire.

— Je pense que nous pouvons dire à coup sûr que Balam est imaginaire.

— Et l'homme avec qui vous avez dansé ? L'homme qui vous a blessée aux pieds ? Il était imaginaire, à votre avis ?

— Je ne sais pas. En ce qui me concerne, toute cette histoire est terminée.

— Madame Bellman, dit Norman d'un ton solennel. Cette histoire est loin d'être terminée. Vous voulez bien venir avec moi à Salt Point ? Nous pourrions déjeuner au restaurant St. Andrews. J'ai un ami là-bas qui prépare l'Ecole hôtelière... il peut m'avoir une table pratiquement n'importe quand.

— C'est très gentil à vous, Norman, mais je n'ai pas faim et je n'ai pas envie d'aller à Salt Point.

Norman la considéra un moment, puis il laissa ses cheveux retomber sur son visage. Il avait l'air si malheureux qu'Effie prit sa main.

— Norman... j'ai eu tellement de chagrin à cause de Walhalla... trop, c'est trop.

— Bon, d'accord, fit Norman. Je comprends. Mais j'ai emmené Houdini à la Maison Benton très tôt ce matin, et ça a marché. Alors je ne vois pas pourquoi ça ne marcherait pas maintenant.

— Qu'est-ce qui a marché ?

— Il faut que je vous montre. Autrement, vous ne me croirez pas.

A ce moment, Effie regarda vers le haut de la grand-rue et vit un taxi s'arrêter devant la pension Pig Hill. La portière s'ouvrit et Craig descendit. Elle savait qu'elle devrait avoir une longue et pénible conversation avec lui. Chose étrange, elle lui avait presque pardonné ce qui s'était passé entre Pepper Moriarty et lui. Elle ne savait absolument pas pourquoi. Mais elle était sur le point de croire que Pepper et lui disaient la vérité à propos de ce qui leur était arrivé à Walhalla. Craig, malgré son irascibilité, lui avait toujours dit la vérité, et elle avait le sentiment très net que Pepper n'oserait pas mentir. Elle croyait bien trop aux puissances des ténèbres, aux forces de lumière et au châtiment surnaturel.

Si Pepper était convaincue qu'elle pouvait utiliser quelques pincées de plantes magiques pour faire se rider la peau d'une jeune femme comme une vieille pomme, elle devait croire également qu'on pouvait lui rendre la pareille.

Craig franchit la porte de la pension. Effie hésita un moment, puis elle ouvrit la portière de la voiture de Norman, s'installa sur le siège du passager et dit :

— Bien sûr, oui, pourquoi pas ?

Norman eut l'air ravi et mit le moteur en marche.

Il se dirigea vers le nord-est, vers Nelsonville, pour rejoindre l'autoroute. Assis sur la banquette arrière, Houdini fermait les yeux. Le vent chaud ébouriffait sa fourrure.

Samedi 17 juillet, 16 h 4

Ils quittèrent la route principale et bringuebalèrent sur un chemin de terre creusé d'ornières et caillouteux qui longeait un champ de maïs. Des nuages noirs arrivaient du nord-ouest, mais le soleil continuait de briller sur les épis de maïs et les feuilles frissonnantes des trembles qui bordaient le champ sur deux côtés.

— Cela m'a pris une éternité pour trouver cet endroit, dit Norman. Je n'aimerais pas habiter ici en hiver. Ou alors il me faudrait un chasse-neige comme deuxième voiture.

Ils atteignirent brusquement une trouée dans les arbres et débouchèrent sur un champ couvert de broussailles, d'un peu plus de deux hectares. Presque au milieu de ce champ se dressait une grande maison trapue, avec des toits à forte pente et quatre tourelles en forme de pentagone, une à chaque coin. La maison était peinte en gris floconneux, et le toit était vert. Les fenêtres étaient aussi vides que des cadres de tableaux sans toiles, à l'exception d'une grande fenêtre sur le côté gauche, laquelle réfléchissait une image parfaite et luisante du soleil, des nuages qui s'amoncelaient, et des trembles aux feuilles frissonnantes.

Norman se gara et ils descendirent de la voiture. Un petit vent frais soufflait, et Effie regretta de ne pas avoir pris son manteau.

— Vous allez voir cette petite merveille, dit Norman. Ils étaient foutrement doués. C'est ce que j'appelle de la menuiserie !

Effie tourna la tête et contempla le champ de maïs doré par le soleil. Il paraissait irréel, comme s'il s'était agi d'une toile de fond pour *Le Magicien d'Oz*. Elle voyait très bien Judy Garland se promener dans ce champ, en compagnie de l'Epouvantail. Puis les nuages commencèrent à grignoter lentement le bord du soleil, le champ s'assombrit, et le vent souffla plus fort à travers les épis.

— Venez, la pressa Norman en prenant Houdini dans ses bras. Vous devez absolument voir ça !

Ils gravirent les marches jusqu'à la véranda, et Norman ouvrit la porte-moustiquaire.

— Cette maison a été construite exactement à l'endroit qu'il fallait, avec les matériaux qu'il fallait, et elle a été peinte de la couleur qu'il fallait. C'est ce que nous appelons l'âme architecturale.

Il déverrouilla la porte d'entrée. Elle comportait un heurtoir au cuivre terni, orné d'une tête de bouc mince et allongée.

— Balam, annonça Norman.

— Il a l'air plutôt pitoyable, non ?

— Vous avez remarqué qu'il était orienté à l'est ? Comme la sonnette à poignée de Walhalla.

Ils entrèrent. La maison était sombre, silencieuse, et sentait l'abandon.

— Aucune trace d'humidité, dit Norman. Ils ont si bien construit cette maison qu'elle n'a jamais été humide. Et le toit ! On pourrait croire qu'il a été posé hier !

Ils s'avancèrent dans le vestibule vide. Le plancher en bois de chêne était impeccable. Il n'y avait pas le moindre signe de ternissure ou de gauchissement, et les lattes luisaient faiblement sous leur couche de poussière.

— Regardez-moi ces planchers... j'en pleurerais ! Et vous savez quoi ? Si les archives des Amis de la vallée de l'Hudson disent la vérité, ils ont été posés par un gamin de dix-neuf ans, un certain Ethan Carter. Un gamin de dix-neuf ans ! Je n'arrive pas à trouver d'ouvriers deux fois plus expérimentés que lui qui soient capables de poser un plancher digne de ce nom !

— Que voulez-vous, Norman, les temps changent.

— Vous croyez ? Peut-être bien que oui. Peut-être bien que non.

Il l'emmena dans la plus grande pièce de la maison. Haute de plafond et rectangulaire, elle était presque quatre fois plus grande que toutes les autres pièces, mais, chose curieuse, elle n'avait pas de fenêtres. La seule lumière qui entrait dans cette pièce venait des portes ouvertes.

— Vous avez vu ce plancher ? s'enthousiasma Norman.

Effie s'avança dans la pièce, et ses chaussures de sport couinèrent sur le bois de chêne jadis ciré.

— Il est circulaire, pas de doute.

— Il est prodigieux ! s'écria Norman, presque au supplice. C'est le travail de menuiserie le plus incroyable que j'aie jamais vu de toute ma vie !

Effie baissa les yeux. Norman avait raison. Le plancher était prodigieux. Il était fait entièrement de lattes en bois de chêne incurvées, disposées en des cercles concentriques parfaits, comme une cible.

— Comment ont-ils fait ça ? demanda-t-elle.

— Facile... enfin, la conception est simple. Ethan Carter a découpé à la scie des arcs de cercle de bois dans des chênes adultes, à la main, d'accord ? Et il les a assemblés comme un immense puzzle. Imaginez un peu l'habileté que cela demandait ! Chaque cercle devait avoir un plus grand diamètre que le précédent. Et le plancher comporte probablement plus de mille pièces.

Effie se mit à tourner sur elle-même.

— Quelle piste de danse ! C'est incroyable !

— Hé, arrêtez ! s'exclama Norman. Madame Bellman... ne faites pas ça !

Elle s'immobilisa.

— Ne pas faire quoi ?

— Ce truc de tourner sur vous-même. Comme je l'ai dit, c'est bien plus qu'un plancher, c'est une horloge.

Elle regarda le plancher à nouveau.

— Je ne comprends toujours pas ce que vous voulez dire.

— C'est pour cette raison que j'ai amené Houdini. On ne peut pas expliquer ce plancher. Il faut le montrer aux gens.

Il posa le chat au centre même de la pièce. Puis il se mit à croupetons à côté de lui et le caressa. Houdini s'étira, bâilla et se frotta contre le genou de Norman. A ce moment, Norman tira de sa poche un genre de nœud papillon, fait de papier blanc plié, et entouré d'un élastique. Tout en chatouillant Houdini sous le menton d'une main, il lui passa l'élastique autour de la queue.

Houdini se retourna immédiatement. Il chercha à attraper le nœud en papier, mais il le manqua. Il tourna sur lui-même à nouveau. Bientôt, il tournait de plus en plus vite, essayant d'attraper ce papillon blanc exaspérant qui semblait le suivre partout où il allait.

— Maintenant, regardez, murmura Norman en se relevant. Regardez ce qu'il fait, et observez également sa couleur.

— Sa couleur ?

— Oui. Vous voyez, elle commence déjà à changer.

Houdini pourchassait sa queue si vite qu'il n'était plus qu'une boule de poils indistincte. Malgré tout, Effie se rendit compte que quelque chose lui arrivait. Houdini paraissait plus grand, et plus foncé, et ses poils continuèrent de foncer, jusqu'à ce qu'il soit presque noir.

— Que lui arrive-t-il ? demanda Effie. Il ressemble à un chat complètement différent.

Néanmoins, Houdini continuait de tourner sur lui-même en donnant des coups de patte, et il grossissait encore. Effie fit un pas vers lui, afin d'essayer de voir ce qui lui arrivait vraiment, mais Norman la retint par le bras.

— Faites attention... il ne me connaît plus. Durant quelques instants, en tout cas.

— Regardez-le ! Il devient complètement fou !

Norman consulta sa montre.

— Je pense que ça suffit... Je ferais mieux de lui retirer ce nœud en papier.

Il se mit sur un genou et tendit la main pour attraper Houdini comme celui-ci passait près de lui. Sa main toucha le chat une seule fois. Houdini s'arrêta brusquement de poursuivre sa queue et sauta au visage de Norman en crachant de colère.

Norman leva son bras pour se protéger et tomba sur le

côté. Mais Houdini se glissa rageusement sous son bras et lui griffa le visage depuis la paupière jusqu'au menton. Norman cria, roula sur lui-même et voulut se relever. Houdini bondit sur son dos et commença à lui lacérer les oreilles.

— Enlevez-le ! hurla Norman. Enlevez-le, merde !

Effie ôta rapidement l'une de ses chaussures et s'en servit pour frapper le chat sur le côté de la tête, puis sur le dos. Chaque coup produisit un horrible bruit sourd. Elle s'apprêtait à frapper le chat à nouveau lorsque celui-ci fit volte-face et feula vers elle, un grognement rauque qui crépitait de haine.

Et Effie s'aperçut que ce n'était pas du tout Houdini, mais un énorme matou noir aux yeux jaunes flamboyants de colère et aux poils sales et emmêlés. Sa tête ressemblait plus à la tête d'un cobra qu'à celle d'un chat.

Elle cria et lança sa chaussure vers lui. Le chat tomba du dos de Norman et roula sur le plancher. Norman se remit debout et lui donna des coups de pied. Le chat essaya de le griffer, mais Norman le frappa encore plus violemment. L'animal fila vers la porte et disparut dans la pièce voisine.

— Pour l'amour du ciel, que lui est-il arrivé ? demanda Effie. Est-ce que ça va, Norman ?... Seigneur, votre visage !

— Ce n'est rien, la rassura-t-il en se tamponnant la joue avec un mouchoir à l'aspect grisâtre. Allons chercher ce chat.

— Hein ? Il a failli vous arracher un œil !

— Venez, insista Norman en la prenant par la main.

Il l'entraîna vers la pièce voisine où le chat noir s'était sauvé... Il jeta un coup d'œil circonspect par l'entrebâillement de la porte avant d'entrer.

Effie regarda prudemment autour d'elle. Les portes étaient verrouillées. Les fenêtres étaient fermées. La cheminée était condamnée avec des planches. Mais elle n'aperçut le chat nulle part.

— Où est-il passé ? Il était énorme, Norman ! Où est-il allé ?

— Il est retourné auprès de ses propriétaires, je pense. La Fraternité de Balam.

— C'était leur chat ?

— Il correspond à la description que j'ai trouvée dans les archives. Un chat noir très agressif qui montait la garde sur la véranda et attaquait quiconque s'approchait de la maison.

Effie regarda autour d'elle à nouveau, parce qu'elle n'arrivait pas à y croire. Le chat n'avait pas pu sortir de la pièce ; pourtant, il avait disparu. Et il avait forcément existé... les égratignures sur le visage de Norman en témoignaient.

A ce moment, elle entendit un miaulement plaintif. Elle se retourna, et là-bas, au milieu de la pièce principale, elle aperçut Houdini. Effrayé, inquiet, mais égal à lui-même.

— Il est revenu, murmura-t-elle. Il était ici... ensuite il était là-bas... et maintenant il est revenu. C'est de la magie !

Norman secoua la tête.

— Ce n'est pas de la magie. C'est de la science. C'est de l'architecture. Ma mère en sait plus que moi à ce sujet. Les Mayas ont été les premiers à construire des planchers de ce genre. Enfin, n'importe qui en aurait été capable, les Romains, les Grecs. Ils avaient les connaissances en mathématiques, ils avaient toutes les compétences techniques, mais ça ne suffisait pas. Encore fallait-il croire que ça allait marcher, autrement il était parfaitement inutile d'essayer. C'est ce que j'appelle le Syndrome de la Bicyclette de Deadwood.

Il s'approcha d'Houdini, le prit dans ses bras et le caressa. Houdini se débattit un peu, mais il paraissait sain et sauf, malgré ce qui lui était arrivé.

Norman reprit :

— Un type est arrivé de l'Ouest dans les années 1880 avec des plans pour construire une bicyclette, et il les a donnés à ce forgeron de Deadwood. Le forgeron refusa de la construire en déclarant qu'il ne consacrerait pas des heures et des heures de travail à quelque chose qui ne pourrait fonctionner en aucun cas !

Effie tendit son index et Houdini le lécha d'une langue râpeuse.

— Le chat de la Fraternité est toujours ici, de même que les membres de la Fraternité. Ils n'ont pas vraiment disparu. Ils ont simplement utilisé ce plancher pour se transporter dans un autre temps. Peut-être en arrière, peut-être en avant. Plus vraisemblablement en avant, à mon avis. Et je pense qu'ils réapparaîtront un jour ou l'autre, en parfaite santé.

— Ils se sont transportés en avant ? Dans le futur ?

— C'est ce que je pense. Bon, je ne suis pas un expert. Mais vous vous tournez dans le sens des aiguilles d'une montre pour vous transporter en avant, et en sens inverse des aiguilles d'une montre pour vous transporter en arrière, d'accord ? Vous ne vous êtes jamais demandé pourquoi les aiguilles d'une montre tournent comme elles le font ? Il n'y a aucune raison mécanique à cela. C'est simplement la façon dont le temps est assemblé, exactement comme ce plancher.

— Alors, ce qui s'est passé à Walhalla, vous pensez que c'est la même chose que ce que nous venons de vivre ?

— Tout à fait. Houdini se trouvait à proximité d'un chat doté d'une forte personnalité, et il a commencé à lui ressembler et à se comporter comme lui. Mr. Bellman se trouvait à proximité de Jack Belias, et Jack Belias a pris possession de lui. Ma mère se trouvait à proximité de cette Gaby Deslys, et la même chose lui est arrivée.

— Vous ne m'avez pas fait cette petite démonstration juste pour prouver que votre mère n'était pas fautive, hein ?

Norman eut l'air embarrassé.

— En partie, si vous voulez savoir la vérité. Elle a dit que ce n'était pas elle, et je la crois. Je veux que vous la croyiez, vous aussi, parce que nous devons purifier cette maison une bonne fois pour toutes, et ma mère est la seule personne, à ma connaissance, qui en soit capable.

Ils sortirent de la Maison Benton et se dirigèrent vers la voiture. Effie se sentait très fatiguée maintenant. Tout ce qu'elle voulait, c'était une tasse de café noir et quelques heures de repos. Tandis que Norman installait Houdini sur la banquette arrière, elle se retourna et contempla la Maison Benton une dernière fois. Les nuages noirs avaient envahi le ciel presque entièrement, et des gouttes de pluie commencèrent à tomber. Les fenêtres de la maison étaient tellement sombres qu'il était impossible de voir à l'intérieur. Pourtant, durant un instant fugace, Effie eut la certitude d'apercevoir l'ombre d'un homme. Il lui tournait le dos.

Mardi 20 juillet, 19 h 36

Pepper referma brusquement le dernier livre et le lança dans un coin, puis elle bâilla et s'étira de façon exagérée, à tel point qu'Houdini, irrité, faillit tomber de ses genoux. Effie avait fini de lire depuis plus d'une demi-heure. Adossée à un énorme coussin indien, les yeux fermés, elle écoutait le tintement des mobiles en coquillages près de la fenêtre du séjour.

— Bon sang, personne n'a donc jamais rien écrit sur Jack Belias ? s'exclama Pepper. Un milliardaire, un joueur invétéré qui a ruiné de propos délibéré la plupart de ses soi-disant amis. Il connaissait l'Aga Khan, les Dolly Sisters, ce foutu duc de Westminster. Oh... on a écrit sur l'argent qu'il a gagné, et sur les parties qu'il a jouées. Mais qu'y a-t-il sur lui, sur sa femme, sur ses affaires de cœur ? Et Gaby Deslys ?

Elle ouvrit sa petite boîte en fer-blanc et prit un joint rachitique. Il s'enflamma brusquement lorsqu'elle l'alluma, et elle se retrouva avec juste quelques brins d'herbe et de tabac, et l'odeur éphémère de Woodstock.

— Comment va Craig ? demanda-t-elle en époussetant de la main la cendre qui était tombée sur les poils d'Houdini.

Sa voix était, à dessein, douce et circonspecte. Craig était toujours un sujet de conversation sensible entre elles, malgré les affirmations de Pepper et la transformation apparente d'Houdini.

— Comme ci comme ça, répondit Effie. Nous ne nous parlons pas beaucoup. Je voulais discuter avec lui de ce qui s'était passé à Walhalla... vous savez, pour faire le point, et essayer de découvrir ce qui lui était arrivé. Mais il a répondu qu'il ne désirait plus aborder ce sujet, et que si je ne le croyais pas, je ferais mieux de rentrer à New York.

— Mais vous le croyez ?

— Je n'ai pas le choix si je veux rester avec lui ! Mais il a un comportement tellement étrange. Dimanche, il a dormi pratiquement tout le temps, et hier il est resté toute la journée à Walhalla. Et je suis certaine qu'il est en train de changer. Sa peau est différente, il parle différemment. Il n'a même plus l'odeur du Craig d'avant. A vrai dire, j'ai très peur pour lui. Mais il n'a absolument pas l'intention de renoncer à Walhalla. Dès que je lui en parle, il se met en colère.

— Il n'a pas des amis qui pourraient le conseiller ? Et son médecin ?

— Il ne téléphone plus à ses amis. Il dit que la maison est tout ce dont il a besoin. J'ai suggéré à mots couverts qu'il devrait consulter son psychiatre, le docteur Samstag, mais il s'est contenté de me tourner le dos et de sortir de la pièce.

Pepper demeura silencieuse un moment. Puis elle dit :

— Vous ne pensez pas que ce serait peut-être une bonne idée si vous partiez quelque temps ?

Pourquoi dit-elle ça ? se demanda Effie... *Et si c'était pour rester seule avec Craig ?*

— J'y ai songé, bien sûr. Mais qu'arrivera-t-il à Craig si je pars ? Il s'est montré violent et irascible, et il est très, très étrange, mais je l'aime toujours.

— Vous m'avez pardonné, n'est-ce pas ? demanda Pepper.

Ses yeux argentés ressemblaient à des pièces de monnaie polies.

— Je ne sais pas, répondit Effie. A qui suis-je censée pardonner, à vous ou à cette Gaby ? Est-ce à Craig que je suis censée pardonner, ou bien à Jack Belias ?

Pepper se leva et vint s'asseoir à côté d'Effie. Pepper portait un chemisier indigo ample, un jean moulant et un bandeau orné de pièces dorées qui tintaient. Effie avait conscience de sa sensualité, de la façon dont ses seins ballottaient lourdement sous ce coton diaphane. En comparaison, elle se sentait trop chic. Elle portait un chemisier à carreaux roses et blancs, et un pantalon de toile blanc de très bonne coupe. Pepper sentait les plantes médicinales et les épices, le garde-manger de l'amour. Effie sentait les parfumeries de la Cinquième Avenue.

— Je pense que nous devons tout cela à Jack Belias, déclara Pepper. Il a fait construire Walhalla pour s'isoler du monde extérieur, à l'exception de ces joueurs qu'il invitait pour ses parties de baccara. Il voulait vivre selon ses propres critères. Il voulait régner sur le monde, et ruiner tous ceux qui le défiaient. Je suis sûre que personne ne pouvait avoir de la sympathie pour lui... pourtant, aucun biographe ne le dit vraiment. Un été, il a baisé la femme d'un pauvre bougre tous les soirs sur une table de chemin de fer, avant qu'elle rentre chez elle. Eh bien, le mari cocu a offert un cheval de course à Jack Belias. Deux de ces livres mentionnent le fait, sans donner la moindre explication.

Effie prit l'un des ouvrages et le regarda en fronçant les sourcils.

— Les auteurs sont peut-être encore vivants. Nous pourrions les consulter.

Pepper se redressa sur un coude.

— Vous avez vu leurs photographies au dos des couvertures ? Vous pensez vraiment qu'ils ont tenu le coup jusqu'à maintenant ? Regardez-moi ce type... né en 1917... un spécialiste du jeu. Une cigarette au bec. Cela ne me surprendrait pas du tout qu'il ait passé l'arme à gauche tout de suite après que la photographie eut été prise.

Effie ouvrit le livre et parcourut la page de garde.

— Harry Rondo... auteur de six livres sur le jeu et les joueurs... célibataire endurci... vit actuellement à Pocantico Hills.

— Hé, ce n'est pas très loin d'ici, dit Pepper.

Elle se leva et marcha nu-pieds sur les coussins jusqu'à la petite table indienne où se trouvaient son téléphone et son fax. Elle se lécha l'index et feuilleta bruyamment l'annuaire local.

— Ah, voilà ! Harold A. Rondo, 7773 Bedford Road, Pocantico Hills. Cet annuaire est vieux de deux ans, mais s'il a réussi à survivre aussi longtemps, cela vaut peut-être le coup de lui parler.

Effie consulta sa montre.

— Je dois être rentrée à huit heures et demie. Craig m'emmène dîner à l'hostellerie Hudson.

— Petite veinarde ! J'adore ce restaurant. Attendez... je vais téléphoner à Harold A. Rondo avant que vous partiez. Nous pourrons peut-être convenir d'un rendez-vous avec lui pour demain.

Elle composa le numéro et attendit pendant que le téléphone sonnait. Il s'écoula presque une minute avant que quelqu'un décroche, et ensuite elle n'entendit qu'une respiration sifflante.

— Allô ? fit-elle. Je suis bien chez Harold A. Rondo ?

— Qui désire le savoir ? dit une voix rauque.

— Ecoutez, si vous êtes Mr. Rondo, je m'appelle Pepper Moriarty, et je tiens la boutique de produits alimentaires naturels et de plantes médicinales, la Lune Affamée, à Cold Spring.

— Vous voulez me vendre quelque chose pour ma santé ? Si c'est le cas, vous arrivez environ trente ans trop tard.

— Monsieur Rondo, je ne vous téléphone pas pour vous vendre quoi que ce soit. J'ai des amis qui viennent d'acheter Walhalla.

— Ils ont fait quoi ?

— Ils ont acheté Walhalla... la maison de Jack Belias.

— Ils sont en phase terminale ou quoi ? demanda Harry Rondo avec une pointe d'ironie.

— Mr. Bellman est un avocat international très connu, monsieur Rondo. Sa femme est une spécialiste de la peinture moderne. Ils ont d'intention de restaurer Walhalla, et ils aimeraient en savoir davantage sur Jack Belias, parce que, apparemment, on a écrit très peu de choses sur sa vie privée.

Il s'ensuivit un long silence. Pepper entendait

Harry Rondo s'humecter les lèvres ; elle l'entendait presque réfléchir. Au bout d'un moment, il demanda :

— Vous avez lu mon livre ?

— Oui. Je l'ai ici. Votre livre donne énormément de détails sur les parties jouées par Jack Belias. Mais il ne dit pas grand-chose sur l'homme. Sur sa vie. Vous l'avez connu personnellement, n'est-ce pas ?

— J'étais très jeune. Mais, oui, je l'ai connu. Mon père jouait au baccara avec lui. C'est de cette façon qu'il s'est retrouvé ruiné, et c'est pourquoi j'habite ici dans ce quartier minable de Pocantico Hills, et non sur Park Avenue. Mon père était un homme très riche, mais il avait un faible pour les cartes, et Jack Belias l'a vidé comme un poisson.

— Vous n'avez jamais rien écrit sur la vie privée de Jack Belias ?

— J'y ai pensé, mais j'ai décidé de ne pas prendre ce risque.

— Quel risque ? Que voulez-vous dire ? Il est mort en 1937 !

— J'ai décidé de ne pas prendre ce risque, c'est tout. Il a ruiné mon père en l'espace de trois heures... une vie entière passée à se battre dans l'industrie de la construction, tous ces efforts anéantis du jour au lendemain. Et Jack Belias a fait ça en neuf coups, pas un de plus.

— Monsieur Rondo, accepteriez-vous de nous parler de Jack Belias, à mon amie et à moi-même ?

Un autre silence.

— Je ne sais pas... parler est aussi dangereux qu'écrire.

— Monsieur Rondo, je crois savoir ce que vous voulez dire. C'est pour cette raison que mon amie et moi aimerions en apprendre un peu plus. Ecoutez, je vais être franche avec vous. Je suis médium. Je suis allée à Walhalla, et j'ai passé des moments tout à fait désagréables là-bas.

— Médium, hein ? fit Harry Rondo d'un ton méfiant.

Effie détourna la tête. Elle n'avait pas envie de penser à ces « moments tout à fait désagréables ». Elle n'arrêtait pas de se représenter les jambes nues de Pepper pédalant dans l'air, et les fesses crispées de Craig.

— Monsieur Rondo... je pense que vous serez d'accord

avec moi si je vous dis que Walhalla doit être purifiée. Il faut mettre fin à toutes ces perturbations psychiques. Mais j'ai besoin d'en savoir plus sur Jack Belias... ses origines, ce qu'il était vraiment.

Cette fois, Harry Rondo demeura silencieux si longtemps que Pepper crut qu'il avait raccroché. Puis, d'une voix basse et légèrement chevrotante, il dit :

— Vous voulez savoir ce qu'il était vraiment ? Il était Satan incarné !

— Satan ?

— Ce n'est pas un terme trop fort pour lui, certainement pas ! De toute ma vie, je n'ai jamais connu un homme qui dégageait une aura aussi négative que Jack Belias. Bien sûr, les femmes l'adoraient. Il pouvait faire faire à n'importe quelle femme ce qu'il voulait, en haussant simplement le sourcil. Il prenait les épouses d'autres hommes, et il affichait ses conquêtes au vu et au su de tous. Ensuite, lorsque les maris jouaient aux cartes contre lui, il les dépouillait de leurs fortunes, et les laissait sans un sou. Les hommes qu'il a ruinés ! Des hommes riches et influents. Des hommes avec des femmes superbes à leur bras, des yachts, et tout ce que l'argent et la puissance pouvaient offrir. Il les abaissait. Il les humiliait devant leurs amis. Et il prenait tout. Un jour, il est allé au château de Georges Michel et il a arraché lui-même ces magnifiques rideaux de velours hauts de quinze mètres parce que Michel lui devait une grosse somme d'argent. Il a réduit à la mendicité certains des hommes les plus riches du monde, l'un après l'autre. Parfois, ils se sont suicidés ; un ou deux ont essayé de le tuer. Mais vous n'imaginez pas le malheur que cet homme apportait avec lui. Il est allé à Deauville, Cannes, Aix-les-Bains, La Baule et Biarritz. La plupart du temps, il était aimable et charmant, mais il pouvait aussi être fou de rage si quelqu'un essayait de contrecarrer ses desseins. Dans tous ces endroits, il a laissé derrière lui des gens morts ou ruinés, comme après une épidémie de peste.

— Mais pourquoi a-t-il ruiné tellement de gens ? demanda Pepper. Quelle était sa motivation ?

Harry Rondo toussa.

— Vous n'avez pas encore compris, hein ? Il n'y avait aucune motivation. Jack Belias faisait cela uniquement parce qu'il pouvait le faire.

Mardi 20 juillet, 21 h 6

Craig commanda une vodka-martini et but d'un trait la plus grande partie de son verre, comme un homme qui vient d'échapper à un accident mortel. Ils étaient assis sur des tabourets, au bar de l'hostellerie Hudson, et attendaient leur table. Ils avaient réservé pour huit heures, mais Craig était rentré de Walhalla à huit heures un quart, sale, énervé, et ayant grand besoin de prendre une douche. Finalement, lorsqu'ils arrivèrent, leur table avait été donnée à un autre couple. C'était l'une des meilleures tables de la vaste salle aux poutres de chêne, dans une alcôve en briques décorée de fleurs.

Le maître d'hôtel, un homme courtaud et affable aux cheveux lustrés, avait essayé d'apaiser la colère de Craig en leur proposant des cocktails offerts par la maison pendant qu'ils attendaient, mais Craig lui avait répondu très calmement qu'il avait vu des lépreux tricoter et se débrouiller bien mieux que lui pour diriger son restaurant. Effie avait enfoncé ses ongles dans la paume de Craig et avait dit :

— Craig, ça suffit. Je ne veux pas d'esclandre. Sinon, je rentre tout de suite à la pension et je commande un sandwich.

Craig avait fait une petite courbette ironique au maître d'hôtel.

— Excusez-moi... c'était irréfléchi de ma part. J'avais oublié que les petites gens comme vous ont besoin de montrer leur autorité de temps en temps.

A présent, assis au bar, il regardait fixement le couple d'un certain âge qui avait pris leur table, comme s'il était capable de provoquer chez eux une crise cardiaque simplement en les regardant avec malveillance.

— Craig... ce n'était pas leur faute ! Arrête de les fixer comme ça.

— C'est notre table. La table que j'avais réservée. Et cet imbécile de restaurateur est allé la donner à quelqu'un d'autre !

— Mais nous étions en retard. Il a une affaire à tenir, la salle est bondée !

— Oh, je vois. Nous sommes assis au bar comme deux passagers en attente, pendant que Mr. et Mrs. « Seconde Lune de Miel » dînent à notre table, et tu trouves des excuses pour la direction. Je sais qu'ils ont une affaire à tenir. J'ai dirigé une affaire. Et je n'ai pas réussi dans la vie en mettant à la porte mes clients privilégiés et fortunés pour accueillir des péquenots en costumes bon marché.

Il posa violemment son verre sur le comptoir et fit claquer ses doigts à l'adresse du barman pour que celui-ci lui apporte une autre vodka. Le barman était un jeune homme grand et timide, avec une moustache blonde tombante. Il dit :

— Vous pouvez m'appeler Michael, monsieur. Ou Mikey. La plupart des gens m'appellent ainsi.

Craig le dévisagea.

— Je vous connais ?

Le jeune homme rougit.

— Je me présente, monsieur, c'est tout. J'essaie simplement d'être amical. Ne le prenez pas mal.

— Quel est votre travail ici ? lui demanda Craig.

Sa voix fut brusquement douce et menaçante, si douce que le jeune homme ne comprit pas.

— Pardon ?

— Quel... est... votre... travail... ici ? On... vous... paie... pour... quoi... faire ?

— Pour tenir le bar, monsieur.

— C'est exact. On ne vous paie pas pour vous faire des amis. On vous paie uniquement pour servir des consommations aux clients qui vous le demandent. Alors servez-moi une vodka. S'il vous plaît. Et si vous avez été froissé parce que je vous ai appelé en claquant des doigts, je vous prie de m'excuser. La prochaine fois, je sifflerai, ou j'agiterai un fanion, ou j'enverrai des signaux de fumée.

Le jeune homme jeta un coup d'œil à Effie, et celle-ci lui fit un petit signe de tête bienveillant qui voulait dire *ne faites pas attention, il est très énervé.* Il prit le verre de Craig et lui apporta une autre vodka, ainsi qu'une assiette contenant des amandes salées et des noix de pécan grillées.

— Vos noix, monsieur, dit-il, le visage impassible.

Bien sûr, ce n'était qu'un jeu de mots [1], pour répliquer à l'arrogance de Craig. Il ne pouvait pas savoir que, pour Craig, cette plaisanterie avait également une autre signification, une signification en rapport avec tout ce qui lui était arrivé depuis que Zaghlul Fuad l'avait pris dans son taxi en cette nuit de mars... Craig se leva, aussi rapide et souple qu'un animal prédateur, et s'empara d'un pic à glace posé sur le comptoir.

Effie le regarda avec horreur tandis qu'il saisissait l'épaule gauche du jeune homme avec sa main gauche et brandissait le pic à glace dans sa main droite. Durant un millionième de seconde, elle crut que Craig allait lui plonger le pic à glace dans le cœur. Mais il le lança de côté. Le pic à glace tomba sur le sol et un homme qui était assis à l'autre bout du bar le ramassa précipitamment.

Le jeune barman recula, les yeux écarquillés par la peur. Son visage était aussi blanc que son tablier. L'homme qui avait ramassé le pic à glace vint vers eux et dit :

— Holà, mon vieux, on se calme !

Mais Craig le menaça du doigt, et il jugea plus prudent de s'en tenir là.

Effie saisit Craig par le bras.

— Craig ! supplia-t-elle, mais qu'est-ce qui t'a pris ?

— Craig ? demanda-t-il, comme s'il ne connaissait même pas son propre prénom.

Il se tourna pour la regarder fixement. Son visage était congestionné par la colère ; ses yeux étaient gonflés et

1. *Nuts*, noix, signifie en argot « merde ! » (dans le sens : je vous dis merde !)... et également « noix » /testicules. *(N.d.T.)*

injectés de sang. Il ressemblait plus à un démon qu'à son mari.

Le maître d'hôtel survint, suivi de près par un jeune homme baraqué, aux cheveux coupés en brosse, portant un smoking.

— Je regrette, monsieur, mais je suis obligé de vous demander de partir.

— Comment ? fit Craig d'une voix pâteuse. Qu'est-ce que vous racontez ? Effie, mais qu'est-ce qu'il raconte ?

— Je suis désolé, madame, dit le maître d'hôtel à Effie. Je ne peux tolérer la moindre agression envers mon personnel. Si vous ne partez pas maintenant, je préviens la police.

Effie prit Craig par le bras et l'entraîna vers la sortie. Il titubait, comme s'il était ivre. Tandis qu'on les raccompagnait jusqu'à la porte, le silence se fit peu à peu dans la salle, et tous les dîneurs les suivirent du regard. Effie sentit ses joues s'empourprer ; elle eut brusquement si chaud qu'elle crut qu'elle allait s'évanouir.

Le maître d'hôtel saisit le bras de Craig comme ils atteignaient la porte.

— Je vous demanderai de ne jamais revenir ici.

— Vous ne savez pas à qui vous parlez, hein ?

— Je vous en prie... dit le maître d'hôtel.

Il regarda Effie et lui demanda :

— Est-ce que ça va, madame ? Vous êtes toute pâle.

Craig le repoussa.

— Cette dame m'appartient, mon vieux. Elle est à moi et à moi seul.

— Viens, Craig, le pressa Effie. Ça suffit pour ce soir !

— Cette dame est à moi, répéta Craig. Elle m'appartient complètement, corps et âme. Ne vous avisez pas de lui parler à nouveau, parce que, si vous le faites, je vous arracherai la tête et je vous pisserai dans le cou !

Ils descendirent les marches et Effie guida Craig à travers le parking.

— Je vais conduire, dit-elle en ouvrant la portière côté conducteur.

Mais Craig l'écarta d'une poussée très brutale et se glissa derrière le volant.

— Tu feras ce que je te dis de faire, comme tu le fais toujours.

— Craig, si tu conduis, je vais prendre un taxi pour rentrer !

Craig demeura immobile un moment. Il regardait fixement devant lui, comme s'il pensait à quelque chose de tout à fait différent. Puis il descendit de la voiture, se tint devant Effie, et posa les deux mains sur ses épaules.

— Si j'ai accepté que tu viennes vivre avec moi, c'est parce qu'il était convenu que tu serais ma propriété, que tu te plierais à toutes mes volontés, sans la moindre hésitation, sans discuter, sans broncher.

— Craig, écoute-moi, dit Effie. Il y a quelque chose qui ne va pas chez toi. Tu n'es plus toi-même... tu es en train de changer !

— C'était le marché, oui ou non ?

— Craig...

— Est-ce que c'était le marché ?

— Non, ce n'était pas le marché ! J'ai promis de t'aimer et de t'honorer, pour le meilleur et pour le pire, et c'est pour cette seule raison que je reste avec toi en ce moment, parce que tu as un problème grave. Mais je suis foutrement sûre de ne pas avoir accepté d'être ta propriété et de ne jamais m'y résigner !

Il la regarda avec stupeur ; il avait peine à croire qu'elle pût lui tenir tête. Ses yeux étaient encore plus gonflés, ses narines frémissaient, et il respirait bruyamment, des halètements profonds et rauques.

— Monte dans la voiture, lui dit-il.

— Craig, si tu insistes pour conduire, je prends un taxi !

— Pour la dernière fois, monte dans la voiture.

Elle secoua la tête énergiquement en signe de refus.

Sans la moindre hésitation, il saisit les fines bretelles de sa courte robe du soir rouge et les tira violemment vers le bas. Il continua de tirer et arracha complètement sa robe. Elle était tellement choquée qu'elle ne pouvait pas respirer, encore moins crier. Il empoigna son soutien-gorge et le fit passer par-dessus sa tête, lui écorchant les bras et lui égratignant le visage. Puis il lança le soutien-gorge au loin.

— Non ! suffoqua-t-elle. Craig... qu'est-ce que tu...

Elle voulut s'enfuir, mais il saisit d'une main la ceinture de son collant et, de l'autre main, la tint fermement par la taille. Tandis qu'elle lui donnait des coups de pied et se débattait, il abaissa son collant vers ses genoux puis, avec son pied, le fit descendre sur ses chevilles.

Elle était entièrement nue. Elle se contorsionna et commença à lui griffer le visage et à lui donner des coups de poing. Il ne la frappa pas en retour. Ce n'était pas nécessaire. Il était bien trop fort pour elle et, apparemment, cela lui était parfaitement égal qu'elle lui donne des gifles et lui lacère les oreilles avec ses ongles. Il l'empoigna, la mit sur son épaule, puis il fit le tour de la voiture et la jeta sur le siège du passager.

— Je te l'ai dit, gronda-t-il. Tu m'appartiens complètement, c'était le marché. Tu es à moi.

— Je vais demander le divorce, cria-t-elle. Cette fois, je parle sérieusement. Je vais demander le divorce et je te prendrai tout !

— Tu ne peux pas divorcer de quelqu'un avec qui tu n'es pas mariée.

— Qu'est-ce que tu racontes ?

— Je crois que tu as trop bu, fit-il. Mais oui, tu es complètement schlass ! Tu es mariée, trésor, mais pas avec moi.

— Craig, je ne sais vraiment pas ce que tu...

— Ecarte les jambes, ordonna-t-il.

— Quoi ? Craig, je t'en prie, si ce Jack Belias cherche à te dominer, essaie de lui résister. Je t'en supplie, Craig ! Tu es Craig Bellman, et je suis Effie Bellman, et nous sommes mariés. Nous habitons à l'Immeuble Sutton, 86e Rue Est, New York, et en ce moment nous sommes descendus à la pension Pig Hill, à Cold Spring, et... Craig, ne le laisse pas te faire ça ! Ne le laisse pas prendre possession de toi !

— Ecarte les jambes, répéta-t-il.

Effie serra fortement les cuisses.

— Craig... tu me fais peur, tu me fais très peur !

Il se pencha vers elle et referma sa main gauche sur sa nuque, fermement mais sans lui faire mal.

— Ecarte les jambes, sinon je te brise la nuque. Et tu sais que j'en suis capable.

— Craig... l'implora-t-elle, les yeux noyés de larmes. Craig, je t'en prie, ne fais pas ça !

Il durcit sa prise sur sa nuque. Elle suffoqua et laissa échapper un sanglot pitoyable.

— Tu sais que j'en suis capable, répéta-t-il de la même voix terne.

Tremblant de peur, Effie écarta ses cuisses petit à petit. Continuant de la regarder fixement, tout en esquissant un sourire, Craig glissa sa main entre les cuisses d'Effie, son majeur tendu.

Elle sentit des larmes tomber sur ses seins nus tandis qu'il enfonçait son doigt en elle. Il le laissa là pendant cinq ou dix secondes, puis il le retira.

— Je te l'ai dit, murmura-t-il. Tu m'appartiens. Complètement.

Mardi 20 juillet, 23 h 36

Elle attendit jusqu'à ce qu'elle entende la voiture redémarrer, puis elle quitta le lit et enfila rapidement un pull-over en angora blanc et un jean. Il avait emporté la clé de la chambre, mais elle coinça un prospectus plié de la pension Pig Hill dans la porte afin de pouvoir rentrer. Elle s'avança sur la pointe des pieds dans le couloir, descendit l'escalier et jeta un regard prudent au rez-de-chaussée, dans le cas où il ne serait pas encore parti.

Wendy O'Brien survint et lui demanda avec un sourire :

— Désirez-vous quelque chose, madame Bellman ?

Effie lui rendit son sourire et dit :

— Non, merci. Je n'arrivais pas à dormir, c'est tout. J'ai pensé qu'une promenade me ferait du bien.

— Vous ne voulez pas un verre de lait chaud ou autre chose ?

— Non, je vous remercie. Je vais très bien.

— Excusez-moi de vous poser cette question, mais... tout va bien, n'est-ce pas ?

— Tout va très bien. Nous passons de merveilleuses vacances !

— C'est simplement que... ma foi, je ne voudrais pas me mêler de ce qui ne me regarde pas, mais j'ai entendu des éclats de voix, venant de votre chambre. Et votre visage...

— Oh, je me suis promenée dans les bois autour de Walhalla, et je me suis fait griffer par des ronces. Ne vous inquiétez pas ! Je suis désolée si nous avons réveillé quelqu'un. Mon mari est surexcité, depuis que nous avons acheté Walhalla, et il s'emporte pour un rien.

— Du moment que votre séjour se passe bien.

— Oui, bien sûr.

Elle sortit de la pension et descendit la grand-rue vers la Lune Affamée. C'était une nuit chaude et paisible. La vraie lune venait d'apparaître au-dessus de la taverne Old Post et illuminait la lune à la bouche avide accrochée au-dessus de l'entrée de la boutique de Pepper. Effie appuya sur la sonnette et attendit un moment. Puis elle sonna de nouveau. Au bas de la rue, l'Hudson miroitait dans l'obscurité, semblable à une nappe de mazout.

Une lumière fut allumée dans la boutique. Puis Pepper apparut, les cheveux ébouriffés, seulement vêtue d'une chemise d'homme à rayures. Dès qu'elle aperçut Effie, elle déverrouilla la porte. Effie entra et respira les senteurs herbacées des fleurs séchées et des potions magiques.

— Je dormais, dit Pepper. Bon sang, que vous est-il arrivé ? Votre visage est couvert d'égratignures. Je croyais que vous deviez dîner à l'hostellerie Hudson ?

— C'est ce qui était prévu, en effet, répondit Effie en s'efforçant de prendre un ton désinvolte. Mais Craig est rentré très tard de Walhalla, et ils avaient donné notre table à un autre couple. Craig est devenu fou furieux. D'abord, il a insulté le maître d'hôtel et, ensuite, il a menacé le barman avec un pic à glace.

— Il ne l'a pas... ?

— Oh, non. Mais, durant une seconde, j'ai cru qu'il allait le faire. Ils nous ont jetés dehors et ils ont menacé de prévenir la police. J'étais tellement gênée, vous ne pouvez pas savoir ! Alors j'ai dit à Craig que je voulais conduire pour rentrer à la pension, mais il a refusé catégoriquement. J'ai dit que j'allais prendre un taxi et il a littéralement arraché tous mes vêtements pour m'en empêcher.

— Il a fait quoi ?

Effie se mit brusquement à pleurer. Ce fut plus fort qu'elle. Elle s'agrippa à Pepper. Ses sanglots étaient si profonds et si douloureux qu'ils semblaient à peine humains.

— Il a arraché... il a déchiré mes vêtements. Au beau milieu du parking. Il les a mis en lambeaux ! Ma jolie robe

Oscar Little. Tout. Et je ne pouvais absolument rien faire. Et il ne parlait pas comme Craig et ne se comportait pas comme Craig...

— Cela s'aggrave, dit Pepper.

Effie s'essuya les yeux du revers de la main.

— Je lui ai dit que j'allais demander le divorce, mais en réalité je ne veux pas divorcer de Craig. C'est cette personne qui a pris possession de lui. Il me parlait comme s'il ne savait même pas qui j'étais, et, lorsque j'ai dit que j'allais demander le divorce, il a répliqué que je ne pouvais pas divorcer de quelqu'un avec qui je n'étais même pas mariée.

— Dieu tout-puissant ! s'exclama Pepper. C'est encore plus grave que je ne le croyais !

— Pourquoi ?

— Parce que Jack Belias l'a presque complètement envahi. Il commence à ressembler à Jack Belias, à parler, à se comporter comme lui. Dans peu de temps, il sera Jack Belias, et vous aurez perdu votre Craig pour toujours.

— Je ne comprends absolument pas ce qui se passe. Comment est-ce possible, Pepper ? Dites, comment est-ce possible ?

— Je ne sais pas. Tout ce que je sais, c'est que, dans des conditions très particulières, nous pouvons parfois voir et parler à des personnes venues d'autres époques. Mais je pense que personne ne peut demeurer d'une façon permanente dans un temps qui n'est pas le sien, à moins de procéder à un échange. Un échange de corps, si vous voulez.

— Ce qui signifie... ?

— Ce qui signifie que Jack Belias désire vivre à l'époque actuelle, mais, pour ce faire, il doit renvoyer Craig dans le passé. Je n'ai jamais pensé que c'était possible, pour vous dire la vérité. J'ai découvert cela dans l'un de mes livres...

Je suis très inquiète, parce que je pense que c'est ce que Jack Belias essaie de faire : prendre possession de Craig pour le renvoyer à sa place en 1937.

— Je n'arrive pas à le croire ! s'exclama Effie.

— Effie, vous l'avez constaté par vous-même. Jack Belias a disparu en 1937, mais il essaie de revenir, et il utilise Craig pour y parvenir. Le corps de Craig, l'esprit de Craig... tout.

— Et vous ?

— Ma foi, j'ai l'impression d'être une danseuse des années vingt. Regardez... j'avais l'intention de vous les montrer demain.

Elle déboutonna sa chemise et découvrit ses seins. Effie ne put s'empêcher de les toucher, fascinée. Les tatouages des roses étaient tout à fait visibles, maintenant... nets, détaillés, avec des couleurs vives. L'une des roses avait même des gouttes de rosée tatouées sur ses pétales.

— Craig ressemble de plus en plus à Jack Belias, et je ressemble de plus en plus à Gaby Deslys.

— Mais que va-t-il arriver à Craig ? voulut savoir Effie. Si Jack Belias prend possession de lui complètement, où sera Craig ?

— Je ne connais pas la réponse, désolée.

— Mais si je perds Craig...

— Effie, je ne sais vraiment pas. Une bonne partie de ce que je viens de vous dire n'est que pure conjecture. Il se peut que je me trompe entièrement. J'ai toujours cru que les jours de votre vie ne disparaissaient jamais... qu'ils étaient toujours là, à condition d'être à même de retourner vers eux. Mais je n'ai jamais su qu'une personne morte depuis longtemps pouvait prendre possession du corps et de l'esprit de quelqu'un vivant maintenant.

— C'est impossible, déclara Effie. C'est forcément impossible !

— Et pourtant, c'est la première explication rationnelle concernant les fantômes que l'on ait jamais trouvée. Elle est valable aussi pour la disparition mystérieuse de certaines personnes. En fait, elles ne disparaissent pas... elles vont simplement dans une autre pièce ! Vous avez vu ce qui est arrivé au chat.

Effie s'assit sur une petite chaise près du comptoir.

— Oh, mon Dieu, Pepper. Je suis tellement fatiguée et désorientée !

Pepper s'accroupit devant elle et posa les bras sur ses genoux.

— Allons, ma chérie. Courage, tenez bon ! Nous allons

faire quelque chose. Demain, nous irons voir Harry Rondo et nous tâcherons d'apprendre le plus de choses possible sur Jack Belias. Il faut absolument que nous sachions pourquoi il fait ça, et comment. Est-ce qu'il le fait sciemment, ou bien est-ce seulement l'effet du hasard ?

Pepper lui serra la main. Elle s'efforçait d'être rassurante, mais elle était incapable de dissimuler l'inquiétude qui se lisait sur son visage... C'était l'expression d'une femme qui appréhende le passé tout autant que le futur.

Mercredi 21 juillet, 11 h 32

Harry Rondo était tout aussi décati que la photographie de la jaquette de son livre pouvait le laisser supposer. Il habitait dans une maison minable peinte en vert, située plus près de la Route 117 que du pittoresque village de Pocantico Hills. L'allée était fermée par une grille en fer délabrée, entourée de chaînes rouillées, et gardée par un corniaud à l'air féroce au cou plus large que son arrière-train.

Pepper, au volant de sa camionnette, donna un coup de klaxon, et Harry finit par apparaître. Il fit le tour d'une Lincoln Continental fatiguée qui était garée juste devant la porte de la maison, siffla le chien, et entreprit de dénouer le nœud gordien qui maintenait la grille en place.

— J'ai été victime de deux cambriolages, expliqua-t-il. Je me demande bien pourquoi ils ont pris cette peine. Je ne garde jamais plus d'une centaine de dollars à la maison, et mon four à micro-ondes est bousillé.

Il était très maigre et voûté, avait une tête squelettique et des cheveux clairsemés, coiffés en arrière et teints en une forte nuance de confiture d'oranges. Il portait une chemise moelleuse gris anthracite qui était saupoudrée de cendre de cigarette et un pantalon noir flottant qui aurait été du plus grand chic dans un casino de La Havane autour de 1955. Il avait l'un de ces visages étranges, anguleux, qui vous rappellent presque quelqu'un que vous connaissez, mais dont les yeux délavés vous disent qu'il n'en est rien.

— Je ne suis toujours pas très sûr d'avoir envie de parler de ça, fit-il remarquer par-dessus son épaule, comme il les conduisait vers la maison. Jack Belias était un homme dangereux, et il l'est peut-être toujours, sait-on jamais !

— Vous avez une preuve de cela ? demanda Pepper.

— Cela dépend de ce que vous entendez par preuve. Si un pressentiment dans vos tripes est une preuve, alors oui.

Ils entrèrent dans la maison. Elle sentait le renfermé, les pièces étaient exiguës, des livres et des dossiers étaient empilés partout. Les murs étaient tapissés d'un papier peint fané représentant des fleurs jaunes, et ils disparaissaient sous une collection disparate de gravures et de photos, accrochées apparemment au hasard. Effie aperçut une photographie sépia de Manuel II, l'ex-roi du Portugal, et de son épouse marchant sur la promenade de Cannes. Lui très élégant, avec un chapeau à large bord et une canne, elle portant un chapeau cloche et un long blazer. Elle avait l'air de s'ennuyer à mourir. Il y avait des caricatures de joueurs très connus dans les années vingt, comme Berry Wall et Solly Joel, et des menus encadrés du Sporting Club, rue François Ier, à Paris, et du Club 43 à Londres. Sur le menu du Sporting Club, il y avait toujours une tache marron, le souvenir indélébile d'une sauce qui avait été dégustée plus de soixante ans auparavant.

Harry alla jusqu'à un bureau à cylindre encombré de papiers, sortit une cigarette d'un paquet de Camel éventré, et l'alluma avec une allumette plate.

— Tellement de gens ont souffert à cause de Jack Belias... tellement de gens ont été ruinés ou humiliés... A l'époque, on estimait que le seul fait de prononcer son nom portait malheur. Et vous savez à quel point les joueurs sont superstitieux !

« Lorsque j'ai été démobilisé, en 1946, j'ai commencé à écrire des articles et des livres sur le jeu et les joueurs, et, bien sûr, un nom revenait constamment : Jack Belias. J'ai essayé de parler de lui avec mon père, mais il n'a rien voulu savoir. J'ai essayé d'interroger certains des joueurs les plus connus... des hommes qui avaient disputé des parties de baccara avec Belias dans les années vingt et trente. Savez-vous quelle a été leur réaction ? Une perte complète de mémoire, voilà ce que j'ai eu ! Il me suffisait de dire « Parlez-moi de Jack Belias », et hop ! amnésie instantanée.

Il souffla de la fumée, toussa et regarda autour de lui.

— Vous voulez vous asseoir ? proposa-t-il. Que diriez-vous d'un café ? Vous n'allez pas me croire, mais je prépare un excellent café. Avec des pépites de chocolat.

Effie ôta une pile de journaux d'un fauteuil garni de velours vert et s'assit gauchement. Pepper parvint à trouver une chaise de salle à manger, sans dossier.

— Vous êtes la dame qui a acheté Walhalla ? demanda Harry à Effie.

— C'était l'idée de mon mari, plus que la mienne. Je n'aime pas du tout cette maison !

— Si je vous dis ce qui s'est passé là-bas, vous pensez que vous serez bouleversée ? Je ne voudrais pas que cela vous dissuade d'y habiter.

— Elle a besoin de savoir, et moi aussi, intervint Pepper. Ecoutez, nous ignorons ce qui s'est passé dans cette maison. Effie a eu un genre de rêve éveillé ; elle dansait sur des éclats de verre. Lorsqu'elle en est sortie, ses pieds étaient affreusement tailladés. Une autre fois, elle a entendu une femme pleurer dans l'une des chambres du haut, et elle a vu un inconnu descendre l'escalier. Je suis allée là-bas moi-même, et j'ai vu la maison telle qu'elle était autrefois, avec des meubles, des miroirs et tout le reste.

Elle marqua un temps, puis elle ajouta :

— Pendant que j'étais là-bas, j'ai vraiment cru que j'étais Gaby Deslys, la danseuse, et que Jack Belias et moi étions amants. Mais je n'étais pas Gaby Deslys, et Jack Belias n'était pas Jack Belias. C'était Craig, le mari d'Effie.

Harry fuma et hocha la tête, puis il se trouva une chaise à dossier réglable et l'approcha.

— C'est exactement ce que j'ai toujours dit. Jack Belias n'est pas mort. Pas de la façon dont meurent les gens normaux. Il a laissé son automobile à proximité de Bear Mountain Bridge parce qu'il voulait que les gens pensent qu'il s'était suicidé. Mais il ne s'est pas suicidé. Il est simplement passé d'une pièce à la suivante, métaphoriquement parlant, et s'il a laissé son automobile à proximité de Bear Mountain Bridge, c'est uniquement parce qu'il ne pouvait pas l'emmener avec lui... pas où il allait. Aujourd'hui, il revient pour chercher quelqu'un de plus faible que lui, quelqu'un qui a besoin de ce qu'il a à offrir, à savoir la force de caractère, vous me suivez ? La force de caractère, et une absence totale de scrupules. Peu importe qui on blesse, gravement ou non, et que cela soit justifié ou non. Et puis, il y a aussi la virilité. Jack Belias était un homme très viril, il avait besoin de faire l'amour comme on respire, et il se servait également de sa virilité pour dominer les gens.

— Alors, que s'est-il passé à Walhalla ? le pressa Effie.

Elle ne pouvait s'empêcher de penser à Craig, durant la période qui avait suivi son « accident ». De quoi avait-il désespérément besoin, sinon de force de caractère et de virilité ? Si Harry Rondo disait la vérité, l'influence de Jack Belias s'était exercée sur Craig alors qu'il était très déprimé.

Harry déclara :

— Si vous voulez comprendre ce qui s'est passé à Walhalla, vous devez comprendre qui était Jack Belias. Ce qui l'a façonné, ce qui l'a motivé. J'ai passé des années à me balader d'un côté de l'Atlantique à l'autre, essayant de trouver tout ce que je pouvais sur Jack Belias. Au bout du compte, cela se résumait à peu de choses. Quelques faits établis, une centaine de conjectures et un millier d'énigmes diverses. Comme je vous l'ai dit, la seule véritable preuve se trouve ici, dans mes tripes !

« Vous voulez connaître les faits établis ? Jack Belias est né Craig Henry Belias durant l'hiver 1897 à Pittsburgh, Pennsylvanie. Son père était Walter Craig Belias, également surnommé « Jack », lequel travaillait à la First National Bank de Pittsburgh, en tant que caissier principal. Sa mère, Annette Belias, l'aimait de façon excessive. Elle le gâtait tellement que son père menaça de le mettre dans un pensionnat. Mais Annette Belias mourut en 1906, alors que Jack avait neuf ans, de complications survenues après qu'elle eut mis au monde une fille, Lily. D'après mes déductions, Jack ne pardonna jamais à sa sœur d'avoir causé la mort de sa mère, et il ne pardonna jamais à sa mère de l'avoir trahi en ayant un autre enfant. A partir de ce jour, il semble qu'il ait eu une très mauvaise opinion des femmes en général.

— Est-ce que nous avons des preuves de cela ? demanda Pepper.

— Oh, oui, bien sûr ! Nous avons les articles des journaux de Pittsburgh pour les années 1919 et 1922, lorsqu'un certain Jack Belias fut accusé d'avoir enlevé et torturé des prostituées. Dans la première affaire, il fut accusé d'avoir retenue prisonnière une prostituée, Mary O'Hagan, pendant sept jours, et de lui avoir cloué le bout des seins sur une table de cuisine. Dans la seconde affaire, il enfonça une bouteille de gin vide dans le vagin d'une autre prostituée, Georgina French, et remplit la bouteille d'eau bouillante.

— Oh, Seigneur ! s'exclama Pepper. C'est horrible !

— Ma foi, on a dit qu'il avait fait pire que cela à d'autres femmes, mais ce sont les seules affaires pour lesquelles on dispose de preuves incontestables. En l'occurrence, il fut reconnu non coupable dans ces deux affaires, bien que l'on ait accusé les jurés d'avoir été achetés, accusations portées notamment par le procureur général de l'Etat, Nathan Tidyman. Tidyman fut retrouvé mort quatre semaines après le dernier acquittement de Jack Belias, dans son automobile retournée, la nuque brisée.

Le père de Jack Belias ne l'a jamais aimé, et, à la suite des procès, il lui coupa les vivres. Quand il mourut, sa fortune revint à des institutions charitables, et Jack Belias ne toucha pas un *cent*. Je crois que cela explique pourquoi il s'est acharné à mettre les riches plus bas que terre.

« En 1923, Jack Belias fut engagé comme comptable par les Textiles Penn. Il était si doué pour les chiffres qu'il fit économiser des centaines de milliers de dollars à l'entreprise durant les six premiers mois et, à la fin de sa première année, il fut nommé chef de la comptabilité. Il s'occupait absolument de tout, jusqu'à l'achat du coton brut à Memphis. Au printemps 1925, il entra au conseil d'administration et, à l'hiver 1925, il dirigeait pratiquement toute la société. Il encouragea toutes sortes de recherches sur les fibres synthétiques, et, en 1926, il sortit le bylon, qui n'était pas un véritable tissu synthétique, à la différence du nylon. C'était un coton traité chimiquement qui se froissait beaucoup moins que le coton naturel.

« Il fit fortune avec le bylon. Ce textile particulier domina le marché mondial jusqu'en 1938, lorsque W.H. Carothers découvrit le nylon. Les Textiles Penn firent faillite en l'espace de trois ans, mais entre-temps, bien sûr, Jack Belias était mort, pourrait-on dire. Ou parti ailleurs. Comme vous préférez.

« Dès 1927, Jack Belias valait plus de onze millions de dollars. Il commença à voyager, et à jouer. On le voyait fréquemment à Deauville, à Monte-Carlo et à Biarritz. Il ne venait pas pour gagner de l'argent. Il venait pour ruiner des gens. C'était ce qui l'excitait. Il traitait les femmes comme des moins que rien, et les hommes comme des victimes potentielles. Je n'ai jamais parlé à une seule personne qui connaissait Jack Belias et qui n'avait pas peur de lui. Il faillit ruiner Nick Zographos, du Syndicat Grec, et il y a eu des dizaines d'autres joueurs qui ne furent pas aussi adroits et qui n'eurent pas autant de chance. Il souilla leurs épouses et il prit leur argent.

— Mais il se maria, n'est-ce pas ? demanda Effie.

— Bien sûr... il épousa l'actrice de cinéma française Jeannette Duclos. C'était une beauté, je peux vous l'affirmer.

— Elle est morte, non ? intervint Effie.

Harry éteignit sa cigarette en l'écrasant dans un cendrier rempli de mégots et portant l'inscription *Hotel Ritz, Paris*.

— Oui, elle est morte. Dans des circonstances mystérieuses, c'est ce que la plupart des livres vous diront. Mais j'ai pu consulter le rapport du médecin légiste, et sa mort n'avait absolument rien de mystérieux. Le seul mystère, c'est que Jack Belias donna une grosse somme d'argent au médecin légiste pour que celui-ci ne lui crée pas d'ennuis.

— Et quelle était la véritable cause de sa mort ? demanda Pepper.

— Vous tenez vraiment à entendre ça ? fit Harry.

— Si nous n'entendons pas ça, nous ne saurons jamais à quoi nous sommes confrontées.

— Bon, c'est votre affaire, dit Harry. Elle est morte en mettant le feu à sa tête.

— Comment ça ? demanda Pepper.

— Belias voulait un héritier, quelqu'un pour perpétuer son nom. Vous avez vu ses armoiries, et sa devise, *Non omnis moriar*... « Je ne mourrai pas complètement. » Il n'acceptait pas le fait qu'il était mortel. Il croyait qu'il pourrait vivre éternellement, s'il accomplissait tous les rituels et disait toutes les prières appropriées. Mais il voulait néanmoins un fils, dans le cas où ces méthodes seraient inefficaces.

« Ce qu'il ignorait, c'est que Jeannette Duclos s'était fait avorter clandestinement à l'âge de treize ans, et qu'elle ne pouvait plus avoir d'enfants.

« Il était fou de rage après elle. J'ai plusieurs récits de témoins qui racontent comment il la gifla et l'injuria à l'hôtel du Golf, au Touquet. Il s'emporta contre elle à nouveau au Palm Court du Plaza, à New York, et il la traita de garce affreuse et stérile. Vous voulez savoir qui l'a entendu dire cela ? Harold Ross, le type qui a fondé le *New Yorker*. C'est écrit dans l'un de ses journaux intimes.

« Moins d'un mois après cela, Belias donna une grande réception, avec parties de cartes, à Walhalla. Presque tout le monde était là. C'était somptueux... bal, feu d'artifice et un orchestre de trente musiciens. Les convives de ce soir-là rapportent que Belias passa toute la soirée avec Gaby Deslys, la danseuse. Puis, alors que la fête battait son plein, Jeannette fit son entrée dans la salle de bal. Apparemment, ses cheveux étaient mouillés. Personne ne comprit, mais elle avait plongé sa tête dans un seau rempli d'essence. Elle a traversé la salle de bal, s'est tenue devant Belias, et elle a craqué une allumette. La police est venue, mais tous les invités affirmèrent qu'ils ne se trouvaient pas dans la salle de bal lorsque cela s'était passé. « Je fumais une cigarette dans la bibliothèque. » « J'étais allée aux toilettes pour dames. » « Je téléphonais à ma grand-tante Matilda. » Mais j'ai interrogé certaines des personnes qui étaient là-bas. Et elles ne m'ont pas toutes raconté la même histoire. Certains témoins de la scène m'ont dit que Jeannette avait fait le tour de la salle en hurlant, et d'autres m'ont dit qu'elle avait dansé, qu'elle avait vraiment dansé pour lui, sa tête dévorée par les flammes !

— Et Gaby Deslys ? dit Pepper. Que lui est-il arrivé ?

— Oh, elle a eu beaucoup de chance. Belias a connu une longue période de mauvaise fortune aux tables de jeu, et il passait tellement de temps à jouer qu'ils se sont éloignés l'un de l'autre, disons. Après cela, il a eu une kyrielle de maîtresses. J'ai parlé à certaines d'entre elles, même si elles sont très âgées maintenant. Toutes m'ont dit à quel point il était cruel. Il adorait les faire souffrir. Bien sûr, certaines étaient jeunes, stupides, et abruties par la drogue, et elles le laissaient faire tout ce qu'il voulait. Il élevait des chevaux. Certaines se sont même accouplées avec des chevaux, pendant que Belias regardait.

Effie plaqua le dos de sa main sur sa bouche. Elle n'avait pas pris de petit déjeuner ce matin, et la fumée de la cigarette de Harry la faisait presque suffoquer.

— Excusez-moi, dit Harry. Je ne voulais pas vous bouleverser. Mais vous vouliez savoir, alors je vous ai fait part de mes informations.

— Comment cela s'est-il terminé ? lui demanda Effie. Pourquoi Jack Belias devait-il disparaître ?

— Ma foi, il y a eu des rumeurs à ce sujet, et des contre-rumeurs, c'est pourquoi il est très difficile de savoir ce qu'il faut croire. Mais une chose est certaine. Au printemps 1937, Jack Belias invita onze de ses amis à Walhalla pour un week-end non-stop de baccara. Il organisait cela chaque année, et c'était un véritable événement. Il tenait toujours la banque, et il faisait ce que le Syndicat Grec avait coutume de faire à Deauville : accepter le *tout va*[1], ce qui signifie qu'il n'y avait aucune limite à ce que ses invités désiraient miser.

— Je suis étonnée qu'il ait eu des invités, d'après ce que vous nous avez dit sur lui, fit remarquer Effie.

— Détrompez-vous ! Il y avait davantage de joueurs qui voulaient le défier que Walhalla ne pouvait en accueillir. Presque tous les joueurs de baccara des deux côtés de l'Atlantique souhaitaient avoir l'occasion de battre Jack Belias et de faire sauter la banque, et, chaque année, il leur fournissait cette occasion. Il les recevait somptueusement, vins

1. En français dans le texte. *(N.d.T.)*

fins et chère exquise, et, chaque année, il se retrouvait encore plus riche. Cet homme était peut-être Satan, mais il jouait au baccara comme un dieu !

« Personne ne peut citer tous les invités qui étaient présents cette année-là, mais Nico Zographos et Val Castlerosse en faisaient certainement partie, ainsi que Michael Arlen, Remy Morse, Karl Marjorian et Douglas Broughton. La plupart d'entre eux étaient venus pour régler de vieux comptes... essayer de regagner une partie de l'argent que Belias leur avait pris durant l'année passée. Mais Broughton avait besoin de plus que cela. Au cours de l'été 1936, Belias lui avait pris plus d'un million de livres sterling, et Broughton avait dû faire un emprunt à sa société, les Aciéries Broughton. Il avait été contraint également de vendre son manoir en Angleterre, son château en France et son appartement sur la Cinquième Avenue. Il ne cherchait pas simplement sa revanche. Il lui fallait absolument regagner son argent, autrement il aurait été complètement ruiné.

Harry traversa la pièce et décrocha du mur une photographie encadrée qu'il tendit à Effie. Elle représentait un bel homme à l'air un peu bourru, âgé de cinquante-cinq ans environ, assis dans un jardin. Il portait un chapeau à large bord et un costume trois-pièces coûteux, avec des demi-guêtres. Il avait une moustache et une barbiche blanches, et portait des bagues aux doigts. Il donnait l'impression d'avoir dit, un instant plus tôt, quelque chose qu'il trouvait extrêmement drôle. Assise sur un muret à côté de lui, balançant ses jambes, il y avait une femme beaucoup plus jeune, aux cheveux bruns coiffés à la Louise Brooks, et aux grands yeux noirs. Elle était très belle, mais semblait ne pas avoir conscience de sa beauté, ce qui lui donnait un attrait supplémentaire... l'innocence érotique dont rêvent tous les hommes. Elle portait une robe courte taille basse, blanche, avec un gros nœud sur la hanche, et des bas blancs. Elle souriait également, mais Effie crut deviner que ce n'était pas à cause de ce que l'homme venait de dire, mais par suite de quelque amusement secret connu d'elle seule.

— Est-ce Douglas Broughton ? demanda Pepper.

— C'est exact. Et la femme assise sur le muret est son

épouse, Gina. Elle était sa cadette de vingt-trois ans lorsqu'ils se sont mariés. Gina était Miss Pittsburgh 1923. Il vit sa photographie dans le journal alors qu'il venait visiter les aciéries de Pittsburgh, et il envoya son chauffeur à son adresse avec deux douzaines de roses et une invitation à dîner. Difficile de dire non, vous ne pensez pas ?

— Elle ressemble à une enfant, en comparaison de lui, dit Effie.

— C'est exact. La plupart des gens, lorsqu'ils faisaient sa connaissance, pensaient que Gina était la fille de Douglas Broughton. Mais elle était très amoureuse de lui. Elle lui était extrêmement attachée. Même lorsqu'il perdit son argent et qu'ils furent contraints de vendre leurs maisons et leurs voitures, elle resta avec lui et fit tout son possible pour le soutenir dans cette épreuve. Pour sa part, Douglas Broughton était convaincu que Gina lui avait toujours porté chance, d'autant plus que la seule fois où il avait perdu de l'argent au jeu, c'était quand elle n'avait pas été là. Ce fut pour cette raison qu'il l'emmena à Walhalla, ce printemps-là.

Il écrasa sa cigarette dans le cendrier.

— Ce fut la pire décision qu'il eût jamais prise de toute sa vie.

— Que s'est-il passé ? demanda Effie.

— Ils jouèrent au baccara, bien sûr. Val Castlerosse gagna presque huit mille dollars durant les premières heures. Il sembla également que la chance était du côté de Douglas Broughton. A minuit, le vendredi soir, il avait gagné soixante mille dollars et, au dire de Michael Arlen, il jouait d'une manière remarquable. Mais il jouait la martingale, c'est-à-dire qu'il misait systématiquement le double de sa perte du coup précédent. La martingale, c'est sensationnel lorsque la chance est avec vous, mais, dans le cas contraire, c'est une façon très rapide de creuser votre propre tombe. Le samedi matin, il n'était pas encore deux heures, Douglas Broughton avait tout perdu et devait onze mille dollars. La plupart des autres joueurs étaient également ratiboisés. Il semblait bien que Jack Belias était imbattable.

Harry tendit la main pour prendre une autre cigarette,

puis il s'immobilisa et écouta, presque comme s'il s'attendait à entendre quelqu'un franchir la porte d'entrée.

— Qu'y a-t-il ? lui demanda Pepper.

— Juste l'un de ces pressentiments.

— Quels pressentiments ?

— C'est toujours la même chose quand je parle de Jack Belias. Je me fais peut-être peur à moi-même, tout simplement. Mais j'ai toujours l'impression qu'il est là, derrière la porte, et qu'il m'écoute.

— Je ne perçois absolument rien, affirma Pepper.

Harry écouta encore un moment, puis il secoua la tête, irrité par sa propre nervosité.

— C'est stupide. Mais c'est toujours la même chose. Un jour, j'ai commencé à écrire un article sur lui, pour un magazine, et les touches de ma machine à écrire n'ont pas arrêté de se coincer. J'ai tapé la moitié d'un feuillet, et puis j'ai laissé tomber. C'était très mauvais.

Il alluma sa cigarette très soigneusement, puis tira des bouffées avec autant de délectation qu'un homme qui n'a pas fumé depuis une semaine.

— Je ne sais vraiment pas de quoi j'aurais peur. D'un autre côté, je n'ai aucune envie de le découvrir !

— Est-ce que Jack Belias a gagné toute la nuit ? voulut savoir Effie.

— Comme je vous l'ai dit, il jouait comme un dieu. A l'aube, les autres avaient perdu tellement d'argent qu'ils menacèrent de quitter la table de jeu et d'écourter leur séjour à Walhalla. Alors Belias leur fit la proposition suivante : s'ils étaient de véritables joueurs, chacun d'eux devrait miser son bien le plus précieux, ce à quoi il tenait le plus au monde...

« Au début, cela n'intéressa personne, puis Belias annonça qu'il miserait Walhalla et tout ce qu'elle contenait, et c'était une tentation à laquelle les autres furent incapables de résister. J'ignore ce que Val Castlerosse misa, mais Michael Arlen offrit les droits d'auteur de son livre à grand succès, *Le Chapeau vert*, Remy Morse misa son yacht, et Karl Marjorian son cheval de course préféré. Douglas Broughton n'avait pas de yachts, pas de chevaux de course, pas de maisons, rien. Tout ce qu'il avait, c'étaient ses parts dans les aciéries familiales, et son épouse Gina.

« Gina s'opposa catégoriquement à ce qu'il joue ses moyens d'existence, et elle s'offrit. Trois nuits et trois jours avec le gagnant, qui ferait avec elle tout ce qu'il voudrait.

— Mon Dieu, je n'arrive pas à y croire ! s'exclama Effie.

— J'ai vu des joueurs miser bien plus que leur épouse, fit Harry en chassant la fumée avec sa main. Cela peut paraître incroyable, maintenant, mais vous devez vous rappeler que Douglas Broughton était aux abois, presque au bord du suicide, et que Gina aurait fait n'importe quoi pour lui.

Il marqua une pause, puis il poursuivit :

— Je ne sais pas exactement comment ils organisèrent la partie. Je suppose qu'ils convinrent que chaque joueur aurait le droit de perdre un certain nombre de coups avant d'être contraint de céder son bien le plus précieux. En l'occurrence, il fallut moins d'une heure à Jack Belias pour tout rafler, y compris Gina.

— Et elle est vraiment restée avec lui, pendant trois jours et trois nuits ?

Harry toussa et secoua la tête.

— Elle est restée avec lui pendant huit mois. Personne ne sait pourquoi. Elle le suivait partout où il allait, et pourtant il la traitait pire qu'un chien. Chaque fois qu'il donnait une réception, il la mettait en avant, montrait à quel point elle était soumise. Tout ce qu'il lui demandait de faire, elle le faisait. Un soir, il fit tomber une cuillerée de caviar sur le bout de sa chaussure et obligea Gina à se mettre à genoux, en robe du soir, devant tous ses invités, et à lécher le caviar. Une autre fois, il l'obligea à faire exactement ce qui vous est arrivé, Effie... Il l'obligea à danser nu-pieds sur des coupes à champagne brisées.

« Il lui a fait probablement des choses bien pires, mais dans l'intimité.

— Douglas Broughton n'a pas essayé de récupérer Gina ? demanda Pepper.

— Bien sûr que si ! Il a même prévenu la police et a accusé Belias d'enlèvement. Mais, lorsque les policiers se sont présentés à Walhalla et ont parlé à Gina, elle a dit qu'elle restait avec Belias de son plein gré. Par conséquent, ils n'ont absolument rien pu faire.

— Et que lui est-il arrivé ?

— A Broughton ? Rien de dramatique. Il a perdu la direction de ses aciéries. Il s'est retrouvé ruiné. Il a contracté la maladie de Parkinson et il est mort en 1941, dans un hospice, en Angleterre. Trois personnes sont allées à son enterrement. Il a fini comme tous ceux qui avaient essayé de tenir tête à Jack Belias : ruiné, cocufié et humilié.

— Et qu'est-il arrivé à Gina ? s'enquit Effie.

Henry alla jusqu'à son bureau à cylindre, ouvrit l'un des tiroirs, et en sortit une coupure de journal jaunie par les années. Il la donna à Effie avec autant de vénération que s'il s'était agi d'une sainte relique.

C'était une coupure du *Poughkeepsie Sentinel*, datée du 11 novembre 1937. Le titre à la une annonçait : L'HERITIERE AVEUGLE ET ENCEINTE FAIT UNE CHUTE MORTELLE, et le sous-titre précisait : ELLE S'EST EMPALEE SUR DES GRILLES, MAIS L'ENFANT EST SAIN ET SAUF.

L'article disait : « Les adjoints du shérif et les pompiers ont été appelés hier à Walhalla, le somptueux manoir du magnat du textile, Jack Belias. Une fois sur place, ils ont constaté que l'épouse, récemment frappée de cécité, d'un ami proche de Jack Belias s'était apparemment jetée d'une fenêtre à l'étage et s'était empalée sur des grilles dix mètres plus bas.

« Mrs. Gina May Broughton, âgée de trente-deux ans, épouse du milliardaire de l'acier anglais, Mr. Douglas Broughton, âgé de cinquante-cinq ans, dont elle était séparée, est décédée la nuit dernière, peu après son admission à l'hôpital de Poughkeepsie. Elle avait perdu la vue dans un accident survenu en août dernier, et, depuis lors, elle était très déprimée, dit-on.

« Les médecins ont révélé que Mrs. Broughton était enceinte de sept mois environ et qu'ils avaient pratiqué une césarienne pour sauver l'enfant. Celui-ci a été placé dans une couveuse. Un garçon, apparemment "très faible, mais s'accrochant à la vie".

« Mr. Belias, âgé de quarante ans, se trouvait à Walhalla au moment de la chute mortelle de Mrs. Broughton, mais il a refusé de faire le moindre commentaire sur l'accident. Il a également refusé de dire quelles avaient été ses relations exactes avec Mrs. Broughton, ou de répondre aux insinuations selon lesquelles l'enfant qu'elle portait serait le sien. »

Harry tendit à Effie une seconde coupure de journal, datée du lendemain. LA DISPARITION DU MAGNAT DU TEXTILE. L'article disait que l'automobile de Jack Belias avait été trouvée abandonnée à proximité de Bear Mountain Bridge, les portières ouvertes et les phares toujours allumés. Il n'y avait aucune trace de Jack Belias lui-même. On pensait qu'il s'était probablement noyé, mais aucun corps n'avait été repêché de l'Hudson, bien que le fleuve fût exceptionnellement bas en raison d'un hiver très sec.

— Alors ? fit Pepper. C'est tout ce que vous savez ?

— C'est tout ce que je sais. Et ce sont des hypothèses et des conjectures, pour une bonne part. Un seul des invités de Jack Belias pour ce fameux week-end était disposé à parler de la partie qu'ils jouèrent cette nuit-là, Remy Morse, mais, lorsque j'eus la possibilité de m'entretenir avec lui, il était âgé de quatre-vingt-sept ans, et il était gâteux. Pourtant, il m'a dit qu'il se souvenait très bien du moment où Douglas Broughton avait perdu Gina. Il a dit que Douglas avait poussé un cri, comme un animal qui a été mortellement blessé. Et je pense que c'était exactement ça. Jack Belias a tué Broughton, aussi sûrement que s'il avait pris un couteau et le lui avait plongé dans le cœur.

— Mais pourquoi est-elle restée aussi longtemps ? voulut savoir Effie. En principe, elle ne devait rester que trois jours. Pourquoi huit mois ? Enfin, qu'est-ce qu'il lui a *fait* ? Et comment a-t-elle été frappée de cécité ?

— Je ne sais rien, concernant sa cécité, répondit Harry en haussant les épaules. Le shérif avait ouvert une enquête, mais il a classé l'affaire peu de temps après. Quelqu'un l'a peut-être payé pour qu'il arrête ses investigations. Quant à la durée de son séjour à Walhalla... vous en savez autant que moi. Pourquoi des femmes restent-elles avec les hommes qui les battent ? Quand elles sont battues, elles se sentent désirées. Cela provoque en elles une poussée d'adrénaline, ça donne du piquant à leur vie. Je ne sais pas ce que Jack Belias a fait à Gina, et je pense que je ne le saurai jamais, mais, à mon avis, cela fut pire que tout ce que vous pouvez imaginer, et finalement elle n'a pas pu le supporter. Ecoutez... si vous étiez enceinte de sept mois, qu'est-ce qui vous inciterait à vous jeter d'une fenêtre, avec quatre-vingt-dix pour cent de chances d'y rester, et de tuer votre enfant ?

— Vous avez toujours peur de Jack Belias, hein ? dit Pepper.

— Donnez-moi une bonne raison de ne pas avoir peur de lui.

— Il est mort en 1937, non ?

Harry la considéra attentivement.

— Vous n'y croyez pas plus que moi. C'est pourquoi vous êtes ici. Vous croyez que Belias vit toujours à Walhalla, qu'il désire quitter le passé et venir dans le présent. Et pour ce faire, il se sert de ces personnes... Mrs. Bellman, ici présente, et son mari.

Effie n'avait pas besoin de demander s'il était possible que Jack Belias revienne de ce soir si lointain de 1937. Elle avait déjà vu ce qui était arrivé à Craig... La façon dont son visage avait changé, la façon dont sa voix était devenue plus grave, et sa peau plus douce. Elle avait également constaté des changements chez Pepper, et il ne s'agissait pas seulement des roses tatouées sur ses seins. Pourtant, c'était la façon dont elle-même était en train de changer qui la préoccupait le plus. Elle se sentait de plus en plus faible et consentante, à tel point qu'elle ne serait peut-être bientôt plus qu'une marionnette sans cervelle et soumise, tout à fait disposée à lécher les chaussures d'un homme si celui-ci le lui demandait, à danser sur des éclats de verre, à ouvrir son corps et son âme à tout ce qu'il avait envie de lui faire.

Le plus terrifiant, c'est qu'elle trouvait cette idée d'être avilie vaguement excitante. Etre exposée, être ouverte, être punie devant d'autres personnes.

Harry ajouta une dernière chose :

— Jack Belias a fait construire cette maison parce qu'il voulait vivre éternellement. Il se considérait presque comme un saint. Il projetait d'écrire sa propre bible, son propre livre de magie, de morale et de révélations. Des divagations de mégalomane, bien sûr. Mais si vous parvenez à mettre la main sur ses journaux intimes, vous découvrirez probablement pourquoi Gina décida de rester avec lui, et ce qui s'est passé la nuit où elle s'est jetée de cette fenêtre.

— Qu'est devenu le bébé ? demanda Pepper. Est-ce qu'il a survécu ?

— Je n'en ai pas la moindre idée. S'il n'a pas survécu, on l'a incinéré. S'il a survécu, il devrait avoir... voyons, cinquante-neuf ans à présent.

— Est-ce que vous avez des photographies de Jack Belias ? demanda Effie. Je n'ai réussi à en trouver qu'une seule.

— Ma foi, je n'en connais qu'une, moi aussi.

Harry chercha dans une vieille enveloppe marron et en tira un cliché de Jack Belias posant sur la promenade de Deauville.

— C'est la même photo que celle que vous avez trouvée ?

Effie prit la photographie et acquiesça de la tête. Puis elle la regarda plus attentivement. Un frisson de terreur lui parcourut le dos.

— Regardez, dit-elle en tendant le document à Pepper.

Cela ne faisait aucun doute. L'homme sur la photographie se tenait au même endroit et dans la même attitude que Jack Belias sur la photographie du livre d'Effie. Mais son visage était différent. Il ressemblait très nettement à Craig.

— Quelque chose ne va pas ? lui demanda Harry. Vous êtes toute pâle, brusquement.

Quelque part dans la maison, Effie entendit une porte se refermer doucement. Elle fut certaine d'entendre le bruit d'un pas traversant le vestibule. Les pas d'un homme, chaussé d'escarpins vernis. Un homme qui écoutait au moment où vous vous y attendiez le moins. Un homme pervers, immoral, excitant, qui forçait les gens à s'agenouiller, uniquement parce qu'il en était capable.

Mercredi 21 juillet, 15 h 1

Lorsqu'elle revint à la pension Pig Hill, le lieutenant Hook et le sergent Winstanley l'attendaient. Tous deux paraissaient fatigués et accablés par la chaleur. Ils étaient accompagnés d'un shérif adjoint grassouillet, lequel n'arrêtait pas de cligner les yeux et de s'éclaircir la gorge.

— Nous avons téléphoné, déclara le lieutenant Hook, mais on nous a répondu que vous étiez sortie.

— J'ai visité la région, c'est tout, lui dit Effie avec circonspection.

— Vous n'étiez pas avec votre mari ?

— Non, j'étais avec une amie. Mon mari est très occupé... les travaux pour la maison...

— Madame Bellman... est-ce que votre mari et vous êtes allés à l'hostellerie Hudson hier soir ?

— Oui, tout à fait. Nous devions dîner là-bas. Pourquoi cette question ?

— Vous deviez dîner là-bas, mais vous ne l'avez pas fait ?

— C'est exact. Nous étions en retard, notre table n'était plus libre, alors nous sommes partis.

— Paisiblement ?

— Pardon ?

— Etes-vous partis paisiblement, ou bien y a-t-il eu un genre de tapage ? Une altercation entre votre mari et un membre du personnel ? En résumé, est-ce qu'on vous a flanqués dehors ?

— Mon mari n'a peut-être pas fait preuve d'une très grande patience. Je ne désire pas en dire plus.

— Votre mari s'est montré violent, il a tenu des propos injurieux, et on l'a raccompagné jusqu'à la porte *manu militari*. N'est-ce pas plus proche de la vérité ?

— Il était contrarié ! Ils avaient donné notre table à ces...

Elle s'interrompit brusquement, se rendant compte de ce qu'elle était sur le point de dire.

— Oui ? fit le lieutenant Hook patiemment. Ils avaient donné votre table à ces quoi ?

Effie demeura silencieuse un long moment. Puis elle dit :

— A ces gens. Ils avaient donné notre table à ces gens. Apparemment, ils portaient des vêtements en dacron.

Elle était parfaitement consciente de l'absurdité de ce qu'elle disait. Mais elle savait qu'elle devait prendre la défense de Craig, coûte que coûte. Craig s'était comporté de façon déraisonnable, mais ce n'était pas important. Ce qui importait, c'était qu'ils restent ensemble, et qu'elle lui apporte son aide, et qu'elle lui donne tout ce qu'il désirait, dans n'importe quel domaine. Elle se sentait excitée à cette seule pensée.

— Je me trouvais dans le bureau du procureur hier après-midi, intervint le sergent Winstanley, et, aux dernières nouvelles, ce n'est toujours pas un crime de porter des vêtements en dacron.

— Votre mari a menacé le barman, n'est-ce pas ? reprit le lieutenant Hook. Nous avons un tas de témoins.

— Il était furieux. Nous avions prévu de passer une soirée agréable dans ce restaurant, et cela a mal tourné.

— Cela a tourné encore plus mal pour le barman. Il s'appelait Michael Shelby, il avait vingt-cinq ans, et il devait se marier dans six semaines.

— Mais Craig ne lui a fait aucun mal. Il ne l'a même pas touché.

— Quelqu'un l'a fait. Michael Shelby a été trouvé sur le parking environ une demi-heure après la fermeture du restaurant. Quelqu'un l'avait frappé à la gorge avec un verre à bière cassé, et lui avait ensuite mutilé le visage. On lui a tranché le nez et les lèvres, si vous tenez à connaître tous les détails.

Effie ne dit rien. Elle plaqua sa main sur sa bouche. Il lui semblait que le temps s'était arrêté, comme si l'après-midi s'était figé, englué dans de la mélasse. Elle voyait chaque chose dans le moindre détail, avec une netteté saisissante : les briques du mur, juste derrière l'épaule du lieutenant Hook, et les pâles feuilles de lierre qui voletaient lentement, semblables aux mouchoirs de centaines d'orphelins les agitant en signe d'adieu. Les poils noirs mal rasés sur la lèvre supérieure du lieutenant Hook. La cicatrice en forme de fourche sur la joue du sergent Winstanley.

Le sergent glissa la main dans la poche de sa veste et en tira une pochette en plastique transparent. Effie s'aperçut qu'elle regardait la pochette de côté, comme si elle avait peur de la voir en face. Elle distinguait nettement une carte à jouer, le neuf de carreau, tachée de sang.

— On a trouvé cette carte sur le corps. Le shérif du comté s'est souvenu tout de suite de ces homicides à Manhattan, et il a appelé nos services très tard la nuit dernière.

— Mais ces autres meurtres... vous avez vérifié les empreintes, et ce n'étaient pas les empreintes de Craig ! s'écria Effie.

— Nous avons apporté des photocopies de ces empreintes, déclara le lieutenant Hook, et nous les avons comparées. Celui qui a tué Michael Shelby est également l'auteur des autres meurtres.

— Mais ce n'était pas Craig, n'est-ce pas ? Vous l'avez dit vous-même !

— Les empreintes disent que ce n'était pas lui, madame Bellman. Mais toutes les autres preuves suggèrent très nettement que c'était lui. Votre mari avait de fortes raisons d'en vouloir aux autres victimes. Avant même d'avoir été informés de ce dernier meurtre, nous nous apprêtions à venir ici pour avoir un nouvel entretien avec votre mari.

— Pourquoi en aurait-il voulu à Steven Fisher ? Steven était son associé, ils se connaissaient depuis des années.

— Madame Bellman... des témoins oculaires nous ont dit qu'ils avaient vu un homme répondant au signalement de votre mari se rendre fréquemment à l'appartement de la victime, Khryssa Bielecka, et une vérification de ses relevés téléphoniques a permis d'établir qu'il appelait au numéro de Miss Bielecka deux ou trois fois par semaine.

Effie était tellement abasourdie qu'elle ne savait pas quoi dire.

— Ecoutez, fit le lieutenant Hook, nous ferions mieux d'entrer et de nous asseoir. Vous allez trouver cela plutôt difficile à encaisser.

— Craig... avait une liaison avec elle ?

— C'est plus que probable. Je suis désolé que vous l'appreniez de cette façon.

— Est-ce que vous savez depuis combien de temps durait cette liaison ?

— Depuis plus d'un an, d'après ce que nos témoins nous ont dit.

— Entrons, dit Effie. Je crois que j'ai besoin de m'asseoir.

Ils se rendirent dans le salon d'accueil de la pension Pig Hill et s'assirent près de la fenêtre. Le soleil brillait à travers une énorme coupe remplie de pois de senteur et lançait des reflets lumineux sur le balancier d'une horloge placée contre le mur.

Le lieutenant Hook proposa un chewing-gum à Effie, mais elle secoua la tête. Il replia une barre entre ses dents et commença à mastiquer.

— Votre mari a téléphoné à Miss Bielecka le matin du jour où il a été agressé dans cette pharmacie, *K-Plus Drugs*. La dernière fois qu'il lui a téléphoné, c'était une semaine après sa sortie de l'hôpital. Enfin, le dernier appel dont nous ayons connaissance. Nous n'avons pas encore vérifié les relevés pour l'appartement de Miss Bielecka.

— Cette Khryssa, comment était-elle ? demanda Effie. Je n'ai jamais vu sa photographie.

Le sergent Winstanley chercha dans ses poches et finit par trouver une photo Polaroïd de Khryssa, sur le pont du ferry de Staten Island. Elle souriait et faisait un signe de la main.

— Elle était très jolie, murmura Effie.

Elle fixait Khryssa, comme si la photographie pouvait lui parler et lui expliquer pourquoi Craig l'avait trompée.

Qu'est-ce que ce visage avait de plus que le sien ? Etait-elle plus drôle ? Plus ardente ? Etait-elle une meilleure affaire au lit ?

Le lieutenant Hook lui ôta doucement la photographie des doigts et la rendit au sergent Winstanley.

— Je crois savoir ce que vous vous demandez, madame Bellman. Mais Khryssa Bielecka ne peut plus être considérée comme une rivale. Elle est morte.

Effie déglutit. Elle n'avait presque plus de salive.

— Et pour les autres personnes ? demanda-t-elle. Ce chauffeur de taxi, et ces jeunes voyous ?

— Pour le chauffeur de taxi, ce n'est pas évident. Mais le lendemain de son hospitalisation pour cause de blessure à l'aine, votre mari a fait une déposition à la police dans laquelle il disait qu'un « chauffeur de taxi, un immigré stupide et ignorant », avait été incapable de le conduire sur le lieu de son rendez-vous en raison des embouteillages... et que c'était pour cette raison qu'il remontait à pied la 48e Rue. Le chauffeur de taxi qui a été tué était un immigré égyptien du nom de Zaghlul Fuad, et il travaillait la nuit où votre mari a été agressé.

— Vous ne pensez tout de même pas que Craig l'aurait recherché et tué uniquement parce qu'il avait été bloqué dans des embouteillages !

— Cela ressemble fort à un acte prémédité, vous ne trouvez pas, madame Bellman ? Mr. Fuad n'avait pas d'autres ennemis, à notre connaissance, et rien n'a été volé dans son taxi lorsqu'il a été assassiné.

Il marqua un temps, mastiqua, puis reprit :

— Quant aux jeunes voyous, il y a de très grandes chances pour que votre mari ait été agressé par Samuel Joseph Carter et Malcolm Oral Deedes, avec la complicité de Susan Amelia Clay. Nous avons appris que le marteau trouvé dans la loge du théâtre où ils ont été tués n'avait pas été laissé là par un machiniste, comme nous le pensions au début, mais qu'il servait d'arme à Samuel Joseph Carter, lequel le portait habituellement sur lui.

— Ainsi, c'est peut-être lui qui a agressé Craig dans la pharmacie ?

— Nous n'avons pas de preuves irrécusables, mais cela semble plus que probable.

— Et les empreintes ?

Le lieutenant Hook eut un haussement d'épaules laconique.

— C'est pour cette raison que nous sommes ici. Parfois, des criminels recherchés par la police se brûlent le bout des doigts avec de l'acide, et j'ai vu deux ou trois tentatives pour produire de fausses empreintes digitales à l'aide de gants chirurgicaux avec des empreintes en latex moulées sur le bout des doigts. Mais rien de tout cela n'était très convaincant. Non, ce que nous voulons, c'est nous assurer qu'une erreur d'ordre technique n'a pas été commise par nos services lorsqu'on a pris les empreintes digitales de votre mari au commissariat. Et, bien sûr, nous aimerions également lui parler.

— Il est à Walhalla, il surveille les travaux. Vous voulez que je vienne avec vous et que je vous indique le chemin ?

— Nous y sommes déjà allés, madame, déclara le sergent Winstanley. (Il prit son carnet et tourna les pages.) Mr. Bellman n'était pas là, mais Mr. Norman Moriarty était en train de réparer le plancher de la bibliothèque avec trois autres charpentiers. Mr. Moriarty a déclaré qu'il avait conduit Mr. Bellman à la maison vers les neuf heures ce matin, et que Mr. Bellman lui avait dit qu'il allait continuer de dresser sa liste des travaux de restauration qui devaient être effectués en premier. Et Mr. Moriarty ne l'a plus revu depuis.

— Alors il doit toujours être là-bas.

— Nous avons inspecté la maison de la cave au grenier, madame Bellman, dit le lieutenant Hook. Cela nous a pris plus d'une heure. Si votre mari est toujours là-bas, il se livre à une super partie de cache-cache !

— Avez-vous une idée de l'endroit où pourrait se trouver votre mari, madame Bellman ? demanda le sergent Winstanley. Est-ce que vous avez eu de ses nouvelles ?

— Nous avons pris notre petit déjeuner ensemble. Je pensais qu'il avait l'intention de passer la journée à Walhalla, c'est tout. Nous étions convenus de nous retrouver ici à six heures, afin de nous préparer pour le dîner.

— Est-ce qu'il semblait bizarre ? Inquiet, peut-être ? Préoccupé ?

— Il m'a paru tout à fait normal.

Le lieutenant Hook se leva.

— Madame Bellman, le sergent Winstanley et moi allons rester ici quelque temps. Dès que vous verrez votre mari, vous voudrez bien appeler le bureau du shérif du comté et demander à parler au shérif adjoint Shrike ?

Le shérif adjoint tendit une carte à Effie et dit :

— Nous avons vraiment besoin de tirer cette affaire au clair aussi vite que possible, madame.

Ils s'en allèrent. Effie se retrouva seule dans le salon d'accueil, accablée de douleur et de chagrin, et ces sentiments se confondraient pour toujours dans son esprit avec l'odeur entêtante des pois de senteur.

Mercredi 21 juillet, 16 h 6

Elle regarda dans le placard de Craig, fouilla parmi ses chaussettes et ses caleçons, vida toutes les poches de ses vêtements. Elle trouva une note du restaurant Lafayette, au Drake Swissôtel, sur Park Avenue. Il s'agissait peut-être d'un déjeuner d'affaires avec l'un de ses clients. Mais elle trouva également une pochette d'allumettes du Country Club de Richmondtown, à Staten Island, et il ne lui avait jamais dit qu'il avait emmené l'un de ses clients là-bas. En fait, il n'y avait jamais emmené Effie non plus.

Elle se sentait secouée et en colère, mais en même temps elle ne réagissait pas comme elle avait pensé qu'elle le ferait, si jamais elle découvrait que Craig la trompait. Elle se sentait également excitée, de façon troublante, à l'idée d'une telle virilité. Elle essaya de refréner ce sentiment, parce qu'elle savait qu'elle aurait dû être folle de rage. Mais plus elle pensait à Craig, plus elle le désirait.

Le tiroir de droite de la commode était fermé à clé, et Craig avait emporté la clé. Elle tira dessus et le secoua sans succès, puis elle sortit le tiroir du dessous et essaya de glisser sa main par-derrière. Finalement, elle prit le chausse-pied dans la penderie, enfonça l'extrémité du chausse-pied dans l'interstice au-dessus du tiroir et exerça une poussée vers le bas, forçant la serrure. C'était une superbe commode d'époque, mais Effie pensa « Et merde, Craig paiera les dégâts ! ».

Elle ouvrit le tiroir, trop brusquement, et son contenu se

renversa sur la moquette. Des paquets de cartes à jouer. Vingt ou trente. Des cartes pour professionnels. La plupart des paquets étaient toujours scellés dans de la cellophane, mais au moins trois d'entre eux avaient été ouverts, et les cartes recouvraient le sol.

Effie s'agenouilla et commença rapidement à les ramasser et à les classer par couleurs. Quand elle eut terminé, elle comprit que quelque chose clochait. Il n'y avait pas de neuf de carreau. Elle chercha frénétiquement parmi les cartes éparpillées sur la moquette, et elle n'en trouva pas un seul.

Elle s'assit sur ses talons. Elle se sentait éperdue de terreur. Elle devinait où étaient passés ces neuf de carreau, mais elle était incapable d'accepter cette évidence.

Elle se releva, s'assit au bord du lit et décrocha le téléphone.

— Pouvez-vous me mettre en communication avec le bureau du shérif du comté, s'il vous plaît ?

— Un instant.

Elle attendit un moment, puis une voix hargneuse dit :

— Bureau du shérif, vous désirez ?

Effie contempla les cartes à jouer éparpillées sur la moquette. Un château de cartes écroulé. Un mariage en morceaux. Des vies sauvagement ôtées.

— Allô ? Bureau du shérif, vous désirez ?

— Excusez-moi, ce n'est rien, dit-elle.

Elle reposa le combiné sur son socle et continua de regarder fixement les cartes.

Dans le livre sur Jack Belias qu'elle avait lu, l'auteur citait Athanase Vagliano, l'un des membres du Syndicat Grec, qui avait demandé à Belias pourquoi il jouait. *Qu'y a-t-il d'autre ici-bas* ? avait répondu Belias. *Les cartes sont la vie, les cartes sont la mort, et la vie et la mort sont les seuls sujets dignes d'intérêt.*

Elle décrocha le téléphone à nouveau et appela Pepper. Pepper était en train de préparer un ouanga pour l'un de ses bons clients, et elle demanda à Effie de la rappeler plus tard.

— Pepper, c'est très urgent. Nous devons faire la purification tout de suite. Des policiers sont ici et cherchent

Craig. Ils ont dit qu'ils étaient allés à Walhalla, mais qu'ils ne l'avaient pas trouvé. Pepper, il est allé là-bas avec Norman, et il n'aurait jamais essayé de rentrer à pied. La police pense qu'il a tué des gens, notamment le barman de l'hostellerie Hudson. Je vous en prie, Pepper, nous devons faire quelque chose maintenant !

— Hé, hé, hé, on se calme ! dit Pepper. Qu'est-ce que c'est que cette histoire de barman assassiné ?

— On l'a trouvé mort la nuit dernière, et c'était le barman avec qui Craig s'était disputé. On a trouvé un neuf de carreau sur son corps. J'ai ouvert le tiroir de Craig et il y avait tous ces paquets de cartes à jouer mais il n'y avait pas un seul neuf de carreau !

— Et le neuf de carreau est la carte que Jack Belias a utilisée pour se moquer de Zographos, exact ?

— Pepper, j'ignore ce qui est arrivé à Craig mais je vous en prie, aidez-moi ! Je vous en supplie !

— Bon, d'accord... donnez-moi vingt minutes, le temps de préparer mon matériel, et venez me prendre avec votre BMW de luxe !

Mercredi 21 juillet, 17 h 26

Elles passèrent devant l'auberge des Chênes Rouges et continuèrent vers le sommet de la colline avec ses arbres aux formes tourmentées. Le ciel s'était couvert de nuages ; un vent fort et désagréable s'était levé. Des feuilles et des brindilles virevoltaient sur les pelouses de Walhalla. Alors qu'elles se garaient devant les marches du perron, elles entendirent un grondement sourd. Elles levèrent les yeux et aperçurent une immense bâche qui battait sur le toit, semblable à une raie géante qui aurait évolué dans un courant violent.

Du sable s'envola de la terrasse, et Effie en reçut dans l'œil. Elle essayait toujours de déloger les grains de sable avec la pointe de son mouchoir lorsque la porte d'entrée s'ouvrit. Norman apparut. Il était couvert de poussière, et un foulard vert était noué autour de sa tête.

— Maman ? Qu'est-ce que tu fais là ? Bonjour, madame Bellman.

— Bonjour, Norman. Est-ce que mon mari est ici ? Nous savons que des policiers l'ont cherché.

Norman secoua la tête.

— Il est venu avec moi ce matin. Nous avons parlé un peu et il est allé en haut. Je ne l'ai pas revu depuis. Nous l'avons cherché à peu près partout, mais je suppose que ce doit être très facile de se cacher indéfiniment dans une maison comme celle-là !

— Il l'a fait, dit Effie. Je suis sûre qu'il l'a fait. Exactement ce que Jack Belias a fait quand Gina Broughton s'est tuée. Il s'est volatilisé, il a disparu. Il est parti !

— Vous ne pouvez pas en être sûre, déclara Pepper. Il est peut-être quelque part dans la maison.

— De toute façon, il faut la purifier, insista Effie. Si nous la purifions, il sera peut-être contraint de revenir.

— L'un d'eux devra revenir, affirma Pepper. (Elle releva le bord de son long caftan rouge foncé et mit en bandoulière son sac de toile volumineux.) Si Jack Belias a pu prendre possession de Craig, c'est parce que cette maison est fortement perturbée. Chassez cette perturbation, et ils devront se séparer... corps, personnalité et esprit. Et, étant donné que deux personnes ne peuvent pas occuper le même corps en même temps, vous aurez l'équivalent psychique d'un phénomène de rejet du greffon.

— C'est un peu tiré par les cheveux, fit remarquer Norman.

— Je n'ai jamais vu cela se produire, mais je pense que c'est possible, répondit Pepper. Regardez ce qui se passe lorsque deux automobiles essaient d'occuper le même emplacement de parking.

Elle se dirigea vers la maison et Norman la suivit de près, portant sa valise marron cabossée, remplie de miroirs. Norman grogna à l'adresse de la sonnette à poignée, et Effie s'attendit presque à ce que le loup sur la poignée grogne en retour.

— Aujourd'hui, nous nous sommes attaqués au plancher de la bibliothèque, dit Norman tandis qu'ils s'avançaient dans le couloir vers la salle de bal.

— Vous croyez que Craig est toujours ici ? demanda Effie comme ils entraient rapidement dans la salle de bal. Existe-t-il un moyen de le savoir ?

Effie posa son sac par terre, au milieu de la pièce, s'agenouilla et farfouilla dans le sac. Elle en tira finalement une racine desséchée, fixée à une chaîne en argent.

— Une racine de mandragore, expliqua-t-elle. Si Craig est ici, elle nous le dira très vite. (Elle la brandit, et la racine oscilla au bout de la chaîne.) Selon la légende, les mandragores poussaient à l'endroit où le sperme de pendus tombait sur le sol au-dessous des gibets. C'est pourquoi elles sont si sensibles à la présence de tout homme, en particulier à la présence d'un homme mauvais.

— Allons, Pepper. D'accord, Craig s'est mis dans le pétrin, mais Craig n'est pas mauvais !

— Peut-être pas. Mais Jack Belias l'était, ou l'*est*. Vous voulez parier qui est qui, en ce moment ?

Ils regardèrent la racine de mandragore tourner et tourner au bout de sa chaîne en argent.

— Qu'est-ce que cette racine est censée faire quand elle perçoit que quelqu'un est ici ? demanda Effie.

— Regardez, dit Pepper.

Mais la racine de mandragore continua de tourner et de tourner.

— Rien ? fit Norman.

— Pas encore, répondit Pepper. Mais je perçois de graves perturbations. Mon Dieu, on dirait qu'un orage se prépare. Vous ne le sentez pas, Effie ? Vous ne le sentez pas dans l'air ?

Norman parcourut la salle du regard.

— Sûr et certain que je sens un genre de tension dans l'atmosphère. Vous savez, comme quand le baromètre est à la pluie. Quand un orage est imminent.

— Ce n'est pas un orage, déclara Pepper. C'est Jack Belias. Il a réussi à passer d'une page de l'histoire à la suivante.

Elle posa par terre sa racine de mandragore, puis elle entreprit de disposer ses miroirs et ses bougies comme elle l'avait fait la dernière fois, quand Craig l'avait interrompue. Pendant ce temps, Effie arpentait la salle de bal et écoutait attentivement, prête à déceler le moindre bruit de portes qui s'ouvraient ou se refermaient, ou le moindre bruit de pas. Elle alla jusqu'à la porte de la bibliothèque et s'apprêtait à ouvrir les battants lorsque Norman lui lança :

— Faites attention ! Le plancher n'est pas terminé.

Effie continua de tourner autour de la salle, attendant que Pepper eût fini d'allumer ses bougies, d'orienter ses miroirs et de disposer ses plantes, ses talismans et ses fleurs séchées. La salle de bal commençait déjà à s'imprégner de l'odeur qui régnait à la Lune Affamée. Effie s'apprêtait à faire le tour de la salle de bal pour la troisième fois quand elle entendit un bruit de pas dans le couloir, venant de la porte d'entrée. Des pas rapides, décidés, comme ceux d'un homme en colère.

— Pepper... il est ici ! dit-elle d'une voix sifflante, sans oser parler trop fort. Il approche, dans le couloir !

— Qui est ici ? demanda Pepper. Craig votre mari ou Jack le joueur ?

— Je n'en sais rien, mais il...

A cet instant, la porte de la salle de bal s'ouvrit en vibrant. Ils reculèrent tous les trois. Un personnage sombre et de haute taille entra. Il portait dans ses bras un grand coffret métallique, presque de la taille d'un cercueil pour nouveau-né. Il s'avança lentement vers le milieu de la salle, jusqu'au cercle des bougies, fit halte et posa son fardeau par terre avec des précautions infinies.

— J'ai trouvé quelque chose qui devrait vous intéresser, annonça le personnage.

Comme il se tournait vers Effie, la flamme des bougies vacilla et éclaira brillamment son visage. Effie s'aperçut que c'était Brewster Ridge, l'expert noir dont le collègue de travail avait trouvé la mort à Walhalla, le premier jour de leur inspection.

— Monsieur Ridge, qu'est-ce que vous faites ici ? s'exclama Effie.

Brewster montra de la tête le coffret délabré, peint en vert.

— J'ai apporté ceci à la pension Pig Hill, mais on m'a dit que vous étiez partie et que vous veniez ici. Vous savez ce qu'il y a dans ce coffret ? Je l'ai trouvé à Albany, aux Archives de l'Etat de New York, alors que je cherchais de vieux permis de construire qui nous aideraient à redonner à Walhalla son aspect d'origine. Je n'ai pas trouvé ces plans, mais j'ai découvert ce coffret qui rouillait dans un coin depuis 1941. Il est fermé par un cadenas dont on ignore où est la clé. Personne ne semble s'y intéresser. Durant toute cette période, personne ne l'a réclamé et personne n'a demandé à voir ce qu'il y avait à l'intérieur.

— Alors, qu'y a-t-il à l'intérieur ? demanda Effie d'un ton impatient.

— Numéro 13444965/JB... un coffret métallique à

l'épreuve du feu contenant les plans de construction et les journaux intimes de Mr. J. Belias, de Walhalla, Red Oaks Lane, Highland Falls, Etat de New York.

— Vous avez essayé de l'ouvrir ? demanda Pepper, tout excitée.

— Je n'étais pas sûr d'en avoir le droit. Je n'avais pas envie de recevoir une autre réprimande de la part de Mr. Bellman pour avoir ouvert quelque chose qui lui appartient probablement, maintenant qu'il a acheté Walhalla.

Norman s'était mis à quatre pattes et examinait le cadenas. Puis il s'assit et tira de sa poche le trousseau de clés que Walter Van Buren leur avait donné. Il montra la plus petite des clés et demanda :

— Vous voulez que j'essaie, madame Bellman ?

— Vous feriez aussi bien, étant donné que Mr. Ridge a pris la peine d'apporter ce coffret jusqu'ici.

Norman introduisit la clé dans la serrure, la tourna, grogna et dit :

— Ha-ha ! Les pênes sont inversés, ils s'ouvrent dans le sens des aiguilles d'une montre !

Sur ce, il retira le cadenas et ouvrit le coffret.

Ils se rassemblèrent autour de lui. Sur le côté gauche, disposés en deux piles impeccables, il y avait des carnets aux couvertures en veau et en crocodile, rouge et noir, soigneusement maintenus par des rubans noirs. Au milieu, il y avait des rouleaux de calques d'architecte, des plans de Walhalla, étage par étage. Sur le côté droit, il y avait cinq ou six jeux de cartes, le format professionnel, non ouverts, un livre noir relié cuir avec le titre en lettres dorées *Les Edits de Balam,* et une grande enveloppe en papier bulle, cachetée avec de la cire noire.

Norman sortit les carnets du coffret et, après avoir dénoué les rubans, il en feuilleta deux ou trois. Ils étaient tous couverts d'une écriture couchée et précise, tracée avec une encre noire qui était devenue couleur de rouille au fil des années.

— Quelque chose d'intéressant ? demanda Pepper.

— Pour un joueur professionnel, certainement. J'ai l'impression que c'est la transcription de toutes les parties de baccara, de chemin de fer et de trente-et-quarante que ce type a jouées au cours de sa vie. Rien d'autre, apparemment. Pas de confessions intimes. Pas de scandales bien juteux !

Brewster prit les plans et les déroula précautionneusement.

— Ça, c'est très précieux, dit-il. Ce sont les copies des dessins originaux de l'architecte. Ce sera très utile pour la restauration de Walhalla. Regardez ici... le dessin d'une corniche, sur le toit. Cette corniche a disparu, maintenant, mais vous pourriez la reconstruire de manière identique.

— Ouais, fit Norman sans grand enthousiasme.

A ce moment, Brewster regarda autour de lui et vit les bougies allumées, les miroirs et les coupes remplies de plantes.

— Hé, vous donnez une petite fête ?

— Pas exactement, répondit Pepper. Il s'agit plutôt d'une cérémonie.

Brewster se promena autour des bougies et jeta un coup d'œil aux plantes.

— Ma grand-mère faisait des trucs comme ça. Elle disait que c'était pour chasser les esprits malfaisants. Ce n'est pas ce que vous faites, hein ?

— Euh, non, pas vraiment. Nous ne croyons pas aux esprits malfaisants. Nous... pendons la crémaillère, c'est tout.

Brewster se tint immobile, jeta un regard à la ronde, puis il dit :

— J'inspecte des maisons dans la vallée de l'Hudson depuis l'âge de vingt-quatre ans, et j'ai vu des trucs... vous ne pouvez pas savoir ! J'ai vu des maisons où les gens qui y avaient habité étaient morts depuis vingt ans, pourtant on sentait toujours leur présence. On sentait leur fierté. On sentait leur arrogance. Parfois, on sentait l'amour qu'ils avaient éprouvé pour la région environnante, ou pour la personne pour laquelle ils avaient fait bâtir ces maisons.

« Mais cette maison est foutrement différente ! Elle n'a pas été construite pour qu'on y vive, mais dans un autre but très spécial. Les fenêtres sont disproportionnées, les portes sont trop larges, les planchers sont construits d'une façon bizarre... je n'avais encore jamais vu des planchers comme ça. On dirait la « maison en folie » d'une fête foraine, vous savez ? Elle a été conçue dans le but délibéré de diminuer tout visiteur, de le faire se sentir mal à l'aise. Deux escaliers dans le vestibule, tous deux conduisant au même palier ? Lequel devez-vous emprunter ? Et quand vous avez choisi, les contremarches sont légèrement plus hautes que la normale, afin de vous rapetisser. Que représentent les vitraux avec des religieuses aux yeux fermés et des personnages qui vous tournent le dos ? Le Paradis terrestre, tombant en ruine ? Cette maison a été construite dans un but précis, vous pouvez me croire. Mais j'ignore lequel.

Norman avait décacheté l'enveloppe en papier bulle et en avait tiré une partie de son contenu. Effie eut l'impression qu'il s'agissait de photographies grand format, en noir et blanc. Norman en examina deux ou trois, fronça les sourcils, et les remit vivement dans l'enveloppe.

— Norman ? demanda Effie.

— Vous feriez peut-être mieux de regarder ça plus tard.

— Pourquoi ? Qu'est-ce que c'est ? Je veux regarder maintenant !

— Hum, je ne pense pas que ce soit une bonne idée, fit Norman, mal à l'aise.

Pepper s'empara de l'enveloppe et la rouvrit. Elle examina les photographies très vite, le visage impassible. Puis elle les tendit à Effie.

— Regardez. Cela confirme ce que Harry Rondo nous a dit.

Les photos étaient très pâles et manquaient de contraste. Elles montraient une chambre avec un lit au montant en fer, une petite cheminée, et une fenêtre donnant sur un toit. Effie reconnut tout de suite la chambre à la moquette bleue où elle avait entendu une femme sangloter. Quand Effie était entrée dans cette chambre, elle était entièrement vide. Mais sur ces clichés il y avait une table de nuit, une armoire et des images pieuses sur les murs.

Et sur le lit, il y avait une femme qu'Effie reconnut.

Elle était nue, mains et pieds attachés avec des cordes. Sa peau blanche était couverte de rougeurs et de meurtrissures. Il était évident qu'elle était enceinte. De six ou sept mois, selon Effie.

Sur une autre photographie, elle était recouverte d'une multitude de blattes qui allaient et venaient sur son corps, sans qu'elle puisse les chasser. Une photographie prise de près montrait des blattes qui entraient et sortaient de sa bouche, et qui se glissaient dans ses narines. Ses yeux regardaient l'objectif ; ils étaient fixes, comme si elle était morte.

Il y avait d'autres photos, et toutes étaient pires. Bien qu'elle sût que cela avait dû se passer presque soixante ans auparavant, Effie était épouvantée. Elle s'aperçut qu'elle se mordait l'ongle du pouce gauche, en y enfonçant ses dents, ce qu'elle n'avait pas fait depuis le lycée. Elle regarda Pepper qui soutint son regard, mais le visage de Pepper était complètement neutre. Effie eut le sentiment que, longtemps auparavant, peut-être durant sa période Woodstock, quelque chose de ce genre était arrivé à Pepper.

Elle n'avait pas envie de continuer de regarder, mais elle le fit. Chaque photographie était l'enregistrement froid et sans détours d'un avilissement indicible... un avilissement sans rime ni raison, si ce n'est que la femme était impuissante, et que son bourreau pouvait faire en toute impunité tout ce qui lui passait par la tête.

Elle entrevit une photographie sur laquelle un homme semblait tenir une longue aiguille tout près de l'œil gauche de la femme. L'expression sur le visage de la femme était si horrible qu'elle remit en hâte toutes les photos dans l'enveloppe. Son cœur battait la chamade et ses joues étaient empourprées.

— Vous savez qui est cette femme, n'est-ce pas ? dit-elle à Pepper.

Elle se sentait tellement désorientée, tellement en colère, et en même temps tellement excitée.

Pepper acquiesça de la tête.

— Gina Broughton. La femme qui avait accepté de rester trois jours, et qui resta finalement huit mois. La femme qui a été frappée de cécité.

— Pourquoi ? demanda vivement Effie. (Elle criait presque.) Pourquoi a-t-elle laissé Jack Belias lui faire ça ?

— Vous vous rappelez ce qu'a dit Harry Rondo ? Elle l'a laissé faire ça parce qu'il en était capable. Parce que son mari avait accepté de la miser au cours d'une partie de cartes. Après cela, qu'est-ce qui avait de l'importance ? Trois jours, trois semaines, trois mois... Quelle différence ? Au moins, Jack Belias la désirait suffisamment pour l'avilir. Son mari ne la désirait plus du tout.

— Mon Dieu, murmura Effie. Nous sommes de la boue, après tout, non ? Nous sommes toutes Lilith. Aucune d'entre nous n'est Eve.

Mercredi 21 juillet, 18 h 17

Pendant que Pepper finissait de placer ses bougies et ses miroirs, Norman et Brewster partirent faire le tour de la maison, une fois de plus, à la recherche de Craig.

— Il a peut-être essayé de rentrer à pied, ou de faire du stop, suggéra Pepper.

Effie savait qu'elle n'en pensait rien. Si Craig avait eu envie de partir, il lui aurait suffi de demander à Norman de le reconduire à la pension.

— Cette maison attendait quelqu'un comme Craig depuis des années, déclara-t-elle. La première fois que nous sommes montés jusqu'ici, elle l'a attiré vers elle, presque comme un aimant. Cette agression lui avait ôté toute confiance en lui, tout amour-propre, toute fierté. Cela doit être horrible de savoir que quelqu'un peut vous agresser de cette façon, s'en prendre à votre virilité, et s'en tirer à bon compte !

— Ce n'est pas la maison qui le veut, affirma Pepper. C'est Jack Belias. Il veut vivre à nouveau, pour de bon. Il veut vivre ici et maintenant, et, si cela signifie qu'il doit vivre dans le corps d'une autre personne, il est tout à fait disposé à le faire. C'est bien dommage pour vous qu'il ait trouvé Craig !

Elle alluma une autre rangée de bougies avec une longue baguette en bois de santal. Ses yeux avaient une lueur argentée.

— La première fois que vous avez vu Jack Belias dans

l'escalier, il vous a vue également, mais seulement comme une personne irréelle, exactement comme vous le voyiez. En d'autres termes, vous avez hanté son esprit en 1937, tout autant qu'il a hanté le vôtre. Vous avez été pris tous les deux dans la même perturbation psychique, comme quelqu'un qui tourne les pages d'un livre dans un sens et dans un autre, encore et encore, jusqu'à ce que deux événements se superposent et qu'on ne puisse plus les distinguer.

« Il a certainement compris que Craig et vous représentiez pour lui une chance exceptionnelle de s'échapper.

— Je devrais peut-être partir à la recherche de Craig, moi aussi, dit Effie.

— Je ne ferais pas ça si j'étais vous. La perturbation psychique est très forte. Qui sait ce qui pourrait se produire !

— Je vais juste jeter un coup d'œil dans la cuisine.

Elle sortit de la salle de bal et traversa la bibliothèque. La moitié du plancher était toujours en réparation, et le trou béant par où Morton Walker était tombé se trouvait toujours recouvert d'une bâche, mais elle fit le tour de la pièce en longeant le mur, et rejoignit le couloir. Elle se tint immobile un moment au bas de l'escalier. Elle écouta le vent qui sifflait à travers le chambranle mal ajusté des fenêtres, et le tapotement intermittent de branches d'arbres sur les carreaux, comme si un visiteur squelettique s'efforçait d'attirer son attention.

Elle gravit l'escalier jusqu'à ce qu'elle aperçoive le personnage en plâtre sur le palier. Depuis que Norman avait isolé le toit, il avait commencé à sécher, et une fissure béante était apparue sous son nez, de telle sorte qu'il semblait sur le point de parler d'une voix rauque et hideuse. Son œil était moins glutineux, également, et donnait l'impression de fixer Effie d'un air accusateur.

— Craig ? dit-elle dans un chuchotement. Craig ? Tu es là ?

Il n'y eut pas de réponse. Le vent murmurait sous les portes des chambres, et aspirait l'air des âtres vides. Effie s'arrêta et tendit l'oreille, mais elle savait que Craig n'était pas là. En fait, il n'était peut-être nulle part. Pas ici, pas aujourd'hui, mais dans un temps complètement différent, hors d'atteinte. Elle pourrait le chercher dans le monde entier sans jamais le trouver, et ce serait aussi bien qu'il fût mort. *Gut ist der Schlaf...* lui rappela le vitrail. *Der Tod ist besser.* Maintenant, elle comprenait ce que le vitrail essayait de dire, ainsi que la signification de la religieuse au milieu des lis, et de l'homme qui tournait le dos. Une femme à l'apparence pure mais au cœur corrompu, Lilith, qui défiait l'homme et, par conséquent, la volonté de Dieu. L'intention première de Jack Belias n'avait pas été de détruire les hommes avec qui il jouait aux cartes. Il avait voulu montrer que leurs épouses n'étaient que de la boue... prêtes à les cocufier, à les trahir, et à les quitter lorsqu'ils étaient ruinés.

Elle redescendit lentement l'escalier. Elle attendit dans le vestibule un moment encore, puis elle se dirigea vers la cuisine. La pièce était silencieuse et très froide, bien que la soirée fût encore chaude. Un robinet gouttait lentement dans l'un des éviers, ce qui indiquait que Norman avait certainement ouvert le robinet d'arrivée d'eau. Par la fenêtre recouverte de poussière, elle apercevait le jardin potager récemment dégagé, avec des tas de mauvaises herbes et de légumes énormes, prêts à être brûlés.

— Craig ? appela-t-elle à nouveau.

Sa voix résonna dans la cuisine.

Pas de réponse.

Elle ouvrit la porte de la cave et entendit immédiatement une course précipitée, étouffée, quelque part dans l'obscurité, en contrebas.

— Craig ? appela-t-elle, d'une voix forte cette fois. Craig, c'est toi ?

Puis elle entendit le crissement de griffes le long de tuyaux, et elle comprit que ce qu'elle avait entendu, c'étaient des rats.

Elle referma précipitamment la porte de la cave et donna un tour de clé. Elle détestait les rats. En fait, elle détestait tout ce qui détalait, rampait ou se glissait sur le sol. Peut-être était-ce la preuve qu'elle ne descendait pas d'Eve, tout compte fait, pensa-t-elle avec un sourire forcé : elle n'aurait jamais été tentée par un serpent.

Elle retraversait la cuisine lorsqu'un mouvement dans le

jardin attira son regard. Tout d'abord, elle ne vit qu'un alignement rabougri de genêts couleur de rouille qui bordaient les carrés de légumes. Puis un homme apparut, vêtu de noir et coiffé d'un chapeau à large bord. Il se dirigeait d'un pas rapide vers la maison.

Elle ne distinguait pas son visage nettement. Il traversait continuellement des zones d'ombre et de lumière, ce qui donnait à sa progression un étrange effet de scintillement, comme dans un vieux film dont la pellicule se détériore. Il semblait presque apparaître puis disparaître. *Je ne mourrai pas complètement.*

Effie sortit rapidement de la cuisine et traversa le vestibule. Elle arriva à la salle de bal en même temps que Norman et Brewster, qui revenaient de leur inspection dans les étages supérieurs, et elle faillit se cogner contre eux.

— Je l'ai vu, dit Effie, hors d'haleine. Il était dehors, dans le jardin potager, il vient par ici.

— Craig ? demanda Pepper.

— Craig, Jack, je ne sais pas. L'un ou l'autre, ou les deux. Je n'ai pas vu son visage.

Pepper se baissa et prit sa racine de mandragore. Elle la brandit et l'observa. Durant un long moment, la racine ne fit rien de plus que tourner, comme elle l'avait fait précédemment. Puis Effie entendit brusquement un cri grêle, strident, tellement perçant que cela lui laissa un goût de sel dans la bouche, et elle eut l'impression qu'on l'avait giflée.

Ils échangèrent des regards stupéfaits, tous excepté Pepper.

— Vous avez entendu ça ? demanda Brewster. C'était comme si quelqu'un criait dans ma tête !

— Dans la mienne également, dit Effie.

Norman introduisit son auriculaire dans son oreille gauche et le tourna vivement.

— Bon sang, je vais être sourd jusqu'à la fin de mes jours !

— C'était la mandragore, déclara Pepper. Elle crie quand on l'arrache du sol, et elle est censée crier lorsque des meurtriers se trouvent à proximité.

— Vous voulez rire ? lui dit Brewster. Une plante qui fait un tel boucan ?

— Il y a une explication « psychobotanique » parfaitement logique à cela. Leur sève est très sensible aux ondes alpha des êtres humains, et les personnes qui sont capables de tuer ont des ondes alpha tout à fait différentes des nôtres. A vrai dire, la mandragore ne crie pas parce qu'elle a peur. Elle n'a aucune imagination. Et pourtant, elle crie.

Elle prit sa baguette de coudrier. Effie lui lança un regard inquiet, mais elle dit :

— La baguette à sept branches n'est pas assez réceptive. Autant essayer de manger un gâteau alors que vous portez un appareil dentaire !

— Dites, est-ce que je peux rester ? lui demanda Brewster. Votre fils m'a tout raconté : le plancher de la bibliothèque et tout le reste. Je serais curieux de voir la suite !

— A vos risques et périls, le prévint Pepper.

— Vous voulez dire que c'est dangereux ?

— Est-ce qu'un tremblement de terre est dangereux ?

Effie se tint près de Pepper, au milieu des bougies et des miroirs. Pepper fit pivoter lentement la baguette de coudrier d'un côté de la salle vers l'autre, les yeux toujours ouverts, la bouche légèrement entrouverte.

Elle continua de sonder la pièce, très concentrée et très patiente. Brewster voulut dire quelque chose mais Norman porta son index à ses lèvres.

— Défense de parler, désolé.

Au bout de deux ou trois minutes, la baguette commença à frissonner et à s'agiter. Brusquement, sa tige se dressa en l'air, et elle resta dans cette position. La baguette tremblait si violemment que Pepper avait du mal à la tenir.

— Mince alors ! s'exclama Brewster. C'est la première fois que je vois un truc pareil !

Pepper grinça des dents.

— C'est fort, aujourd'hui. Très fort. Et c'est chaotique. Tout à fait désordonné, comme si tout flottait dans la maison. La musique, vous l'entendez ? Et puis une musique différente. Et des voix !

Effie tendit l'oreille. Pepper avait raison. D'abord, elle entendit un air de jazz, en sourdine, dans une autre pièce.

Puis des rires de femmes, et *Le Beau Danube bleu*, puis du jazz à nouveau, et des hommes qui discutaient entre eux avec des voix graves et autoritaires.

— Hé, il y a une réception quelque part ? demanda Brewster avec crainte.

— Chut ! fit Norman.

Effie entendait des rires, toujours plus de rires. Elle pensait qu'elle se trouvait au côté de Pepper mais, de façon étrange, ce n'était pas le cas. Elle se trouvait beaucoup plus près de la porte qui donnait sur la bibliothèque. Elle jeta un regard à Pepper, mais celle-ci ne semblait pas capable de la voir. Un autre homme traversait la salle. Elle ignorait qui il était. Il était grand, commençait à perdre ses cheveux, et son visage avait la texture pâle et grumeleuse d'une plante à tubercules. Il portait des lunettes sans monture avec des lunettes de soleil fixées dessus. Sa chemise était tachée de sueur et son pantalon en coton beige était froissé. Il portait un dictaphone et une torche électrique, et il parlait tout seul.

Il passa tout près d'Effie sans même remarquer sa présence. Comme il la frôlait, il dit :

— *Pourriture sèche du bois, pourriture due à l'humidité, dégâts importants causés par des termites...*

Il ouvrit la porte de la bibliothèque, entra et referma les battants derrière lui.

Effie se tourna vers Pepper et dit :

— Vous avez vu ça ? Pepper, qui était cet homme ?

Mais, sans qu'elle comprît pourquoi, Pepper l'ignora. Elle continua de faire pivoter la baguette de coudrier de gauche à droite, décrivant des arcs de cercle de plus en plus petits, jusqu'à ce que, finalement, elle localise l'endroit où la baguette frissonnait le plus violemment.

— Pepper... commença Effie.

Mais Pepper avait fermé les yeux. Il était clair qu'elle se concentrait de toutes ses forces. La présence de cet homme n'avait aucune importance, de toute évidence. C'était peut-être l'un des charpentiers de Norman, prenant des notes de dernière minute. Effie l'avait peut-être imaginé.

Elle ouvrit la porte de la bibliothèque et entra. Les murs étaient entièrement recouverts de rayonnages, et chacun d'eux était rempli de livres reliés cuir et ornés de dorures. Ils dégageaient un arôme capiteux de maroquin et de vélin qui se mélangeait avec l'odeur forte de cigares et d'eau de toilette pour hommes, Floris Special n° 27 si elle ne se trompait pas (même si elle ne comprenait pas comment elle savait cela). Les fenêtres étaient masquées par d'épais rideaux à rayures vertes et blanches ; le parquet était recouvert d'une moquette vert bouteille. Au milieu de la pièce trônait une table au dessus de feutrine et aux pieds en acajou décorés, autour de laquelle une douzaine d'hommes en tenue de soirée étaient assis et jouaient aux cartes, sous le regard attentif d'un croupier à la pâleur cadavérique.

Elle reconnut la plupart de ces hommes : Michael Arlen et le vicomte Castlerosse, Karl Marjorian et Remy Morse, Nico Zographos avec sa moue et sa petite moustache. Et, bien sûr, il y avait Douglas... ce cher Douglas, avec ses cheveux blancs ondulés et son sourire paniqué.

A l'autre bout de la table, assis dans un fauteuil pivotant au dossier de cuir noir, un homme aux yeux noirs, portant un plastron d'un blanc éclatant, distribuait les cartes contenues dans le sabot. Elle le connaissait, lui aussi. Jack Belias. Un instant, il leva les yeux vers elle tandis qu'il faisait la donne. Son regard n'était ni grossier ni libidineux. C'était un regard qui signifiait simplement : *Dans peu de temps, vous m'appartiendrez.*

Elle avait peur de lui. Depuis toujours. Il avait l'attitude d'un homme qui sait qu'il est plus fort, plus cruel et bien plus adroit que tous ceux qui l'entourent. Son visage était distingué, ses traits délicats, avec des yeux enfoncés et des pommettes saillantes, mais cette distinction était compromise par les cicatrices qui marquaient sa peau... des cicatrices qui étaient la preuve d'une malnutrition dans l'enfance, et d'une éducation plus dure que la plupart des gens ne peuvent l'imaginer.

C'étaient toujours ses yeux qui la terrifiaient le plus. La dernière fois qu'elle avait vu quelqu'un la regarder ainsi, cette personne était assise sur le siège arrière d'une Delage accidentée, sur la route côtière à la sortie de Nice. Elle était morte et couverte de sang.

Néanmoins, elle s'approcha de la table de jeu et caressa ostensiblement la joue de Douglas. Il leva les yeux vers elle et déposa un baiser sur son poignet, mais son expression enjouée paraissait totalement surfaite.

— Vous ne devriez pas le distraire, ma chère, dit Jack Belias en faisant tomber délicatement la cendre de son cigare.

Il n'y avait aucun humour dans sa voix, aucune amabilité, aucune tentative de charme. Il aurait très bien pu, tout en parlant, lui écraser son cigare sur le front.

— Et si vous vous sauviez, à présent ? suggéra-t-il. Laissez donc les hommes jouer tranquillement !

Elle fit le tour de la table, regardant chaque homme l'un après l'autre.

— Qu'avez-vous misé ? demanda-t-elle à Remy Morse.

Il lissa de la main ses cheveux noirs gominés.

— Mon yacht, l'*Agrippine*, et tout son équipage.

— Et vous ? demanda-t-elle à Karl Marjorian.

— Mon cheval de course, Great Pretender.

— Mon château, répondit un autre joueur.

Et un autre déclara :

— Le Diamant Cope, quarante-sept carats et demi.

Elle revint vers Douglas et passa ses bras autour de ses épaules.

— Mon mari, lui, ne mise pas des chevaux ou des bijoux. Il est bien trop audacieux pour cela ! Mon mari mise sa femme, sa propre femme, celle qu'il a épousée devant Dieu. C'est pourquoi j'ai le droit de le distraire. C'est mon mari. S'il perd, alors je perds, moi aussi.

— Il peut encore gagner, répliqua Jack Belias. (Il croisa les jambes et gratta sa cheville couverte de piqûres de moustique.) Vous savez comment les choses se passent au baccara. La ruine une seconde plus tôt, la fortune l'instant suivant. Tout dépend de votre sang-froid.

Effie se pencha vers Douglas et lui chuchota à l'oreille :

— Je t'ai tout donné : l'argent, la chance, la confiance en toi. Si je suis contrainte de coucher avec Jack Belias à cause de toi, alors je ne reviendrai jamais, je le jure devant Dieu !

Douglas la regarda, les yeux écarquillés.

— C'est seulement pendant trois jours et trois nuits. Pour l'amour du ciel, Gina, qu'essaies-tu de me dire ?

— C'est ce que tu pensais ? Trois jours et trois nuits ? J'ai accepté cela, oui, parce que je t'aime, et parce que j'ai promis, quand je t'ai épousé, que tout ce que j'avais t'appartiendrait. Et il ne me reste plus rien. Plus d'argent, plus de biens, plus de corps, plus d'âme.

— Mais tu as dit...

— Oui ! J'ai dit ! Je me suis offerte ! J'ai donné mon accord ! Mais tu n'étais pas obligé d'accepter mon offre, n'est-ce pas ? Tu étais mon mari, Douglas ! Il ne t'est pas venu à l'esprit que tu pouvais refuser ?

Le visage de Douglas était blême, et ses mains tremblaient.

— Lorsque tu as dit oui, je n'ai pas compris.

Effie se redressa. Jack Belias l'observait avec un immense amusement, d'autant plus qu'elle anéantissait complètement Douglas Broughton et ruinait sa concentration. Elle aurait aussi bien pu saisir la main de Douglas et lui montrer ses cartes.

— Peu importe qui gagne et qui perd, déclara Effie en fixant Douglas. Tu ne peux pas me perdre au baccara, parce que tu m'as déjà perdue.

— S'il vous plaît ! S'il vous plaît ! Pourrions-nous continuer de jouer ? demanda Jack Belias. J'ai horreur de voir une agréable partie de cartes gâchée par un petit différend domestique.

— Mon Dieu ! s'exclama Effie. Vous savez ce que vous êtes ? Il est à genoux et ça ne vous suffit pas ? Pourquoi ne pas en finir tout de suite, et lui tirer une balle dans la tête ?

— Je ne veux pas votre mari, madame Broughton. En ce qui me concerne, il n'est rien de plus que de la pâtée pour chiens dans un costume trois-pièces. Cela m'est parfaitement égal qu'il vive ou qu'il meure, qu'il contracte la peste ou qu'il reçoive le prix Nobel de la paix. Cela m'est parfaitement égal qu'il soit heureux ou désespéré.

Il prit entre deux doigts une carte sur la table et la retourna pour qu'Effie puisse la voir. C'était la dame de cœur.

— C'est vous que je veux, lui dit-il, et son sourire fut encore plus radieux.

Certains des autres joueurs étaient manifestement très gênés.

— Voyons, Jack, on ne dit pas des choses pareilles ! fit Michael Arlen.

Remy Morse tirait furieusement sur son cigare, comme pour dissimuler son visage derrière un halo de fumée.

— Très bien, vous me voulez, répliqua Effie. Mais c'est la seule façon dont vous pourrez jamais m'avoir. En me gagnant au baccara, comme un cheval de course, ou ur diamant, ou un château. Vous ne pourrez jamais me conquérir d'une autre façon.

Jack Belias continua de sourire, mais ses yeux semblaient étrangement avides.

— Alors, c'est entendu. Nous verrons bien. D'abord, laissez-moi vous gagner au baccara. Ensuite, voyons si je ne peux pas vous amener à changer d'avis. Je vous le promets, Gina, je vous ferai marcher à quatre pattes pour moi. Je vous ferai danser nu-pieds sur des éclats de verre. Qu'en dites-vous ? Vous danseriez nu-pieds sur des éclats de verre pour moi ?

— Allons, mon vieux ! protesta Douglas. C'est déloyal. Continuons cette partie.

Il ne regarda pas Effie, mais Jack Belias lui adressa un dernier sourire radieux, qui sembla s'attarder sur son visage longtemps après qu'il eut entrepris de distribuer les cartes.

Effie s'apprêtait à retourner dans la salle de bal, pour voir ce que faisait Pepper, lorsqu'un mouvement saccadé, imprécis, attira son regard. Elle se tourna vers la table de baccara. Jack Belias se balançait lentement, presque distraitement, dans son fauteuil pivotant : deux, trois, quatre fois. Tout d'abord, elle ne comprit pas ce qu'il faisait. Mais que faisait-il ? Puis... des picotements lui parcoururent la nuque et le cuir chevelu... elle vit une forme vague, semi-transparente, se lever du fauteuil de Jack Belias et faire rapidement le tour de la table, soulevant les cartes qu'il avait distribuées pour les voir. Puis il regagna son siège, sans qu'aucun joueur ait remarqué quoi que ce soit... pas plus que le croupier. C'était comme si l'esprit de Jack Belias avait quitté son corps pour aller regarder le jeu de ses adversaires.

Ce n'est pas un plancher, c'est une horloge, lui avait dit Norman. Et c'était pour cette raison que Jack Belias jouait au baccara dans la bibliothèque, où la construction même de la pièce lui permettait de tourner la page du temps, juste un instant, afin de voir ce qui allait se passer... ou de regarder en toute impunité les cartes qu'il venait de distribuer. Effie vit les cartes voleter légèrement lorsqu'ils arrivèrent au moment où Jack Belias les avait soulevées pour les regarder, puis la pièce redevint normale, et les joueurs de baccara poursuivirent leur partie.

— *A cheval*[1], annonça Douglas, et il plaça mille dollars entre le 1 et le 2.

Effie sortit de la bibliothèque. Juste avant de refermer les battants de la porte derrière elle, elle aperçut Jack Belias qui levait la tête et lui adressait un regard reptilien, froid et possessif. En cet instant, il ressembla davantage à Craig qu'à Jack Belias, mais elle savait que Jack Belias avait pris possession de Craig si complètement qu'il eût été parfaitement inutile de supplier l'homme qui lui avait dit jadis qu'il l'aimerait « pour l'éternité, et quelques mois de plus ».

Lorsqu'elle eut refermé les battants, elle hésita durant une fraction de seconde, se demandant si elle ne devait pas les rouvrir, juste pour vérifier que Jack Belias et les autres joueurs étaient toujours là. Puis elle se dirigea rapidement vers Pepper et lui toucha l'épaule. Pepper maniait sa baguette de coudrier avec une grande concentration. Elle se retourna et battit des paupières en regardant Effie, comme si elle ne s'était pas aperçue de sa présence.

— C'est Jack Belias... il est ici.

— Comment le savez-vous ?

— J'étais dans la bibliothèque. Il joue au baccara avec ses amis.

— Comment cela, vous étiez dans la bibliothèque ? Quand ?

1. En français dans le texte. *(N.d.T.)*

— Maintenant. Il y a environ vingt secondes.

Norman s'approcha et demanda :

— Qu'y a-t-il ?

— Effie dit qu'elle est allée dans la bibliothèque.

Norman eut l'air perplexe.

— Hé, comment avez-vous fait ? Vous n'avez pas bougé d'ici !

— Je suis allée dans la bibliothèque, je vous assure ! Jack Belias est là-bas, lui et ses amis. Ils sont réels. Ils sont vraiment là-bas. Allez voir vous-même si vous ne me croyez pas !

Pepper baissa les yeux vers sa baguette de coudrier. Elle était toujours recourbée en arrière, mais elle ne frissonnait plus.

— Et merde, dit-elle en la laissant tomber par terre.

— Qu'y a-t-il ? lui demanda Effie.

— Vous ne comprenez pas ? Tous ces charmes, toutes ces bougies, tous ces satanés miroirs... Ils n'ont absolument aucun effet !

— Mais j'ai vu un homme traverser la salle de bal et entrer dans la bibliothèque et, lorsque je l'ai suivi, Jack Belias était là.

— Nous n'avons vu personne. A quoi ressemblait cet homme ?

— Euh, il avait un commencement de tonsure... il n'était pas très beau. Il portait une chemise blanche et un pantalon tout froissé... et, oh oui, des bretelles rouge et vert.

— Seigneur ! fit Brewster. C'est le portrait craché de mon collègue de travail, Morton Walker.

— Vous avez vu Morton ? s'exclama Norman d'un ton incrédule.

— Des bretelles rouge et vert, c'est forcément lui, répliqua Brewster.

— Brewster, bordel de Dieu, Morton est mort !

— Jack Belias aussi, intervint Pepper.

— Je ne comprends pas pourquoi vous ne l'avez pas vu, leur dit Effie.

— Pour la même raison qu'aucune de mes formules magiques n'a la moindre utilité et que ma baguette de coudrier est une perte de temps. Ces perturbations psychiques ne se produisent pas toutes seules. Elles ont un lien avec *vous*, et Craig, et Jack Belias, et ce qu'il a fait à Gina Broughton.

— Alors, que se passe-t-il ? voulut savoir Norman.

— Jack Belias est revenu, voilà ce qui se passe. Tu ne comprends donc pas ? Il a probablement eu l'idée de faire construire Walhalla de la même façon que la Maison Benton afin d'être à même de se transporter quelques secondes plus tard dans le temps perçu, et de tricher aux cartes. Il a gagné des millions de dollars grâce à ce stratagème, et personne ne s'est jamais douté de rien.

« Ensuite, lorsque Gina Broughton est tombée de cette fenêtre et s'est tuée, il a eu l'idée d'utiliser Walhalla dans un autre but. Je crois que je me suis trompée en pensant que Jack Belias avait essayé de se soustraire à la justice en "disparaissant" à proximité de Bear Mountain Bridge. Il se foutait complètement de la justice. Lorsque Gina Broughton est morte, elle l'a privé de la chance de la briser complètement. Aucune femme ne lui avait encore fait ça. Et c'est la raison de sa présence ici, aujourd'hui. Il est revenu pour faire une nouvelle tentative.

— Nous ne pouvons pas l'arrêter ? demanda Effie. Vous aviez dit que ces miroirs permettraient de nous débarrasser de lui !

— Il n'y a qu'une seule façon de l'arrêter, répondit Pepper. C'est de démolir la maison de fond en comble.

— J'espère que tu plaisantes ! s'insurgea Norman. Les Bellman ont englouti toutes leurs économies dans cette maison, et j'ai déjà effectué des travaux pour un montant de plusieurs milliers de dollars !

— Il n'y a pas d'autre moyen, insista Pepper. Tant que cette maison sera debout, Jack Belias aura la possibilité d'aller d'une décennie à une autre, et d'une personne à une autre.

— Voyons, maman, et si tu te trompes ? Si nous rasons la maison et que ce type est toujours là, flânant dans le jardin et admirant les fleurs ? Alors ?

Effie intervint :

— Si nous démolissons la maison... vous pensez que je récupérerai Craig, comme il était avant ?

Pepper hocha la tête.

— J'en suis presque certaine.

— Presque ? protesta Norman.

— Je dois réfléchir, dit Effie. Parler à mes avocats. Et aussi à Craig !

— Il est trop tard. Vous ne pouvez plus parler à Craig. Craig est Jack et Jack est Craig. Ils vivent des vies complètement coïncidentes.

Norman consulta sa montre.

— On cherche encore une fois, et ensuite on arrête les frais pour aujourd'hui ? Ce truc de « vies coïncidentes » me donne la migraine.

— Entendu, fit Pepper. Qu'en pensez-vous, Effie ? On jette un dernier coup d'œil ?

— Oui, répondit Effie. Et je crois que je vais commencer par la bibliothèque.

Elle alla jusqu'à la porte de la bibliothèque et poussa les battants. La pièce était vide. Pas de rayonnages, pas de table de baccara, pas de fumée de cigare, pas de joueurs. Elle s'avança précautionneusement et fit le tour de la pièce, promenant ses doigts sur les murs.

Où es-tu, Jack Belias ? pensa-t-elle. *Tu dois te cacher tout près d'ici... dans l'obscurité de demain matin, juste avant l'aube... ou dans les ombres d'hier matin.*

Elle revint vers le milieu de la pièce où avait trôné la table au dessus de feutrine. Elle baissa les yeux et aperçut un petit objet grisâtre sur les lattes du plancher. Lorsqu'elle essaya de le ramasser, cela s'effrita entre ses doigts. De la cendre de cigare.

— Qu'y a-t-il ? demanda Pepper en la rejoignant.

— Il est tellement près, chuchota Effie. Lui et Gina Broughton. Tous les deux. Je les sens presque, ils sont tellement près !

— Je les sens, moi aussi, déclara Pepper.

Elle était nu-pieds, et les pièces d'or tintèrent sur son bandeau.

Effie alla jusqu'à la fenêtre.

— Ce que je ne comprends pas, c'est comment Gina pouvait être ici, elle aussi, essayant de prendre possession de *moi* ? Elle s'est tuée, n'est-ce pas, empalée sur ces grilles ? *Il* pouvait revenir ici et utiliser la maison pour se transporter à une autre époque, mais elle en était incapable !

Pepper alluma un joint mal roulé et exhala de la fumée par les narines.

— Peut-être est-il retourné en arrière avant de se transporter à notre époque, et l'a-t-il enlevée pendant qu'elle était encore vivante. Je n'en sais rien. Je suis complètement dépassée !

Effie plaqua ses mains sur ses seins. Elle éprouvait une étrange sensation de chaleur et d'épanouissement, comme si l'intérieur de son corps avait été baigné par la lumière du soleil.

— Est-ce que j'ai l'air différente ? demanda-t-elle à Pepper.

— Dans quel sens ?

— Je ne sais pas. Je me sens différente. Vous croyez que Nico viendra ce soir ?

— Pardon ?

— J'ai dit que je me sentais différente.

— Non, après cela. Vous m'avez demandé si Nico viendrait ce soir.

Effie revint lentement vers le milieu de la pièce.

— J'ai vraiment dit cela ? Oui, je l'ai dit, hein ? Et je sais à qui je faisais allusion. A Zographos.

Pepper la prit dans ses bras et l'étreignit pour la réconforter.

— Venez, dit-elle. Allons jeter un coup d'œil. Nous trouverons peut-être quelque chose qui nous mettra sur la voie.

— Cela a commencé, n'est-ce pas ? murmura Effie. C'est pour cette raison que Jack Belias est revenu... du passé ou du futur !

— Ne craignez rien, lui dit Pepper. Il n'a pas brisé Gina et il n'a aucune chance de réussir avec vous.

Mercredi 21 juillet, 19 h 42

Norman et Brewster se rendirent au premier étage pour la seconde fois de la soirée... Norman emprunta l'escalier de gauche et Brewster celui de droite.

— Ma grand-mère croyait à la magie, fit remarquer Brewster comme ils se rejoignaient sur le palier. Si un petit copain me brimait à l'école, elle me demandait de couper discrètement une mèche de ses cheveux et de la rapporter à la maison. Ensuite, elle mélangeait la mèche avec du sang de poulet, du sel et une poignée de farine, et elle l'accrochait sur le porche afin de l'exposer au clair de lune. Elle affirmait que cela rendrait mes ennemis complètement fous, mais, comme la plupart des gosses de mon école étaient déjà complètement fous, je n'ai jamais su si ça marchait vraiment !

Ils ouvrirent la porte donnant sur l'antichambre. Durant un millionième de seconde, Norman s'attendit presque à apercevoir sa mère allongée par terre, les jambes en l'air, avec Craig Bellman vautré sur elle. Mais l'antichambre était vide, envahie par les ombres, et elle sentait la poussière.

— Je n'arrive pas à croire que ma mère puisse songer à démolir cette maison, dit-il. Enfin, elle est fabuleuse !

— Vous pensez que Mrs. Bellman a vraiment vu Morton ?

— En tout cas, ce type lui ressemblait, non ? Et, autant que je sache, elle ne l'avait jamais rencontré.

— Et merde, pauvre Morton ! Ma grand-mère croyait aux fantômes. Elle ne laissait jamais un vase vide dans le séjour, au cas où un fantôme se serait caché dedans.

— C'était quelqu'un, votre grand-mère !

Ils traversèrent l'antichambre et s'approchèrent de la porte de la chambre à coucher où des visages étaient sculptés sur les battants.

— Cette maison est peut-être fabuleuse, mais je ne voudrais pas y vivre, déclara Brewster. Pour commencer, je ferais recouvrir ces battants, au cas où l'un de ces visages ouvrirait brusquement les yeux.

— Arrêtez, mon vieux, vous me flanquez la frousse !

— Désolé. Bon, nous avons déjà inspecté cette chambre, non ?

— On peut encore jeter un coup d'œil.

Ils ouvrirent les battants et pénétrèrent dans l'immense chambre. Les fenêtres vibraient sous l'effet du vent violent. Au-dehors, ils apercevaient les branches des arbres s'agiter et se courber, semblables à des danseurs saisis de démence.

— Beurk ! s'exclama Brewster en se passant la main sur le visage.

— Un problème, mec ?

— Une toile d'araignée. J'ai horreur des araignées.

— Cette maison en est remplie. Bienvenue aux Appartements Arachnides !

— Maintenant, c'est vous qui me flanquez la frousse !

Ils traversèrent la chambre et jetèrent un coup d'œil dans la salle de bains attenante. Elle était froide et vide, et il y avait une énorme araignée noire dans la baignoire. Brewster referma vivement la porte et la verrouilla.

— Je préfère affronter un fantôme plutôt que l'une de ces saloperies. Quand vous voulez !

Ils sortirent de la chambre à coucher et s'avancèrent dans le couloir orienté au sud.

— J'ai l'impression qu'un orage se prépare, dit Brewster comme ils regardaient dans la pièce réservée aux travaux de couture.

Comme pour lui donner raison, un éclair scintilla au-dessus du sommet lointain de Storm King Mountain.

— Je vais devoir m'en aller bientôt, reprit-il. Ma femme va m'attendre. Elle est enceinte, vous savez.

— Vous me l'avez déjà dit.

— Vraiment ? Excusez-moi, mais je suis tellement fier !

Ils atteignirent le palier où se trouvait la créature-plâtre.

— Commencez donc à regarder au second pendant que je termine ici, proposa Norman. Autrement, cela va nous prendre toute la nuit.

— Entendu, fit Brewster.

Il gravit l'escalier, passant devant le vitrail. Puis il commença à remonter le couloir, ouvrant les portes des chambres tour à tour et jetant un coup d'œil à l'intérieur. Cette maison ne lui plaisait pas du tout. Son atmosphère le rendait nerveux ; il s'y sentait pris au piège... comme si, une fois entré dans la maison, il allait lui être impossible d'en ressortir. Tandis qu'il s'avançait dans le couloir, il improvisa un rap et le chanta à voix basse. Le vent tirait sur les chambranles des fenêtres, comme s'il voulait les arracher, et la bâche qui recouvrait la partie effondrée du toit se mit à gronder et à claquer.

— L'autre jour, j'inspectais cette maison hantée... les fantômes sont sortis et ont commencé à jouer... chantonnait-il.

Il arriva devant la troisième porte et posa la main sur la poignée. Au même moment, il lui sembla entendre un sanglot étouffé. Il se figea sur place et écouta. Il n'entendit que le cliquetis des fenêtres et le « boum-clac-boum » de la bâche.

Il eut l'impression d'entrevoir une ombre furtive. Il regarda dans le couloir, vers le palier. Il n'y avait personne, là-bas. Son cœur cognait contre sa cage thoracique, et sa respiration semblait incroyablement bruyante, comme un soufflet de forge. *Il y a quelqu'un ici,* lui dit son instinct. *C'est impossible,* répliqua sa logique.

Il y a quelqu'un ici ! insista son instinct. *Il y a quelqu'un ici !*

Brewster attendit un bon moment. Puis il l'entendit à nouveau, tout à fait distinctement : c'était un sanglot grêle, étouffé, comme un enfant en pleurs ou une femme qui souffre.

Je ne veux pas faire ça, on nous regarde !

Néanmoins, il tourna la poignée et ouvrit la porte.

— Il y a quelqu'un ? demanda-t-il d'une voix étranglée.

Un personnage en blanc se tenait devant la fenêtre et regardait au-dehors. Il lui tournait le dos, et il ne bougea pas. Ses vêtements, qui ressemblaient à un drap, virevoltaient paresseusement au gré des courants d'air. Au-dehors, le ciel était gris foncé, comme de la moleskine frottée avec du charbon de bois, mais les toits luisaient encore. L'âtre vide soupira, siffla, et soupira encore.

— Excusez-moi, dit Brewster. Je cherche Mr. Bellman. Est-ce que vous l'avez vu ?

Le personnage ne dit rien et ne bougea pas. Brewster fit deux ou trois pas dans la chambre moquettée de bleu, mais il n'était pas sûr d'avoir le courage nécessaire pour aller plus loin. Le personnage ne lui avait pas répondu, comme s'il ne s'était pas aperçu de sa présence, et ce n'était certainement pas Craig Bellman. Il était bien trop frêle, et ses épaules trop étroites. Ce devait être une femme, plutôt qu'un homme. Mais cela ne calmait en rien l'appréhension de Brewster. Il fit un autre pas en avant, puis un autre, mais il n'arrêtait pas de penser au nain au manteau rouge dans *Ne vous retournez pas !* et à tous ces films d'horreur qu'il avait vus où des gens ont le dos tourné, puis font brusquement volte-face pour offrir aux spectateurs des visages terrifiants.

Il leva sa main gauche vers l'épaule droite du personnage. Au même moment, des nuages cachèrent l'ultime clarté du jour, et la chambre fut plongée dans l'obscurité. Brewster pensa : *Je ne peux pas faire ça, j'ai bien trop peur.* Mais sans pouvoir retenir son propre geste, il empoigna le personnage, sentant ses os sous le drap, et le fit pivoter sur lui-même pour lui faire face.

Il fut tellement choqué par ce qu'il vit qu'il se rejeta en arrière, malgré lui. C'était le visage d'une femme, aussi blanc que le drap qu'elle portait. Ses yeux étaient d'un blanc laiteux, et totalement aveugles.

— Oh, merde ! s'exclama Brewster. (Il se signa, et répéta son geste plusieurs fois.) Oh, merde ! Je ne voulais pas...

La femme ne dit absolument rien mais s'avança, la main

gauche tendue devant elle. Brewster essaya de reculer, mais elle trouva son bras, puis son épaule, et referma doucement ses doigts sur sa nuque. Brewster fit un pas en arrière. Il était horrifié. C'était un vrai cauchemar ! Puis il sentit qu'elle le frappait à l'estomac, pas très fort, mais cela lui causa une vive douleur.

— Bon Dieu, qu'est-ce que vous faites ? s'écria-t-il. Vous êtes cinglée ou quoi ?

Il la repoussa, essaya de se dégager de son étreinte. A cet instant, il vit que le drap de la femme était éclaboussé de rouge, et qu'elle tenait dans sa main droite quelque chose qui ressemblait à un tisonnier pointu. Il recula de nouveau, et sentit une douleur atroce lui nouer l'estomac, comme la pire indigestion qu'il eût jamais eue. Le devant de sa chemise verte à carreaux était humide et luisait, imbibé de sang.

— Pourquoi avez-vous fait ça ? lui cria-t-il. J'étais venu ici pour vous aider !

Ou bien elle ne pouvait pas l'entendre, ou bien ce qu'il disait lui était parfaitement égal, parce qu'elle brandissait maintenant le tisonnier au-dessus de sa tête.

Brewster recula et se cogna contre le lit, puis il se retourna et tenta de courir vers la porte. La femme surgit derrière lui ; de sa main gauche, elle tenait toujours le tisonnier et balayait l'air devant elle. Elle frappa d'abord dans le vide, puis elle trouva l'épaule de Brewster, et il *entendit* la pointe du tisonnier s'enfoncer dans ses muscles, en même temps qu'il sentait la douleur l'assaillir. Il tomba à quatre pattes sur la moquette, toussant et crachant du sang. Il sentit la main de la femme toucher son dos, avec habileté et excitation, afin de repérer l'endroit où il se trouvait. *Gala*, pensa-t-il. *Ma Gala bien-aimée. Comment diable vais-je t'expliquer tout ça, trésor ?*

Tenant le tisonnier à deux mains, la femme frappa Brewster dans le dos et sur les épaules, six ou sept fois. Brewster sentit chaque coup comme un choc transperçant. Il entendait la femme haleter, mais c'était tout. Elle ne prononça pas un seul mot. Il avait l'impression que son dos avait été martelé avec une batte de base-ball, mais ce qu'il ne comprit pas, c'est qu'elle lui avait déjà perforé les deux poumons et transpercé le foie, et que la pointe du tisonnier était passée à moins de deux centimètres de son cœur.

Il était à quatre pattes, incapable de bouger, et il ruisselait de sang comme un porc à l'abattoir. Il se rendit compte que la femme tournait autour de lui, et que le drap glissait sur la moquette. Il essaya de lever les yeux, mais il vit seulement les pieds nus de la femme et ses chevilles. Il tenta de dire « Pourquoi ? » mais tout ce qui sortit de sa bouche fut une grosse bulle de sang glutineux. Il la sentit. Elle avait un goût de métal.

Lentement, très lentement, il se pencha en avant jusqu'à ce que son front touche la moquette. Il ne ressentait plus aucune douleur, maintenant, mais il savait avec une clarté absolue qu'il était en train de mourir. Les pieds nus de la femme allaient et venaient autour de lui, mais il ne prit pas la peine de les regarder. La femme n'avait plus aucune importance. Il pensa : *Seuls les vivants désirent connaître l'identité des assassins. Les morts sont bien trop morts pour s'en préoccuper.*

Cette pensée profonde faillit le faire éclater de rire. Et l'effort suffocant dont il dut faire preuve pour rire fut le dernier son qu'il émit. L'instant suivant, il tombait lourdement de côté sur la moquette.

La femme se pencha vers lui, bien qu'elle fût incapable de le voir. Elle était entièrement nue, mais son corps était couvert de cicatrices, de brûlures, d'égratignures et de bleus. Elle était enceinte, presque à terme, et ses seins gonflés pendaient sur son ventre, tels deux fruits trop mûrs.

Au bout d'une minute, elle s'agenouilla à côté du corps de Brewster, le toucha doucement et le palpa. Si quelqu'un l'avait observée, il aurait sans doute pensé qu'elle éprouvait du regret. Mais, quelques instants plus tard, elle se releva, ramassa le drap, l'enroula autour de son corps comme une toge, et sortit de la chambre à tâtons.

Brewster gisait par terre, les yeux toujours ouverts. Le sang de ses blessures se répandait sur la moquette et prenait lentement la forme d'une tête de bouc, avec des cornes asymétriques.

Mercredi 21 juillet, 19 h 53

Norman inspecta toutes les chambres à coucher et toutes les salles de bains, jusqu'au bout du couloir ouest de Walhalla, qui donnait sur les monts Hudson. Certaines des chambres étaient entièrement vides, avec le papier peint qui se décollait et des taches d'humidité qui ressemblaient aux cartes de continents inconnus. D'autres chambres avaient encore des lits, des tapis, des rideaux jaunâtres, et des draps soigneusement rangés dans les placards. Les bords pliés des draps étaient tachés par le temps, et certains des oreillers avaient été rongés par des souris. Néanmoins, Norman avait l'impression étrange que les gens qui avaient dormi dans ces chambres étaient sortis juste pour un moment, et qu'ils allaient revenir bientôt.

De toutes les chambres, qu'elles fussent meublées ou non, on apercevait les nappes de pluie qui traversaient la vallée de l'Hudson depuis Kingston au nord jusqu'à Tarrytown au sud, et les éclairs qui zébraient le ciel de plus en plus sombre. Pour Norman, c'était comme si l'apocalypse survenait. Il commençait à regretter sérieusement d'avoir accepté de prendre part aux tentatives de sa mère pour purifier Walhalla. Il aurait préféré de beaucoup se trouver au bar-restaurant Chez Clarke, et discuter planchers et toitures avec ses copains du bâtiment.

Les salles de bains étaient ce qu'il y avait de pire pour lui. Chaque fois qu'il ouvrait la porte de l'une d'elles, il apercevait son visage blafard dans le miroir, et chaque lavabo semblait abriter une araignée noire aux pattes incroyablement longues. Il se dit que c'était à cause de la pluie. Les araignées entraient toujours dans les maisons lorsqu'il allait pleuvoir.

Quand il eut terminé son inspection du premier étage, il arriva sur le palier où se trouvait la créature-plâtre. Il ne l'avait pas considérée comme une « créature » jusqu'à ce que Mrs. Bellman la lui ait fait remarquer. Et maintenant, il la regardait avec une certaine inquiétude et prenait soin de ne pas lui tourner le dos. Il se représentait parfaitement la scène... la créature s'avançait d'un pas traînant sur le palier, lui sautait sur le dos et lui déchiquetait la jugulaire avec cette bouche de guingois et craquelée !

Il consulta sa montre. Brewster n'allait pas tarder à redescendre. Il n'y avait que douze chambres à coucher, huit placards et quatre salles de bains au second étage. Il s'accouda à la rambarde, battit le rappel et chantonna *All Apologies* de Nirvana. C'était la chanson la plus déprimante qu'il eût jamais entendue. Il consulta sa montre à nouveau. Allez, Brewster, grouille-toi ! Inutile de faire du zèle !

Il attendait toujours lorsqu'un gros morceau de plâtre se détacha brusquement de la créature et se brisa au sol, le faisant sursauter.

A présent, la créature-plâtre semblait plus sinistre et plus difforme que jamais, avec la moitié de son front en moins. Norman s'en approcha, dit « Va te faire foutre ! », et donna un grand coup de pied dans son ventre protubérant.

Cela n'eut aucun effet. Il continua de lui donner des coups de pied, et son ventre s'effondra dans une averse de plâtre, de champignons et de papier peint décoloré et détrempé. Il lui donna un coup de pied au visage, et sa mâchoire se détacha. Un autre dans l'œil, et son œil disparut. Il la martela de coups de pied jusqu'à ce qu'elle ne soit plus qu'un monceau de débris blanchâtres, éparpillés sur le palier.

Il tapait avec un tel acharnement qu'il n'entendit pas les pas rapides et légers dans l'escalier. Il sentit qu'il y avait quelqu'un, mais il supposa que c'était Brewster. C'est pourquoi il donna à la créature-plâtre un dernier coup de pied et dit :

— Tu as vu ça, mec ? Un brin de restauration impromptue !

Il recula, s'essuyant les mains et admirant son ouvrage.

— J'aurais dû être karatéka. Numérote tes abattis, Steven Seagal !

Il fit un autre pas en arrière et se retourna, mais ce n'était pas du tout Brewster. C'était un homme grand et brun, au visage flou. Il était vêtu de noir et tenait une canne à la main. Norman se pencha légèrement en avant, pour essayer de le voir plus distinctement, mais cela semblait impossible.

— Vous êtes ici avec... ? commença-t-il, mais l'homme fit un pas vers lui et il se tut.

— C'est ma maison, lui dit l'homme.

Sa voix était très grave, très polie, mais néanmoins effrayante.

— Je ne pense pas, rectifia Norman. Cette maison appartient à Mr. et Mrs. Craig Bellman. Je suis Norman Moriarty. J'ai été chargé de diriger les travaux de restauration. Si ça vous intéresse, je peux vous donner ma carte.

— C'est ma maison, répéta l'homme. Je l'ai pensée, je l'ai créée, je l'ai construite.

— Pour cela, il faudrait que vous soyez Jack Belias, répliqua Norman d'un ton désinvolte.

L'homme ne dit rien, mais leva sa canne et la serra comme s'il avait l'intention de la casser en deux.

— L'ennui, c'est que Jack Belias a lâché la rampe il y a belle lurette. C'était en 1937.

— Quand était 1937 ?

— Comment ça, quand était 1937 ?

— Vous ne savez pas quand c'était ?

— Hum, excusez-moi, mais mille neuf cent trente-sept c'était 1937, d'accord ? C'est comme si vous demandiez quand était cinq heures !

L'homme fit un autre pas vers Norman, et celui-ci sentit son eau de toilette fleurie à l'odeur prononcée.

— Je vais vous dire quand était 1937, espèce de freluquet ignorant ! 1937 était maintenant, et aussi demain, et également dans cinquante ans.

Norman s'éclaircit la gorge bruyamment.

— Vous voulez dire que vous êtes Jack Belias ?

L'homme se rapprocha et domina Norman de la même façon que les nuages orageux dominaient Storm King Mountain. Sa voix étouffée se fit menaçante.

— Vous ne mettez pas ma parole en doute, n'est-ce pas ?

Norman leva les deux mains. Ce n'était pas seulement un geste de conciliation ; c'était pour repousser Jack Belias.

Celui-ci fit un pas en avant, puis un autre.

— Vous êtes entré ici sans autorisation, n'est-ce pas ? J'espère que vous n'êtes pas allé en haut ? Vous n'avez pas délivré ma petite prisonnière ?

— Ecoutez, mon vieux, je ne sais pas de quoi vous parlez. J'ignore à quoi vous faites allusion. Si vous voulez que je parte, je partirai.

La voix de Jack Belias se changea brusquement en un rugissement.

— Vous croyez que vous pouvez vous en tirer aussi facilement ?

— Ecoutez, je m'en vais tout de suite, c'est promis !

Mais Jack Belias brandit sa canne et assena à Norman un coup oblique sur l'épaule droite, près du cou. Norman s'exclama « Bon Dieu ! » et leva les bras pour se protéger. Jack Belias continua de le frapper, si fort et si férocement que Norman put seulement reculer en chancelant.

— Je ne supporte pas les intrus ! Vous n'êtes qu'un vandale, et vous m'importunez ! tempêta Jack Belias.

Il le frappa sur les doigts de la main gauche, et Norman entendit deux de ses doigts se briser.

— Foutez-moi la paix ! cria-t-il. Foutez-moi la paix ! Je ne vous ai rien fait !

Jack Belias l'ignora et continua de le rouer de coups... sur les bras, les épaules, le côté de la tête. Chaque fois que Norman essayait de reculer, Belias faisait un pas en avant. Son visage était toujours flou et indistinct, mais Norman voyait qu'il était convulsé de colère, les sourcils froncés, la bouche distendue comme un masque de démon japonais.

Il se retourna, trébucha, et Belias lui assena des coups sur le dos. Le bruit terrifiait Norman, tout autant que la douleur. On aurait dit qu'un dément s'efforçait de battre à mort un canapé.

Il s'éloigna dans le couloir en boitant. Jack Belias le poursuivit en le frappant sur le dos et les jambes.

— Vous pensiez que vous pourriez vous en tirer à bon compte ? vociférait Belias. Vous vous imaginiez que j'allais vous laisser partir comme ça ?

Norman se baissa, fit volte-face et saisit la canne. Il l'attrapa par le bout et tenta de l'arracher de la main de son adversaire. Ils luttèrent un moment en grognant. Norman tournait et tournait la canne, comme l'aiguille d'une montre, essayant de faire lâcher prise à Belias. Ni l'un ni l'autre ne parlaient.

À un moment, Norman crut que Jack Belias allait lui briser les autres doigts, puis il tordit brusquement la canne d'un côté et de l'autre, et Belias la lâcha. La canne tomba sur son bout ferré et virevolta dans le couloir, comme si elle avait une vie propre.

Norman repoussa violemment Jack Belias, puis clopina vers la fenêtre la plus proche. Ses oreilles bourdonnaient, sa mâchoire lui faisait horriblement mal, et il avait l'impression que son corps avait été écrasé par une poutre tombée du plafond. Il entendit Jack Belias pousser des cris de rage, comme il allait récupérer sa canne, et il comprit qu'au prochain coup il y laisserait sa vie.

Il décoinça avec son poing meurtri le loqueteau de la fenêtre et l'actionna. Le vent violent ouvrit instantanément les vitres ; l'une d'elles heurta le mur et se brisa. La pluie cingla le visage de Norman comme du gravier gelé, et les rideaux de tulle tourbillonnèrent furieusement.

— Vandale ! Je vais te donner une leçon ! beugla Jack Belias.

Il frappa Norman sur le sommet de la tête. Norman perdit l'équilibre et faillit tomber vers la terrasse, dix mètres en contrebas. Il se retint de justesse à la vitre qui se rabattait vers lui de façon déconcertante.

Durant deux ou trois secondes, il fut à moitié dans le couloir et à moitié dans le vide. Il s'agrippait au rebord de la fenêtre pour ne pas tomber, tandis que Jack Belias lui martelait les jambes. Puis il parvint à le repousser du pied, se redressa et sortit sur l'étroite corniche en pierre qui s'étendait sur toute la longueur du premier étage, jusqu'à la façade de la maison.

— Je t'aurai, espèce de salopard ! lui cria Belias.

Des éclairs crépitèrent au-dessus des arbres, et, durant un instant, tout fut illuminé d'une lueur bleuâtre aveuglante. Puis le tonnerre gronda au-dessus de Walhalla. Norman s'agrippa à la paroi mouillée tandis que la pluie lui cinglait le dos et transformait son jean en de grotesques jambières trempées et pesantes.

Pleurnichant de douleur, il s'éloigna de la fenêtre ouverte et commença à se diriger lentement vers la suivante. Sa seule prise était une fissure étroite et rugueuse entre les briques. Trois des doigts de sa main gauche étaient cassés, et il devait les tenir bien droits, de telle sorte qu'il s'agrippait uniquement avec son auriculaire, son pouce appuyé contre les briques pour garder son équilibre. Très haut au-dessus de lui, la gouttière était cassée, et des litres et des litres d'eau de pluie se déversaient le long de la paroi et ruisselaient sur sa tête.

Il avait progressé de quelques mètres lorsqu'il entendit un coup violent. Jack Belias avait ouvert la fenêtre suivante et se penchait vers la corniche.

— Tu pensais vraiment que je te laisserais partir sans te punir ? Tu ne peux pas m'échapper !

Norman appuya son front contre la paroi. Il ne pouvait plus ni avancer ni faire demi-tour. Quelle que soit la fenêtre où il irait, Jack Belias serait là à l'attendre. Et il ne pouvait pas rester ici indéfiniment. Il était trempé jusqu'aux os, et ses doigts le faisaient tellement souffrir que cela lui était presque égal de tenir bon ou non. Il n'avait pas envie de regarder derrière lui parce qu'il savait qu'il n'y avait qu'une longue chute abrupte vers la terrasse luisante de pluie, en contrebas.

— Allez, viens, qu'est-ce que tu attends ? se moqua Jack Belias.

Norman s'avança encore un peu. Ses cheveux lui tombaient sur le visage et formaient des queues de rat mouillées. Il se mit à geindre. Puis il s'aperçut qu'il y avait un tuyau vertical le long de la paroi. S'il parvenait à attacher sa ceinture à ce tuyau, il pourrait rester là jusqu'à ce qu'on lui vienne en aide ou jusqu'à ce que son tortionnaire se lasse de l'attendre.

Il progressa lentement le long de la paroi. Jack Belias se pencha par la fenêtre et tapa sur les briques avec sa canne, essayant de déloger Norman, ou du moins de lui faire peur, mais Norman savait qu'il était hors d'atteinte. Il se rapprocha petit à petit du tuyau et le saisit finalement avec sa main droite. Il oscilla un moment, et il eut la sensation terrifiante qu'il allait tomber à la renverse et s'écraser sur le sol, mais il réussit à tenir le tuyau fermement.

Le plus difficile fut de déboucler sa ceinture. Il était obligé de le faire avec sa main droite parce que les doigts de sa main gauche étaient inertes. S'agrippant uniquement avec l'auriculaire de sa main gauche, il se balança deux ou trois fois et fut contraint de lâcher sa ceinture très vite et de saisir le tuyau pour reprendre son équilibre. Lorsqu'il parvint à glisser sa ceinture derrière le tuyau et à la boucler de nouveau, il pleurait de douleur et d'épuisement.

— Tu as l'intention de rester là ? ricana Jack Belias. Très bien, que le diable t'emporte ! J'espère que les corneilles viendront t'arracher les yeux !

Norman tourna la tête vers lui.

— Allez vous faire foutre ! hurla-t-il. Mais qu'est-ce que je vous ai fait ? Vous êtes un genre de sadique ou quoi ? Je ne vous ai rien fait, bordel de merde ! Je ne saccageais pas votre maison pourrie, j'essayais seulement de la restaurer !

— Alors tu es encore plus stupide que je ne le pensais ! vociféra Jack Belias. Elle est restaurée ! Elle sera toujours restaurée, de même qu'elle sera toujours en ruine !

— Allez vous faire foutre ! répéta Norman.

A cet instant, un éclair, signe avant-coureur d'une énorme décharge électrique, traversa les nuages au-dessus de Walhalla en ondulant comme une langue de serpent, à la recherche d'une ligne de moindre résistance. La foudre fut momentanément attirée par les hautes cheminées de Walhalla, puis elle bifurqua brusquement sur le côté et frappa la fleur de lis en cuivre qui surmontait le paratonnerre de Walhalla. Il y eut instantanément une décharge massive, puis une autre, chacune de plus de deux cent mille volts... et une détonation à briser le tympan d'air surchauffé... plus chaud durant un centième de seconde que la surface du soleil.

La poitrine de Norman rougeoya de l'intérieur, telle une effroyable citrouille d'Halloween. Puis il explosa littéralement, et ses jambes et ses bras noircis furent projetés vers la terrasse. Sa tête carbonisée roula vers les buissons, tandis que ses cheveux continuaient de fumer.

Le tonnerre ébranla Walhalla et fit vibrer les fenêtres. Mais celle où Jack Belias s'était tenu était vide, et les rideaux de tulle aspirés au-dehors vers la pluie ressemblaient à des linceuls.

Mercredi 21 juillet, 20 h 17

Pepper leva les yeux.

— Qu'est-ce que c'était ? lui demanda Effie.

— La foudre. (Elle hésita, et ses yeux argentés regardèrent vivement de gauche à droite.) Mais il y avait autre chose.

Elle se tourna vers Effie. Brusquement, elle sembla d'une pâleur mortelle.

— Il y a quelque chose d'anormal, déclara-t-elle. J'ai eu l'impression... je ne sais pas... j'ai eu l'impression que je venais de perdre quelque chose.

— Allons, sourit Effie, c'est juste l'atmosphère lugubre de cette maison !

— Non, lui dit Pepper en plaquant son poignet sur son front. C'était comme si... quelque chose avait disparu. Je suis incapable d'expliquer cela.

— Nous devrions peut-être partir à la recherche de Norman et de Brewster, et laisser tomber pour ce soir.

— Et que faites-vous de Craig ? Effie, si vous perdez Craig ce soir, vous l'aurez perdu pour toujours.

— Vous êtes suffisamment intervenue. C'est mon combat. Le mien et celui de Craig. Vous l'avez vu par vous-même.

— Je ne peux pas vous laisser seule ici.

— Vous avez dit vous-même que c'était moi qui causais toutes ces perturbations psychiques... moi et Craig. Que pouvez-vous faire de plus ?

— Je pense que je pourrais vous apporter un soutien moral.

Effie secoua la tête.

— Une seule chose doit être faite, Pepper, et vous le savez. Il faut montrer à Jack Belias que, malgré tous ses efforts, il ne parviendra jamais à briser Gina Broughton. D'accord, il a pris possession de Craig, et il s'est servi de moi pour recréer Gina. Mais quoi qu'il ait fait à Gina, elle ne lui a pas cédé. Il l'a fouettée, Pepper, torturée, attachée et frappée de cécité. Pourtant, elle ne lui a pas cédé. Et je ne lui céderai pas, moi non plus.

— Tiens, tiens, fit Pepper avec un sourire crispé. Les filles de Lilith disent « jusque-là mais pas plus loin » !

— Si vous voulez.

Pepper glissa la main sous son caftan et en tira son ouanga. Elle le fit passer par-dessus sa tête et le tendit à Effie.

— J'ignore s'il vous servira à quelque chose. Apparemment, aucun de mes autres charmes ne semble avoir le moindre effet dans cette maison. Mais il vous gardera peut-être saine et sauve.

Effie prit le ouanga et embrassa Pepper sur la joue.

— Confiance, espoir, et un ouanga fait maison. Je suis parée !

— Faites très attention, la prévint Pepper. Le temps s'est détraqué ici ce soir. C'est comme si toutes les pages du livre étaient collées ensemble. N'importe quoi pourrait arriver !

— Je sais, répondit Effie. Mais je dois prendre ce risque. Je crois que j'ai été attirée ici presque autant que Craig. Il y a un tel travail inachevé à terminer !

— Je vais chercher Norman, dit Pepper. Je ne sais pas... j'ai le pressentiment qu'il lui est arrivé quelque chose. Et vous, qu'avez-vous l'intention de faire ?

Effie montra de la tête la porte de la bibliothèque.

— Voir où en est la partie.

Elle regarda Pepper sortir de la salle de bal. Maintenant qu'elle comprenait exactement ce qu'elle devait faire, elle se sentait plus forte et plus déterminée, comme elle ne l'avait jamais été de toute sa vie. Elle était tombée amoureuse de Craig lorsqu'il était plus jeune, avec ses citations sibyllines et romantiques de Mallarmé. Elle lui avait consacré sa vie. Elle l'avait aidé dans son travail. Elle l'avait soutenu, elle l'avait flatté, et elle avait également flatté ses clients. Elle lui avait donné trop de choses pour laisser Jack Belias le lui prendre, à présent.

Elle entendit des éclats de voix dans la bibliothèque. Elle sentait la fumée de cigares bien que la porte fût fermée. Elle saisit les poignées de la porte et ouvrit les battants.

La bibliothèque était entièrement meublée et garnie de livres, mais elle était tellement envahie par la fumée qu'elle ne voyait presque rien, excepté la table de baccara, éclairée par une lampe à l'abat-jour vert, et les hommes qui étaient assis tout autour. Ils se tournèrent pour regarder Effie, et leurs visages étaient consternés... tous excepté celui de Jack Belias, lequel s'était renversé dans son fauteuil et allumait un autre cigare en riant.

— Tiens, tiens, fit-il. On dirait que le premier de mes gains se présente en personne !

Douglas Broughton se retourna dans son fauteuil. Son expression était désespérée.

— Gina, dit-il. Gina, je croyais vraiment que j'allais gagner.

Effie s'avança jusqu'à la table, et les hommes détournèrent les yeux avec gêne. Seuls Jack Belias et Douglas Broughton continuaient de la regarder. Douglas, le front couvert de sueur, semblait implorer son pardon. Quant à Jack Belias, il souriait, tirait des bouffées de son cigare, et souriait de plus belle.

— Pardonne-moi, sanglota Douglas.

Il se laissa tomber à genoux sur la moquette et lui prit la main.

— Gina, je t'en prie, pardonne-moi !

Elle effleura ses cheveux blancs.

— Pourquoi veux-tu que je te pardonne ? Pour avoir misé ta femme au baccara, ou pour avoir perdu ?

— Oh, mon Dieu, Gina, pardonne-moi pour tout !

— Il n'y a rien à pardonner. Je l'ai fait parce que tu voulais que je le fasse. N'est-ce pas à cela que servent les épouses ?

Jack Belias fit un petit signe du doigt. Un domestique en gants blancs s'approcha et lui servit un autre bourbon.

— Vous êtes à moi, maintenant, lui dit-il d'une voix étonnamment calme et mesurée.

Il prit les cartes posées sur la table, les battit, les assembla et les remit dans le sabot. Puis il déclara :

— Votre mari peut vous envoyer vos vêtements, et tout ce que vous désirez pour votre confort. Autrement, vous pouvez aller au premier avec Lettie et vous trouver une chambre à coucher. Je vous rejoindrai plus tard, lorsque j'aurai fini de dépouiller mes amis ici présents de quelques biens de plus.

— Je me retire, annonça Remy Morse en consultant sa montre. Comme d'habitude, *mon cher*[1] Jack, cela a été très dangereux, très excitant, mais ce n'était guère un plaisir. Je souhaite qu'un jour un chat noir se trouve sur votre chemin et vous fasse trébucher, afin que vous vous brisiez la nuque !

— Je n'irai nulle part, dit Effie. Le fait est que je ne suis pas Gina et que vous ne pouvez pas gagner des êtres humains au cours d'une partie de cartes.

Le tonnerre grondait à l'extérieur de la maison, mais il commençait déjà à s'éloigner. Pepper traversait la terrasse ; son caftan était cinglé par le vent. Quelque chose crissa sous ses pieds nus. Elle se baissa et ramassa un objet qu'elle examina avec soin... c'était un os humain, une omoplate. Puis elle découvrit d'autres os, et une cage thoracique calcinée, et une colonne vertébrale. Elle trouva un paquet roussi de Tic-Tac à l'orange et un paquet à moitié fondu de Tic-Tac au citron. Deux éléments du régime alimentaire bien équilibré de Norman.

Ce fut alors qu'elle comprit la sensation de vide qu'elle avait éprouvée dans la salle de bal. Et le souvenir lui revint de tous les jours de sa vie qu'elle avait passés à élever Norman, depuis le bébé grassouillet et blanc qui ne dormait jamais jusqu'à l'adolescent efflanqué et grognon qui

1. En français dans le texte. *(N.d.T.)*

savait poser des tuiles, plâtrer des murs et faire des assemblages à queue-d'aronde parfaits, et qui parlait uniquement de Nirvana, de régimes en fonction de son karma, et de redonner aux vieilles maisons leur splendeur d'antan.

Norman ne serait jamais assez vieux pour comprendre que la splendeur n'était que le clinquant doré de l'arrogance, et que les demeures imposantes de la vallée de l'Hudson étaient des monuments érigés à leur propre gloire par des hommes pour qui personne d'autre n'aurait déboursé une pièce de dix *pence*.

Pepper se pencha sur les cendres détrempées. Elle pleura longtemps, tandis que les derniers éclairs disparaissaient vers l'est et que le vent commençait à tomber.

Finalement, elle releva la tête et s'essuya les yeux du dos de la main. Elle se tourna vers Walhalla, avec ses flèches, ses cheminées et ses fenêtres sombres et asymétriques, et elle sut ce qu'elle devait faire. Elle se dirigea rapidement vers la porte d'entrée ; son caftan claquait au gré du vent. Elle gravit les marches du perron et toucha d'une main le loup sur la poignée de la sonnette, comme s'il allait lui donner de la force. Il était là pour protéger la maison des esprits du mal. Ce soir, il accomplirait peut-être sa tâche.

Elle traversa le vestibule, remonta le couloir et pénétra dans la salle de bal. Sans la moindre hésitation, elle alla jusqu'aux bidons de décapant de vingt litres qui étaient entreposés dans le coin. Elle prit un bidon et le porta jusqu'au milieu de la salle. Puis elle alla en chercher un autre. Elle dévissa les bouchons et entreprit de verser leur contenu dans toute la pièce. Les bidons glougloutaient bruyamment tandis que le liquide se répandait sur le parquet en bois d'érable du Canada. Des vapeurs s'élevèrent, semblables à des ondes de chaleur sur une route en été.

Dans la bibliothèque, Jack Belias se leva et arrangea sa veste.

— Vous êtes dans l'erreur, madame Broughton, dit-il à Effie. Votre mari vous a misée, et il a perdu. Par conséquent, vous êtes à moi, complètement, pendant trois longs jours et trois longues nuits, et je ferai avec vous ce qui me plaira. Vous avez accepté cela, madame Broughton, ne l'oubliez pas. Vous avez donné votre parole. Et, pour un joueur, la parole vaut signature.

— Je crois que vous avez oublié quelque chose, répliqua Effie. Ce n'était pas la première fois que vous jouiez cette partie et que vous remportiez ce gain. Vous n'avez peut-être pas changé, mais les temps changent, et le monde change. Vous avez découvert le secret de Balam, monsieur Belias. Vous êtes passé d'une époque à une autre, d'une vie à une autre. Mais vous êtes un homme de l'époque où vous êtes né, et il en sera toujours ainsi.

Le visage de Jack Belias était crispé par la colère. Sans quitter Effie des yeux, il demanda :

— Vous ne respectez pas votre engagement, Douglas ? C'est cela ?

— Je ne sais pas, répondit Douglas Broughton d'une voix pitoyable. Si elle ne veut pas le faire...

— Elle n'a pas le choix, lui lança Jack Belias sèchement. Vous l'avez misée. Elle était d'accord. Maintenant, elle m'appartient. Tout comme le château, le cheval de course, et ce satané yacht !

— Non, dit Effie. Je n'appartiens à personne. Je suis moi.

Elle n'avait jamais pensé de toute sa vie qu'elle serait capable non seulement de prononcer ces mots, mais également d'y croire. Si Douglas Broughton la voulait, il devrait nier sa dette de jeu. Si Jack Belias la voulait, il devrait bien la traiter. Si Craig la voulait, il devrait vaincre la personnalité brutale qui avait pris possession de son âme.

Elle n'appartenait à personne. Elle était une femme qui n'appartenait qu'à elle-même. Et cette révélation fit brusquement couler des larmes sur ses joues, parce qu'elle était libre. Dieu seul savait ce qu'elle avait perdu. Son mariage, peut-être, tout son argent. Vingt années gâchées. Mais elle était libre.

Jack Belias jeta sur la table le dernier paquet de cartes, et elles s'éparpillèrent. Puis il fit le tour de la table et se tint devant Effie, les poings sur les hanches. Il était très grand, et elle percevait son magnétisme, semblable à un générateur électrique de haute puissance. Il bourdonnait presque de puissance personnelle. Elle releva lentement la tête afin de regarder son visage. Elle n'y vit que de l'irritation et du mépris.

— Vous m'appartenez, répéta-t-il avec une infinie douceur. Votre mari me doit quatre-vingt-dix-sept mille dollars, et vous êtes la seule personne qui puisse éponger cette dette. Vous ne possédez absolument rien. Pas d'argent, pas d'actions, rien. Votre mari me doit tout. C'est pourquoi vous m'appartenez.

Effie considéra Jack Belias pendant un long moment. Elle savait ce qu'elle cherchait : elle cherchait le moindre signe de Craig. Une expression dans les yeux, une crispation nerveuse de la bouche. Elle crut déceler quelque chose de Craig dans la façon dont il penchait légèrement la tête d'un côté, mais n'importe qui aurait pu faire ça, y compris Jack Belias.

Elle le gifla. Elle ne sut même pas d'où sa main venait. Son bras se détendit, et le gifla, tout simplement.

— Espèce de salaud !

— Qui est un salaud ? Réponds, garce ! Qui est un salaud ? Garce !

— Vous, espèce de salaud !

Il la gifla à son tour, brutalement. Sa tête fut violemment déportée vers la gauche, forçant sur son cou, et elle sentit sa joue s'embraser.

Elle le gifla à nouveau, et il lui rendit encore une fois sa gifle. Elle s'apprêtait à riposter mais il la devança. Il frappa cette fois avec une telle force qu'elle tomba à la renverse contre les rayonnages. Des dizaines de livres reliés cuir basculèrent et se répandirent sur la moquette.

— Garce ! Regarde ce que tu as fait à ma bibliothèque !

Elle ramassa un livre et le lança vers lui, puis un autre. Les pages produisirent un vrombissement des plus satisfaisants comme elles frôlaient sa tête, suivi d'un choc chaotique. Le premier livre le manqua complètement, mais le second le toucha au bras.

Maintenant, il était furieux. Il jeta de côté un guéridon sur lequel était posé un vase de porcelaine blanc, repoussa du pied tous les livres qui étaient tombés par terre, et empoigna Effie par les épaules. Il y avait des fleurs, des débris de vase et de l'eau sur toute la moquette. Jack Belias tremblait et transpirait.

— Tu m'appartiens, répéta-t-il. Tu es ma concubine, si tel est mon désir. Tu es ma squaw !

— Craig... tu es surexcité, dit Effie. Tu es surmené. Cette maison est remplie de choses que tu ne comprends pas. Tu ne sais même pas pourquoi elle est ici, ni à quoi elle sert, ni ce qu'elle peut faire !

— Tu m'appartiens, ma petite ! répéta Jack Belias, et il leva lentement un doigt pour l'avertir qu'elle ne devait pas dire le contraire.

Il s'ensuivit un long silence. Jack Belias lui prit les mains, et elle sentit la peau de Craig qu'elle aurait reconnue entre mille.

— Craig, dit-elle. Je t'en supplie. Sois fort. Sois toi-même. Ne laisse pas un autre homme te prendre ta personnalité. Tu es toi, et c'est tout ce qui importe !

Jack Belias demeura silencieux un moment. Il releva la tête et acquiesça.

Puis il lui donna un coup de poing sur la joue, avec une telle force qu'elle fut projetée en arrière et se cogna le dos contre le chambranle de la porte.

Elle était à moitié assommée. Elle tenta de se relever mais ses oreilles bourdonnaient et elle ne savait plus où elle était. Douglas Broughton se leva d'un bond et s'exclama :

— Bon sang, Jack, vous ne pouvez pas faire ça ! C'est ma femme !

Jack Belias le força à se rasseoir.

— Elle m'appartient, Douglas. Je l'ai gagnée loyalement, et je peux faire avec elle tout ce qui me plaît.

— Jack... supplia Michael Arlen. Jack... c'est inacceptable, vraiment !

— Inacceptable ? lui cria Jack Belias. Une seule chose est acceptée dans cette pièce : les mises. Et toutes les mises sont acceptées. Tout va ! Et j'ai gagné cette femme loyalement !

Effie parvint à s'asseoir par terre. Son œil gauche était presque fermé ; du sang et de la salive dégouttaient du coin de sa bouche.

— Loyalement ? se moqua-t-elle. Vous avez utilisé cette bibliothèque pour tricher... Je sais tout sur Balam et sur les planchers qui ne sont pas des planchers ! Vous avez triché lorsque vous avez gagné Gina, et même ainsi vous n'avez pas réussi à la briser.

— Quelle tricherie ? demanda vivement Remy Morse. Que signifie cette histoire de plancher ?

— Tournez sur vous-même plusieurs fois, dans le sens des aiguilles d'une montre, et vous verrez.

— Pardon ? fit Remy Morse, totalement décontenancé.

Mais Jack Belias était fou de rage. Il releva Effie de force et lui donna un coup de poing sur l'oreille, puis sur la pommette.

— Je vais vous tuer, murmura-t-il. Je jure que je vais vous tuer.

— Allez-y, tuez-moi, le défia-t-elle. Mais vous ne me briserez pas, jamais !

Jack Belias se tourna pour prendre sa canne, et ce fut une erreur de sa part. Effie en profita pour s'élancer ; elle contourna la table de baccara et s'enfuit dans le couloir.

— Arrêtez-la ! hurla Jack Belias.

Il abattit violemment sa canne sur la table de jeu, faisant tressauter les cartes. Mais les autres restèrent assis, comme des figures de cire en tenue de soirée, des souvenirs figés dans le temps. Ce qu'ils étaient en réalité.

Effie courut dans le couloir et s'engouffra dans la cuisine. La porte battante se referma derrière elle en grinçant... « creak-squik », « creak-squik ». Elle fit le tour des tables, ouvrit frénétiquement les tiroirs, cherchant un couteau, n'importe quoi pour se défendre, mais il n'y avait même pas une cuillère à thé. Elle entendit la porte battante se rouvrir brusquement, comme Jack Belias survenait, et elle faillit céder à la panique. Mais il y avait la porte de la cave, et la clé était dans la serrure. Elle l'ouvrit en toute hâte et descendit les marches dans une semi-obscurité. Elle trébucha et faillit tomber, mais elle parvint à se redresser et à boitiller jusqu'au bas de l'escalier. Puis elle regarda autour d'elle.

La cave n'était éclairée que par la lumière qui venait de la cuisine. Elle voyait le sol briller, à cause de l'humidité.

Elle distinguait des voûtes ; au-delà, c'était l'obscurité totale. Elle fit un pas en avant, puis un autre, et elle fut certaine d'entendre dans les renfoncements une course précipitée et des grattements. Elle scruta les ombres, et la lumière fut réfléchie vers elle par deux yeux rouges, puis par deux autres.

Oh, nom de Dieu ! jura-t-elle en elle-même. *Des rats. J'ai horreur des rats* !

Elle s'apprêtait à faire demi-tour et à se diriger à tâtons vers les marches conduisant à la cuisine, lorsqu'elle entendit un crissement d'escarpins sur le carrelage de la cuisine. Puis les petits coups secs d'une canne. Et la porte de la cave fut ouverte toute grande.

— Gina, petite idiote ! Tu es en bas ? Qu'est-ce que tu fais dans la cave ? Je t'ordonne de remonter ! Tu entends ? Je t'ordonne de remonter !

Effie ne répondit pas et se tint immobile dans la pénombre, les mains jointes, ne sachant que faire.

— Bon Dieu, Gina, je vais te tuer pour ça !

Non, tu ne me tueras pas, pensa-t-elle. *Je préfère affronter les rats, plutôt que de te donner ce plaisir.*

Elle commença à s'avancer dans la cave, franchit la première rangée de piliers, passa près de la chaudière, et se dirigea vers les renfoncements les plus sombres où même les employés de l'entreprise de dératisation n'avaient pas encore osé s'aventurer. Le mouvement rapide des rats ressemblait au ressac sur la plage où ses parents l'emmenaient quand elle était petite fille. Ils devaient être des milliers, pullulant dans cette cave. Un véritable royaume souterrain, gouverné par les dents et les griffes.

Elle continua de progresser, les mains tendues devant elle pour ne pas se cogner contre l'un des piliers, dans le noir. Maintenant, elle entendait les grattements et les bruits de débandade tout près d'elle.

Elle se mit à gémir. Elle ne voulait pas gémir, mais c'était plus fort qu'elle. Un rat passa sur sa chaussure, et elle sentit son horrible queue en lacet lui cingler la cheville. Elle fut obligée d'enfoncer sa main dans sa bouche pour ne pas hurler.

Derrière elle, elle entendit un bruit de pas dans l'escalier.

Elle se retourna et aperçut Jack Belias. Il agitait sa canne de gauche à droite, comme un aveugle. Elle s'élança vers l'obscurité, aussi vite qu'elle le pouvait, priant pour ne pas marcher sur quelque chose d'abominable, priant pour que les rats ne se jettent pas sur elle.

— Gina ? appela Jack Belias. Je t'ai gagnée, Gina, loyalement ! Je viens te chercher !

Effie fit un pas en avant, puis un autre. Ce fut à ce moment que les rats l'attaquèrent. Elle sentit l'un d'eux bondir sur son dos et enfoncer ses griffes dans son chemisier. Puis elle en sentit deux ou trois autres lui mordre les chevilles, à travers ses chaussettes et ses boots. Un autre sauta sur ses épaules, mais elle pivota sur elle-même et le rat la lâcha et valdingua dans les ténèbres.

Elle tremblait de terreur et de dégoût. Mais elle voyait Jack Belias venir dans sa direction ; il faisait siffler sa canne d'un côté et de l'autre. Elle se répéta qu'elle préférait affronter les rats plutôt que ce monstre pervers et odieux. Pour les rats, elle n'était qu'une proie. Pour Jack Belias, elle était une victime, un objet, la preuve donnée par Dieu de la supériorité de l'homme.

Un rat essaya de grimper le long de sa jambe. Elle le repoussa violemment, mais elle sentit qu'il lui pinçait la main. Seigneur, de quelles maladies était-il porteur ? Il était probablement infesté de puces, et les puces provenaient probablement d'écureuils ou de putois ou de chauves-souris, ou de n'importe quel animal sauvage susceptible de propager la rage. Un autre rat bondit, aussi lourd qu'un sac de sable, puis un autre. Brusquement, elle porta des bottes épaisses et grouillantes, faites de rats vivants.

Elle leva vivement les pieds, l'un après l'autre, comme un enfant shootant dans un tas de feuilles mortes. Certains lâchèrent prise. Mais un énorme rat sauta sur son épaule droite, et un autre l'imita. Elle sentit leurs griffes lacérer son chemisier, et leurs dents lui déchiqueter la peau. Elle tenta de pivoter sur elle-même et de les faire tomber, mais ils s'agrippèrent férocement. Elle n'osait pas les saisir et les arracher de force, de peur qu'ils n'emportent avec eux de gros morceaux de chair.

Elle tomba à genoux sur un tapis de rats qui grouillaient

et se contorsionnaient. L'un d'eux monta rapidement le long de son dos, jusqu'à ses cheveux, et s'agrippa à son cuir chevelu. Un autre essaya de s'accrocher au devant de son chemisier. Elle resta agenouillée un moment, sans bouger, la tête inclinée, comme si elle était une victime consentante, puis elle inspira profondément et se dit : *Je n'ai jamais été une victime, jamais, ni des hommes, ni des rats, ni de quoi que ce soit !*

Elle se remit debout, recouverte d'un manteau de rats qui gigotaient. Elle se dirigea en titubant vers le mur le plus proche, enfoncée dans les rats jusqu'aux chevilles. Puis elle se tourna et se cogna de toutes ses forces contre la paroi de briques, afin d'écraser tous les rats qui étaient sur son dos. Elle entendit leurs os craquer ; elle sentit leurs ventres éclater. Elle se jeta contre la paroi plusieurs fois, jusqu'à ce qu'ils lâchent prise et tombent sur le sol. Puis elle arracha les rats agrippés au devant de son chemisier, et les lança aussi loin qu'elle le pouvait à travers la cave.

Au rez-de-chaussée, Pepper frappa prudemment à la porte de la bibliothèque et appela :

— Effie ? Vous êtes là ?

Elle attendit, mais elle n'obtint pas de réponse. Très lentement, elle tourna les poignées et entrouvrit les battants d'une dizaine de centimètres.

— Effie ?

Il n'y avait personne dans la bibliothèque. Effie était certainement partie à la recherche de Jack Belias dans une autre partie de la maison. A moins que Jack Belias ne se soit déjà emparé d'elle.

Elle se retourna et jeta un regard préoccupé vers le décapant qui se répandait sur le parquet de la salle de bal. Elle ne voulait surtout pas qu'Effie et Brewster se trouvent pris au piège dans Walhalla lorsqu'elle y aurait mis le feu. Mais elle savait qu'elle devait le faire. Elle devait détruire Walhalla, sinon Effie et Craig ne seraient jamais délivrés de son emprise. Pas plus que toute autre personne qui aurait l'idée de s'y installer après eux.

— Effie ! appela-t-elle. Je vais mettre le feu à la maison ! Sortez vite, Effie, où que vous soyez !

Toujours pas de réponse. Elle attendit encore trente secondes, puis elle referma la porte de la bibliothèque et se dirigea vers le milieu de la salle de bal. Elle actionna son briquet d'une chiquenaude.

Effie distinguait la silhouette de Jack Belias entre les piliers. Il brandissait sa canne.

— Gina ? cria-t-il. C'est toi, Gina ?

Autour de ses pieds, les rats vivants se jetaient voracement sur les rats morts et les mettaient en lambeaux. Elle en chassa deux ou trois du pied, mais ils étaient bien trop avides de la chair de leurs frères pour s'en soucier.

— Gina ! rugit Jack Belias vers l'obscurité infestée de rats.

Effie regarda rapidement autour d'elle, se demandant où aller. Peut-être pouvait-elle longer le mur, contourner Jack Belias, et monter les marches en courant, avant qu'il s'en aperçoive ? Puis elle se rendit compte que de la lumière pénétrait faiblement dans la cave, à l'endroit où elle se trouvait. Elle leva les yeux et vit que la voûte n'était pas du tout une voûte, mais une grande bâche. Ce n'était plus 1937. Le plancher de la bibliothèque était toujours béant, à l'endroit où Morton Walker avait chuté. Par conséquent, elle allait pouvoir ressortir par là, en grimpant jusqu'au trou dans le plancher.

Elle marcha à tâtons. Elle apercevait vaguement quelque chose devant elle, quelque chose de grand et de sombre. Quoi que ce soit, elle pourrait peut-être l'escalader et arriver jusqu'à la bâche tendue sur le plancher de la bibliothèque. Elle s'avança lentement. Elle se sentait contusionnée, couverte d'éraflures, et complètement paniquée. Elle avait l'impression de progresser avec une lenteur extrême, d'autant plus que Jack Belias criait « Gina ! » toutes les dix secondes et commençait à gagner du terrain. Il frappait avec sa canne les rats peu nombreux qui se jetaient sur lui et leur brisait l'échine. Chaque pas était accompagné d'un

« tchac ! » et d'un autre « tchac ! » et d'un couinement de douleur.

Effie tendit les mains à l'aveuglette et toucha la grande forme sombre devant elle. C'était flasque, lourd et très humide, et cela empestait le sang figé, les sucs gastriques acides, et quelque chose de pire. Elle dit « beurk ! » à voix haute et fit un pas en arrière, saisie de dégoût. Mais ce fut seulement lorsqu'un courant d'air souleva momentanément la bâche tendue sur le plancher de la bibliothèque, et laissa entrer une pâle lumière, qu'elle comprit ce que c'était.

Morton Walker, empalé sur son tuyau de chauffage, mort, dévoré et prêt pour l'enterrement. Une carcasse luisante dans des tons écarlates et gris. Pourtant, il avait été déjà enterré. Il ne pouvait être ici. Son corps reposait dans le cimetière de Cold Spring, attendant une pierre tombale.

Mais qu'est-ce que Pepper avait dit ? *Le temps s'est détraqué, ici, ce soir.*

Jack Belias frappa sur les piliers avec sa canne, provoquant des échos.

— Gina ! appela-t-il. Je sais que tu es ici ! Tu m'appartiens ! Je veux que tu sortes de ta cachette et que tu te donnes à moi, comme tu as promis de le faire. Je t'ai gagnée, Gina ! Montre-toi, tout de suite !

Effie se couvrit le visage avec les mains et dit une prière pour l'âme de Morton Walker. Un rat bondit vers sa cheville et déchira sa chaussette. Elle lui donna un coup de pied, le projetant contre le mur et lui brisant la nuque. Puis, sans plus d'hésitation, elle s'approcha du corps de Morton et entreprit de l'escalader, prenant appui sur ses genoux et son bassin, et s'agrippant à sa clavicule.

L'escalade était glissante, grasse et totalement répugnante. Elle n'arrêtait pas de saisir des poumons spongieux et de la graisse par poignées entières. Les os se détachèrent des bras de Morton lorsqu'elle voulut prendre appui dessus, et sa tête ensanglantée aux touffes de cheveux blanchâtres s'inclina en arrière avec une résignation totale.

Un pied posé sur la clavicule de Morton et l'autre perché sur son visage caoutchouteux qui s'affaissait, Effie parvint à tendre le bras et à attraper la corde qui maintenait la bâche. Elle était couverte de sang et de mucosités, mais elle s'en moquait. Jack Belias ne l'aurait pas, quoi qu'il fasse. Elle pensa aux photographies que Jack Belias avait prises de Gina pendant qu'il la maltraitait, et elle était bien décidée à faire tout ce qui était en son pouvoir pour qu'il ne pose plus jamais les mains sur une femme.

Tout en haut du corps empalé de Morton Walker, elle se balança, telle une trapéziste. La cage thoracique de Morton cédait sous le poids d'Effie. Bien que la cave fût plus fraîche que le reste de la maison, il était dans un état de décomposition avancée, et des lambeaux de chair se détachaient continuellement, de gros morceaux liquéfiés. Durant un moment, elle crut qu'elle allait rejoindre Morton, empalée sur ce tuyau, elle aussi. Puis elle parvint à s'agripper au rebord du plancher à demi effondré.

— Oh, mon Dieu ! pria-t-elle. Plus jamais ça. Je vous en supplie. Pas les rats. Plus jamais ça !

Elle se hissa hors du trou et s'affaissa sur le parquet de la bibliothèque. Elle haletait, elle avait mal partout, et elle était épuisée. Ses yeux étaient presque fermés, et le côté gauche de sa mâchoire était très enflé. Ses cheveux étaient poissés de sang ; ils ressemblaient plus à un nid de rats qu'un vrai nid de rats.

Elle ne pouvait s'empêcher de penser à ces photographies, et à ce que Jack Belias avait fait à Gina Broughton.

Il l'avait torturée, violée, tatouée, mutilée, et frappée de cécité. Et, en plus de tout cela, Jack Belias avait fait à Douglas Broughton la plus grande des insultes : il l'avait mise enceinte.

Effie se remit debout péniblement. A cet instant, il lui sembla sentir une odeur de brûlé. Elle regarda vers la porte de la bibliothèque, et elle aperçut de fins rubans de fumée grisâtre sortir de sous les battants.

Elle alla jusqu'à la porte et écouta. Elle entendait un fort crépitement dans la salle de bal. Elle appuya sa paume sur les panneaux de bois. Ils n'étaient pas encore chauds ; l'incendie venait peut-être de se déclarer. Elle savait qu'elle ne devait pas ouvrir la porte, mais... et si Pepper était toujours dans la salle de bal ? Et si elle était blessée, ou évanouie ?

Elle hésita un moment encore, puis elle risqua le coup. Se protégeant le visage de la main, elle entrouvrit les battants de quelques centimètres.

Elle les referma immédiatement. La salle de bal était un brasier aveuglant et ressemblait aux peintures médiévales de l'enfer : des langues de feu léchaient les murs jusqu'à une hauteur de six ou sept mètres, et une énorme colonne de fumée noire s'élevait en tourbillonnant vers le lanternon ovale.

Elle n'avait aperçu Pepper nulle part. Même si elle avait été là, il aurait été trop tard pour qu'Effie puisse se porter à son secours.

Elle traversa la bibliothèque en toute hâte et sortit dans le couloir. Elle fit halte et écouta. Le vent était tombé, à présent que l'orage était passé, et à part le crépitement et le grondement des flammes, encore assourdis par les battants en chêne massif, Walhalla était parfaitement silencieuse, à tel point que c'en était presque déconcertant.

— Pepper ! appela Effie, aussi fort qu'elle le put.

Elle lança un regard vers la porte de la cuisine, terrifiée à l'idée que Jack Belias allait en surgir d'un instant à l'autre.

— Pepper ! Où êtes-vous ? cria-t-elle. Norman ! Brewster ! Il y a quelqu'un ? Répondez-moi !

Elle commença à gravir l'escalier. A ce moment, elle entendit une femme sangloter. Des sanglots étouffés, douloureux et angoissés. Cette fois, elle savait qui c'était.

Elle monta en hâte jusqu'au palier. Elle vit la créature-plâtre gisant par terre, en morceaux. Elle s'arrêta un instant pour écouter à nouveau. La femme continuait de sangloter. *J'arrive, Gina,* pensa-t-elle. *Et cette fois, je vais te délivrer.*

Elle entendit une porte claquer au rez-de-chaussée, quelque part dans la cuisine. Elle savait également qui c'était. Jack Belias, sortant de la cave, plus furieux que jamais. Elle commençait à gravir le second escalier au moment où elle entendit la porte battante grincer et Jack Belias traverser le vestibule. Elle reconnut le bruit de ses escarpins couinant sur les marches, et le bout ferré de sa canne qui cliquetait contre les balustres.

Haletante, elle atteignit le coude de l'escalier, juste au-dessous du vitrail. Mais Jack Belias était trop rapide et trop en colère. Il monta les marches quatre à quatre, tel un automate, et la saisit par la manche.

— Lâchez-moi ! hurla Effie. Norman ! Norman ! Au secours !

Jack Belias abattit sa canne, mais Effie se laissa tomber sur le demi-palier et roula sur elle-même. Il la manqua. Elle sentit le mouvement impétueux de la canne, à moins de deux centimètres de son visage.

— Relève-toi pour recevoir ta punition ! vociféra-t-il. Debout, garce !

Il abattit à nouveau sa canne, mais Effie parvint à se remettre debout, et il assena un coup sur la rampe qui lui meurtrit la main.

— Tu ne perds rien pour attendre, garce !

Il brandit sa canne et heurta par mégarde le vitrail derrière lui. Tout un panneau de lis se brisa et dégringola sur les marches. Jack Belias se retourna et leva les yeux. Le vitrail se craquela et commença à glisser.

— Non ! cria-t-il.

Mais le plomb entre les carreaux de verre était fatigué et effrité, et le cadre était à moitié pourri. Tout le vitrail s'affaissa brusquement sur lui, une averse de verre coloré volant en éclats. Le fracas fut épouvantable, comme si des grêlons tombaient, comme si des cloches carillonnaient. Jack Belias se protégea la tête avec ses bras, puis, lorsque le dernier carreau fut tombé sur les marches, il abaissa ses bras et regarda Effie avec l'expression la plus démoniaque qu'elle eût jamais vue sur le visage de quelqu'un. Il était tellement fou de rage qu'il ne semblait presque plus humain. Des éclats de verre gisaient à ses pieds : un lis, un château et la moitié d'un visage de religieuse, avec un œil fermé.

— Je jure devant Dieu que je te briserai, lui dit-il. Je le jure devant le Tout-Puissant !

Pendant un moment, ils s'affrontèrent du regard, en silence. Puis Effie entendit à nouveau les sanglots. Ils étaient moins forts et moins angoissés qu'auparavant, mais tout aussi pitoyables.

Sans dire un mot, elle se tourna et gravit l'escalier en toute hâte.

— Non ! lui cria Jack Belias.

Mais elle était résolue à ne se laisser arrêter par personne. Elle savait ce qu'elle devait faire, et elle savait que c'était sa dernière chance de le faire.

Elle arriva devant la chambre à la moquette bleue, tourna la poignée et ouvrit la porte. Brewster gisait sur le côté près du lit, baignant dans une mare de sang foncé. Le tisonnier était par terre, près de son corps.

Gina, pensa Effie. *Oh, mon Dieu ! Elle est aveugle. Elle a certainement cru que Brewster était...*

Elle entendit les sanglots à nouveau. Ils provenaient d'une autre chambre à coucher, plus loin dans le couloir. Effie sortit en trombe de la chambre au moment où Jack Belias arrivait sur le palier, et ils faillirent se heurter violemment. Il voulut l'attraper par le bras mais elle le gifla, puis elle s'arrêta brusquement et lui fit un croc-en-jambe. Il tomba lourdement sur le sol, mais il parvint à se retourner et à lui assener un coup oblique sur la jambe avec sa canne.

Ils luttèrent avec acharnement. Jack Belias la frappa sur l'épaule. Elle cria et lui donna un coup de poing dans la poitrine.

Alors qu'ils se battaient, la porte de l'une des chambres s'ouvrit, et une forme en sortit d'un pas mal assuré, enveloppée dans un drap blanc éclaboussé de sang. Elle fit une embardée puis s'éloigna dans le couloir en boitillant. Elle tâtonnait frénétiquement le long des murs pour trouver son chemin, et elle sanglotait, des sanglots stridents, désespérés.

Effie se dégagea de la prise de Jack Belias et se mit à courir.

— Reviens ici, sale pute ! cria-t-il en se lançant à sa poursuite.

Devant eux, la forme blanche faillit trébucher sur les planches qui recouvraient l'endroit d'où Morton Walker avait fait une chute mortelle. Effie courut après elle.

La forme était Gina Broughton, et elle, Effie, était également Gina Broughton, de la même façon que Craig avait été possédé par Jack Belias et que Pepper avait été envahie par le corps et l'âme de Gaby Deslys.

Effie comprenait, à présent. Des vies coïncidentes, des événements simultanés. Elle était Gina au moment où Jack Belias l'avait gagnée au baccara, mais devant elle il y avait Gina après qu'il l'eut torturée. Les événements se chevauchaient. Les vies également. Mais la même Némésis les poursuivait toutes les deux.

— Gina ! cria Effie. Gina, continuez d'avancer ! Il est ici !

La forme hésita un instant. Dans la pénombre au fond du couloir, elle ressemblait à la flamme blanche et vacillante d'une bougie.

— Ne vous arrêtez pas ! hurla Effie. Ne vous arrêtez surtout pas !

Derrière elle, elle entendait la canne de Jack Belias taper contre les murs, et les halètements rauques et avides de sa respiration. Maintenant, il était trop essoufflé pour lui crier des injures, mais elle savait qu'il ne s'arrêterait pas avant de les avoir obligées toutes les deux à reconnaître qu'elles n'étaient que de la boue.

La forme blanche arriva devant une fenêtre qui faisait toute la hauteur du mur et qui donnait sur la façade de Walhalla. Effie vit qu'elle se démenait avec le loqueteau, puis ouvrait brusquement la fenêtre.

— Pas par là ! cria Effie d'une voix enrouée.

Mais il était trop tard. La forme était sortie sur le parapet. Effie courut jusqu'à la fenêtre ouverte et regarda audehors. La nuit était chaude et un vent léger apportait une forte odeur de fumée et d'orage récent. Elle sentait le vent, elle voyait les étoiles.

La forme blanche se tenait immobile sur le parapet, six ou sept mètres plus loin. Sa tête était rejetée en arrière, ses bras tendus devant elle. Ses pieds se trouvaient tout au bord du parapet. Dix mètres plus bas, les grilles attendaient, avec leurs pointes acérées.

Ses cheveux bruns ondoyaient et virevoltaient ; le vent plaquait le drap sur son ventre de femme enceinte. Elle semblait exaltée ; elle était belle et terrifiante.

— Non ! lui cria Effie. Vous n'êtes pas obligée de faire ça ! Vous n'avez jamais été obligée de faire ça !

A ce moment, Jack Belias atteignit la fenêtre et abattit sa canne sur Effie, la frappant à l'épaule.

— Où est-elle ? tempêta-t-il. Où est-elle ?

Il se pencha par la fenêtre et l'aperçut sur le parapet, prête à se jeter dans le vide.

— Non ! hurla-t-il. Non... pas ça... tu ne peux pas recommencer ça !

Effie l'attrapa par la manche et essaya de le pousser en arrière. Il la gifla du dos de la main, l'envoyant valdinguer contre le mur. Puis il lui donna un coup de pied à la hanche. Elle leva les bras pour se protéger.

A cet instant, cependant, il chancela et sembla perdre l'équilibre. Un « whoouumph ! » étouffé retentit plus loin dans le couloir, et tous deux se retournèrent. De la fumée sortait du plancher provisoire, une fumée parsemée d'étincelles orange. Le feu avait dû gagner la bibliothèque, à présent, et les trous dans les planchers et les plafonds par où Morton Walker était tombé faisaient fonction de cheminée.

Jack Belias, horrifié, regarda la fumée durant un long moment. Les étincelles jaillissaient, toujours plus nombreuses, comme une chandelle romaine, puis ils aperçurent des flammèches. Toute la maison commença à gronder et à siffler, tandis que le feu aspirait l'air implacablement par toutes les ouvertures qu'il pouvait trouver : fenêtres, portes, trous de serrure, conduits d'aération. Cela donnait l'impression qu'une locomotive gigantesque arrivait sur vous à toute allure.

Jack Belias se tourna vivement vers Effie.

— Tu as fait ça ! Tu as fait ça, sale pute !

Mais son visage avait quelque chose d'étrange. Il ressemblait beaucoup moins à celui de Jack Belias et beaucoup plus à celui de Craig. Belias paraissait désorienté. Il levait continuellement sa canne comme s'il allait frapper Effie, puis il se ravisait.

Des flammes commencèrent à s'élever du trou dans le couloir et à lécher le plafond. Deux chambranles de porte étaient déjà embrasés, et le feu commençait à se propager le long des plinthes.

Jack Belias s'écarta d'Effie. Il ne bougeait les jambes

qu'avec une extrême difficulté, comme si ses genoux s'étaient brusquement rouillés.

— Tu as fait ça, sale pute. J'aurais dû m'en douter.

Il se tourna frénétiquement vers la fenêtre. Gina était toujours sur le parapet, les bras tendus devant elle.

Une forte explosion ébranla la maison, suivie d'un cliquetis interminable de verre volant en éclats. Une autre explosion, et encore une autre.

— Pute ! vocifera Jack Belias. Sale pute, je vais te tuer pour ça !

— Oh, tu peux me tuer, répliqua Effie. Tu peux me faire tout ce que tu voudras. Mais tu ne me briseras pas, jamais ! Regarde... je suis sur ce parapet, aveugle et torturée ; pourtant, tu ne m'as pas brisée !

Jack Belias frappa plusieurs fois sur le mur avec sa canne.

— Je te briserai !

Il s'élança vers le parapet et trébucha sur le rebord de la fenêtre. Effie voulut le retenir par le bras, mais il la frappa à nouveau et faillit perdre l'équilibre.

Elle scruta son visage et il ne détourna pas les yeux.

— Craig, dit-elle. Ne fais pas ça.

Il fronça les sourcils. Il ressemblait de plus en plus à Craig. Le feu avait atteint la bibliothèque dont le plancher était en train de brûler. L'horloge était dévorée par les flammes : le système qui avait permis à Jack Belias de se déplacer d'une année à une autre.

— Craig, le supplia Effie pour la seconde fois. Craig... reviens. C'est terminé.

Jack Belias réfléchit durant quelques secondes, puis il lui adressa un hochement de tête presque imperceptible.

— Garce, murmura-t-il d'une voix mal assurée.

Puis il lui tourna le dos et commença à avancer tout doucement sur les pierres de couronnement, tel un funambule sur sa corde raide.

Il était arrivé à moins de deux mètres de Gina lorsque celle-ci se tourna vers lui. Malgré ses yeux aveugles, malgré ses meurtrissures, elle était d'une beauté stupéfiante. Elle ôta le drap de son corps et le tint en l'air. Il virevolta au gré du vent. Elle était très pâle, enceinte et entièrement nue. Son corps luisait dans la lumière des étoiles comme une statue.

— *Non !* s'écria Jack Belias, et il bondit pour saisir le drap.

Ses chaussures glissèrent sur les pierres de couronnement, et il perdit l'équilibre. Il oscilla en avant, puis en arrière. Brusquement, il cria « Effie ! », et tomba dans le vide, disparaissant vers la nuit. Il y eut un instant de silence terrifiant. Puis Effie entendit un craquement sourd, et l'effroyable vibration d'une grille en fer, lorsqu'un objet lourd vient de tomber sur ses pointes acérées.

Effie regarda Gina, atterrée. Gina se tenait immobile sur le parapet, nue, ses mains jointes sous son ventre énorme.

Puis son image s'estompa. Son visage commença à fondre comme de la barbe à papa ; son corps devint transparent. En quelques secondes, elle ne fut plus qu'une vague silhouette dans les nuages du soir. Effie se retrouva toute seule devant la fenêtre ouverte, et ses yeux se remplirent de larmes.

Au loin, dans l'allée qui descendait entre les arbres aux formes tourmentées, elle aperçut le scintillement de lumières bleu et rouge. Une ambulance et deux voitures de police, suivies de près par une voiture de pompiers. Des pneus crissèrent sur le gravier, des portières claquèrent. Elle vit Pepper sortir rapidement de la maison ; elle entendit des appels radio, puis quelqu'un s'exclamer :

— Merde, vous avez vu ça ? Il y a un type, là-bas, empalé sur les grilles. Il a dû sauter d'une fenêtre.

Effie vit Pepper se retourner, puis lever les yeux vers la fenêtre où elle se tenait. Et quelque chose passa entre elles que seules deux femmes pouvaient comprendre.

Walhalla brûla durant toute la nuit. A un moment, il y eut dix-huit voitures de pompiers sur les lieux, venues des comtés de Putnam, Rockland et Westchester. Walhalla brûla comme le palais de la mythologie germanique qui lui avait donné son nom, le palais des morts. Les flammes montèrent à plus de soixante-dix mètres dans le ciel et furent visibles à plus de trente kilomètres à la ronde.

A l'aube, la maison n'était plus qu'une carcasse calcinée. Un seul de ses murs était encore debout. Le vent emporta ses cendres vers l'est, d'où viennent les démons.

Jeudi 22 juillet, 7 h 16

Elle était à la morgue du comté de Putnam. Elle regardait le corps de Craig et ne savait pas quoi dire. Elle pensa qu'elle aurait dû l'embrasser et lui dire adieu, mais elle avait le sentiment de l'avoir déjà fait, il y avait longtemps de cela. Une certaine dureté subsistait sur son visage, qui lui rappelait Jack Belias. Peut-être lui avait-il toujours ressemblé un peu, d'une certaine façon.

— Terminé ? lui demanda le préposé à la morgue, et elle acquiesça de la tête.

Le lieutenant Hook et le sergent Winstanley l'attendaient devant le bâtiment. Ils semblaient harassés.

— Madame Bellman ? Nous voulions juste vous dire que nous étions désolés.

— Je vous remercie, dit-elle, s'éloignant déjà.

— A propos, lança le lieutenant Hook. Nous avons vérifié les empreintes de votre mari. J'ai pensé que vous aimeriez savoir que nous l'avons disculpé. Ce n'est pas lui qui a tué ces gens.

Effie ne dit rien. Elle ne se retourna même pas. Elle savait déjà que Craig était innocent.

Vendredi 30 juillet, 10 h 28

C'était une matinée chaude au ciel couvert. Toute vêtue de noir, elle était assise dans le bureau de Walter Van Buren. Il était en retard de quelques minutes, et il entra précipitamment, un gobelet de café à la main.

— Je suis vraiment désolé de vous avoir fait attendre... J'avais une vente à conclure à West Point.

— Ce n'est pas grave, monsieur Van Buren. J'ai tout mon temps.

Walter Van Buren s'assit, renversa un peu de son café et essaya de l'éponger avec une feuille de son bloc-notes.

— J'ai été vraiment navré en apprenant ce qui s'était passé... Votre mari, je veux dire. Tragique.

— Vous croyez ?

Walter Van Buren la regarda en fronçant les sourcils.

— Mais bien sûr ! Tragique.

— Vous savez ce qui s'est passé, n'est-ce pas ?

— Euh, oui. Votre mari a glissé. Il est tombé sur des grilles.

— Les mêmes grilles sur lesquelles Gina Broughton était tombée, en 1937.

— Pardon ?

— Voyons, monsieur Van Buren, dit Effie, vous savez ce qui s'est passé à Walhalla, depuis le tout début. Toutes ces tragédies, tous ces suicides. Tous ces prétendus phénomènes de hantise. Vous saviez pourquoi Walhalla avait été bâtie de cette façon, et vous saviez ce qui allait se passer si un couple comme le nôtre se présentait un jour pour l'acheter.

— Je ne suis pas certain de comprendre de quoi vous voulez parler.

— Oh, bien sûr que si ! Mon amie Pepper Moriarty et moi-même avons effectué des recherches sur l'histoire de Walhalla. Journaux, registres du comté, ce genre de choses. Et Mr. Harry Rondo nous a été d'un grand secours, également. Vous le connaissez ? Il a l'intention d'écrire un livre sur Jack Belias. Un projet de longue date, sans cesse différé.

Walter Van Buren disposa ses stylos et ses crayons dans un nouvel ordre, puis il regarda fixement son buvard.

— Nous ne faisions pas une enquête sur vous, absolument pas ! Nous voulions seulement découvrir ce qui s'était passé après cette nuit à Walhalla, la nuit de la mort de Gina Broughton. Nous voulions découvrir ce qu'était devenu son enfant, s'il avait vécu ou non.

— Oh, oui ? fit Walter Van Buren d'un ton glacial.

— Nous avons examiné les registres du comté. L'enfant a survécu. Les Berryman, qui tenaient l'auberge des Chênes Rouges, à proximité de Walhalla, l'ont pris en nourrice. Mais ils ont eu des problèmes avec lui, d'après les registres. L'enfant était très agité, il ne dormait pas et pleurait tout le temps. Finalement, il a été confié à un autre couple, à Albany.

« De toute évidence, Albany était suffisamment loin pour que l'enfant ne subisse plus l'influence de Walhalla. Il a grandi tout à fait normalement et a fait de brillantes études.

« Ensuite sa carrière n'a peut-être pas été des plus remarquables. Mais tout le monde ne peut pas voir grand, n'est-ce pas, monsieur Van Buren ?

Walter Van Buren demeura silencieux. Il contemplait son café qui fumait.

— Quel but poursuiviez-vous, monsieur Van Buren ? Vous vouliez vous venger de Jack Belias, parce qu'il avait tué votre mère ? Ou bien lui reprochiez-vous de vous avoir abandonné, et d'avoir disparu, même si vous saviez qu'il était toujours là-bas ? Vous avez senti que Craig tomberait amoureux de Walhalla, n'est-ce pas ? Vous l'avez appâté, et ensuite vous l'avez ferré !

Walter Van Buren prit une profonde inspiration.

— Je suis désolé pour votre mari, dit-il. Et je suis heureux que la police l'ait finalement disculpé. Il est suffisamment triste de perdre un être cher, sans, en plus, découvrir qu'il avait fait du tort à quelqu'un.

— Oui, monsieur Van Buren, dit Effie.

Il leva vers elle son visage blême.

— Je suppose que vous avez l'intention de vendre la propriété ? lui demanda-t-il. Puis-je vous y aider ?

— Bien sûr, répondit Effie. Nous étions presque parents, tout compte fait, non ?

Walter Van Buren hocha la tête.

— C'est étrange, n'est-ce pas, cette histoire de temps et de souvenirs ? Vous pensez que Walhalla continuera d'exister, maintenant qu'elle a brûlé de fond en comble ?

Effie se leva et tendit la main d'un geste assuré.

— Même si c'est le cas, monsieur Van Buren, je ne retournerai jamais là-bas.

Elle sortit de l'agence. Pepper l'attendait dans la rue ; elle portait un caftan noir.

— Tout est réglé ? demanda Pepper.

Effie acquiesça d'un signe de tête, et elles commencèrent à remonter la grand-rue.

Pepper s'arrêta brusquement. Elle avait les larmes aux yeux.

— Vous savez quoi ? dit-elle. Nous ressemblons à deux veuves.

Epilogue

Sept mois plus tard, Pepper envoya à Effie une annonce découpée dans le *Poughkeepsie Messenger*.

LA FRATERNITÉ DE BALAM

Cette fraternité nouvellement formée organisera des réunions de prières tous les mardis et tous les jeudis à 19 h 30. Venez rejoindre un petit cercle d'amis qui croient à la tolérance, au pardon et à l'intégrité de l'Univers. Nous avons récemment acheté la Maison Benton aux Amis de la vallée de l'Hudson, et toutes les réunions auront lieu dans cette demeure historique et sanctifiée.

Au-dessous, Pepper avait griffonné au stylo-bille rouge : *Ils sont revenus !*

Cet ouvrage a été achevé d'imprimer
sur Roto-Page
par l'Imprimerie Floch
à Mayenne
pour le compte de France Loisirs
en décembre 1997

Cet ouvrage est imprimé
sur du papier sans bois et sans acide.

N° d'édition : 29336. N° d'impression : 42627
Dépôt légal : novembre 1997

Imprimé en France